La Secrétaire *de* Himmler

CATHERINE HOKIN

Traduit de l'anglais
par Mathias de Breyne

City
Roman

Publié pour la première fois en Grande-Bretagne en 2021 par Bookouture, une marque de Storyfire Ltd, sous le titre *The Secretary*.
Photo de couverture : © Bookouture

ISBN : 978-2-8246-2042-8
Code Hachette : 49 3105 6
Collection dirigée par Christian English & Frédéric Thibaud
Catalogues et manuscrits : city-editions.com

Dépôt légal : Juin 2022

Prologue

24 décembre 1941

Pourquoi lui avait-il donné un dessin ? D'ailleurs, pourquoi lui avait-il offert un cadeau ? Et pourquoi était-il là ? D'après son emploi du temps, il devait rester encore au moins une semaine sur le front est.

Magda n'arrivait pas à se concentrer – elle avait des listes plein la tête. Elle avait été tellement prudente : elle avait remis à leur place chaque lettre et document que son absence lui avait permis de passer en revue, alors qu'elle ne s'attendait pas à son retour. Elle était méthodique, elle n'était jamais négligente. Elle ne présuma jamais qu'elle était hors de danger. Alors, pourquoi son cœur battait-il à toute vitesse ?

Une toux soudaine – un léger bruit sec qu'elle savait être un signe – la fit sortir de ses pensées. Walther. Magda capta son regard, et le léger signe de tête signifiait *parez-vous de votre plus beau sourire, relevez les épaules.*

Une seconde plus tard, elle s'aperçut qu'Elsa avait été alertée elle aussi et avait suivi le regard de son père, son visage faisant volte-face lorsqu'elle vit là où il avait atterri. Elsa était un faucon, des yeux partout, surtout s'agissant de Magda. Magda était consciente qu'elle devait devenir amie avec elle ; le problème c'était comment.

« Fräulein Aderbach, regardez l'appareil et ne bougez plus ! »

Magda prêta toute son attention au photographe et esquissa son plus beau sourire. Ce n'est qu'après qu'il eut terminé de positionner et repositionner ses sujets qu'elle réussit enfin à contempler un peu plus le dessin. C'était le croquis à l'encre d'une maison, avec une adresse et son nom incrustés sur une volute dorée dans le coin supérieur. Elle n'avait aucune idée de ce que cela signifiait ; ni pourquoi les hommes à sa droite et à sa gauche tenaient des dessins similaires. Son patron – le *Reichsführer-SS* Heinrich Himmler – avait distribué ses cadeaux à elle et aux autres sans explication.

Magda se força à se concentrer alors qu'Himmler se remit à parler, ne laissant aucun doute sur sa réputation de bavard. La première partie de son discours s'était éternisée pendant une heure ; la seconde pourrait facilement durer autant. Les cérémonies spéciales qu'Himmler avait concoctées afin d'honorer ses SS bien-aimés s'éternisaient selon des horaires connus de lui seul, et suivaient des rituels dont la genèse venait selon lui de l'ère des chevaliers et quêtes dont le passé héroïque de l'Allemagne regorgeait. Magda ne savait pas si la célébration de Yuletide de ce soir – Himmler avait interdit à sa « famille » de l'appeler *Noël* – était historique ou non, mais c'était certainement macabre.

La villa d'Himmler sur Hagenstraβe à Grunewald – un faubourg aisé de Berlin situé en lisière de forêts épaisses d'où il tient son nom – avait toujours frappé Magda par son apparence beaucoup plus froide que ne le laissait paraître son extérieur élégant. Ce soir-là, elle était particulièrement austère. Himmler avait ôté le nom de cette période festive et tous les attributs qui allaient avec. Il n'y avait pas de sapin ni de boules qui faisaient plier ses branches, pas de pain d'épices qui parfumait la maison, pas de chants de

Noël. Himmler avait intimé l'ordre à ses invités d'entrer en silence dans la salle de réception au parquet de bois. Il les avait plantés là dans l'obscurité si totale que Magda pouvait à peine apercevoir sa propre main. Alors que son entrée théâtrale bien orchestrée débutait – par un coup de gong dont le beuglement bruyant retentit dans son corps –, la tension dans la pièce se fit palpable.

Lorsque le gong s'atténua, un candélabre prit vie, ses flammes accueillies par les murmures de voix trop basses pour que Magda comprenne ce qui était dit. Lors d'un second retentissement, d'autres bougies s'allumèrent. Cette fois-ci, le chuchotement laissa place à des mots audibles, ce que Magda regretta immédiatement.

Laissez briller sa lumière et la nôtre. Laissez briller sa lumière et la nôtre.

La mélopée qui sourdait de l'ombre et pénétrait dans la pièce était murmurée sans relâche. La troisième fournée de chandeliers fit son entrée, et Magda les vit enfin. Les hommes dans leurs uniformes SS noirs qui apparaissaient comme des spectres, psalmodiaient en chœur, leurs femmes et enfants entonnant instantanément le refrain. Il y eut alors tellement de bougies allumées que la pièce s'illumina d'un or terne, et certains des invités enlevèrent discrètement leurs pardessus. Magda, au contraire, était frigorifiée. Elle avait tenté de filer en douce lorsqu'Himmler avait prié dix de ses « serviteurs les plus loyaux et appréciés » de s'avancer et avait inclus son nom parmi les élus.

Walther toussa à nouveau. Magda se reconcentra. Himmler parlait encore d'une voix monotone et monocorde dont ses laquais disaient qu'elle était mélodique.

— Ces maisons dont vous détenez à présent les croquis sont vos nouvelles maisons. Chérissez-les : elles symbolisent ce que sera bientôt ce pays. Chacune d'entre elles a appartenu jadis à un Juif. Chacune d'entre elles est purifiée par leur absence. Ces rues ne sont plus souillées à présent ; ce magnifique coin de Berlin nous est revenu. Tout comme l'Allemagne nous reviendra, ville après ville, champ après champ, alors que notre lumière – la lumière du Führer – brille dans nos cœurs, et dans nos mains.

Il s'arrêta. Il y eut une pause très brève puis les applaudissements retentirent, conduits, ce à quoi Magda s'attendait, par Walther.

Himmler s'inclina et s'avança, son rictus avide à souhait rivé sur ses « chanceux fidèles ».

Je dois le remercier. Je dois le porter aux nues ou il m'en tiendra rigueur et ce sera fini pour moi.

Magda savait ce qu'elle devait faire, mais son cerveau s'était pétrifié en entendant *purifiée* et *souillées* et, lorsqu'elle ouvrit sa bouche, celle-ci refusa de coopérer.

— Je ne peux pas accepter. Il m'est impossible…

— Croyez en ma bonne étoile.

Walther était à ses côtés, sa main appuyée sur son épaule. Magda savait qu'il cherchait à la calmer, bien qu'elle eût davantage le sentiment de se faire maintenir à sa place.

— Et, étant donné que vous étiez ma secrétaire avant d'être celle du *Reichsführer*, je me joins à vos remerciements. Cela est un honneur pour nous deux, vous en conviendrez n'est-ce pas, ma chère Magda ?

Elle réussit à trouver les mots justes. Himmler se délecta de sa réaction positive et se hâta afin de savourer la prochaine.

Magda était statufiée.

— Il vous fait confiance. En voici la preuve. Vous avez réussi, Magda ; vous êtes là où vous devez être. Vous devriez être fière.

Les mots susurrés de Walther alors qu'il détourna son regard d'Himmler la bouleversèrent autant que sa main l'avait rassurée.

Fière ?

Magda scruta la salle alors que les invités se mélangeaient, et que leurs boucles d'oreilles en diamant et leurs épaulettes argentées scintillaient. Elle savait que Walther avait raison – qu'elle avait bien fait son travail et convaincu Himmler qu'elle était loyale – mais que le résultat de cela était insoutenable. Les femmes discrètes et fardées qui passaient de la pommade à leurs maris en uniforme la dégoûtaient. Le parfum de la victoire qu'ils portaient lui donna la nausée.

Nous avons tellement bien joué notre rôle qu'ils croient que nous sommes comme eux.

Les larmes qu'elle n'osa pas verser brûlaient ses paupières.

Et si personne ne croit plus jamais que nous ne le sommes pas ?

Première partie

1

Nina, octobre 1975

Le jour des funérailles de son arrière-grand-mère Herthe Aderbach fut le jour des premières fois pour Nina Dahlke.

C'était la première fois qu'elle se rendait dans un cimetière, un événement dont elle fut prompte à s'apercevoir qu'elle ne voulait pas qu'il se répète. C'était la première fois qu'elle avait roulé en voiture. C'était la première fois qu'elle était tombée nez à nez avec le mur qui départageait Berlin à l'Est, où se trouvait sa maison, et à l'Ouest qui lui était inconnu. Et c'était la première fois qu'elle voyait son imperturbable grand-mère Magda non seulement manquant de confiance en elle – une situation qui en soi aurait déjà été très étrange – mais complètement et indéniablement apeurée.

La journée avait commencé par la voiture, ou pour être plus précis, par l'excitation ridiculement enfantine de ses parents au sujet de leur nouvelle acquisition que même un enterrement n'aurait pu perturber. Contrairement à sa mère et à son père, Nina ne s'intéressait nullement aux voitures. À ses yeux, la seule chose incroyable concernant la Trabi marron cubique, c'était l'effet qu'elle avait sur ses parents. Si Nina avait connu l'expression, elle aurait dit d'eux qu'ils avaient eu le tournis. Son père Holger l'avait polie à deux reprises d'un bout à l'autre des deux pare-chocs trois jours après son acquisition. Lorsqu'ils avaient pris place dans son habitacle qui sentait une odeur chimique pour se rendre au cimetière, sa mère Britte, habituellement si peu démonstrative, avait caressé son toit fin.

— Nous avons attendu cinq ans pour ça, Nina. Cinq ans pour être en haut de la liste. Tu imagines ?

Étant donné qu'elle était identique à toutes les autres voitures qui pullulaient dans leur quartier, Nina n'y parvenait pas. Qui plus est, la question l'avait plongée dans la confusion. Ses parents ne lui avaient jamais demandé de faire usage de son imagination auparavant ; ils avaient pour coutume de l'implorer d'y mettre fin. *Les bons citoyens* de la République démocratique allemande – ce que Britte et Holger Dahlke étaient convaincus d'être, avec Nina – étaient des gens sensibles. *Les bons citoyens*, comme lui rappelait constamment sa mère, ne tiraient pas de plans sur la comète car cela n'avait aucune utilité concrète. Sa professeure avait dit la même chose lorsqu'elle lui avait rendu sa dernière dissertation – qui était, il est vrai, bien plus féerique que ce que le sujet « Le bon enfant de l'usine » exigeait – qu'elle avait raturée de rouge. Ce que Nina constatait, et elle l'avait expliqué à Frau Maier lorsqu'elle avait vu le zéro pointé sur son dur labeur, c'était qu'en réalité, la phrase *bons citoyens* avait pour sens réel *terne* et *tari*.

La réminiscence du visage empâté de Frau Maier qui était parfois avenant, parfois pincé ne fut pas des plus plaisantes. Pas plus que la réminiscence de s'être assise dans le bureau du principal Huber alors qu'il invitait sévèrement ses parents à expliquer pourquoi ils élevaient un enfant qui « croyait avoir le droit de braver l'autorité » et ce qui « fonctionnait si mal avec leur parentalité ». Ils durent écrire tous les trois des lettres d'excuses à l'école, un ordre que Nina eut beaucoup de mal à comprendre étant donné qu'elle seule était à l'origine du « crime » en question.

— C'est comme ça, ma poulette. Tout le monde est responsable de tout le monde. Ce qui signifie qu'il y a des pensées qu'il est mieux de garder pour soi, au lieu de laisser tout ce qui jaillit de ta tête sortir de ta bouche. Ce n'est pas toujours facile, Nina, de cacher celle que tu es – je le sais, j'en suis vraiment consciente. Mais, crois-moi, parfois, c'est la chose la plus sûre à faire.

Grand-mère Magda avait essuyé les larmes de Nina avec ce conseil ; Nina n'avait pas admis combien elle en était déçue. Bien qu'elle n'eût pas compris tout ce que Magda avait dit, elle savait que cela n'était pas très éloigné de ce que sa mère lui disait la bouche serrée : « Apprends à te taire, et apprends vite avant de nous mettre dans le pétrin. »

Ce que Nina avait réellement souhaité lorsqu'elle avait fondu en larmes sur les genoux de sa grand-mère, c'était que Magda prenne sa défense. Qu'elle fasse irruption dans l'école en agitant la dissertation raturée de rouge comme s'il s'agissait d'un des drapeaux écarlates qui ornaient l'ensemble du bâtiment et exige un vingt sur vingt, la note que Nina méritait. C'était Magda, après tout, qui l'avait initiée aux contes de fées pleins de princesses et de malédictions et de créatures magiques que Nina avait essayé d'imiter. Les histoires que Frau Maier avait rejetées car il s'agissait de « bêtises capitalistes vides de sens que tu n'as aucun intérêt à lire ». C'était sa grand-mère qui avait toujours insisté sur le fait que tout le monde a droit à un traitement équitable – c'était l'un de ses dires favoris – et, avec sa meilleure histoire raturée de rouge, Nina ne voyait pas là un traitement équitable.

Nina avait été sur le point de supplier Magda de passer à l'acte, puis elle s'était dit que sa grand-mère ne se fichait peut-être pas des histoires elle aussi. Que Magda aurait peut-être des ennuis elle aussi si elle avouait que c'était grâce à elle que Nina les connaissait. Il était difficile, il fallait l'avouer, pour Nina de s'imaginer Herr Huber exigeant une lettre d'excuses de quelqu'un d'aussi respectable que sa grand-mère.

Jusqu'à sa retraite, Magda avait eu un emploi au gouvernement que Nina ne comprenait pas mais qu'elle savait important car tout le monde le lui avait dit. Elle participait encore à de nombreuses réunions qui semblaient très ennuyeuses. Et elle avait fait quelque chose d'héroïque pendant la guerre, bien que la guerre – et tout avait un lien avec cela, y compris la mort du grand-père de Nina dont on ne lui parlait jamais – soit une période de sa vie que Magda refusait d'évoquer. De surcroît, la mère de Nina était enseignante et son père travaillait dans un bureau, il s'agissait donc là aussi d'emplois respectables, nonobstant le principal avait-il trouvé le moyen de les traiter comme de sales garnements. Au lieu de parlementer, Nina avait alors essayé l'art de tenir sa langue que tout le monde lui avait conseillé de pratiquer. Ça n'avait pas été une mince affaire.

— N'oublie pas, Nina, ce n'est pas un lieu pour les enfants. Je ne sais pas ce que Mère avait en tête en te laissant venir, mais c'est à elle d'assumer, pas à moi. Il n'y a aucune place pour tes bêtises aujourd'hui.

La consigne brusque de Britte s'immisça dans les pensées de Nina alors que la voiture progressait avec quelques secousses aux abords du cimetière Friedrichsfelde. Si elle avait regardé sa fille alors qu'ils passaient l'entrée étroite, Britte aurait compris que l'ordre en question avait été inutile. Par la fenêtre Nina scrutait les arbres effeuillés inertes et les statues en ruines abîmées par les intempéries et soudainement elle se sentit toute petite. Elle aurait dû écouter tout le monde, dont sa mère, qui lui avait dit qu'elle était trop jeune pour aller à des funérailles, et ne pas supplier Magda pour qu'elle la laisse y aller.

Tout le monde avait parlé de l'importance de « dire au revoir de façon appropriée » et combien cela était réconfortant. Mais voilà : rien dans le cimetière n'était réconfortant. Les rangées de stèles plantées comme des dents grises la perturbaient. Tout comme l'odeur de la terre humide entassée derrière la tombe et le cercueil qui était trop massif et trop définitif et bien trop petit pour contenir son arrière-grand-mère au grand cœur. Nina enfonça ses mains tremblantes le plus profondément possible dans les poches de son manteau en laine rêche et serra ses yeux fermés alors que le cercueil descendait dans la tombe. Puis la première motte de terre cogna le couvercle et ses genoux flanchèrent.

— Elle a été très courageuse, mais ça suffit maintenant, Holger. Pourquoi ne la ramènes-tu pas à la maison ou, mieux encore, puisque nous allons rester ici un long moment, amène-la en balade avec ta nouvelle voiture. Montre-lui un peu Berlin.

Nina était plus que contente d'obéir à l'intervention discrète effectuée par sa grand-mère. Holger était plus que content de suivre le conseil de sa belle-mère et de mener sa famille loin d'ici. En un clin d'œil, Nina s'engouffra dans la voiture, blottie contre sa poupée qu'elle aurait aimé ne pas laisser sur le siège arrière lors des funérailles, alors que ses parents énuméraient des noms de rues et monuments et essayaient de planifier le bon chemin. Nina n'avait cure des lieux où ils iraient, tant qu'ils s'éloignaient du cimetière. Ses oreilles se dressèrent néanmoins quand Holger évoqua Brandenburger Tor. Aucun de ses camarades de classe n'était allé voir ça, et une virée à la porte de Brandebourg, avec ses énormes chars et chevaux, lui permettrait donc de se vanter de cette sacrée aventure.

Il devint cependant assez vite évident qu'aucun de ses parents n'avait la moindre connaissance des rues de la ville dont ils se targuaient. Les maisons en forme de gâteau de mariage sur Karl-Marx Allee ne menaient pas à Alexanderplatz avec sa tour de télévision à tête d'aiguille, comme Holger l'avait promis, sûr de lui. En lieu et place de la vaste étendue bordée d'arbres de Unter den Linden, que Nina allait adorer selon Britte, la Trabi fut coincée dans un labyrinthe de rues ternes de plus en plus étroites. Au-delà des fenêtres rien ne semblait suffisamment différent des routes autour de chez eux à Oberschöneweide pour que cela attire l'attention de Nina. En outre, le quartier où ils se trouvaient était moins intéressant – au moins y avait-il de jolis parcs là où elle vivait et c'était à quelques pas de la rivière. Nina arrêta d'imaginer les récits qu'elle en ferait à l'école. Elle était fatiguée, et avait un peu la nausée à cause des secousses incessantes de la voiture. Elle ferma les yeux alors que ses parents continuaient de se disputer. C'est alors que les plaintes de Britte se terminèrent en pleurs.

— Où nous as-tu emmenés ? Oh mon Dieu, c'est une guérite. C'est un checkpoint. T'es malade ?

Nina se réveilla en sursaut. Les vitres de derrière ne s'ouvraient pas, mais elle plaqua sa tête contre l'une d'elles pour jeter un coup d'œil à l'extérieur. La rue suivante était bloquée par un bloc en béton à l'aspect terne, qui donnait le sentiment que la barrière rouge et blanche baissée juste devant était anormalement brillante.

— Est-ce que c'est ça ? C'est le Mur ?

Britte se retourna et tira Nina de la vitre comme si elle était fine comme du papier.

— Ne l'appelle pas comme ça, surtout ici où tu ne sais pas du tout qui pourrait entendre. Tu veux que l'on se fasse arrêter ?

Elle laissa une main sur le torse de Nina et frappa le bras d'Holger de l'autre.

— Ne reste pas là sans rien faire – fais demi-tour ou marche arrière.

Holger essaya, mais ses pieds appuyaient trop fort et les vitesses craquèrent. Alors qu'il essayait à nouveau, la porte de l'abri s'ouvrit et deux soldats s'approchèrent en courant, leurs fusils levés et dirigés vers la Trabi.

— Coupe le moteur ! Ils doivent croire que l'on essaie de fuir.

Le cri perçant de Britte retentit autour de la voiture ; Nina flanqua ses mains sur ses oreilles. Les armes se rapprochaient, sophistiquées et noires et hypnotisantes.

— Maman, qu'est-ce que tu veux dire ? Fuir où ? Et pourquoi on nous arrêterait ?

Soit sa mère ne pouvait pas entendre, soit elle ne voulait pas.

Les soldats contournèrent la voiture et tapèrent sur les vitres de devant avec leurs poings.

— Ne leur ouvre pas, papa, s'il te plaît.

Mais Holger n'eut pas le temps d'entendre ses larmes : il était déjà à moitié debout, traîné par l'un des gardes armés.

Britte se retourna à nouveau vers Nina. Sa peau pâle était rouge, et ses lèvres fines étaient blanches. Son visage était désemparé.

— Sors, Nina, avant qu'ils s'en chargent. Peu importe ce qu'ils te demandent, réponds-leur. Et, pour l'amour de Dieu, ne l'appelle pas comme tu l'as appelé tout à l'heure : souviens-toi du nom correct.

Nina sortit péniblement de la voiture derrière sa maman, éraflant ses chaussures marron lustrées sur les pavés.

L'un des soldats lui fit signe de venir sur le trottoir.

Le rempart antifasciste. Il n'y a que les gens de l'Ouest qui l'appellent le Mur.

Le rempart : c'était le nom que Britte voulait qu'elle utilise – celui qui avait été ancré en Nina depuis son premier jour d'école.

Alors que les soldats commençaient à interroger ses parents, elle scruta les alentours pour observer tous les autres éléments qu'elle avait dû apprendre et régurgiter dans des contrôles et des essais, terrifiée à l'idée qu'elle pourrait se tromper et que ses parents pourraient avoir encore plus de problèmes à cause d'elle : 1961 – il avait été construit en 1961. Et il était là pour la protection de la RDA, pour empêcher d'entrer les capitalistes et les criminels de l'autre bord abject. Qu'est-ce que Herr Huber disait toujours, au début de chacune de ses assemblées interminables ? Nina examina les alentours, essayant d'entendre sa voix au milieu du sang qui tambourinait dans ses oreilles. *Nous ne devons pas nous en approcher.* C'était ça. *Au cas où les gens de l'Ouest s'approcheraient assez pour nous pousser à agir de façon répréhensible. Et de terribles choses auraient lieu s'il ne se trouvait pas là.* Elle pouvait le visualiser à présent et entendre les échos de sa voix dans sa tête comme ils avaient résonné dans le gymnase de l'école.

« L'Ouest ne respecte pas notre façon de vivre et ils sont jaloux de nos excellents travailleurs et nous les voleraient tous s'ils le pouvaient. Et pire, bien pire, sans le rempart, l'Ouest nous ferait la guerre, avec toute la souffrance que cela engendrerait. Notre gouvernement nous aime trop pour permettre cela et donc il nous protège. Et nous aimons notre gouvernement, n'est-ce pas ? »

Nina criait toujours *oui* avec le reste de l'école, même si elle ne savait pas vraiment ce qu'il entendait par *guerre* et *souffrance*, et ne savait pas vraiment comment aimer quelque chose comme un gouvernement sur quoi elle ne pouvait pas mettre de visage. Et elle avait arrêté de lever sa main pour demander pourquoi, car Frau Maier disait que ce n'était pas la peine de poser des questions inutiles, et qu'il n'y avait que des sales gosses qui en posaient. Au lieu de faire part de ses interrogations, Nina avait fait comme tout le monde et s'accorda à dire que oui elle était privilégiée de vivre dans un pays qui prenait vraiment soin de ses citoyens. Même s'il était difficile de se sentir privilégiée alors que des soldats les mettaient en joue avec des fusils et hurlaient sur ses parents et les menaçaient de les séquestrer.

En fin de compte, les gardes-frontières ne lui parlèrent pas. Après avoir contrôlé la voiture et n'avoir trouvé ni les valises ni l'argent qu'ils semblaient chercher, ils donnèrent l'impression d'accepter que Britte et Holger n'étaient que de piètres conducteurs, pas des fuyards, et les relâchèrent. Holger reprit la route de façon maladroite ; ni Britte ni Nina ne firent de commentaire sur le trou à l'épaule de son manteau en tweed. Personne ne fit de commentaire sur l'incident. La seule chose que Britte dit à Nina sur un ton sec fut :

— Ne dis rien à ta grand-mère – je ne veux aucune remontrance de ma mère à ce sujet.

Nina ne répondit rien ; elle était trop occupée à essayer de donner un sens aux armes et aux menaces.

*

Le chemin du retour jusqu'à la maison de deux étages de Magda à Triniusstraße, à dix minutes de marche de l'appartement des Dahlke à Kottmeier Allee, fut emprunté à une vitesse à décorner les bœufs. Lorsqu'ils arrivèrent, la maison était pleine à craquer. Holger et Britte disparurent dans la forêt de manteaux noirs, mais Nina était trop bouleversée pour s'y frayer un chemin. Au lieu de cela, elle prit la clé des champs, d'abord dans la cuisine où elle se servit une part de gâteau aux amandes, puis à l'étage et à l'arrière de la maison où se trouvait la chambre d'Herthe, son arrière-grand-mère. La pièce, cependant, n'était plus un sanctuaire : elle était trop vide de présence. Le mobilier robuste était toujours à sa place. La collection de photographies aux cadres d'argent d'Herthe était toujours accrochée au mur ; sa brosse en écaille de tortue se trouvait toujours sur la coiffeuse. Les choses habituelles étaient là, mais Herthe n'y était pas et par conséquent aucune d'entre elles n'avait encore une âme. Le lit dans lequel Herthe avait passé sa dernière année, où Nina s'était blottie les après-midi après l'école, n'était pas un bateau ou un tapis volant ; c'était juste un lit. Sans les histoires qui leur étaient associées, les visages qui regardaient au travers des photos n'étaient qu'ombres insensées.

Nina posa son gâteau, son appétit envolé. Cela faisait à peine une semaine qu'Herthe était décédée – il devait forcément encore y avoir une trace d'elle quelque part ?

Où se trouve la boîte aux trésors ? Ce n'est plus sa chambre, sans la boîte aux trésors.

Nina se retourna vers la table de nuit, croisant les doigts pour que la boîte florale pleine à ras bord de boutons et pièces et bijoux vétustes s'y trouve encore. Depuis que Herthe était alitée, elle avait insisté pour la garder à ses côtés, afin que Nina puisse jouer avec. Au cours des dernières semaines avant sa mort, quand Herthe était trop faible pour faire autre chose que tenir la main de Nina, Magda avait poursuivi le jeu que sa mère avait commencé. Elles s'installaient toutes les trois contre des oreillers épais, Magda jetait le sort à la place d'Herthe trop fatiguée – *Pioche une pièce et je te raconterai une histoire* – et Nina ouvrait la boîte et plongeait sa main pour en ressortir une chaîne cassée, ou un pendentif qui avait perdu sa monture, ou une clé qui avait égaré son verrou depuis fort longtemps, afin d'en tisser une fable. C'était leur rituel : mère et fille et petite-fille, toutes aimaient les contes. Sauf que maintenant, la table de nuit était vide et que les histoires avaient pris fin.

Nina paniqua. Elle fit les cent pas dans la pièce tel un papillon de nuit, cherchant derrière les rideaux, regardant sous le lit. La boîte était introuvable. Les tiroirs de la table de nuit et de la commode étaient trop étroits pour qu'elle s'y trouve. Le seul meuble où elle aurait éventuellement pu tenir, c'était la grande et encombrante armoire. Nina hésita : elle avait le sentiment que sa grand-mère ne serait pas contente qu'elle ouvre les portes et fouille. Magda était très à cheval sur ce qu'elle appelait *l'intimité*, ce que Britte avait expliqué de façon assez confuse : « Garde tes mains pour toi et ton nez relevé. » Nina savait qu'elle devrait vraiment demander avant, mais sa grand-mère était occupée, et elle avait besoin de la trouver. Elle tendit les bras, empoigna les anneaux en laiton ballants et tira.

Les portes s'ouvrirent avec un grincement et des effluves de moisissure et de lavande défraîchie. Cela faisait si longtemps que Nina n'avait pas vu Herthe accoutrée d'autre chose qu'une chemise de nuit blanche à col haut et une robe de chambre en laine délavée que ce fut un choc de voir les jupes et les robes à fleurs qui remplissaient ce grand espace.

Nina recula. Elle ne voulait pas les toucher. Elles avaient l'air trop rigides pour avoir un jour habillé le corps de son arrière-grand-mère. Et si vieilles qu'elle craignait que le moindre effleurement les réduise en poussière. Mais elle voulait la boîte aux trésors, et tous les conteurs savaient que les objets perdus finissaient toujours en des lieux effrayants. Nina retint sa respiration et se baissa autant qu'elle le put, s'assurant que ses yeux soient alignés avec le bas des vêtements. Elle immisça une main prudente sous les tissus rêches, tendit ses doigts jusqu'à ce qu'ils s'arriment à une ligne de boîtes tout au fond.

Les deux premières étaient en carton et fléchissaient lorsqu'elle appuyait dessus, mais la troisième était froide et produisit un cliquetis lorsqu'elle la poussa. Nina prit une grande respiration, l'agrippa et tira. La boîte se fraya un chemin vers la sortie. Cela délogea un petit parchemin fermement enroulé qui roula jusqu'au sol dans un nuage de poussière.

Nina oublia instantanément le trésor et ramassa le parchemin. Le papier était épais et avait jauni ici et là. C'était bien plus passionnant que des morceaux de bijoux cassés – ça pourrait être une carte, ou une lettre, ou une peinture égarée de longue date depuis la guerre et le gouvernement remercierait Nina de l'avoir retrouvé et lui donnerait peut-être même une médaille. Elle déroula le parchemin, l'étendit puis s'assit sur le tapis avec un petit cri de surprise.

C'était un dessin, à l'encre noire, de la plus merveilleuse des maisons que Nina ait jamais vue. Le bâtiment dessiné avec délicatesse était comme l'illustration d'un livre d'images ; ça n'avait rien à voir avec les maisons d'Oberschöneweide. Les logements qui bordaient ses rues étaient soit des immeubles comme celui où vivait Nina, à angles droits et aux pièces identiques, soit de petites maisons carrées comme celle de sa grand-mère qui avaient été construites pour les ouvriers fidèles au parti après que les raids de la Seconde Guerre mondiale eurent dévasté la zone. L'architecture de cette maison était incomparable. La porte d'entrée était voûtée et ornée et avait une horloge circulaire et un blason sculpté sur le dessus. La toiture en tuiles incurvées était inclinée. Il y avait une tour ronde dans un angle, et des fenêtres aux volets fermés avec de petits cœurs sculptés, et ce qui semblait être une passerelle couverte ou un balcon qui enveloppait une des façades. C'était confus et chaotique et envoûtant. Le genre de maison où vivrait un magicien avec une famille de chouettes, ou là où une princesse organiserait des fêtes pour une cour pleine de lutins.

Alors que l'imagination de Nina prenait son envol, elle remarqua les lettres au niveau du coin supérieur droit. Elles étaient imprimées en doré et dans une typographie manuscrite, ce qui rendait l'inscription difficile à lire, mais, au bout de la troisième fois elle réussit :

La Maison-Tour, Erdener Straße, Berlin-Grunewald.
Pour Magda Aderbach de HH, un cadeau.

— Où as-tu trouvé ça ?

Nina était si fascinée qu'elle n'entendit pas s'ouvrir la porte de la chambre ni entrer sa grand-mère. Si elle avait prêté plus attention, elle aurait remarqué que le ton de Magda était bizarrement sec.

— C'était au fond de l'armoire. C'est tombé quand je cherchais la boîte d'arrière-grand-mère. C'est si beau, mamie – aussi joli qu'un château dans un conte de fées. Et il y a ton nom dessus. As-tu vraiment habité là ? C'était vraiment ta maison ?

Nina leva le regard vers Magda, pensant que son visage brillerait de joie. Elle ne reconnut pas la femme qui la dévisageait. Nina savait que sa grand-mère était vieille, au moins soixante ans, mais elle ne l'avait jamais vue ainsi. Lorsque Magda allait chercher Nina à l'école – ce qu'elle faisait tous les après-midi maintenant qu'elle était à la retraite –, jamais elle ne se plaignait d'être trop fatiguée pour jouer, comme le faisait la maman de Nina. Elle ne se plaignait même pas quand Nina insistait pour rester dans le parc en des journées froides et alors que le vent brûlait les mains abîmées de Magda. Magda avait toujours été solide et fiable et droite. À présent son corps était recroquevillé et voûté et Nina n'arrivait plus à l'imaginer en train de marcher longuement et encore moins de faire la course. Sans parler de son visage. Nina avait entendu la phrase *aussi blanche que la neige* auparavant, mais la neige était réelle et elle scintillait. La peau de Magda avait pris la couleur du mastic que son père utilisait pour boucher des trous.

Elle a peur.

Cette pensée surgit de nulle part et Nina en eut des frissons. Sa grand-mère était forte et sûre d'elle ; elle n'avait jamais *peur.* Même cet impensable mot n'était pas assez puissant pour décrire la déformation du visage de Magda. Sa mère avait eu peur au checkpoint, Nina également. Mais là-bas il y avait eu des armes et des soldats et des cris, et une peur qui était bruyante et désordonnée, qui s'était terminée en supplices et en pleurs. Alors qu'ici il n'y avait rien de plus qu'un bout de papier, et la peur que Nina voyait transparaître de Magda n'était pas bruyante et ne se propageait pas. Elle était froide et palpable et plus grande que la pièce.

— Que se passe-t-il ?

Magda répondit comme si elle n'avait pas entendu la question.

— J'ignorais qu'elle l'avait gardé. Je lui avais dit de s'en débarrasser. Je lui avais dit de brûler les deux images que j'étais si bête d'avoir rapportées. Elle m'avait promis qu'elle l'avait fait. J'aurais dû voir qu'elle était incapable de résister à quelque chose d'aussi *joli.*

Nina ne savait pas comment elle était supposée réagir. Magda avait mâché le dernier mot. À présent elle scrutait le dessin comme si elle attendait qu'il prenne feu.

— Tu ne l'aimes pas ?

Magda regarda Nina d'un air ahuri, puis ses yeux se boursouflèrent soudainement. Bien que Magda fâchée et en pleurs soit aussi impensable pour Nina que Magda apeurée, il était plus facile de se raccrocher à cette pensée.

Elle est peut-être triste. Peut-être qu'elle adorait vivre là, tout comme ça aurait été mon cas je le sais et elle est malheureuse que ce ne soit plus le cas. Peut-être que HH était un prince dont elle a été amoureuse un jour mais qu'il a dû partir pour une quête.

— Je peux le garder ?

— Quoi ?

Nina ramassa le croquis.

— Tu es triste de revoir la maison, c'est ça ? Parce qu'elle te manque ainsi que la personne qui te l'a donnée ? Mais je l'adore, vraiment, et j'en prendrai soin, et j'en écrirai des histoires. Et peut-être que dans quelque temps, lorsque tu ne seras plus fâchée, tu me raconteras comment c'était d'y vivre.

Nina sourit à sa grand-mère, persuadée d'avoir résolu le problème.

— C'est une maison de princesse. Tu as tellement de chance.

Il n'y eut aucun sourire en retour. Le corps de Magda se statufia ; sa bouche s'ouvrit.

Nina ne tenait plus en place, le dessin toujours en main.

— Mamie, qu'est-ce qui ne va pas ? Tu es malade ? Je dois aller chercher maman ?

— Une maison de princesse ? C'est ce que tu crois ? Mon Dieu, que doit-on ressentir lorsqu'on est si naïve ?

Le ton de Magda était si sévère, ce qui ne lui ressemblait pas, que Nina recula.

— Prends-le si tu veux. Non, en fait non. Déchire-le et oublie-le, et ne m'en parle plus jamais.

Magda hurlait. Elle ne hurlait jamais. Ses yeux étaient noirs et durs, comme si quelqu'un d'autre en avait pris le contrôle. Et la main avec ses moignons où les doigts du milieu auraient dû se trouver – des séquelles auxquelles Nina ne prêtait plus attention car elles faisaient partie de Mamie – s'était métamorphosée en une griffe cruelle et mutilée.

— Je suis sérieuse Nina – débarrasse-toi de cette atrocité.

Peu importe qui était cette femme, Nina ne l'aimait pas, et elle ne voulait pas se trouver auprès d'elle. Elle s'était surpassée toute la journée, aux funérailles et au check-point, pour se montrer mature et ne pas pleurer, mais c'en était trop. Nina éclata en sanglots qu'elle avait contenus depuis le cimetière – empoignant fermement le dessin pour le protéger de cette méchante nouvelle grand-mère – et prit ses jambes à son cou.

2

Magda, juin 1935-juin 1937

Walther Tiedemann était l'homme le plus rayonnant que Magda Aderbach, alors âgée de vingt ans, ait jamais vu. Tout chez lui – de ses cheveux doux et blonds à ses yeux bleu saphir et à son costume gris impeccablement coupé – brillait. La seule vision de lui aurait pu faire fondre Magda, excepté que la chose la plus reluisante sur lui se trouvait être une croix gammée.

Magda et toutes les autres filles en dernière année d'études pour leur examen de secrétaire au Technische Hochschule Berlin avaient passé les dernières semaines dans un état d'excitation qui convenait davantage à l'arrivée parmi elles d'une star du cinéma qu'à celle d'un businessman d'une quarantaine d'années. Les enseignantes étaient tout émoustillées elles aussi. La venue d'un homme d'une telle stature les rendit béates et elles se mirent à prendre comme exemple les statistiques de production de la société Tiedemann, spécialisée dans les moteurs électriques, lors de trop nombreux cours. Elles avaient également – ce qui amusa leurs étudiantes qui ne s'en cachèrent pas – investi dans de nouvelles coupes de cheveux et robes élégantes avec des décolletés bien plus plongeants qu'aucune d'entre elles ne portait à l'accoutumée.

Leur excitation était cependant compréhensible : Walther Tiedemann – qui avait hérité de l'affaire juteuse de son père – était l'homme d'affaires le plus célèbre et séduisant d'Allemagne. Il était rare de ne pas le voir dans les journaux. L'équivalent d'une petite forêt de papier avait été consacré aux profits en flèche et aux négociations de rachats impressionnants de l'entreprise et – depuis la mort de sa femme cinq ans auparavant – à la vie privée tout aussi impressionnante de Walther. Lorsque l'annonce qu'un poste de secrétaire à son siège de Spandau était vacant avait été publiée, Magda avait mis le même entrain que ses camarades de classe pour répondre à l'offre. Mais à présent que le poste était à portée de main puisqu'elle figurait parmi les deux dernières candidates en lice, elle ne voulait plus du tout travailler pour lui.

— La voici, Herr Tiedemann, notre étudiante vedette. Entrez, Fräulein Aderbach, entrez donc. Ne faisons pas faire attendre notre invité d'honneur.

Frau Kuechler, la directrice des études de secrétariat de l'école, indiqua à Magda d'entrer dans la pièce avec un sourire bien trop large pour sa tête d'épingle. Herr Tiedemann se leva avec élégance et lui fit un léger signe de tête courtois. Magda aurait pu jurer qu'elle avait entendu Frau Kuechler soupirer lorsqu'il tendit sa main.

Elle se la joue effarouchée comme une ado rêveuse.

C'était une pensée déconcertante. Frau Kuechler était habituellement aussi loin de cette description qu'un général d'armée grisonnant. À présent, en revanche, elle s'exprimait d'une toute petite voix et rougissait et sa poitrine râblée frémissait indéniablement sous son chemisier boutonné et serré. Magda détourna promptement son regard de ce spectacle peu ragoûtant et prit la main tendue de l'homme d'affaires, l'effleurant à peine de la sienne. Elle fit exprès d'être distante, et d'écourter sa poignée de main, tel un affront. Tiedemann ne sembla cependant pas s'en apercevoir.

— C’est un plaisir de vous connaître, Fräulein. La directrice Kuechler a eu une belle envolée lyrique au sujet de vos compétences. Je dois avouer qu’avec toutes ces louanges sur votre personne, je m’attendais à quelqu’un de plus âgé.

Tiedemann fit signe à Magda de s’asseoir et en fit autant, étendant ses longues jambes devant lui jusqu’à ce qu’elles recouvrent presque tout le tapis floral.

Il en a l’habitude. Charmer et aguicher les femmes.

Walther Tiedemann était terriblement attirant. Même en étant parfaitement consciente de ses penchants politiques, Magda ne pouvait le nier. Elle imaginait parfaitement la façon dont la plupart de ses amies s’adonnaient s’adonnaient au fantasme, à la flatterie et à la rivalité, en vue d’obtenir un rendez-vous galant avec lui, même si, vu son âge, il aurait pu être leur père. Magda n’avait pas été indifférente au charme de l’homme d’affaires lorsqu’elle et les autres filles avaient passé en revue les dernières photos de presse où il était accoutré d’un smoking parfaitement taillé. Et – bien qu’elle ait récemment rencontré un homme qui avait conquis son cœur – elle s’était jointe au gloussement de sa classe alors que certaines des filles les plus effrontées décrivaient comment elles allaient s’y prendre pour utiliser son pool de dactylos comme tremplin vers son lit. Cependant, peu importait combien Tiedemann était beau : ses yeux clairs et sa mâchoire carrée étaient gâchés par l’insigne rouge et noir épinglé sur sa veste. Magda répondit donc par un simple « merci » courtois mais froid et fut déconcertée lorsqu’il arbora un large sourire.

— Intelligente et réservée, une excellente combinaison. Donc, étant donné que j’ai toutes les notes de vos examens et les corrigés de vos épreuves en mains, et que je sais que vous êtes – comme le dit si bien votre directrice – une « vedette », pourquoi ne me parlez-vous pas de vous, Fräulein Aderbach ? Dites-moi quelque chose de plus personnel que votre vertigineuse sténo et vitesse de frappe.

C'était un test – que ce soient ses mains jointes ou sa tête penchée, tout le démontrait à Magda. Et si réussir celui-ci signifiait se voir offrir un poste pour travailler aux côtés d'un homme qui était national-socialiste, c'était un test auquel Magda était plutôt heureuse d'échouer.

Elle redressa les épaules, croisa ses mains sur ses genoux et le regarda droit dans les yeux.

— Je suis née à Oberschöneweide et je suis fière d'y vivre encore. Mon père est chef d'équipe à l'usine de câbles d'Oberspree.

Le nom du quartier de Berlin dont elle était originaire, peu importait l'usine où travaillait son père, aurait dû suffire à mettre fin à sa curiosité. Au lieu de cela, Tiedemann déconcerta encore plus Magda en éclatant d'un rire joyeux et inimitable.

— Intelligente, réservée et téméraire : qui se préoccupe de la vitesse de frappe avec ce genre de qualités ? Donc, vous êtes originaire d'Oberschöneweide ? Un endroit tellement fascinant. Peut-être pas aussi couru et politiquement à gauche que « Wedding la Rouge » se vante de l'être, mais un foyer du socialisme quoi qu'il en soit. Que disent-ils déjà au sujet de votre quartier ? Ah oui : « Ne vous y baladez jamais avec une chemise brune : même les bébés dans leurs landaus sont entraînés à attaquer. »

Sa réponse était totalement inattendue : Magda dut mordre sa lèvre afin de retenir le sourire qui était sur le point d'étirer ses lèvres.

Tout le monde à Oberschöneweide était profondément fier de leur engagement et d'avoir repoussé le fascisme, et aussi de ce dicton : *Et ces brutes de chemises brunes nationales-socialistes en ont pris pour leur grade et nous craignent.*

Tout cela n'amusa pas beaucoup Frau Kuechler qui eut une quinte de toux. Tiedemann lui versa un verre d'eau et lui donna son mouchoir – un carré de soie blanche que la directrice serra contre sa poitrine comme s'il s'agissait d'une icône –, mais ses yeux restèrent rivés sur Magda.

— Alors, Fräulein. D'après les éléments que vous avez choisi de me confier, parmi tant d'autres, et à la façon que vous avez de froncer les sourcils en scrutant mon insigne, je suppose que vous n'êtes pas une adoratrice du Parti ?

Le Parti. Magda détesta la façon dont il avait dit ça, comme s'il n'y en avait pas d'autre. Elle détesta encore plus qu'il ait raison. Sa famille et ses amis avaient beau se raccrocher à leurs idéaux politiques, l'avènement du national-socialisme avait symbolisé la fin de la démocratie en Allemagne. Dans les deux années qui avaient suivi l'arrivée au pouvoir en 1933 de leur leader Adolf Hitler, toute opposition à la façon de voir le monde des fascistes avait été bannie. Le parti communiste allemand, le KPD – qui était plébiscité dans les quartiers de la classe ouvrière de Berlin tels que Wedding et Oberschöneweide – avait été la première victime du régime. Magda était tout à fait consciente qu'admettre avoir le moindre lien avec des sympathisants socialistes, ou des affinités, même infimes, avec ce qui était aujourd'hui une organisation clandestine et bannie, était déjà un acte dangereux. La question que l'on venait de lui poser était donc un piège, et elle le savait aussi bien que Tiedemann. Magda savait également, étant donné ses attaches politiques et – ce qui était évident vu le bouquet d'edelweiss tout frais aux côtés du portrait d'Hitler sur la commode – celles de Frau Kuechler, qu'une réponse prudente était la seule adaptée à la situation. Cependant, Magda n'ayant aucune intention de le revoir un jour, elle n'en fit qu'à sa tête.

— Non, je ne le suis pas. On m'a élevée dans la foi en l'égalité. Dans le respect des lois et des normes devant s'appliquer de façon identique à tout le monde dans notre pays, peu importe la religion ou l'idéologie politique de chacun. Mais cette façon de voir, malheureusement, ne semble pas être celle du national-socialisme. D'après ce que je peux voir, le Parti ne croit qu'en deux sortes de gens : ceux qui sont comme eux, et les autres.

Elle s'arrêta, consciente que son discours prenait un virage plus dangereux que celui qu'elle avait envisagé.

Tiedemann, cependant, la scrutait de façon si intense que c'était comme si le reste de la pièce avait disparu.

— Continuez, Magda. Vous avez envie d'en dire plus – je le vois sur votre visage. Peu importe ce que c'est, je veux l'entendre, croyez-moi.

Croyez-moi. C'était un choix de mots étrange. Ce qu'il y eut d'encore plus étrange sur le moment pour Magda, c'était qu'il disait vrai.

Dis-lui ce que tu penses vraiment, ce que tous ceux qui comptent pour toi s'attendraient à ce que tu dises.

Elle ne détacha pas son regard du sien alors qu'elle reprit :

— D'accord. J'aurais donc dû dire qu'il y en a trois sortes, pas deux : ceux qui sont comme eux, ce qui constitue le groupe le plus important ; ceux qu'ils n'ont pas encore réussi à convaincre de leur façon de penser mais qu'ils tolèrent pour l'heure ; et les Juifs. Je hais beaucoup de choses chez Hitler et son parti, mais ce que je hais par-dessus tout, c'est la façon dont lui et ses acolytes parlent des Juifs. Comme s'ils n'étaient pas des personnes mais *autre chose*, comme s'ils n'étaient pas humains. Ce n'est pas bien de traiter qui que ce soit comme ça. Donc, non. Je ne suis pas une grande admiratrice du Parti. Je vaux mieux que ça.

C'était un discours courageux, et, peu importait ce que répondrait Tiedemann, Magda en était fière. Avant qu'il puisse dire quoi que ce soit, cependant, Frau Kuechler rua dans les brancards.

— Fräulein Aderbach, vous allez vous excuser immédiatement pour votre insolence.

La directrice ne jouait plus la timorée – elle enrageait.

— Herr Tiedemann, je suis horrifiée que l'une de nos étudiantes vous parle d'une façon aussi impolie. J'ose espérer que vous ne nous tiendrez pas rigueur de son comportement affligeant. Et je vais de ce pas, bien entendu, trouver une autre candidate pour votre poste. Celle-ci ne convient clairement pas.

Herr Tiedemann secoua sa tête.

— Non, madame, vous n'en ferez rien. Il n'y a pas d'autre candidate. Cette fille est pour moi.

Il n'avait d'yeux que pour Magda. Lorsque la directrice voulut discutailler, il ignora ses protestations. Magda ne comprenait pas ce qui se passait, mais elle sut instinctivement qu'il y avait bien plus en Walther Tiedemann que ce qu'il laissait transparaître. Lorsqu'il lui sourit, cette fois-ci son visage chaleureux éclipsa son insigne.

— Il a vraiment utilisé ces mots – *cette fille est pour moi* ? Même si tu as dit que tu exécrais Hitler ?

— Pas seulement Hitler, *tous ses acolytes* aussi.

Magda fit un grand sourire à Christoph de l'autre côté de la table de la cuisine.

— Honnêtement, j'étais aussi surprise que toi qu'il ne m'engueule pas. Lorsque j'ai vu son insigne, j'en ai conclu qu'il vénérait le Parti. Mais maintenant…

Elle s'arrêta, ne sachant pas comment finir. Son sentiment selon lequel Walther Tiedemann était beaucoup plus qu'il ne laissait transparaître était encore trop confus pour mettre des mots dessus.

Christoph arrêta de vérifier les pamphlets compilés sur sa liste et fronça les sourcils.

— Mais maintenant quoi ? Tu es séduite par le charme de ce play-boy ?

Magda se demanda si ce fut le sifflement perçant de son père Ernst ou sa mâchoire crispée que Christoph intercepta en premier. Peu importait la réponse, il présenta ses plus plates excuses.

— C'était déplacé. Je suis désolé. Et je vois bien que c'est une offre incroyable – tu ne pourrais jamais toucher un salaire aussi élevé que celui qu'il te propose en travaillant chez Oberspree. Mais c'est dur de se résigner à accepter ce que je sais de lui, et ce que je sais de toi, et ça.

Il indiqua la pile de pamphlets qui jonchaient la table et la longue liste des lieux de déchargement, qui étaient tous potentiellement sous surveillance. Tous les quatre – Magda, ses parents et Christoph – se chargeraient de la livraison, peu importaient les risques.

Il était difficile de contrer son raisonnement. Magda n'était peut-être plus convaincue que Walther Tiedemann était fidèle à Hitler, pourtant c'était un peu exagéré de l'imaginer assis avec son café matinal en train de feuilleter *Le Drapeau rouge*. De retour chez elle, et loin du regard chaleureux de Tiedemann, il était plus aisé de voir ce que Christoph s'était mis en tête – l'homme d'affaires qui soutenait le national-socialisme dénoncerait l'ensemble du foyer Aderbach qui conservait des exemplaires du journal banni.

Et s'il savait que nous ne faisons pas que le lire mais que nous sommes le noyau du réseau chargé de sa distribution aux quatre coins de la ville...

Son père lui coupa la parole comme s'il pouvait lire les pensées de Magda.

— Tu crois qu'il a eu vent de ce que nous faisons ici ?

Il attacha le dernier lot et le poussa vers Christoph.

— Nous avons pris toutes les précautions d'après moi, mais n'importe qui peut se révéler être un informateur.

N'importe qui aurait pu faire fuiter que nous gérons le centre de distribution de Berlin. Tiedemann pourrait-il vous utiliser comme un appât pour attraper de plus gros poissons ?

La première réaction de Magda fut de révoquer l'idée que Tiedemann travaillait pour le Parti afin d'éradiquer la résistance, et l'idée qu'elle puisse être dans le radar de quiconque la suspecterait d'être fauteur de troubles. Malgré ses mots intrépides lors de l'entretien, elle n'était pas encore perçue comme un membre actif à part entière de la résistance antifasciste. Magda était contrariée d'être tenue à l'écart des activités auxquelles prenaient part ses parents et Christoph, comme si elle se trouvait dans un autre pays. Elle ne faisait rien de plus que porter les paquets lors de la distribution des pamphlets, et restait dans l'ombre alors que Christoph, muni des codes nocturnes, frappait aux portes fiables. Chacun de ses mots pour expliquer ses opinions avec conviction à Walther Tiedemann était sincère : Magda avait été élevée dans un foyer qui se consacrait à construire un monde plus juste.

Ernst Aderbach était devenu pacifiste après les horreurs de la Première Guerre mondiale, et sa femme Herthe partageait ses idéaux. Ils croyaient tous les deux que la destruction causée par la guerre ne pourrait être corrigée si une vie plus juste et empathique n'en ressortait, et ils étaient tous les deux déterminés à œuvrer sans relâche en ce sens. Magda avait pris ses repas d'enfance sur une table jonchée de tracts de protestation. Elle s'endormait non pas au son de berceuses mais de voix élevées ou baissées alors qu'en bas dans la cuisine des disputes éclataient sur l'inflation galopante et les réparations de guerre et l'éventualité d'une révolte. *Comment peut-on rendre la vie meilleure pour tout le monde ?* C'était ça, le pouls de sa maison, et de toutes celles du voisinage. C'est alors qu'Hitler prit d'assaut le pouvoir avec ses brutes de chemises brunes et sa police secrète en uniforme noir et que la peur devint monnaie courante dans les rues. Les amis de longue date leur rendaient moins visite, ou seulement clandestinement la nuit. Les discussions se firent discrètes, étouffées par des stores baissés et des portes closes. Magda s'immisçait dans des conversations à grand renfort d'*unités de résistance* et de *comment rendre coup pour coup* et elle était parfois si loquace que son père lui intimait de la boucler.

— Ce n'est pas parce qu'il ne te fait pas confiance ; c'est pour que tu sois en sécurité.

Sa mère avait présenté ses excuses après que Magda eut passé une nuit avec les nerfs en pelote, se plaignant qu'on la laisse dans l'ombre, et qu'on la tienne à distance de la bataille contre le mouvement fasciste qu'on lui avait appris à abhorrer.

— C'est une période dangereuse, Magda, surtout pour les gens qui pensent comme nous. Chaque tract que nous écrivons ou pamphlet que nous diffusons pourrait nous faire croupir en prison. Chaque grève que ton père entreprend pourrait finir par une raclée, ou pire. Il y a des indics partout. Même les enfants, que Dieu leur vienne en aide, sont enclins à moucharder et à saboter leurs familles. Si Kiefer découvrait la moitié de ce qu'on fait…

Herthe n'avait pas réussi à terminer sa phrase ; elle n'en avait pas eu besoin. Les deux femmes savaient pertinemment ce qu'elle voulait dire.

Magda s'était efforcée de ne plus poser de questions, cependant elle n'avait pas arrêté de tendre l'oreille ou de désirer jouer son rôle. Son père ne voulait peut-être pas qu'elle manifeste dans la rue, mais il ne pouvait pas l'empêcher d'obtenir son diplôme de secrétaire et d'intégrer les organisations syndicales qu'il respectait. Il n'avait pas son mot à dire si c'était elle qui organisait les grèves pour améliorer les salaires et les conditions de travail. Elle s'était donné les moyens d'étudier et de travailler et de patienter autant qu'il le faudrait pour lui démontrer qu'elle n'était plus une enfant, mais une femme compétente, courageuse et digne de confiance. Et puis Ernst avait amené Christoph Traube chez eux en une nuit enneigée de décembre 1934 et Magda ne s'était plus du tout donné les moyens d'attendre pour quoi que ce soit.

L'attirance avait été immédiatement réciproque. Herthe était allée se coucher avec Ernst après un long repas à discuter et à rire, qui leur avait donné le sentiment nostalgique d'avoir vingt ans de moins, prédisant un mariage. Christoph était passionné de politique et un conteur né. Ernst était trop grisé par l'enthousiasme de son manager junior pour le réduire au silence, d'autant que Kiefer, le jeune frère de Magda, avait découché. Magda quant à elle n'avait jamais rencontré un homme avec autant de vie en lui. Christoph n'avait que deux ans de plus qu'elle, mais il avait emmagasiné tellement d'expériences de vie dans ce laps de temps supplémentaire que Magda n'arrivait pas à savoir au début si l'émotion qui la faisait rougir était due au plaisir ou à la jalousie.

Tout le monde dans le cercle des Aderbach, dont Magda, nourrissait l'espoir romantique de voyager en Russie, même si ce pays était mystérieux et largement inconnu en dehors des mythes dont on faisait le récit. Aucun d'entre eux ne s'y était jamais rendu, en dehors de Christoph. Il avait passé un an à l'école internationale de Lénine à Moscou et était donc à Oberschöneweide celui qui faisait figure de proue sur les rouages du pays.

Magda rêvait également de combattre les injustices. Il ne s'agissait que de rêves, pourtant Christoph avait déjà organisé des grèves contre des patrons cupides dans une douzaine d'usines et écrit un tas d'articles pour *Le Drapeau rouge*, et des hommes bien plus âgés que lui s'en remettaient à ses conseils avisés. Lorsqu'il partit de chez eux ce soir-là, Magda eut le tournis d'avoir autant parlé et argumenté et ri, et fonça tête baissée dans cette inclination qui était clairement réciproque. Celle-ci s'était muée en amour en l'espace des six mois qui avaient suivi leur première rencontre. Et cela avait permis à Magda d'atteindre au moins les lisières de la résistance contre Hitler et son parti qu'elle souhaitait désespérément intégrer.

Ce dont père m'exclura s'il sent qu'il y a le moindre danger.

Consciente de cela, Magda ajouta son dernier tas sur la pile principale et fit non de la tête.

— C'est possible, je présume, pourtant il aurait pu trouver un bien meilleur appât que moi si cela était son plan. Mais non, je ne crois que ce soit ce que Tiedemann manigance. Je ne pense pas qu'il travaille pour le Parti, pas comme tu l'entends. Lorsque je lui ai dit que je détestais la façon dont Hitler traitait quiconque lui résiste, particulièrement la façon dont il menace quiconque est juif, j'ai senti qu'il partageait mon opinion.

Elle s'arrêta lorsque Ernst ronchonna.

— Mais je serai prudente à ses côtés, bien sûr que je le serai, tout comme j'ai toujours été prudente aux côtés des enseignantes et des autres filles de l'école. Je sais garder ma bouche cousue.

— Oui, on sait.

Christoph se leva et commença à ranger les paquets dans une valise.

— Et ce travail pourrait servir. Cela fait des mois qu'on essaie d'avoir un contact dans le complexe Spandau de Tiedemann. Si tu pouvais transmettre notre message dans leur…

— C'est quoi ça ?

Personne n'avait entendu s'ouvrir la porte de la cuisine. Personne n'avait remarqué Kiefer qui se tenait sur le seuil, accoutré de sa veste brune de la Jeunesse hitlérienne et de son brassard rouge avec la croix gammée.

Ils se mirent tous en mouvement. Christoph s'empressa de mettre les derniers pamphlets dans la valise et la ferma vite. Herthe se plaça entre Kiefer et la table et se mit à le bombarder de questions au sujet de sa soirée écourtée. Magda sauta comme une puce et farfouilla de-ci de-là dans les placards pour mettre la main sur les *lebkuchen* préférés de son frère, vociférant quelques mots tout en cherchant la boîte à biscuits. Tout était bon pour détourner son attention et pour esquiver le danger que représentait sa nouvelle loyauté. Ernst fut le seul à demeurer où il se trouvait, refusant catégoriquement de regarder son fils.

Kiefer ne leur prêta aucune attention.

— J'ai aperçu des écrits en rouge et noir, et un marteau. Ce sont des tracts *communistes* ?

Le mépris dans sa voix était flagrant.

— Et tu ferais quoi si c'était le cas ? Tu balancerais toute ta famille ? Tu nous regarderais nous faire emmener dans un camp ?

Ernst se tourna finalement vers son fils. Il était évident que ses poings fermés avaient des airs de menace, cependant le pacifiste qu'il était reprit le dessus. Tout ce que Magda put percevoir, ce fut sa douleur.

— Père, arrête. Se battre n'apporte rien de bon à personne.

Elle voulait ajouter *mais Kiefer en serait heureux*, pourtant elle tint sa langue. Il y avait trop de choses en jeu pour risquer une confrontation. Toutes les leçons de tolérance que Kiefer avait apprises dans ce foyer avaient été enterrées depuis belle lurette sous l'avalanche de propagande en classe. Ses yeux scintillaient et clignaient nerveusement et il ressentait l'absence de loyauté, les dévisageant tous les quatre comme s'ils étaient des étrangers qu'il serait enchanté d'écraser. Remonté à bloc par le serment par lequel il s'était lié en rejoignant la Jeunesse hitlérienne, il devait dénoncer le moindre comportement anti-Parti, peu importait la source, peu importaient les conséquences.

— Tu surestimes notre rôle dans tout ça.

Christoph riva ses yeux dans ceux de Magda et lâcha la valise fermée sur la table.

— Jette un coup d'œil à l'intérieur si tu veux. Ce que tu as vu, ce sont des modes d'emploi pour des nouveaux moteurs électriques que l'usine de câbles a achetés à la société Tiedemann. Là où ta sœur vient de décrocher un poste, d'ailleurs.

Kiefer allait s'emparer de la valise mais coupa court à son élan.

— Elle va travailler directement pour le grand manitou lui-même, comme l'une de ses secrétaires ?

— Pour Walther Tiedemann ?

Kiefer se décala de la table et fixa Magda du regard.

— Vraiment ? Mais c'est l'un des plus grands sympathisants du Parti. Et c'est un ami d'Himmler, le chef de la police. Je l'ai tout de suite bien senti, au quartier général des SS à Prinz Albrecht Straβe lorsque mon club de la jeunesse s'y est rendu pour une visite. Il est vraiment génial, et sacrément riche.

Les yeux de Kiefer brillaient encore, et il ne pensait plus du tout à la valise.

— Tu crois que je pourrai le rencontrer quand tu commenceras ton travail ?

Magda sentit la main de Christoph prendre la sienne et elle acquiesça.

— Bien sûr.

Ce fut tout ce qu'elle eut la force de dire – la vue de son petit frère adoré habillé dans un uniforme ennemi, qui essayait d'être un homme à quinze ans, et s'imaginer son nouvel employeur s'acoquiner avec les SS avaient serré sa gorge comme un étau.

Kiefer était quant à lui heureux et guilleret et alla se coucher empli de certitude quant à la « preuve que ma famille est loyale ». Ils gardèrent tous un sourire forcé jusqu'à ce qu'il quitte la pièce.

— Eh ben, tu as enthousiasmé notre adorateur d'Hitler. Ce qui n'est pas à prendre à la légère.

Magda se retourna vers son père, prête à rétorquer, mais son visage était décomposé et vieilli, et lui jeter sa frustration à la figure aurait été trop cruel.

— Ça lui passera, papa. Il nous reviendra. Et Tiedemann n'est pas celui que tu imagines. Je ne sais pas comment je le sais, mais c'est un fait.

Elle se tut. Elle essayait de croire à ses dires.

Même Christoph ne sut que répondre.

Lorsque j'ai vu son insigne, j'en ai déduit qu'il était un adorateur totalement à la botte du Parti.

Si Magda avait eu besoin d'un argument afin d'étayer la fiabilité de son instinct premier, Walther Tiedemann était celui-ci. Cela lui avait pris six mois pour se hisser du pool de dactylos qu'elle avait rejoint en juin 1935 à l'étage des secrétaires de direction. Elle n'avait eu besoin que de six mois supplémentaires pour convoiter le poste d'assistante personnelle, le Graal qu'elle rêvait de conquérir depuis qu'elle avait été embauchée dans l'entreprise. Elle avait pris place au bureau attenant le sien lors de son premier jour, impatiente de retrouver l'homme qui avait mené son entretien. Il avait débarqué sourire aux lèvres. Il avait été charmant, la submergeant de compliments flatteurs sur son souci du détail infaillible et son dur labeur irréprochable. Douze mois plus tard, il était toujours aussi charmant et élogieux, mais ça n'allait pas plus loin. Pour Magda, Herr Tiedemann se révéla un individu distant, insondable, bref ce fut une déception totale. Et il fut tout aussi complexe de devenir intime avec les employés qu'avec leur patron : chaque tentative de s'en rapprocher que Magda avait opérée en vue de leur démontrer l'intérêt de la cause socialiste avait fini dans une impasse.

L'homme qui l'avait fixée du regard et lui avait dit « ayez confiance en moi » s'était évaporé derrière sa croix gammée. La sympathie pour un monde plus tolérant que Magda avait décelée en lui à l'école ne refit jamais surface. L'homme pour qui elle travaillait et l'homme qu'il montrait au grand jour étaient faits du même bois : un membre national-socialiste fidèle et engagé. Les talons de ses chéquiers croulaient sous les donations au Parti, *via* ses nombreuses initiatives. Son agenda était envahi par les notables du Parti. Magda le noircissait chaque semaine avec une liste du cercle restreint du Führer. Déjeuners organisés par Martin Bormann, le secrétaire d'Hitler. Dîners avec Goebbels, le ministre de la Propagande. Apéros avec le Führer lui-même. Magda jonglait avec les affaires et les rendez-vous mondains de Tiedemann parmi un réseau de relations dont elle avait espéré – malgré les apparences – qu'il ne les fréquente pas, un réseau qui s'étendait dans tous les ministères du Reich. L'appétit de Tiedemann pour s'immiscer en leur sein était, apparemment, insatiable. Un nom, cependant, apparaissait de façon plus soutenue que les autres : celui du *Reichsführer-SS* Heinrich Himmler.

Himmler était, selon le patron de Magda, obsédé par l'organisation – comment les processus pourraient être simplifiés et optimisés ; comment l'argent pourrait être économisé. Il était donc un visiteur régulier du complexe industriel de Spandau, le parcourant encore et encore, s'abreuvant des connaissances de Walther. « Tirer parti du meilleur cerveau de l'industrie du pays », comme Himmler le disait lui-même de façon extravagante.

Étant donné sa position à la tête du *Schutzstaffel* – ou des SS comme on les connaissait plutôt, l'armée privée et brutale du Parti qui, en 1937, avait agi en dehors de tout code moral, suivie par la plupart des Allemands – Magda avait imaginé Himmler comme un être terrifiant. Elle savait – car il le lui avait dit – que depuis qu'il dirigeait les SS en 1929, Himmler avait conçu l'entité comme celle qui serait essentiellement la garde rapprochée d'Hitler, dotée de forces spéciales de plus de 50 000 hommes. Elle savait également que ses responsabilités ministérielles comprenaient la gestion de la Gestapo, la police secrète tout aussi brutale et toute-puissante du Parti.

La première fois qu'elle avait inscrit le nom du *Reichsführer* sur l'agenda quotidien comme visiteur, elle avait eu un haut-le-cœur. L'homme qui était descendu de la Mercedes rutilante et avait attendu qu'on lui déroule le tapis rouge était définitivement quelconque. Il était bedonnant et légèrement voûté, avec des jambes arquées. Il clignait des yeux derrière ses lunettes davantage comme un instituteur hésitant que comme une des étoiles montantes du Parti. Même s'il faisait de son mieux pour se laisser pousser une moustache coquette, il avait le menton fuyant et sa voix était tout aussi effacée : il criait au lieu de parler, mais la puissance vocale n'apportait aucune force à ses mots. Il était aussi – comme s'en aperçut Magda lorsque de sa main moite il prit la sienne et grommela lourdement quelques compliments exagérés – un garçon maladroit auprès des femmes. Magda ne comprenait pas comment un homme aussi insignifiant qu'Himmler avait pu gravir les échelons aussi loin et vite. Alors que tout le monde à l'usine lui léchait les bottes, elle s'était sentie – comme elle le décrivit le lendemain à Christoph – comme l'enfant dans *Les Habits neufs de l'empereur*, avec l'envie désespérée de hurler : « Mais pourquoi vous ne voyez pas ce qu'il est réellement ? »

Walther Tiedemann ne le voyait vraiment pas. En plus de partager une fascination pour les moindres détails dans l'organisation du travail, les deux hommes étaient des voisins proches à Grunewald, et Tiedemann – ajoutant un point négatif supplémentaire à sa liste déjà longue – consacra des heures à courtiser Himmler et à gagner ses faveurs. Les événements qu'on demandait à Magda de coordonner n'en finissaient jamais, comme les traiteurs et les fleuristes. Soirées jeux de cartes dans la villa de Tiedemann à Winkler Straβe, déjeuners festifs sur le bord du lac près de Krumme Lanke et, en une occasion mémorable, un bal masqué élaboré dans la roseraie du palais d'été à Pfaueninsel, une île sur la rivière Havel réservée au seul usage du Parti. Peu importait l'occasion ou le nombre de convives, le titre « invité d'honneur » était toujours accolé au nom d'Himmler. Et les personnalités mondaines et stars de cinéma et hommes d'affaires qui réussissaient à se faire une petite place sur les listes d'invités tant convoitées se vantaient tous, sur l'insistance d'Himmler, d'être de descendance résolument « allemande ».

— Tu t'attendais à quoi ? À une tribu entière d'Israël et de Samuel et Blumenstein passant les portes sacrées ? Tu travailles pour ce play-boy depuis trop longtemps. Il y a peut-être des Juifs fortunés qui résident encore à Grunewald, mais je suis quasiment sûr qu'ils sont aussi rejetés que les pauvres, exclus de tout ce qui a trait à un semblant de vie. Sauf, bien sûr, si c'est l'unique endroit de Berlin qui n'est pas placardé d'affiches qui proclament *Interdit aux Juifs* et où tout le monde flâne main dans la main.

Magda avait réussi à ravaler sa colère au lieu de répondre au sarcasme de Christoph, bien que pour cela elle doive prendre ses distances. Son humeur était toujours à vif ces derniers temps, son tempérament agréable avait souffert des six mois où il avait été incarcéré au camp de concentration de Columbia à Berlin pour avoir manifesté contre les lois de Nuremberg, une série de décrets qui définissaient avec cruauté ce que cela signifiait d'être juif. Bien que Christoph reste muet sur la période qu'il y avait passée, le camp – qui était géré par la Gestapo et hébergeait principalement des communistes et des Juifs – était connu pour ses méthodes d'interrogatoire brutales. Magda avait vu les cicatrices mal refermées sur son dos, et il avait avoué qu'elles avaient été infligées à coups de fouet à lanières et billes de plomb. Et les impulsions électriques dont il portait des stigmates sur le haut du bras. Après ce qu'il avait subi, elle pouvait supporter un minimum de sarcasme. De plus, Christoph avait raison : Grunewald ne traitait pas mieux sa population juive qu'ailleurs à Berlin. Bien que certaines des villas imposantes qui embellissaient ses rues soient encore entre les mains des familles juives qui y vivaient depuis que la communauté y avait élu domicile, leurs propriétaires n'y avaient pas la vie facile.

Les lois raciales votées par le Parti en 1935 avaient scindé la population juive allemande du reste de leurs compatriotes de façon aussi rigide qu'un mur. Les Juifs n'étaient plus considérés comme des citoyens. Les Juifs n'avaient plus le droit de se marier en dehors des règles strictes qu'on leur avait imposées, lesquelles n'avaient rien à voir avec les traditions ou croyances juives et tout à voir avec la haine. Les Juifs n'avaient plus le droit de travailler dans la fonction publique ou la médecine ou tout secteur de l'éducation. Les commerces qu'ils possédaient n'étaient plus fréquentés ; leurs enfants n'étaient plus les bienvenus dans les écoles qui les avaient accueillis auparavant ; les parcs et cinémas et piscines ne leur ouvraient plus leurs portes. La seule chose que les Juifs fortunés pouvaient faire et que les pauvres ne pouvaient pas, c'était payer les sommes énormes que le Parti exigeait d'eux pour émigrer, et ne pouvaient-ils le faire que s'ils arrivaient à convaincre rapidement quelqu'un dans un lieu reculé de les accepter.

Certaines zones se défendirent et essayèrent de protéger leurs voisins, au moins dans les premiers temps – Oberschöneweide notamment – mais la plupart se soumirent. Grunewald, selon ce que Magda avait appris en épiant avec attention les conversations de son patron, avait capitulé très vite, sans doute à cause du grand nombre d'officiels du Parti qui avaient été attirés par l'air pur et le prestige du faubourg.

Avant de connaître le coin, tout ce que Magda avait entendu dire sur les forêts et lacs et villas semblables à des palais de Grunewald lui avait donné le sentiment que cet endroit était magique. Lorsqu'elle avait intégré la Société Tiedemann en 1935, elle avait rêvé d'une invitation chez Tiedemann, dans sa célèbre villa de Winkler Straße. Après avoir passé un an à gérer des listes d'invités dont les noms lui donnaient la chair de poule, Magda avait néanmoins et depuis longtemps perdu l'envie de s'y rendre. Elle avait perdu le goût de travailler avec son patron célèbre. Par conséquent, lorsqu'il finit par la convoquer chez lui, un vendredi de mai 1937 – pour apporter des documents à signer qui étaient trop urgents pour attendre son retour d'un voyage de dernière minute –, Magda s'aperçut qu'elle était plus tendue qu'excitée. Elle s'assit dans un train, inquiète des individus qu'elle pourrait croiser, et cette question qui jusque-là n'avait fait que l'effleurer : *Pourquoi ne démissionnes-tu pas ?* s'enracina pour la première fois dans sa tête.

Rien dans la journée qu'elle passa à Grunewald ne s'avéra magique. Les rues arborées et maisons de maître aux couleurs pastel étaient belles sans aucun doute, mais les Mercedes exhibant fièrement le sigle à la croix gammée, à l'arrêt face à elles, leur ôtaient tout leur charme. Après cinq minutes en dehors de la gare, dont le porche voûté et orné de fleurs lui rappela un château, Magda vit davantage d'écriteaux *Interdit aux Juifs* placardés sur les bancs et les portails des parcs et les entrées de magasins qu'elle n'aurait voulu en compter. Mais ce qu'il y avait de plus effrayant encore, c'étaient les gardes en faction devant l'école juive Goldschmidt à Hagenstraβe et les enfants nerveux pressés dans les escaliers par les enseignants qui autant que faire se pouvait reniflaient le danger. Lorsqu'elle fit remarquer la scène incongrue des gardes postés devant l'école à la domestique qui ouvrit la porte de Tiedemann, et que celle-ci lui dit qu'Himmler refusait de laisser son chauffeur passer par là alors que sa maison se trouvait dans la même rue, Magda crut qu'elle allait fondre en larmes.

La villa de Winkler Straβe était bâtie sur trois étages jaune citron agrémentés de stuc blanc qui s'élevait sur les murs comme une meringue. Magda s'était immiscée dans l'allée en essayant de ne pas penser à Hansel et Gretel. Dès lors que Tiedemann avait expliqué que son week-end prolongé se déroulerait dans le refuge de montagne bavarois d'Hitler, la question *Pourquoi ne démissionnes-tu pas* qui la tracassait s'était transformée soudainement en *Tu dois.* Après son annonce, Magda avait refusé le thé et la visite de la maison qu'il lui avait proposée. Au lieu de cela elle avait campé sur ses positions dans le vestibule ornementé de freesias, sa main tendue vers les documents signés. Si Tiedemann fut offusqué par le manque d'intérêt envers son hospitalité, il ne le montra pas. Quand bien même il l'aurait été, Magda en aurait eu cure.

Les papiers remplis, elle s'était précipitée en dehors de la maison, anxieuse de retrouver l'air frais. L'après-midi commençait tout juste ; le soleil était encore chaud. Sa carte indiquait une marche aisée depuis Koenigsallee jusqu'à Krumme Lanke et ses chaussures étaient robustes. Elle se mit en route en imaginant une eau parfaitement limpide et un lac calme et se retrouva rapidement en lisière d'une forêt emplie d'un parfum rafraîchissant de menthe et de pin épicé. Le sol était tapi de fleurs violettes et blanches qu'en bonne citadine elle ne connaissait pas, pourtant elle sut qu'elle pourrait en faire un bouquet qui plairait à sa mère.

Magda était si concentrée dans sa cueillette et son émerveillement qu'elle ne remarqua pas qu'elle avait atteint une rangée de maisons jusqu'à ce que l'herbe sous ses pieds devienne du gravier. Elle s'arrêta, croyant avoir emprunté le mauvais sentier et être sortie de la forêt sans le vouloir. La petite enclave de maisons sur laquelle elle tomba était nichée dans une charmille façonnée par les branches d'arbres comme si elle avait été cachée là délibérément. L'arc de cercle qu'elles formaient était paisible et la canopée, majestueuse, pourtant…

Elle regarda la carte qu'elle avait emportée, mais il n'y avait aucun signe d'un quartier résidentiel. Il y avait, cependant, un panneau à quelques pas de là où elle se trouvait. Incapable de savoir pourquoi elle se sentait mal à l'aise, Magda s'en rapprocha en espérant retrouver son chemin.

La première chose qui la frappa, ce fut que les maisons qui bordaient les longues rues parfaitement entretenues étaient complètement différentes des villas délibérément typiques aux alentours de celles de Tiedemman. Contrairement à celles-ci, ces maisons avaient une forme et une taille identiques, une peinture couleur crème pâle, et des toits pentus et des fenêtres sur pignon avec des volets en bois verts. Elles n'auraient pas juré dans le décor d'un conte populaire alpin, à la différence que chacune d'entre elles était ornée d'un drapeau à croix gammée planté dans la pelouse tondue au cordeau. Il y avait aussi une croix gammée et un aigle gravés sur le haut du panneau.

Magda scruta les noms des rues empruntés à un ancien texte gothique. *Le sentier de la loyauté, L'allée ancestrale, La Führer Platz.* Elle arrêta de lire.

Alors qu'elle rebroussait chemin, avec des picotements dans le cou, son talon heurta une pierre pointue et elle cria. Un chien se mit immédiatement à aboyer et à foncer tête baissée contre une clôture à grands coups de patte frénétiques et de tintamarre de chaîne qui firent trembler Magda de la tête aux pieds. Elle en oublia complètement le lac et, au lieu de cela, se fraya un chemin au milieu des arbres qui n'avaient plus du tout l'air accueillants, jusqu'à la première gare sur laquelle elle tomba, impatiente de retrouver les gens affairés et les trottoirs envahis de la ville. Deux semaines plus tard, quand Himmler, qui exigeait sa compagnie et son bloc-notes lors d'une visite d'usine, se mit à chanter les louanges de la merveilleuse cité SS qu'il avait conçue et construit dans la forêt de Grunewald, dont il voyait le modèle comme étant « le cœur pur de toutes nos futures communautés », elle sut que son temps comme employée chez Tiedemann était révolu.

C'est bien pour ça que je dois donner ma démission et mettre les voiles.

Magda avait commencé à rédiger sa lettre de démission le soir de sa visite à Winkler Straβe, mais elle gisait encore dans son sac. Elle était pompeuse et formelle, mettant en avant des raisons familiales pour expliquer son départ. Elle ne disait pas ce qu'elle avait sur le cœur : qu'elle n'avait pas envie de travailler pour un homme sans éthique.

Ce que je pourrais écrire si j'en avais envie – ce n'est pas comme si j'avais besoin de lui ou que je me préoccupais de ses sentiments. Et être trop en contact avec ses amis nazis n'est pas de bon augure pour ma famille. Je ne pense pas qu'Himmler serait particulièrement impressionné par mes origines.

Magda posa son stylo et jeta un coup d'œil à l'horloge. Il était 16 h 45. Son travail était accompli ; Tiedemann était en déplacement pour la journée. Elle pouvait écrire sa lettre, la laisser sur son bureau et tirer un trait. Et elle pouvait dire ce qui lui chantait : elle n'avait pas besoin de références – il y avait un poste qui l'attendait à l'usine de câbles quand elle le voulait. Le salaire lui manquerait mais pas assez pour ravaler son mépris et rester. Faire la navette entre Oberschöneweide et Spandau ne lui manquerait pas du tout, ce qui pouvait prendre jusqu'à une heure dans un sens comme dans l'autre et lui avait provoqué des douleurs osseuses en hiver lorsque les vents étaient tellement glacials à Berlin que même les pierres tremblaient de froid. Et Walther Tiedemann ne lui manquerait pas non plus, avec son sourire trop éclatant et son charme trop envahissant et sa conscience inexistante.

Débordant d'une énergie qu'elle n'avait pas ressentie depuis des semaines, Magda bondit et courut jusqu'au placard où elle rangeait son sac à main pour la journée. Dix minutes de frappe et elle serait libre. Elle se mit à rire en empoignant le sac, imaginant le soulagement sur le visage de son père lorsqu'elle lui annoncerait. Bien qu'Ernst ait compris le désir de Christoph de placer l'un de leurs membres dans l'usine, il n'avait pas vu d'un bon œil que Magda accepte le poste chez Tiedemann et qu'elle se mette en danger, ce que cela impliquait, il en avait peur. Alors que l'homme d'affaires était de plus en plus photographié au sein des cercles du Parti, les inquiétudes d'Ernest n'avaient fait que croître.

Voilà, ce soir il pourra festoyer !

Magda cogitait là-dessus alors qu'elle ouvrit son sac. Puis elle en vida le contenu car elle ne put mettre la main sur la lettre immédiatement et elle avait hâte de partir. Malheureusement elle ne pensait pas à ce qui aurait dû attirer toute son attention : elle avait passé la nuit précédente à déambuler dans l'ombre de Friedrichshain et Prenzlauer Berg à glisser des tracts anti-Parti dans des boîtes aux lettres. Elle avait oublié – lorsque les trois sifflements légers l'avaient alertée qu'une patrouille s'était immiscée dans la rue – qu'elle avait fourré les deux derniers tracts dans son sac et ne les avait pas ressortis en courant chez elle, tout aussi euphorique qu'effrayée d'avoir eu si chaud. Elle avait totalement omis cette erreur. Jusqu'à ce que la porte du bureau s'ouvre soudainement. Et qu'une feuille fine contenant le slogan *Soutenez vos frères juifs* virevolte depuis le placard et tourbillonne jusqu'aux pieds luxueusement chaussés de Walther Tiedemann.

— Mon bureau, maintenant.

Il avait le tract, et il lui bloquait la sortie. Sans autre option, Magda obtempéra. Tiedemann lui emboîta le pas et verrouilla la lourde porte derrière eux. Magda ne s'assit pas. Elle partit du principe que les SS, ou la Gestapo, ou peu importe qui il choisirait d'appeler, viendraient la chercher sans attendre.

— Vous ne me portez pas vraiment dans votre cœur, n'est-ce pas ?

La question interpella Magda, toute à sa réflexion pour éviter que Christoph et ses parents soient impliqués dans cette histoire. Elle fut totalement prise au dépourvu.

— Non, en effet. Je ne vous porte pas du tout dans mon cœur.

Voilà que son sourire faisait encore des siennes, celui qui l'avait amenée à se fourvoyer deux ans plus tôt. Aussi inattendu à présent qu'il l'avait été alors. Magda décida de ne pas se laisser influencer cette fois-ci.

— Voulez-vous me dire pourquoi ?

Il n'avait pas encore pris le téléphone. Ce qui ne voulait pas dire qu'il ne le ferait pas.

Mais s'il le fait ? Tu es finie, donc à quoi bon tenir sa langue ? Pourquoi ne pas lui dire la vérité, comme tu comptais le faire dans la lettre, surtout si cela détourne son attention ?

Tiedemann s'était assis. Il semblait parfaitement à l'aise. Magda décida d'en faire autant. Elle tira une chaise et prit son temps pour s'y installer. Elle voulait trouver les mots justes.

— Très bien. Je ne vous aime pas parce que je pensais que vous étiez un homme meilleur, et vous ne l'êtes pas.

Elle fit une pause afin de jauger sa réaction. Il la regardait, toujours aussi imperturbable.

— Lorsque vous m'avez fait passer l'entretien, lorsque j'ai été claire sur ce que je pense du Parti, et la façon dont il traite les Juifs, j'ai cru percevoir de la sympathie en vous qui atténuait l'impact de l'insigne que vous portiez. Je me suis trompée. Vous vous êtes vendu corps et âme aux nationaux-socialistes. Il ne vous manque plus que l'uniforme.

Elle s'arrêta. Il ne souriait plus, mais il ne semblait pas non plus en colère.

Je n'arrive pas à le cerner. Je n'ai aucune idée de ce qu'il pense.

Sa question suivante confirma que cet instinct disait vrai.

— Je présume que vous organisez votre tractage et les autres activités où vous êtes impliquée, quelles qu'elles soient, en petits comités, où une confiance absolue est de mise. Combien de temps cela vous prend-il pour arriver à ce résultat ? Combien de temps cela prend-il avant que votre organisation, peu importe sous quelle forme elle existe, accepte un nouveau membre ?

— Des années.

Magda avait répondu du tac au tac là aussi – il était d'une sérénité déroutante. Et elle lui avait encore dit la vérité. Elle décida donc de poursuivre.

— On m'a laissée sur la touche pendant longtemps avant d'être autorisée à participer aux discussions ou à effectuer la moindre tâche insignifiante, même si tout le monde me connaissait. Environ un an après ça, on m'a autorisée à agir, et seulement parce que…

Elle s'arrêta. Elle avait été sur le point de dire *parce que mon petit ami était emprisonné et que j'étais la seule parmi les proches à pouvoir prendre la relève.* Mais il était trop intime et dangereux de partager cela ; à la place elle pencha pour :

— Parce qu'une place s'est libérée et que j'étais la mieux placée pour cette fonction.

— Des années.

Tiedemann acquiesça.

— C'est ce que j'espérais vous entendre dire. Cela signifie que vous n'êtes pas si impulsive, ou négligente, que ce tract tombé par terre le laisse penser.

Il le prit sur le bureau où il l'avait posé, retourna le papier bon marché et parcourut l'intitulé et la longue liste de noms imprimés de chaque côté.

— *Soutenez vos frères juifs.* C'est une noble requête, pourtant, avec toutes ces adresses que vous indiquez, c'est aussi une liste de courses parfaite pour les SS. Il n'y aura plus aucun de ces commerces encore ouverts d'ici la fin de la semaine.

Ces mots sonnèrent comme une menace ; mais pas le ton. Se dire qu'il pourrait avoir raison – qu'ils auraient par mégarde fait la basse besogne des SS à leur place – laissa Magda sans voix. Tiedemann poursuivit.

— Il y a de meilleurs façons de se rendre utile, Magda – certains avec des résultats plus pertinents. Ça n'a absolument aucun sens d'encourager les gens à s'accrocher à leur gagne-pain et à leur peur quelques mois de plus. Rien ne va s'arranger : le Parti hait trop le sang juif pour que l'Allemagne redevienne tolérante.

Il agita la tête alors qu'elle s'apprêtait à parler.

— Je sais que vous savez tout ça ; je n'essaie pas de vous prendre de haut. Mais ce que vous vous ignorez, à moins que vous ne vous immisciez dans leur milieu comme je l'ai fait, c'est la profondeur de leur haine. Les lois raciales ne sont que le commencement de cette mise à l'écart – une épuration approche, ils y font tous allusion, ce qui va aller beaucoup plus loin que des restrictions dans les écoles et pour les mariages. Les gens ne peuvent pas se permettre de vivre comme ils vivaient ; cela n'a plus aucun sens. Ils doivent changer de vie s'ils veulent survivre.

Il prit une clé dans sa poche intérieure et déverrouilla le tiroir du haut de son bureau.

— Ils ont besoin d'aide pour ça, de la part de ceux d'entre nous qui peuvent la leur apporter. Regardez par vous-même.

Le document qu'il fit glisser vers elle était la carte d'employé des usines Tiedemann faite au nom de Konrad Bauer. Elle comprenait la photo d'un jeune homme à l'air sérieux, avec son adresse, sa date et son lieu de naissance et le jour où il avait commencé son emploi. Elle n'avait rien de différent d'une douzaine d'autres que Magda avait vues.

— Je ne comprends pas. Pourquoi me montrez-vous ça ?

Tiedemann sourit.

— Parce que ça fonctionne, n'est-ce pas ? Vous n'avez pas pu faire la différence avec les cartes que tous nos employés portent, il s'agit pourtant d'une contrefaçon.

Tiedemann reprit la carte et la rangea dans le tiroir.

— Herr Bauer est né Daniel Aaronsohn. Il n'est pas de Munich – il n'y a jamais mis les pieds, ni à l'adresse qui dit où il habite actuellement à Neukölln. Mais les gens qui y vivent se porteront garants pour lui si besoin. Et tout le monde dans son service a une fausse identité, dont son chef d'équipe, ce qui veut dire qu'il gardera son emploi lorsque les interdictions contre les Juifs s'attaqueront, après les professions libérales, aux usines, ce qui, croyez-moi, va arriver.

— Pourquoi avez-vous fait ça pour lui ?

Des dizaines de questions s'entrechoquaient dans la tête de Magda alors qu'elle essayait de donner un sens à ce que Tiedemman semblait – de façon si improbable – faire, mais ce fut la première qui lui vint à l'esprit.

Tiedemman haussa les épaules.

— Car c'est l'un de mes meilleurs employés. Son taux de production établit la norme pour tout le monde. Et c'est un homme bon – ils le sont tous. Pourquoi devrais-je les perdre à cause des fanatiques au pouvoir qui sont obsédés par le « sang pur » ?

Les fanatiques au pouvoir ? Magda commença à se demander si elle avait rêvé ces deux dernières années.

— Mais le danger ne vous inquiète pas ? N'importe qui pourrait vous dénoncer.

Tiedemann prit un autre document dans le tiroir.

— Les hommes qui travaillent pour moi ne le feraient pas. Et puis, est-ce à elle de dominer ? L'inquiétude ? Êtes-vous inquiète lorsque vous distribuez vos tracts ? Assez pour arrêter, je veux dire ? Et êtes-vous inquiète lorsque vous vous tenez face à Himmler, cachant à peine votre répugnance ?

Il sourit alors que Magda rougit.

— Pas la peine. Je vous admire pour ça, et il pense que vous êtes sage et réservée à ses côtés car vous êtes intimidée, ce qui flatte son ego surdimensionné. Vous allez devoir apprendre cependant à mieux dissimuler vos sentiments si vous voulez vous rendre utile pour moi, et aussi éviter le danger à ceux que vous aimez.

Avant que Magda ne puisse demander ce que cela signifiait exactement, il fit glisser un autre document sur le bureau. Celui-ci était intitulé *Le consul Américain de Berlin* et était une demande de visa d'entrée aux États-Unis faite au nom de la famille Lechenich de Bettinastraße, Grunewald.

— Une jolie famille, et de vieux amis à moi. Le père est l'un des meilleurs parfumeurs de Berlin et le fils est un violoniste talentueux qui aurait pu faire partie de l'orchestre de la ville. Mais leurs perspectives se sont évaporées, et leurs biens risquent de connaître le même sort, et ils ne peuvent donc pas rester ici. Heureusement, les visas seront prêts avant que le quota de cette année pour entrer aux États-Unis soit atteint, ou avant que le Parti trouve un nouveau moyen de leur extorquer toute leur épargne. Sinon, eh bien, je peux encore tirer quelques ficelles pour faire accélérer les choses.

— Pourquoi faites-vous tout ça ?

Magda finit par retrouver sa langue et les questions fusèrent.

— Pourquoi aidez-vous des gens que tous ceux que vous fréquentez haïssent ? Et pourquoi fréquentez-vous ces hommes, d'ailleurs, si vous vous préoccupez vraiment du sort des autres ? Comment faites-vous pour jouer aux cartes avec Himmler, passer vos week-ends avec Hitler puis pour venir me parler des travailleurs juifs que vous avez sauvés ? Comment puis-je savoir quel aspect de vous est vrai ?

— Parce que vous le savez déjà – vous le saviez il y a deux ans, de la même façon que je savais qui vous étiez vraiment.

Tiedemann plia le formulaire de demande et le replaça sur son bureau.

— Peu importe ce qui nous différencie dans nos vies, j'ai été élevé avec les mêmes valeurs que vous. Avec l'idée que chaque vie est précieuse et mérite d'être respectée de la même façon. En croyant que personne n'a plus d'importance que n'importe qui d'autre au regard de son lieu de naissance ou de sa richesse ou de son sang, ou toute autre excuse qu'inventent les hommes pour se rendre plus importants qu'ils ne le sont. Ensuite, pourquoi est-ce que je fais ça ? Doit-il y avoir une seule raison ? Êtes-vous motivée par une passion ardente ? Ou êtes-vous comme moi ? Réagissant à l'injustice dans tout ce ramassis de fureur et de mensonges, et craignant les choses bien pires qui risquent d'arriver ?

Tout ce qu'il disait était sensé. Tout ce qu'il disait avait été exprimé des dizaines de fois autour de la table de cuisine de sa famille. Cependant cela n'expliquait toujours pas comment il pouvait vivre si confortablement au sein de ce nid de frelons, et Magda voulait des réponses à chacune de ses questions.

— Je suis d'accord avec tout ça. Je résiste, à mon humble petit niveau, parce que je n'ai pas le choix si je veux me regarder dans le miroir. Mais je ne suis pas une hypocrite. Je ne fréquente pas ceux qui me dégoûtent. Je ne les étreins pas.

Pour la première fois depuis qu'elle avait fait tomber le tract, Tiedemann fronça les sourcils.

— D'où croyez-vous qu'il est le plus aisé d'obtenir des informations, Magda ? De l'intérieur et de très près, ou à des kilomètres de distance ? Et qui épie-t-on le plus – l'ami ou l'ennemi ?

Il s'arrêta et soupira, et se frotta le visage qui montra soudainement des signes de lassitude.

— Je n'attends pas de réponses de vous. Je ne cherche pas à vous impressionner. Je n'ai pas commencé tout cela parce que je suis un saint. J'étais peut-être simplement naïf.

Je suis un homme d'affaires, motivé par le résultat et le profit. Après 1933, si je voulais que mes usines restent en marche, je devais travailler avec le Parti, c'est donc ce que j'ai fait. Je n'ai pas trop réfléchi au début – je me disais qu'il ne s'agissait que de slogans et de fanfaronnades. Puis j'ai regardé d'un peu plus près et je n'ai pas du tout aimé ce que j'ai vu. Ce sont des hommes à l'esprit maléfique, et, tout aussi proche que je sois, je ne pense pas avoir pris la mesure de la moitié de ce dont ils sont capables. J'aurais peut-être dû prendre position – j'y ai pensé – mais quel intérêt, s'ils m'avaient éliminé ? Quel intérêt, si tous mes employés avaient perdu leur travail ? Je suis peut-être un lâche qui essaie de se justifier pour le chemin emprunté, mais je les ai *étreints*, selon vos termes, pour les cerner, pour voir ce que je pouvais obtenir de l'intérieur. Cela m'a coûté cher, croyez-moi – être entouré d'hommes dont les valeurs sont aussi fourvoyées que celles d'Himmler érode votre âme peu à peu. Mais si c'est le prix de l'appui que je peux apporter à des hommes honnêtes afin qu'ils conservent leur emploi et à de vieux amis afin qu'ils demeurent en sécurité, je dois en effet les côtoyer.

Il était clair dans l'assurance soudaine de sa voix qu'il disait la vérité.

Il est celui que je croyais qu'il était, que j'ai dit qu'il était. Il veut vivre dans le même monde que celui où je veux vivre.

Comprendre qu'elle ne s'était pas trompée sur son compte, et qu'enfin il lui avait laissé voir la vérité derrière son masque, lui coupa le souffle. Elle voulait rire et le maudire d'être resté dans le secret. Elle voulait faire table rase de toutes les frustrations que sa dissimulation avait provoquées. Pourtant elle fut incapable de prononcer autre chose que cette fébrile question :

— Comment tenez-vous le coup ?

Tiedemann s'était détourné de Magda pour regarder par la fenêtre en direction du complexe industriel et de son labyrinthe de hangars et cheminées. Ses yeux, lorsqu'il les riva sur elle à nouveau, étaient vaseux et fatigués. Elle dut réprimer son envie irrépressible de saisir sa main pour le réconforter.

— Comment tenez-vous mentalement ?

Son visage se détendit enfin.

— Je m'entoure des bonnes personnes. Des gens que j'observe depuis longtemps, que je déçois depuis longtemps, jusqu'à ce que je les connaisse corps et âme. Ensuite, si ces personnes ne m'ont pas complètement rejeté, je les préviens qu'il va y avoir beaucoup plus à faire que ce qui a déjà été fait, et je leur ouvre ma porte.

Il ne s'agit pas de tracts et d'échapper aux patrouilles dans des rues sombres. Il s'agit d'être dans l'œil du cyclone. Le danger est plus grand que tout ce que j'ai connu si je participe. Et pas seulement pour moi.

Mais c'est la réalité ; cela pourrait compter.

Magda ne s'aperçut qu'elle souriait que lorsque Tiedemann scruta son regard et sourit à son tour.

3

Nina, juillet 1984

C'était une petite liste de courses – un tampon encreur, un set de tampons de l'alphabet en caoutchouc et deux blocs de papier – mais Nina ne se rendit pas moins dans trois magasins différents pour les obtenir. *Baisse la tête et n'attire pas l'attention.* On lui ressasse ce refrain depuis si longtemps. À dix ans, le sens de cela – que *curieux et interrogateur* signifiaient *difficulté et problématique* – avait été dur à assimiler. À seize ans, cependant, Nina avait retenu la leçon et sa valeur, même que la façon dont elle la mit en pratique alors qu'elle faisait ses emplettes consciencieusement n'était pas du tout ce que ses parents et ses professeurs avaient à l'esprit.

« Pourquoi ne serais-tu pas une gentille fille ? Pourquoi irais-tu chercher des ennuis ? »

La voix de Britte retentit dans la tête de Nina alors qu'elle faisait glisser les pièces sur le comptoir et s'emparait du papier, n'omettant pas de réciter la longue dissertation qu'elle avait dû écrire au cas où cela intéresserait quelqu'un. Elle avait entendu cette récrimination de sa mère aussi souvent que les instructions *baisse la tête ;* le tout allait de pair en général.

Au moins, cette fois-ci, je le mériterais.

La réminiscence de Nina ne lui octroya aucun autre plaisir que celui de savoir que, six ans auparavant, lorsque ses ennuis avaient commencé, elle ne les avait absolument pas cherchés.

Qu'est-ce qu'un vendeur dans un magasin de la RDA et un astronaute ont en commun ? Ils opèrent tous les deux dans le vide sidéral.

C'était une blague. Pas spécialement drôle sans doute, mais c'était une blague que Nina, du haut de ses dix ans, avait entendue par hasard lors d'un après-midi ensoleillé au parc et répétée en classe le lendemain. Elle n'avait pas vraiment compris ce qu'elle disait ; elle était bien trop naïve pour se demander si un enseignant écoutait. Tout ce qu'elle avait en tête, c'était cette blague sur l'espace, et tout le monde dans son école en 1978 était obsédé par l'espace car le cosmonaute est-allemand Sigmund Jähn était devenu le premier Allemand à y voyager. Jähn avait été déclaré héros national et chaque leçon une semaine durant avait été conçue autour de lui et de ses exploits. Nina, obsédée comme le reste de son pays, avait donc dit une blague qui serait accueillie, selon elle, par de grands éclats de rire. Six ans plus tard, elle s'en mordait encore les doigts.

— Qui te l'a racontée ? Un nom et on oublie tout ça.

Le principal Huber lui avait demandé de « révéler sa source » comme il avait dit aimablement au début, avant qu'il ne perde son sang-froid et la qualifie de « honte ». Ensuite ses professeurs avaient tenté de la convaincre, puis ses parents, et enfin ses camarades de classe lorsqu'ils furent tous collés, « car une personne qui salit notre pays nous salit tous ». La réponse honnête de Nina – qu'elle ne pouvait pas donner un nom qu'elle n'avait pas – tomba dans des oreilles de sourds. Pour finir, sa phrase « Vous êtes des moins-que-rien ; lorsque je serai assez grande je partirai d'ici et retournerai dans notre grande maison à l'Ouest », prononcée alors qu'elle était exaspérée, tomba dans des oreilles plutôt en colère et choquées.

En fin de compte, Magda s'en était mêlée et avait usé de sa bonne réputation afin d'éviter que sa petite-fille en gagne une mauvaise. Ce furent son visage renfrogné et son ton menaçant – « Ne t'avises plus jamais d'évoquer cet endroit de malheur » – qui avaient effrayé et réduite au silence Nina avant que cette dernière présente les excuses que tout le monde exigeait. Grâce à l'intervention de Magda, les colles cessèrent, mais le péché persista. Nina – troublée par la colère de sa grand-mère – fit de son mieux pour faire ce que tout le monde attendait, et réfléchir aux conséquences avant d'ouvrir sa bouche. Lorsque l'un après l'autre ses professeurs vociféraient que « le genre de questions qu'elle posait n'était pas approprié », elle arrêta de lever la main et de les déranger. Lorsque ses leçons d'histoire laissaient entendre, comme elles le faisaient toujours, que *l'Est, c'est le bien et l'Ouest, c'est le mal*, elle tint sa langue. Tout cela n'avait pas d'importance. Nina travaillait dur et restait tranquille, mais aucun de ses contrôles ne dépassa plus jamais la moyenne, même si elle savait qu'ils méritaient bien mieux.

Au bout d'un moment, comme son dur labeur et son attitude irréprochable n'apportaient rien d'autre que de mauvaises notes et des remontrances, Nina arrêta d'écouter. Elle se fondit dans le moule afin de devenir une bonne citoyenne. Elle salua le drapeau de la RDA et répéta comme un perroquet le slogan de la RDA, *Le Parti, le Parti a toujours raison*, à l'unisson avec ses camarades lors de la Fête du travail et du Jour de la création de la RDA et le jour de l'Anniversaire de la Révolution russe. Elle ne comprenait toujours pas comment les fascistes allemands qui avaient fait des ravages aux quatre coins de l'Europe lors de la Seconde Guerre mondiale n'étaient venus que de l'Ouest et jamais de l'Est, quand bien même l'Allemagne n'avait été alors qu'un seul et même pays. Elle ne perdit pas son temps à en demander la raison, pas même à sa grand-mère, qui ne voulait toujours pas parler de la guerre, ni de sa propre participation. Elle ne comprenait pas non plus pourquoi les vieux hommes gris qui dirigeaient la RDA étaient obsédés par la construction d'armes nucléaires, alors même qu'ils criaient sur tous les toits que la guerre était une horreur que l'Ouest voulait propager sur le monde, mais pas eux. Elle n'avait personne là non plus à qui demander cela. Elle s'assura surtout de ne plus évoquer la grande maison de l'Ouest à nouveau. Ce qui ne l'empêcha pas d'en rêver.

À l'âge de seize ans, Nina n'avait appris que des leçons mais aucune d'entre elles ne l'avait aidée : elle était confuse, coupée du monde, esseulée, attirée par le désir de vivre à l'Ouest qui lui semblait si loin que ça pouvait aussi bien se trouver sur la lune.

C'est à cette époque que Julia Voigt arriva dans son école – portant un vrai Levi's et non pas un jean rigide comme un carton manufacturé en RDA – et que la vie de Nina fut chamboulée.

— Tu as tout trouvé ?

Nina acquiesça et renversa le contenu de son sac à dos sur le sol de la chambre de Julia, où régnait un chaos haut en couleur de livres et magazines et vêtements épars. Rien dans le foyer de Julia ne ressemblait à la prévention sécuritaire ennuyeuse qui régnait dans celui de Nina. Et rien chez les parents de Julia ne ressemblait aux siens. Les Voigt étaient tous les deux musiciens, un passe-temps que Britte et Holger refusaient même de considérer comme un travail. Lorsque les Voigt étaient présents – ce qui n'était pas souvent le cas étant donné leur métier –, ils parlaient à Julia comme si elle était une adulte et l'encourageaient à « s'exprimer », une phrase qui serra le cœur de Nina comme un étau. Rien ne semblait les inquiéter – pas même le fait qu'ils avaient été tous les deux arrêtés et figuraient tous les deux, en tout cas ils l'affirmaient, sur les listes de surveillance du gouvernement. Nina trouvait les parents de Julia incroyablement glamours, mais elle les tenait – ainsi que Julia – à l'écart des siens.

— Oui. Et j'ai trouvé du papier de qualité moyenne, pas le meilleur, et de l'encre bon marché. Rien qui n'attire l'attention, ou de facilement identifiable.

Julia éparpilla les tampons à lettres, séparant les majuscules des minuscules, donnant forme à une phrase.

— Stefan a dit que nous devions utiliser le slogan *À bas* Neues Deutschland *– Nous demandons une presse libre pour des gens libres.* Il a dit que *ND* prétend être un journal juste alors qu'il s'agit en fait d'un porte-parole du gouvernement et qu'il imprime de nombreux mensonges, il est temps d'y mettre fin. Cela va être la première étape d'une campagne de bien plus grande envergure.

Le visage de Julia s'illumina comme si c'était Noël, ainsi qu'il le faisait toujours lorsqu'elle avait une nouvelle cause à défendre. Nina, contrairement à ses camarades de classe, trouvait que l'enthousiasme et la détermination de Julia – selon les mots palpitants de Julia – pour « déraciner l'injustice » étaient incroyablement excitants. Et elle n'était pas seulement tombée sous le charme de Julia.

Nina appuya un tampon sur l'encreur et fit un test d'impression sur le dos cartonné d'un des blocs-notes, en espérant que Julia ne remarquerait pas que la lettre qu'elle avait choisie était un S. Si Julia suspectait que Nina avait le béguin pour son frère aîné, Stefan, Nina savait que l'histoire prendrait fin. Mais elle n'y pouvait rien. Stefan, âgé de dix-neuf ans, avait les yeux si bleus, et des cheveux noirs si soyeux et un sourire si merveilleux… Comment ne pas être un tant soit peu amoureuse de lui ? Et il n'était pas seulement très beau, il était intelligent. Lui et ses amis – ou le Collectif des droits civils de Treptow, comme ils se surnommaient – pouvaient parler de politique pendant des heures lorsqu'ils se réunissaient dans l'appartement sens dessus dessous de Stefan, et ils ne craignaient aucun sujet de discussion, pas même la Stasi. Nina ne connaissait personne d'autre qui évoque ouvertement la police secrète de la RDA. Sa devise, *Le bouclier et l'épée du Parti*, disait les choses comme elles l'étaient quant à la position de ce service au sein de la RDA et son gouvernement, et qu'elle n'était certainement pas aux côtés du peuple. Si on s'aventurait à parler de la Stasi, c'était en chuchotant et de façon détournée, car « on ne sait jamais qui pourrait nous écouter », alors que tout le monde le savait très bien. Le collectif de Stefan, cependant, parlait des observateurs et de leurs méthodes de surveillance avec une connaissance approfondie qui interloquait Nina autant que cela l'effrayait.

C'était Stefan qui avait fini par accepter que les filles participent aux activités du Collectif, bien qu'à la périphérie. Et c'était lui qui avait expliqué qu'on devait utiliser des tampons en caoutchouc pour les tracts car l'accès aux imprimantes et aux machines à écrire était délibérément restreint, et il était trop dangereux et risqué d'écrire des messages à la main.

« Ils ont sûrement déjà un échantillon de mon écriture. Tu n'imagines même pas ce que ces bâtards emmagasinent. Les odeurs sont par exemple une véritable obsession pour eux – ils passent un linge sur les chaises après les interrogatoires de leurs prisonniers puis ils gardent les gardent le bout de tissu, comme ça, ils peuvent littéralement nous flairer. Ça semble dingue, mais c'est vrai. »

Stefan avait raison – ces précisions avaient semblé dingues. Mais lui et deux autres garçons avaient été arrêtés, et l'un d'entre eux avait passé six mois à la prison d'Hohenschönhausen à Berlin, que personne ne pouvait trouver sur une carte alors que tout le monde savait qu'il s'agissait d'un centre de torture. Lorsque le groupe parla des vêtements imprégnés, et de mini-caméras cachées dans des sacs à main et des parapluies, et de la façon dont ils pouvaient repérer un agent de la Stasi à un pâté de maisons de distance parce qu'il levait les yeux alors que tout le monde regardait par terre, Nina crut en eux.

Le Collectif n'avait pas peur ; Julia non plus. Elle posait toutes les questions qu'elle voulait en classe et se fichait de ses notes. Elle refusait d'aller aux rassemblements de la Jeunesse allemande libre où tous les adolescents de l'Est étaient censés se rendre car, comme elle le rétorquait à quiconque la défiait : « Ils ne sont pas mieux qu'une version socialiste du mouvement de la Jeunesse hitlérienne. » Elle était braillarde et avait l'esprit de contradiction et Nina l'adorait. Ce que Magda, elle au moins, comprenait.

« Je conçois ton attirance. Elle est drôle, et elle est intelligente. Mais son franc-parler va lui attirer de graves ennuis. »

Nina s'était attendue à ce que sa grand-mère – le seul membre de sa famille qu'elle avait présenté à Julia – ajoute « et à toi aussi », mais la serveuse était apparue à ce moment-là. Magda avait immédiatement fait mine de s'intéresser à leur repas dont elle avait fait l'éloge, ce qui, pour l'heure et au grand soulagement de Nina, avait interrompu toute récrimination.

Le déjeuner que Magda avait organisé pour célébrer les seize ans de Nina était censé être spécial et non une source de stress. Le restaurant en haut de la tour de télévision de Berlin à Alexanderplatz était réputé, et tout le temps plein à craquer de touristes de l'Ouest, il était donc difficile pour les Berlinois de l'Est d'obtenir une table. Nina ne put nier que c'était une expérience. Contrairement à la plupart des lieux de la RDA, les plats du restaurant étaient concoctés pour satisfaire les Occidentaux et on y servait même du vrai café, et non pas le *Kaffee-Mix* au goût de petits pois dont le gouvernement essayait de convaincre tout le monde qu'il était délicieux, au lieu de reconnaître qu'il y avait encore une pénurie. Ce restaurant était particulièrement célèbre car il tournait sur lui-même une fois par heure, ce qui donnait aux clients une vue panoramique et complète sur Berlin. C'était un lieu chaleureux et extravagant pour un repas, et Nina en avait détesté chaque minute.

Alors que la serveuse filait vers une autre table, Nina repoussa son assiette. Elle savait qu'il serait mieux qu'elle n'aborde plus le sujet concernant Julia, mais elle en avait par-dessus la tête de ces conversations vides de sens.

— Je sais que Julia est différente, mamie. Et je sais que je ne suis pas censée penser que la différence a du bon. Mais au moins, avec elle je peux parler. Au sens propre. De ce qui est vraiment important.

Elle contempla l'extérieur au travers de la fenêtre – elle savait qu'il était mieux de ne pas pointer du doigt – et laissa Magda suivre son regard.

— Comme de cela.

Berlin s'étendait à perte de vue juste sous leurs yeux, la ville entière comme jamais Nina ne l'aurait imaginée, la ville entièrement ravagée. Depuis si haut, la vue plongeante sur la ligne dentelée du Mur était inévitable.

— C'est donc ça qui t'a contrariée tout l'après-midi. Je me demandais.

— Je n'ai pas pu en détacher mon regard depuis notre arrivée, et lorsque la plateforme a tourné…

Nina murmurait comme sa grand-mère, mais elle n'essaya pas de dissimuler son désespoir.

— J'en ai vu des croquis. Je savais que ce n'était pas qu'un simple bloc de béton comme je l'avais vu au checkpoint quand j'étais petite. Mais le voir si distinctement devant moi…

— Ce n'est pas qu'un simple mur, n'est-ce pas ?

Nina s'arrêta. Magda clignait fortement des yeux. Sans doute n'avait-elle pas besoin d'expliquer ; sans doute que sa grand-mère comprenait vraiment. Que d'en haut, le nom que chaque côté lui donnait n'avait aucune importance : que ni *Mur* ni *Rempart* n'étaient assez catégoriques pour le définir. Que ces deux mots étaient restreints et évasifs. Les enfants grimpaient sur les murs et jouaient les équilibristes dessus. Les remparts se hissaient. La cicatrice qui courait en dessous d'elles devait être nommée d'une manière qui évoquait davantage un siège ou une bataille.

Nina était trop en hauteur pour visualiser les miradors ou les chiens qui patrouillaient tout du long, ou les armes et les fils barbelés. Ce qu'elle arrivait à voir, en revanche, c'était la véritable étendue de la séparation de la ville : les portions de blocs de béton et de sable et d'herbe sèche qui séparaient le mur intérieur au plus proche de l'Est de son extérieur qui étreignait l'Ouest. Et que tous les terrains vagues, et les allées et venues des chiens et les gardes brandissant des armes se trouvaient du côté est, sans rien de comparable à l'Ouest. Magda la scrutait du regard, son visage boursouflé d'inquiétude.

Je pourrais essayer de lui parler. Si je suis discrète, si je ne lui reproche pas d'être en partie la cause de ce problème, sans doute pourrait-elle m'aider à y voir plus clair.

Nina respira à fond et se focalisa sur l'autre côté de la table, afin de ne pas voir le reste de la salle ni la vue.

— Je pourrais dire à Julia que ce truc-là en dessous ne ressemble pas à un rempart. Que si c'était censé protéger l'Est et non repousser l'Ouest, comme on nous le rabâche constamment, toutes les zones infranchissables et les armes et les dangers devraient donc se trouver de leur côté, par du nôtre. Je pourrais dire à Julia que je ne crois plus, si tant est que je l'ai cru un jour, aux preuves que notre gouvernement se préoccupe de son peuple. Et que je ne veux pas vivre dans ce monde-là. Elle comprendrait. Je crois qu'elle serait la seule.

— Pas même moi ?

Le ton de la voix de Magda interpella Nina qui riva son regard sur sa grand-mère. Les mains de Magda tremblaient alors qu'elle lissait ses boucles poivre et sel.

— Je veux écouter et entendre ce que tu as à me dire Nina ; tu peux me croire. Je sais que tu batailles avec toi-même et que j'ai… sans doute fermé les yeux face à l'obéissance aveugle de tes parents. Je pourrais sans doute être plus courageuse et essayer de t'aider un peu plus ?

Être plus courageuse était un choix de mots étrange ; se voir offrir de l'aide n'était pas la réponse que Nina avait espérée. Nina n'avait su que répondre. Elle aimait sa grand-mère de tout son cœur et avait essayé de partager ses doutes avec elle comme elle n'avait jamais osé le faire avec ses parents. Elle savait également qu'il y avait bien plus chez Magda que le peu qu'elle révélait au monde. Nina avait déjà tiré les vers du nez de Britte au sujet du passé de Magda – elle avait aidé les communistes et autres personnes persécutées à fuir le régime d'Hitler lors des dernières années de la guerre. Aussi épars que soient les détails – sans parler de la maison dont Nina ne savait rien en dehors de son existence –, ils laissaient supposer que cette femme était très différente de celle que Magda laissait entrevoir. Ils laissaient supposer que cette femme pourrait réellement comprendre les frustrations de Nina et le sentiment qu'elle avait d'être enfermée dans une vie muselée, cependant… Un fossé s'était creusé entre elle et sa grand-mère quelques années auparavant avec la découverte d'une image, et ce fossé n'avait jamais vraiment été comblé.

Après les funérailles d'Herthe, ni l'une ni l'autre n'avait à nouveau ouvertement évoqué le dessin. Nina avait gardé le croquis et rêvé en secret ; Magda ne demanda jamais ce qu'elle en avait fait. Nina, cependant, n'oublia jamais la peur ou les larmes ou la colère que le croquis avait provoquées, et elle doutait qu'il en soit autrement pour Magda. Cette peur s'était de nouveau manifestée lors de la réprimande de Magda suite à l'épisode de la mauvaise blague. Mais le silence que Magda avait instauré entre elles était impénétrable.

Alors que Nina grandissait et que sa frustration s'accentuait face au mode de vie qui lui était imposé, sa colère prenait de l'ampleur. Elle ne pouvait pas l'évacuer à l'école, et ses parents refusaient d'en assumer les conséquences, ce qui voulait dire que Magda – au grand dam de Nina – était devenue sa cible privilégiée. Après pléthore de reproches qui commençaient souvent par « tu es trop vieille, tu ne comprends pas, tu t'en fous », Magda refusa de rester dans la même pièce dès que Nina se défoulait sur le passé ou foulait du pied le présent. Ça leur brisait le cœur, bien que ni l'une ni l'autre ne l'avoue. Nina avait donc pris place au restaurant et était sur le point d'ignorer la question de Magda au lieu d'y faire face, quand la voix dans sa tête qui en avait marre des silences et des secrets demanda soudainement : *Pourquoi ne pas parler tout simplement ?*

— Comment peux-tu vivre ici ?

La tête de Magda se redressa alors qu'elle feignait d'être très affairée et de remettre de l'ordre dans ses couverts.

— Tu sais comment c'était avant, de vivre sous le régime nazi qui contrôlait le moindre aspect de ta vie. Car c'est ce que le Troisième Reich faisait, non ? Manipuler l'esprit et le cœur du peuple, « pour qu'il combatte au nom d'une idéologie malfaisante » ? C'est en tout cas ce qu'on nous a appris à l'école. Mais si ce que m'a dit ma mère est vrai, tu as aidé des gens à leur échapper. Et c'est là que je suis perdue. C'est une dictature – nos vies d'aujourd'hui sont contrôlées au même titre que les vôtres l'étaient par les nazis, et pourtant c'est cette vie que tu choisis ; tu restes malgré tout. Pourquoi ? Crois-tu honnêtement que la RDA est parfaite ? Que l'Ouest ne vaut pas mieux ? Tu es à la retraite – ce qui signifie que tu pourrais y aller quand tu veux. Tu pourrais y aller et retrouver ta vieille maison. Mais tu ne le feras pas ; tu agis comme si tu n'y avais jamais vécu. Et même si pour toutes sortes de raisons cette maison est pleine de mauvais souvenirs, il doit bien y avoir encore des gens dont tu étais proche à l'époque.

Nina fit une courte pause, s'apercevant que sa question était devenue une logorrhée pleine de reproches – le contraire absolu de ce qu'elle avait voulu dire – et qu'elle avait touché de surcroît une corde sensible. Magda faisait des nœuds avec sa serviette. Lorsqu'elle se décida à parler, elle murmura, mais le ton de sa voix était aussi passionné que celui de Nina et ses yeux s'embrasaient.

— Mon Dieu, l'arrogance de la jeunesse ! Quelques leçons confuses et tu penses tout savoir. Tu ne sais rien sur le Troisième Reich, absolument rien. Tu crois que les nazis *contrôlaient* les gens ? Non, Nina, ils ne le faisaient pas : ils ont détruit les gens. Pas seulement les millions qu'ils ont tués – qui, peu importe ce qu'ils vous disent à l'école, n'étaient pas tous communistes ; ils n'étaient même pas la cible principale – mais le reste d'entre nous aussi, ceux qui ont essayé de les combattre. Ils ont pris nos âmes, et ils ont anéanti nos vies.

Alors que Magda s'arrêtait pour boire une gorgée d'eau, Nina, horrifiée, tenta de lui couper la parole, mais

Magda ne lui laissa pas le temps de balbutier des excuses et poursuivit.

— Tu es si impulsive, si impatiente de prendre la parole sans prêter attention au chaos que tu provoques. Je n'ai pas choisi de vivre sous le régime nazi, et je n'ai pas choisi de vivre sous la domination à laquelle nous sommes soumis aujourd'hui. Tu penses que les gens, en dehors de quelques fanatiques, ont *ça* ? Crois-moi, peu importe ce qu'est devenue la RDA, lorsqu'elle a été mise en place, l'Allemagne de l'Est n'était pas seulement censée améliorer notre situation, c'était notre vision du paradis. Comment aurais-je pu savoir que cela impliquerait la surveillance le contrôle perpétuels, comment même se douter qu'il y aurait un mur ? Mais je ne suis plus dupe comme à l'époque – je ne pense plus influer sur les gens de pouvoir. Et s'agissant d'aller à l'Ouest, dans cette maison… Tu parles comme si, juste parce que mon âge me le permet, c'était une mince affaire. Tu n'as aucune idée de ce que tu demandes.

Cette fois-ci lorsque Nina prit la parole, elle ne laissa pas Magda l'en empêcher.

— Alors dis-moi, aide-moi à comprendre. Tu penses que tout ce que je cherche, ce sont des motifs de haine, mais ce n'est pas le cas. Je veux rendre la vie meilleure, pour moi, pour tout le monde. Je ne sais pas comment m'y prendre, mais toi oui. Tu l'as fait – même si ça a mal tourné, tu as dit que tu as survécu à la guerre et construit un paradis. Pourquoi ne pas recommencer, ici, ensemble ?

Nina se pencha sur la table et empoigna les mains de Magda. Elle découvrit alors un dénuement sur le visage de sa grand-mère qu'elle n'avait encore jamais vu, comme si la peau en avait été desquamée. C'était perturbant de voir Magda se dévoiler à ce point, mais étrangement beau.

— Toute mon enfance tu m'as raconté des histoires merveilleuses, mamie, mais je n'ai plus besoin d'elles à présent. Ce dont j'ai besoin, c'est la vérité. Je veux connaître la femme qui a tenu tête aux nazis. Je veux savoir pourquoi une femme qui a autrefois autant fait preuve de courage que toi peut néanmoins être gagnée par la peur.

Elle trépignait d'impatience et elle s'était mise à parler trop fort. Des têtes se tournèrent. Magda leva son regard, cligna des yeux qu'elle ferma et serra fort. Elle dégagea ses mains de celles de Nina et agrippa son sac.

— Je n'ai pas peur. Tu m'insultes en disant ça. Et je ne m'intéresse pas du tout à l'Ouest – pourquoi le ferais-je ? La RDA n'a fait que prendre soin de moi. J'ai travaillé dur et j'ai reçu des récompenses justes, exactement comme le système me l'avait promis. J'ai une maison spacieuse et une retraite généreuse parce que je vis dans un pays qui récompense la loyauté et l'engagement. Je ne vais pas abandonner tout ça pour aller faire du shopping.

Nina savait que la tirade était destinée aux tables voisines, pas à elle, pourtant le ton froid et méprisant soudain de Magda menaçaient de la métamorphoser à nouveau en une enfant déconcertée.

— Je n'ai pas voulu te dire d'aller à l'Ouest pour faire des emplettes ; je ne suis pas aussi superficielle. J'essaie juste de comprendre ce qui a changé pour toi. Tu as vécu dans cette maison, mamie, cette belle maison. Tu as dû y avoir une jolie vie, puis la guerre est arrivée et tu as résisté pour ce en quoi tu croyais. Et pourtant tu ne cherches pas à y retourner, tu ne reprends contact avec personne alors qu'il doit bien y avoir des gens qui se souviendraient de toi, et qui voudraient te remercier. Tu agis comme si ta vie d'alors était un terrible secret.

Magda hésita ; elle remit sa main dans celles de Nina. Nina la serra fort, comme si elle pouvait faire sourdre ce que Magda semblait vouloir dire soudainement et désespérément, peu importait ce que c'était. Mais quelqu'un passa un peu trop près de leur table et cette occasion s'envola. Magda retira sa main, prit l'addition et se leva.

— La vie n'est pas un conte de fées, Nina. Les belles maisons ne sont pas toujours habitées par de belles personnes, et le passé n'est pas une belle contrée étoilée que je peux invoquer. Voilà la vérité.

Elle agita une main vers la vue, qui encore une fois tournoyait doucement.

— Apprends à y vivre. Peu importe ce que tu penses de ce qui a été fait à Berlin de ton vivant, il y a des choses que j'ai vues ici qui sont bien pires.

— Réveille-toi ! Tu vas gaspiller toute l'encre.

Nina se focalisa à nouveau sur sa tâche et s'appliqua à tamponner le slogan jusqu'à ce que la pile de tracts entre les deux filles soit suffisamment haute. Lorsque la dernière feuille fut terminée, Julia se rassit sur ses talons et étira ses doigts contractés.

— Dieu merci, c'est fini – je ne sens plus mes mains. Apportons-les à Stefan et nous verrons s'il peut nous faire à manger. Je crève de faim et il n'y a rien à se mettre sous la dent ici.

Nina s'empara des derniers tracts enfin secs et les inséra dans son sac à dos, particulièrement enchantée d'avoir un prétexte pour aller chez lui. Puis elle s'arrêta.

— Ils nous prennent toujours pour des gamines, non ? Ton frère et les autres. J'en ai marre, de toujours écouter, d'être un public pour leur spectacle pédant. Je veux participer pour de vrai.

— Qu'est-ce que tu veux dire ?

Nina arbora un large sourire : l'idée venait de poindre en elle, pourtant elle ressentait qu'elle montait en elle avec force.

— Pourquoi ne pas distribuer les tracts nous-mêmes ? Demain, c'est la Journée de travail productive – nous sommes toutes les deux obligées d'aller à la centrale à béton et d'apprendre les méthodes d'amélioration de la production, ça va être un véritable enfer. Pourquoi ne pas emporter les tracts pour rendre le tout un peu plus intéressant ?

Julia sourit de toutes ses dents.

— Excellente idée ! Action directe, ça s'appelle comme ça – c'est ce que nous ferons. Stefan sera aux anges.

Action directe. Agir, au lieu de renoncer et d'accepter. Nina adorait. Cela sonnait presque aussi bien que *Stefan sera aux anges.*

— C'est un étage réservé à la direction – qu'est-ce que vous faites ici ? Et qu'est-ce que vous tenez là ?

L'homme au visage en colère était apparu de nulle part. Il était trop tard pour déchirer le tract ; il n'y avait aucun endroit où le jeter. Nina paniqua et ne trouvait pas ses mots.

— Je ne sais pas. Je cherchais les toilettes et j'ai trouvé ça là, par terre.

Elle recula un peu, mais l'homme était déjà à sa hauteur. Il lui arracha le papier des mains avant qu'elle puisse penser à une meilleure réplique.

— Qu'est-ce que c'est que ce bordel ? Vous avez apporté ça ici ? Vous en avez d'autres ?

La main de Nina glissa instinctivement dans la poche de son bleu de travail de l'usine dans laquelle elle avait encore un dernier paquet. L'homme plissa les yeux.

— Donnez-les-moi, tout de suite.

Nina recula. Julia se trouvait sur la passerelle un étage en dessous, sans doute en train de laisser tomber ses tracts derrière elle. Elles ne pouvaient pas se faire attraper toutes les deux. Elle esquiva la main qui tentait de la saisir et bondit vers le balcon et – en hurlant « Lisez ça, c'est important », ce qui attira l'attention de Julia – elle balança les tracts par-dessus la rambarde. Le geste parut fou et héroïque.

Pas un seul des travailleurs bouche bée en contrebas ne les ramassa.

— Petite garce.

Avant que Nina puisse courir et se mettre à l'abri, le superviseur attrapa son bras et le tordit derrière son dos. Une forte douleur s'empara d'elle et elle fut prise de vertige. Il la traîna dans le couloir.

— Êtes-vous stupides à ce point ? Quiconque sera vu avec un de vos tracts sera immédiatement accusé de les avoir apportés ici. Ce sont des travailleurs avec des familles qui pourraient perdre leur boulot en un claquement de doigts et voir leur vie détruite, tout ça à cause d'une écolière idiote qui a décidé de jouer la rebelle. Bon sang, tu croyais que ta petite combine allait changer quoi ?

Nina ne sut que lui répondre. Son cerveau n'était pas vide, comme on le lit souvent dans les romans, quand la situation est terrifiante ; il fusait, cogitait à tout-va sur les conséquences auxquelles elle n'avait pas réfléchi jusqu'à cet instant.

Le superviseur ne sembla se préoccuper qu'elle lui réponde ou non. Il continuait de lui tordre le bras, la bombardant de questions et de sa rage jusqu'à ce qu'ils arrivent à une porte en chêne vitrée qui portait le nom *Directeur d'usine.*

— Reste là. Ne bouge pas.

Il la poussa sur une chaise, frappa à la porte du directeur et entra.

Nina étira son bras douloureux devant elle et essaya de lui redonner vie en le frottant. La douleur causait des élancements sur le côté ; le couloir devint flou.

L'heure suivante fut un déluge de portes ouvertes et claquées et de coups de fil et d'hommes en bleu de travail se rassemblant dans le bureau du directeur puis en ressortant avec des piles de tracts froissés et déchirés et marqués par ce qui semblait être des empreintes de pas. Nina se demanda si les travailleurs avaient reçu l'ordre de les abîmer délibérément ; elle n'était pas assez bête pour poser la question. Personne ne lui parlait ; personne ne s'approcha d'elle. C'était comme si l'air qui l'entourait était contaminé.

— Lève-toi.

Nina reprit ses esprits. Elle n'avait plus aucune notion du temps ; il n'y avait pas de lumière naturelle là où elle se trouvait et elle n'osait pas regarder sa montre. L'homme qui se tenait débout face à elle ne portait ni veste bleue, ni salopette grise qui distinguaient les employés de l'usine. Au lieu de cela il était accoutré d'un costume marron brillant tout aussi fripé que son visage. Il était de taille moyenne et de carrure moyenne et avait le crâne dégarni. Son teint blafard induisait de longues heures dans des pièces sombres. Il passait totalement inaperçu, il ne semblait pas réel.

— Suis-moi.

Il se déplaçait si vite qu'il n'y avait pas le temps de demander *pourquoi* ou *où ça*.

— Ici.

L'agent de la Stasi – Nina était à présent convaincue, du fait de son attitude et de son apparition discrète que c'était ce qu'il devait être – lui fit signe d'entrer dans une pièce complètement vide à l'exception de deux chaises en plastique placées de chaque côté d'une table étroite. Elle fut soulagée de voir que Julia ne s'y trouvait pas, ce qui signifiait sans doute qu'elle n'avait pas été attrapée. L'homme s'assit, lui indiqua d'en faire autant et sortit un dossier et un carnet de sa mallette. Il ne se présenta pas.

— Dis-moi ce que tu sais.

Nina le scruta du regard. Elle s'était attendue à des questions précises : ses nom et adresse, des informations sur ses complices. L'étendue de la question était déroutante.

Ne sachant que dire, elle ne dit rien. Il inscrivit quelque chose dans son carnet et lui reposa la question. N'ayant aucune idée de ce qu'il voulait, Nina se hasarda à formuler l'unique réponse à laquelle elle songea.

— À quel sujet ?

Si sa non-réponse l'avait irrité, il ne le montra pas. Il ne montrait absolument rien ; il répétait simplement la même question. Les paumes de Nina se mirent à transpirer. Elle aurait aimé écouter Stefan plus attentivement lorsqu'il avait décrit les techniques d'interrogatoire de la Stasi, au lieu d'être simplement sous son charme. L'agent continuait de la regarder et attendait ; il avait l'air de pouvoir attendre toute la journée.

Nina prit sa respiration le plus silencieusement qu'elle le put et essaya de parler plus calmement que ce que son cœur lancinant lui dictait en réalité.

— C'est moi qui ai eu l'idée des tracts. Je le ai faits ; je les ai apportés ici.

Sa voix semblait terriblement fluette. L'agent ouvrit un dossier couleur chamois qu'il avait placé sur la table face à lui et consulta son contenu.

— Et les tracts étaient-ils une blague, Fräulein Dahlke ?

Elle entendit bien que *blague* avait été prononcé avec emphase, cependant elle avait un train de retard.

— Ton dossier dit que tu aimes faire des blagues. Je demandais si c'en était une de plus ?

Ils ont gardé un dossier sur ça ?

L'idée était aussi absurde que terrifiante, et momentanément délia sa langue.

— Qui pourrait bien encore se soucier de ça ? J'avais dix ans quand c'est arrivé ; j'étais une gamine.

L'agent soupira.

— Les gens sont si nombreux à penser que c'est un bon argument. Ils s'asseyent face à moi et disent : *Mais j'étais jeune, je ne comprenais rien à rien ; c'était une erreur de jeunesse que j'ai faite il y a des années.* Mais tu sais quoi ? Ils finissent tous par s'asseoir à nouveau là où tu te trouves : face à moi. Une blague injurieuse à dix ans, un tract d'incitation à seize. Les sentiers battus mènent toujours au même point : au traître.

— *Traître ?* Vous êtes sérieux ?

Nina n'en croyait pas ses oreilles. Ce mot évoquait les espions et la divulgation de secrets, avec chasse à l'homme et armes. Rien à voir avec un tampon encreur et du papier bon marché.

L'agent nota autre chose dans son carnet.

— Cette description ne te plaît pas ? Dans ce cas, comment te décrirais-tu, avec ta – et permets-moi d'utiliser tes propres mots – *grande maison à l'Ouest* ? Comme une patriote ?

Nina sut qu'il valait mieux ne pas acquiescer. Elle demeura silencieuse.

Il se pencha en avant et adoucit sa voix, ce qui était loin d'être réconfortant.

— C'est peut-être injuste. Tu n'as peut-être pas mis le doigt dans l'engrenage. C'est peut-être nous, les fautifs. Le signal d'alerte avait déjà été tiré quand – comme tu l'as fait remarquer – tu n'étais qu'une gosse. Et pourtant, jusqu'à aujourd'hui, nous t'avons laissée aller à l'école et vivre avec ta famille.

Jusqu'à aujourd'hui se figea dans l'air. La peau sur le bras de Nina se hérissa. L'agent continua.

— Par chance il n'est pas trop tard pour remédier à ses erreurs, peu importe qui en est à l'origine. Je suis sûr qu'on peut te trouver une place dans l'un de nos centres de jeunesse spécialisés – à Hennickendorf sans doute, ou, si ça ne marche pas, à Torgau. Une petite rééducation fera certainement l'affaire.

Elle allait être malade. Elle avait l'estomac en feu et un goût d'aigreur qui remontait le long de sa gorge. Les centres de travail pour mineurs « instables » étaient l'un des secrets les mieux gardés de la RDA. Tout le monde à l'école connaissait quelqu'un qui y avait disparu. Les histoires sur Hennickendorf, l'établissement le plus proche de Berlin, étaient déjà terribles. Le centre se trouvait sur une partie d'un vieux camp de prisonniers de la Seconde Guerre mondiale et avait la réputation d'être géré de manière militaire. Torgau était une autre histoire, cauchemardesque, la menace qui terrifiait tous les garnements de la RDA. Les rumeurs à son sujet étaient terribles : fils barbelés et tours de guet et lavage de cerveau ; des châtiments si brutaux que le doux sobriquet du centre était *camp d'extermination.* Personne ne ressortait de Torgau, ou d'Hennickendorf, ou d'aucun autre centre de travail pour mineurs qui étaient voués à « transformer les asociaux et voyous en citoyens modèles », ni ne reprenait jamais une vie normale.

Ne lui cherche pas des poux ; va jusqu'au bout. Jusqu'à ce que tu puisses partir et rester libre.

Pour une fois, elle écouta la voix dans sa tête.

— Ce n'est pas ce que je veux. Je ne voulais pas en arriver là en agissant ainsi.

L'agent hocha la tête.

— Excellent. Alors dis-moi ce que tu sais et nous verrons donc à quelle conclusion nous arriverons.

Il veut Julia, ou Stefan. Un nom et on en a fini. Je ne peux pas faire ça. Je ne le ferai pas.

Alors qu'elle cherchait le courage pour le dire, on frappa à la porte. L'agent fronça les sourcils – la première véritable émotion que Nina décela chez lui. Il l'ouvrit, marmonna quelques mots entre ses dents avec quelqu'un que Nina ne pouvait pas voir puis s'en alla.

Lorsque la porte se rouvrit enfin – après un laps de temps qui sembla bien plus long que la demi-heure indiquée par la montre de Nina –, ce fut Magda qui entra.

— Que fais-tu là ?

Nina voulait se jeter dans les bras de sa grand-mère, mais Magda était si froide qu'elle resta clouée sur sa chaise.

— Pour te sortir de là. Pour essayer de t'assurer un semblant d'avenir, bien qu'incertain et malgré les grands efforts que tu déploies pour le réduire à néant.

La voix de Magda était aussi crispée que son visage. Ce qui donna envie à Nina à la fois de se lover dans ses bras et de fuir.

— Je suis désolée…

Magda ignora l'excuse avec dédain.

— Ça peut attendre. Le plus important pour l'heure, c'est que tu restes tranquille et ne la discutes pas ma décision.

— Que veux-tu dire ?

Nina voyait bien que Magda faisait tout pour ne pas sortir de ses gonds, mais s'entendre dire de ne pas la ramener signifiait sûrement qu'il y avait quelque chose qui allait la pousser à ergoter.

— Qu'est-ce que t'as fait ?

La voix de Magda était si froide que Nina s'efforça de ne pas se rebiffer.

— La seule chose à faire. Je leur ai donné des informations. J'ai accusé les Voigt d'être la source de ce problème et d'avoir eu une mauvaise influence – avec leur passif, c'est assez plausible. Et j'ai fait comme la dernière fois : j'ai utilisé ma réputation de fidèle membre du Parti, une monnaie d'échange sans doute obsolète à présent, pour passer un marché. Il y aura des lettres d'excuses et quelque chose comme un travail d'intérêt général en guise de sanction. Mais il n'y aura pas de poursuites pénales ou de prison. Et il reste une chance infime – la plus infime –

que tu puisses passer ton examen et obtiennes ton *Abitur* et termines tes études. J'ai fait en sorte que tu évites le pire, Nina. Voilà ce que j'ai fait.

Nina était restée scotchée aux mots *passer un marché.*

— Tu leur as balancé les parents de Julia ? Comment t'as pu faire ça ? Je ne t'ai pas demandé de faire ça ; c'est pas ce que je voulais.

— Je m'en fiche.

Nina recula alors que Magda pestait et se métamorphosait en la grand-mère au regard méchant de la chambre d'Herthe.

— Que croyais-tu qu'il allait arriver, Nina ? C'est comme ça que tu envisageais de changer les choses en RDA ? Tu t'es imaginé que tu pouvais lancer une opération comme celle-ci – sans compétences ni entraînement – sans te faire attraper ? Ou que ton tract allait provoquer une révolte ? Pour faire quoi ? Pour aller où ? Tu as pensé un seul instant que tes actions pouvaient mettre en danger les ouvriers, sans parler de toi et de ta famille ?

Magda hocha la tête alors que Nina restait bouche bée.

— Tu t'es prise pour une héroïne. Tu étais loin du compte : tu as été égoïste et stupide, et maintenant quelqu'un – comme c'est toujours le cas – doit payer.

— Mais Julia est mon amie. Si ses parents ont des ennuis, elle pourrait être…

C'en était trop. Nina ne put retenir plus longtemps les larmes qu'elle s'était efforcée de contenir depuis qu'on avait tordu son bras quasiment jusqu'à la luxation. Et elle ne put – bien qu'elle en ait envie – repousser Magda qui fit enfin un câlin à sa petite-fille aux abois qui en avait désespérément besoin.

— Calme-toi. Je suis désolée pour Julia, mon cœur, je le suis vraiment. Mais le comportement de ses parents l'avait déjà mise en danger. Il allait forcément y avoir des conséquences, un jour ou l'autre.

Nina se dégagea du manteau imbibé de larmes de Magda.

— Tu ne peux rien faire ? Pour aider Julia, au moins ?

La tristesse dans les yeux de Magda était insupportable.

— Non, je n'y peux rien. C'est le rôle de ses parents, pas le mien. Le mien est de te protéger toi. C'est le pire dans tout ça, Nina ; c'est ce que j'aurais ne jamais avoir à t'enseigner que parfois il faut en arriver là. Certains choix n'en sont pas. On ne peut pas sauver tout le monde.

Elle parle de quelque chose de plus profond que ça.

Nina ne savait pas d'où provenait ce sentiment, mais elle était certaine qu'il était vrai.

— Qu'est-ce que tu veux dire ? Est-ce que devoir choisir qui défendre, c'était la marche à suivre avant ?

Magda tressaillit. Avant qu'elle puisse répondre, cependant, la porte s'ouvrit et l'agent de la Stasi réapparut.

— Eh bien, cela n'est-il pas touchant ? Tu devrais être reconnaissante envers ta grand-mère, Nina. Elle est encore intervenue pour te sortir du pétrin.

Magda se détacha de Nina et réajusta son manteau.

— Elle est reconnaissante. Envers vous autant qu'envers moi. Et maintenant que cette affaire est close, je pense que je devrais la ramener chez elle. Je suis sûr que vous voulez qu'elle médite sur cette journée.

Comment arrive-t-elle à parler de façon si posée alors que j'aurais juré qu'elle avait le cœur brisé il y a juste un instant ?

Nina savait qu'il valait mieux ne pas demander. Elle se leva et suivit Magda jusqu'à la porte. Ses jambes tremblaient fortement, les quelques pas auraient aussi bien pu être des kilomètres.

— Je suis intrigué que vous pensiez que l'affaire soit *close*.

Magda se figea ; son bras entoura Nina à nouveau. L'agent continuait de s'appuyer contre le mur avec autant de désinvolture que s'ils parlaient de la pluie et du beau temps.

— J'ai le sentiment que c'est tout le contraire. Mettez-vous à notre place, Frau Aderbach. Votre petite-fille ne semble pas retenir la leçon d'une erreur à l'autre. Et, vous concernant, quels secrets cachez-vous ?

Il fit comme s'il allait rouvrir son dossier.

— Je n'arrête pas de repenser à cette petite pépite lors de l'épisode de la blague de Nina. Une maison à l'Ouest dont nous ignorons tout. À moins que vous vouliez nous raconter, bien sûr ?

La main de Magda était aussi serrée qu'un étau sur la taille de Nina, mais sa voix était parfaitement stable.

— Il n'y a rien à dire. Ma réputation, et mes années de bons et loyaux services pour mon pays, est ce qui compte ici, pas l'histoire sans queue ni tête d'une gamine.

Pour la première fois depuis qu'il avait mis les pieds dans l'usine, l'agent de la Stasi sourit.

— Votre réputation. En effet, j'en ai beaucoup entendu parler. Et de votre grande loyauté ces quarante dernières années. C'est admirable, mais je ne peux m'empêcher de me demander ce qui est arrivé avant ça. J'ai eu vent de l'histoire, au sujet des vies que vous avez sauvées avec le patron de votre usine. Mais je n'ai entendu que la version officielle que vous avez fait en sorte d'ébruiter.

Il fit une pause.

Nina regarda Magda : il n'y avait pas une pointe d'émotion sur son visage.

Elle se maîtrise totalement ; comme si elle n'était pas là.

L'agent le voyait clairement lui aussi.

— Vous êtes une femme intéressante, Frau Aderbach. Si calme, une maîtrise de soi totale, comme si vous aviez suivi un entraînement. Une compétence très utile ; je suis surpris que nous n'en ayons pas fait meilleur usage. Et votre petite-fille là, moins aguerrie mais tout aussi courageuse que vous.

Il se redressa.

— Bon, vous êtes peut-être vraiment irréprochable comme vous le laissez entendre – on m'a dit que je prends le passé trop à cœur, mais, comme je l'expliquais plus tôt à *Fräulein*, en effet j'aime connaître le parcours des gens.

Il frôla Magda, qui ne bougea pas d'un pouce, en direction de la sortie.

— Rentrez chez vous, méditez si vous voulez. Mais ne croyez pas que cette affaire soit close. Nous sommes en RDA, Frau Aderbach : ici, rien n'est vraiment jamais fini.

4

Magda, décembre 1938-mars 1940

— Les Juifs sont l'essence même de tout ce qui va mal ; on ne peut pas leur permettre de rester sous les mêmes cieux que notre peuple. Nous les chasserons de tous les lieux que nous envahirons – à l'aide de toutes les méthodes nécessaires. Nous nous acquitterons de notre devoir, peu importe ce qu'il en coûtera.

Les applaudissements qui accueillirent le discours d'Himmler éventèrent les bougies. Magda se tenait au centre de la clameur, ses mains agissant comme elles le devaient, son cerveau s'efforçant de ne pas hurler. De ses mains elle voulait gifler Himmler en plein sur la bouche. Elle voulait crier le mot *mal* jusqu'à ce que tout le monde ouvre les yeux et arrête d'applaudir. Au lieu de ça, elle ravala sa colère et détacha son attention du *Reichsführer*, colère et attention qu'elle noya dans la beauté des lys blancs qui emplissaient la pièce. Le contraste entre les mots cruels et l'éclairage tamisé de la salle de bal où ils avaient été entassés était cependant trop dur. Magda eut l'impression qu'on lui broyait les os.

— Bonté divine, c'est un sourire ou une grimace ? Ce n'est pas à ton avantage – ton cou semble filiforme et vieux.

C'était Elsa, bien sûr – qui, en dehors de la fille insupportable de Walther, pouvait lancer une pique aussi acerbe à travers un sourire aussi joli ? – qui fit une halte en s'approchant de l'estrade, où Himmler finissait son discours et attendait sa venue pour lui souhaiter un joyeux anniversaire pour ses dix-neuf ans. Elsa était tout en beauté. Elle était constamment tout en beauté – personne dans les parages ne pouvait lui faire de l'ombre. Ses cheveux blonds en vague de doigts étaient plaqués en arrière de son visage délicat par des barrettes en croissant de lune ; sa robe rose pâle effleurait ses épaules et caressait son dos laiteux ; les étoiles en diamants qui pendaient aux lobes de ses oreilles allongeaient son élégante nuque.

Ce serait plus honnête si elle était venue habillée dans un uniforme SS noir.

Magda prit au vol une coupe de champagne alors qu'un serveur passait et s'efforça de sourire.

— C'est malheureux. Le discours du *Reichsführer* était si exaltant, j'étais vraiment sur le point de lâcher une larme tout en essayant de me retenir.

Quiconque connaissait réellement Magda aurait vu clair dans sa repartie, mais personne dans la pièce, en dehors de Walther, ne savait vraiment qui elle était. Et encore moins – Magda osait l'espérer – Elsa qui, à en croire ses yeux pétillants, ressentait sincèrement l'exaltation dont Magda était totalement dépourvue.

« Faites-vous-en une amie. Elle a besoin de quelqu'un dans son entourage pour tempérer ses opinions. »

La requête de Walther était tout aussi impossible à satisfaire ce soir qu'elle l'avait été six mois plus tôt lorsqu'il l'avait faite et avait enfin présenté Magda à la fille que son père avoue « avoir pourrie gâtée ». Il n'avait pas seulement gâté Elsa ; il avait également et malheureusement porté Magda aux nues et, en agissant ainsi, poussé Elsa aux yeux verts, sans mère et très exclusive, à prendre ses distances. À présent, le seul trait d'union qui liait encore les filles n'était qu'animosité. Elsa, cependant, était très douée pour cacher ça à son père. Elle portait également comme un gant le monde que Walther avait créé autour d'elle. Comme Kiefer – elle avait le même âge –, Elsa avait été éduquée par un système scolaire façonné par les nationaux-socialistes. Contrairement à Kiefer, cependant, elle n'avait pas eu besoin de contrepartie ni d'être influencée pour demeurer – pas même un minimum comme Kiefer – fidèle et aveugle face au Parti, et aux officiers SS dont son environnement social était empli. Magda savait que ce n'était pas complètement la faute d'Elsa – elle était tout juste une adolescente lorsque Walther avait entamé son flirt avec le régime, bien trop jeune pour remettre en cause sa dévotion. À présent, elle était trop absorbée par la rhétorique du Parti pour que quiconque puisse la convaincre que les hommes à qui elle faisait les yeux doux étaient empreints non pas de glamour mais de poison.

Magda recula alors qu'Elsa la frôla. Elle avait à peine trois ans de plus que la fille unique de Walther, pourtant ce soir – alors qu'Elsa embrassait les invités que Magda abhorrait –, la différence aurait très bien pu être d'une centaine d'années. Elle posa son verre à moitié vide sur un autre plateau en mouvement – le champagne avait un goût aigre – tandis qu'Elsa grimpait les marches jusqu'à l'estrade et embrassait un Himmler ravi sur la joue. En voyant qu'il rougissait, elle en remit une couche avant d'encourager ses invités à diriger leurs applaudissements vers son père rayonnant.

Il se voilait la face à son sujet. S'il vous plaît mon Dieu, faites qu'il n'ait pas créé un monstre.

Il faisait trop chaud dans la salle de bal, la compagnie était trop exécrable. Magda quitta la pièce alors qu'Elsa continuait de briller, sans même se préoccuper du fait que ses *remerciements* pleins d'esprit venaient juste après un discours qui promettait la destruction d'une race humaine entière. Elle se précipita dans le couloir aux tapis de soie, esquivant la horde de serveurs aux vestes blanches, traversa la véranda et sortit dans les jardins majestueux de la villa.

La nuit de décembre était glaciale et brûla Magda, vêtue d'une légère robe en mousseline de soie et de sandales perlées dès qu'elle mit les pieds dehors. Elle n'en avait cure. Au moins, l'air pur extérieur était sain et frais et elle pouvait le respirer.

Ce que je n'aurais pas pu faire il y a un mois, pas avec les incendies d'alors.

Cette réminiscence lui donna davantage de frissons que ce froid mordant. Un mois plus tôt, l'air n'était pas du tout aussi sain. Il empestait l'essence et le bois calciné, et la cendre dans le vent s'était immiscée dans ses cheveux et sa gorge lorsqu'elle s'était ruée hors de la villa, terrifiée que la forêt soit en feu. Sauf qu'il ne s'agissait pas de la forêt ; il s'agissait des rues, et pas un seul camion de pompiers n'était venu pour maîtriser la fournaise bien qu'elle, puis Walther, les ait appelés. Ils s'étaient figés là tous les deux, à regarder les flammes qui dansaient, n'arrivant pas à croire que personne n'essaie au moins de les arrêter. C'est alors qu'Himmler s'était pointé dans les premières heures matinales orange et enfumées, cramponné à son cigare et à la « victoire » dont il faisait l'éloge, et il avait été clair que personne n'essaierait.

Ni l'un ni l'autre n'avaient anticipé la contagion de la violence qui avait fait irruption aux quatre coins de l'Allemagne le 9 novembre 1938. Malgré les attaques sauvages en augmentation contre les Juifs en Autriche depuis qu'Hitler avait annexé le pays en mars, malgré les relations étendues de Walther, malgré le fait que Christoph était toujours aux aguets. Bien qu'au cœur de tout cela, aucun d'entre eux n'avait envisagé que les choses prendraient une telle ampleur. En une nuit parfaitement orchestrée, des milliers de Juifs avaient été tabassés et arrêtés. Des milliers de commerces et foyers Juifs, saccagés. Des centaines de synagogues, détruites. Tant de verre brisé jonchait les rues de l'Allemagne le lendemain matin que la destruction avait été immédiatement surnommée *Kristallnacht.* Rien qu'à Grunewald, la synagogue qui se trouvait sur Franzensbader Straβe depuis 1895 avait été réduite en cendre. Deux pâtisseries, trois ateliers de tailleurs et la moitié d'une rue pleine de cafés n'étaient plus que décombres, et des dizaines de familles avaient été chassées de leurs maisons. Himmler y avait déjà installé ses proches.

— C'était une épuration, qu'ils ont planifiée, ou alors ce n'en sont que les prémices. Et le tout mis à exécution avec le souci du détail dont Himmler se délecte. Chaque commerce ravagé et chaque foyer pillé étaient délibérément sélectionnés. Pourtant, pas un mot sur leurs manigances n'a été ébruité.

Walther s'était enterré dans son bureau avec Magda lors des jours qui avaient suivi le désastre, livide et pris de tremblements, tâchant de cerner quels indices il avait laissé passer. Il n'en avait trouvé aucun. Il avait raison, en revanche : le Parti était passé de la persécution à l'épuration. Deux jours après les violences, Hitler intima l'ordre de tirer le rideau des derniers commerces juifs. Dans les jours qui suivirent, le Parti fit main basse sur tous les biens que les propriétaires juifs avaient été forcés de répertorier le mois d'avril précédent, et sur les dernières économies que les familles juives avaient réussi à mettre de côté. Ce fut une campagne éclair et inévitable et brutale. Au vu de la teneur du discours d'Himmler, Magda soupçonna que même cela n'était pas aussi brutal que ce qui se tramait, bien qu'elle ne puisse pas du tout imaginer ce qu'on pouvait bien prendre de plus.

« Nous devons travailler plus vite ; nous devons faire sortir plus de gens ou changer leurs noms » devint le leitmotiv de Magda et Walther auquel ils consacraient leurs journées. Magda rendait si souvent visite au réseau de faussaires qu'ils avaient mis en place à Moabit, en banlieue de Berlin, que Walther était persuadé qu'elle se ferait attraper. Cela ne l'avait pas empêchée de repousser ses limites – ou les leurs. Le mois qui suivit *Kristallnacht*, la petite imprimerie cachée à l'arrière d'une boulangerie avait doublé sa production. C'était encore loin d'être suffisant. La vague d'arrestations avait frappé les usines Tiedemann aussi fort que les autres lieux de travail ciblés à Berlin et – bien que Walther se plaigne aussi fort qu'il ose le faire des dommages encourus par ses chaînes de production –, cela s'était traduit par la perte d'un trop grand nombre d'ouvriers qu'ils n'avaient pas eu l'opportunité de protéger. La vue de ces hommes – ces hommes dont Magda connaissait les noms, aux enfants desquels elle avait offert des cadeaux lors des fêtes d'été de l'entreprise – qu'on emmenait, sur lesquels on crachait et qu'on tenait en joue avec des armes l'avait incitée à errer dans les rues de Moabit. C'étaient le ras-le-bol et les nerfs à vif qui l'avaient poussée à rompre sa promesse de ne révéler à personne la vérité sur Walther et à la partager avec Christoph, pour la première fois, à lui avouer le genre d'homme qu'était réellement son patron.

Christoph était furieux qu'elle ait caché ce secret, à lui et à sa famille, et du danger qu'elle avait couru. Walther était tout aussi furieux qu'elle ait dit ce qu'ils faisaient à quelqu'un. Au bout du compte, Magda avait obligé les deux hommes à se rencontrer et – en guise d'adieu, « Vous êtes exactement pareils, débrouillez-vous avec vos différences » – les avait laissés crier leur colère, pendant qu'elle écumait Berlin en quête de nouvelles sources de papier, prétextant en avoir un besoin accru, une excuse aussi piètre que les fournitures pour lesquelles elle avait payé le prix fort. En tout cas, ses efforts de conciliation entre les deux hommes avaient payé. Christoph avait rejoint le personnel de Walther au siège de Spandau au début de décembre, bien qu'il refuse de se mélanger à l'environnement social de Walther.

Ce qui est une bénédiction, surtout ce soir. Il aurait eu un pistolet en main, pas une coupe de champagne.

Alors que Magda s'en retournait à contrecœur dans la salle de bal, cherchant un prétexte pour partir, Elsa passa rapidement dans les bras d'un officier SS. La danse prit fin et la suivante débuta, et une foule en uniforme s'engloutit derrière la star du jour qui gloussait bêtement. Lorsqu'Elsa réapparut – avec un autre prétendant collé à sa taille comme s'il avait déterré un coffre aux trésors – elle était fleur bleue et radieuse, et clairement ravie que Magda ait assisté à son triomphe. En revanche, elle n'entama pas la conversation. Gardant résolument Magda dans son champ de vision, au contraire elle s'inclina et susurra à l'oreille de son partenaire, le repoussant avec un sourire avenant lorsqu'il sourcilla. Le cœur de Magda se serra alors que l'homme se dirigeait vers elle avec raideur et à grands pas.

— Fräulein Aderbach, me feriez-vous l'honneur ?

Elsa regardait ; Walther était trop éloigné pour intervenir. Magda n'eut d'autre choix que d'accepter le bras tendu. Il la guida vers la piste ; Magda se fendit d'un sourire forcé. La musique commença. Il posa sa main sur le tissu fin qui recouvrait sa taille ; elle posa sa main sur les éclairs argentés qui ornaient son épaule. La valse poursuivit sa progression imposante. Magda fit table rase de ses sentiments et se fia à son corps pour qu'il bouge tout seul, offrant une prière de remerciements silencieuse pour le fait que Christoph ne soit pas là pour voir précisément l'actrice talentueuse qu'elle était devenue.

— Il se fait tard – tu dois y aller.

— Ce que je ferais, si je pensais que tu étais sérieux. Si ton bras ne me clouait pas au lit.

Magda rit alors que la bouche de Christoph épousait à nouveau la sienne et le serra délibérément plus fort. Depuis qu'elle avait emménagé, quelques mois après l'anniversaire d'Elsa, dans la maison d'hôtes relativement intime de la propriété de Walther, il était plus aisé de poursuivre leur relation. Son nouveau foyer n'était pas la solution idéale : parfois le secret dans lequel ils vivaient, dissimulant leur relation au cas où l'un d'entre eux se ferait attraper, agaçait Magda. Elle se demandait parfois comment aurait pu être leur vie, une vie plus simple, du genre où les opinions politiques et la guerre n'empiétaient pas sur les mariages et le quotidien du foyer et les enfants dont ils ne parlaient pas mais qu'ils désiraient ardemment. Aujourd'hui, en revanche, dans le doux refuge du lit, leur secret semblait romantique, avec un côté illicite agréable. De surcroît, c'était dimanche – personne n'avait besoin d'eux. Pourquoi ne profiteraient-ils pas d'une longue journée rien que tous les deux, au lieu de quelques heures à la dérobée qu'ils arrivaient à peine à trouver habituellement ? Ce n'était pas comme si le monde qui attendait à l'extérieur des murs du cottage vêtus de lierre était accueillant.

Ne pense pas à ça – pas maintenant, pas avec ses bras encore autour de toi. S'inquiéter des armées et des batailles et des pertes, ça peut attendre demain.

Elle embrassa Christoph à son tour et essaya de ne ressentir que ses mains fraîches sur sa peau, mais l'instant s'était déjà estompé et Christoph le sentait.

— C'est un garçon brillant – il sera prudent. Et tous les rapports récents disent qu'il n'y a eu quasiment aucune opposition lorsque nos armées ont commencé l'invasion.

— C'est exactement que « eux » diraient.

Magda se dégagea de la couette et s'approcha de la fenêtre. Le soleil de septembre ruisselait par l'entrebâillement, tachetant sa peau. Le ciel était empreint de bleu et parsemé de nuages ouatés. Les chants d'oiseaux étaient le seul son qui brisait le silence. Pourtant, quelque part là-dehors, dans les forêts éloignées de Pologne, il y avait des coups de feu et des effusions de sang, et Kiefer était pris au piège au milieu de tout ça.

— Tu n'aurais pas pu l'arrêter, Magda. Personne n'aurait pu. Il était gonflé à bloc pour la patrie et crevait d'envie d'en découdre et d'être un héros.

Même si Christoph avait raison, cela ne voulait pas dire que Magda voulait l'entendre. Ou se rappeler combien son frère était fier lorsqu'il avait fait irruption chez les Aderbach dans son uniforme vert-de-gris de la Wehrmacht, les yeux pétillants, le sourire large et l'air – à ses yeux en tout cas – d'avoir non pas vingt ans mais treize. Ou se rappeler combien ses parents avaient été écœurés en le voyant ainsi. Kiefer était parti en claquant la porte après une violente dispute que ni Herthe ni Ernst n'avaient digérée et s'en était retourné à sa division d'infanterie. Et à présent il était quelque part en Pologne, prenant part à une invasion qui avait commencé deux jours plus tôt, le 1er septembre 1939. L'un des milliers de jeunes garçons endoctrinés par Hitler qui étanchaient l'insatiable soif de territoires de leur chef.

— Nous les avons tous les deux déçus.

Magda abandonna la vue idyllique qu'elle avait depuis la fenêtre et se replongea dans le lit.

— Mes parents pensent que je suis dévouée au fascisme comme il l'est. Kiefer est quelque part à se battre pour le Führer, et je travaille pour une usine qui produit en série les obus et les balles qui lui en ont donné les moyens. Il n'y a aucune différence entre nous à leurs yeux. Non, en fait ce n'est pas vrai. Je ne travaille pas seulement pour Tiedemann, le croquemitaine en quête de contrats d'armements, je vis dans sa luxueuse propriété de Grunewald, dans sa maison d'hôtes, et je fricote avec ses amis hitlériens. Je présume donc qu'ils me méprisent beaucoup plus, au bas mot.

— Arrête ça.

Christoph prit Magda dans ses bras et dégagea ses doigts enragés de ses cheveux.

— Tu sais pourquoi tu vis ici : pour les tenir à l'écart de ton vrai travail, pour qu'ils soient à l'abri au cas où, Dieu nous en garde, tu te ferais attraper, et éviter que tu les entraînes dans ta chute. Et tu fricotes avec qui tu fricotes pour rester au-dessus de tout soupçon. Un jour, tu pourras tout leur dire.

— Je pourrai ?

Elle le repoussa, pas d'humeur à être consolée ou soulagée.

— Tu ne fricotes avec aucun cercle de Walther, et pourtant tu œuvres pour le bien autant que moi, c'est donc une mauvaise excuse. Et si ça ne s'arrêtait jamais ? Et si la grande guerre dont Hitler menace le monde – celle que l'invasion de la Pologne a entamée pour de bon – est déclarée et qu'il la remporte ? Je deviendrai qui ?

Elle se tut alors qu'un bruit sourd se faisait entendre en bas de l'escalier.

— C'était quoi ?

Christoph sauta du lit et enfila ses habits, les sens en alerte tout comme Magda.

— Magda, tu es là ? C'est bientôt le déjeuner – s'il te plaît ne me dis pas que tu es encore au lit ?

— C'est Elsa.

Magda chuchota :

— Cache-toi dans la salle de bains.

Christoph attrapa ses chaussures, le visage crispé, les sourcils froncés.

— Elle ne viendra sûrement pas en haut ? C'est ta maison.

— Pas à ses yeux.

Magda le guida précipitamment vers la petite pièce nichée sous la corniche du cottage.

— Pour elle, c'est la maison de son père et je n'ai rien à y faire. Elle agit comme si c'était chez elle.

Elle se tortilla dans sa robe et se précipita vers le palier. Elsa était déjà à la moitié de l'escalier.

— Tu as l'air effrayée, dis-moi. Qui est-ce que tu caches là-dedans ?

La voix d'Elsa était tout sauf chaleureuse ; elle ne l'était jamais lorsqu'elles étaient seules toutes les deux. Magda resta le dos fermement appuyé contre la porte close de la chambre. Elle n'avait pas l'intention de donner le moindre prétexte pour qu'Elsa la traite d'*immorale.* Même Walther se battrait pour la défendre contre cette accusation puritaine… et hypocrite, vu le nombre de ministres qui trompaient leur femme tout en défendant les valeurs familiales.

— Quelle question étrange. Qui pourrait bien se trouver dans ma chambre ? Ça fait des heures que je travaille et c'est dimanche – j'ai dormi tard. Pourquoi as-tu besoin de moi, d'ailleurs ?

— Pas moi.

Le regard d'Elsa parcourut de haut en bas la robe chiffonnée de Magda et elle renifla.

— Mais apparemment, père, oui. Il nous attend à la maison car il doit recevoir une annonce qui le rend nerveux et ennuyeux. Va donc t'arranger un peu.

Elle scruta le palier supérieur, le vase de fleurs sauvages et les écharpes aux couleurs saphir et émeraude dont Magda avait drapé les commodes démodées qui le décoraient.

— Je vais essayer de t'attendre dans un endroit moins bohème.

Magda s'habilla et arrangea ses cheveux et son visage aussi rapidement qu'elle le put, passant tout en revue dans sa tête alors qu'elle jonglait avec sa brosse et son rouge à lèvres, et tenta de calculer les risques encourus à cause de l'apparition soudaine d'Elsa. Christoph ne bougerait pas d'un poil tant qu'il ne serait pas certain que la voie était libre. Dans la maison, il n'y avait pas le moindre indice des faussaires auxquels elle avait rendu visite la veille – ces indices étaient tous gravés dans sa tête. Le petit paquet pitoyable de cartes d'identité qu'elle avait récupéré – une infime partie de ce qui était nécessaire pour sauver les emplois des ouvriers juifs qui travaillaient à Spandau – était enfermé dans un coffre-fort au fond de sa garde-robe. Sa carte de membre du KPD – dont elle aurait dû se débarrasser mais qu'elle avait gardée comme un rappel de celle qu'était vraiment – était cousue dans l'ourlet de son deuxième meilleur manteau d'hiver. Elsa ne pourrait rien trouver, peu importait le nombre de placards qu'elle pourrait ouvrir ou de livres qu'elle secourait – ce qu'elle ferait, en quête de tout ce qui pourrait se transformer en arme pour se débarrasser de la « préférée exaspérante » de son père.

Magda descendit l'escalier dans une robe bleue beaucoup plus élégante, sa liste mentale de vérification toute cochée, convaincue qu'elle ne pourrait être davantage à l'abri du danger. Puis Elsa tourna les talons à l'instant précis où Christoph était secoué d'un rire nerveux derrière le rideau de la salle de bains, ce qui hérissa la peau de Magda comme si on l'avait frottée avec du gravier.

—Nous sommes là, père. Et c'est Magda que tu dois tenir pour responsable de notre retard, pas moi. Elle est un peu trop éprise de son lit aujourd'hui.

Elsa qui était si froide jusque-là devint soudainement chaleureuse alors qu'elle entrait dans le bureau de son père et ce changement était trop habituel pour surprendre Magda. Elle n'eut pas besoin de s'excuser comme Elsa l'aurait souhaité. Walther, une fois n'était pas coutume, n'écouta pas sa fille. Il était penché sur le meuble radio, entouré de sa gouvernante Frau Klepper et de Herr Bühl, le directeur technique de la société Tiedemann et l'un des confidents du cercle rapproché de Walther. Magda ne reconnut pas la voix qui attira leur attention – elle ne comprit pas non plus complètement ce que disait l'homme à la voix fluette.

Elsa, en revanche, comprenait.

— C'est la BBC ? Mais enfin, pourquoi tu écoutes cette radio ? Ce n'est qu'un tissu de mensonges et de propagande anti-allemands.

— Chut.

L'onde de choc sur le visage d'Elsa qui suivit l'ordre abrupt de son père aurait habituellement fait rire Magda, mais certains des mots qui provenaient de l'enceinte commencèrent à faire sens, et la contrariété d'Elsa n'eut plus aucune importance. Magda ignora la moue affligée d'Elsa et se concentra, tâchant de décrypter ce qu'elle entendait avec l'anglais qu'elle avait appris à l'école. Lorsque ce fut terminé, elle n'avait saisi que la moitié et espérait avoir mal compris.

Personne ne dit mot. Frau Klepper se signa. Herr Bühl s'avachit dans le fauteuil à oreilles et ferma les yeux.

— J'ai bien compris ? La Grande-Bretagne vient-elle de nous déclarer la guerre ?

La voix de Magda était si aiguë qu'elle la reconnut à peine.

Walther acquiesça.

— C'était Neville Chamberlain, le Premier ministre britannique. Il a posé un ultimatum au Führer dans la matinée pour qu'il sorte les troupes allemandes de Pologne ou il en paiera les conséquences par les représailles des Alliés. Le Führer n'en a pas tenu compte.

— Évidemment qu'il n'en a pas tenu compte.

Le ton brusque d'Elsa réanima la pièce.

— Vous pensiez qu'il allait faire quoi ? Ses actions sont totalement légitimes – la Pologne ne mérite pas d'être la Pologne. Vous savez autant que moi que la terre qu'ils estiment être leur pays, la terre que nos troupes sont allées reconquérir, a été volée à l'Allemagne à la fin de la dernière guerre, lorsque nos politiciens n'ont pas eu le courage de se battre pour nos droits. Les Polonais sont des voleurs. Ils méritent de perdre ce qu'ils ont volé. Et ce sont des brutes – ils traitent les pauvres Allemands qui sont restés et essaient de se créer une vie décente moins bien que des animaux.

— Tu ne sais pas si c'est vrai, Elsa. Tu n'as jamais vu de preuve de maltraitance.

Walther se tut. Le visage d'Elsa se durcit encore plus que ce qu'il – ou Magda, qui était plus coutumière des humeurs sombres d'Elsa – avait pu observer auparavant.

— Pourquoi devrais-je voir des preuves alors que le Führer me dit les choses comme elles sont ? Et de quoi se mêle la Grande-Bretagne, ou la France, alors que l'Allemagne a le droit de défendre son propre peuple ? Les Alliés sont les va-t-en-guerre. S'il vous plaît, Dieu, faites qu'ils aient ce qu'ils méritent.

— Ne dis pas ça.

Walther tendit sa main pour prendre celle de sa fille, mais Elsa retira ses doigts fins d'un coup sec.

— Tu ne parlerais pas à la légère de la guerre si tu avais combattu ou en avais vécu une comme moi. La guerre n'engendre que misère et souffrance.

Elsa posa ses mains sur ses genoux et regarda Herr Bühl en premier, puis son père.

— Et tes contrats, père ? N'oublie pas ça. Contrats qui t'ont d'ailleurs plutôt bien réussi depuis que tu as, assez vite devrais-je préciser, transformé l'usine en production d'armes.

Walther se recroquevilla.

Magda ouvrit sa bouche pour rétorquer, mais Herr Bühl hocha la tête. Elsa les regarda tous se réfugier dans le silence et arbora un sourire radieux.

— Frau Klepper, pourriez-vous nous servir un verre du délicieux sherry de père ?

Elle claqua ses doigts vers la femme qui scrutait muettement encore la radio.

— Il y a tant de choses auxquelles trinquer. Une nouvelle Allemagne prête à prendre la place qui lui revient dans le monde. L'anéantissement certain de nos ennemis. L'éradication des Juifs en tout lieu que nous allons conquérir. Il me semble que cette heureuse liste se doit d'être célébrée, vous ne croyez pas ?

Elle se retourna vers Magda alors que la gouvernante servait d'une main frêle les verres aux pieds fins.

— Et l'amour dans tout ça, Magda, devrions-nous boire à cela aussi ? Ou peut-être aux secrets – préférerais-tu plutôt cela ?

Magda sourit, bien que cela soit un déchirement.

— À l'amour, pourquoi pas ? Le monde va vraiment en avoir besoin maintenant.

Elle leva son verre et avala son sherry. Et éloigna sa main de la carafe qu'elle rêvait de jeter à la figure suffisante d'Elsa.

*

— Elles viennent de Pologne. Kiefer les a rapportées en souvenir.

Magda déposa l'enveloppe de photographies sur le bureau de Walther et retourna à son propre bureau. Elle se défit de son écharpe et de son manteau qui était aussi épais qu'une couette mais semblait aussi fin que du papier dans cet hiver cruel qui continuait de tourmenter Berlin. Elle essaya de ne pas écouter quand il ouvrit le paquet. Elle n'avait pas besoin de voir sa réaction – elle savait qu'il serait aussi écœuré qu'elle. Elle n'avait surtout pas besoin de revoir ces images ; les détails lui grillaient le cerveau. La ligne de femmes, jeunes et vieilles, positionnées le long du sommet d'une pente enneigée comme si elles attendaient d'être sélectionnées pour une danse. Les mêmes femmes amoncelées en contrebas, leurs robes tachées par des éclaboussures noirâtres. La ligne d'hommes agenouillés, des armes pointées sur leurs nuques. Les mêmes hommes morts tête contre terre. Celle d'une enfant qui scrute l'appareil, dont les yeux avaient rendu l'âme avant le corps.

— Pourquoi tu apportes des choses aussi atroces à la maison ?

Magda avait posé cette question à son frère en espérant entendre Kiefer répondre « pour témoigner ». Au lieu de cela, sa réaction contenait les termes « fierté » et « l'ont mérité ». Elle était alors partie en sanglotant. À présent elle pouvait entendre Walther en faire autant. Elle lui laissa le temps de s'en remettre un tant soit peu puis retourna auprès de lui, un verre de whisky à la main. Il était blême et bouleversé comme elle s'y attendait.

— Ce sont des Polonais, juifs pour la plupart, si le chant de victoire de Kiefer se révèle exact, mais je suppose que tu le savais déjà. Il y en a d'autres, il y en a des bien pires. Et les chiffres qu'il donne sont terrifiants.

Magda tendit le whisky à Walther et continua de parler, consciente que certaines choses étaient plus faciles à dire rapidement.

— Dix mille à Schwetz, abattus par balles et enterrés dans des gravières. Pareil dans la forêt de Piaśnica. Des rafles dans des hôpitaux psychiatriques de chaque ville polonaise où les soldats allemands sont entrés et l'assassinat de tous les patients. Même si Kiefer exagère – et Dieu sait qu'il y a tendance –, si cela s'est propagé partout en Pologne, le nombre de meurtres pourrait atteindre des centaines de milliers. Et ce n'est que le mois de mars. Ça ne fait que six mois que nous y sommes. À quoi ça va ressembler d'ici un an ? Tous les Juifs polonais seront morts ? C'est ça, l'idée ? Les Juifs allemands sont les prochains ?

Walther replaça les photographies dans l'enveloppe.

— Oui, si tu crois à ce qu'a dit Himmler il y a quelques mois lors de la fête d'Elsa, même si seul Dieu sait comment ils pourraient en tuer autant. Ce n'est pas une bataille – les soldats ordinaires ne sont pas entraînés pour ça. Kiefer sait-il qui est le responsable ? D'où sont venus les ordres ?

Magda s'assit de l'autre côté du bureau de Walther.

— Il n'est qu'un jeune officier ; il ne sait pas grand-chose, mais il parle sans cesse du *Reichsführer*, on peut donc le deviner. Himmler a parcouru toute la zone dans son train personnel, pour faire des discours d'incitation que mon frère a mémorisés et dont il aime particulièrement l'ordre de *tuer sur place* et l « tout-inclus » *il est de votre devoir d'abattre quiconque n'est pas aussi aryen que vous.* Et il évoque la présence des SS – dont il espère avidement faire partie d'ailleurs – à chaque lieu de massacre où il se rend.

Walther frémit.

— J'étais avec Himmler durant tout le week-end. Il n'a fait que parler de la Pologne pour mettre en avant nos *courageux garçons* et leur *dignité.* C'est à nouveau *Kristallnacht* – ils recueillent la moindre information dont ils ont besoin pour frapper leurs cibles, mais leurs propres plans sont jalousement cachés, personne ne peut en avoir vent.

— Nous devons faire mieux. Et nous devons montrer ça au monde.

Magda se leva d'un bond et se mit à arpenter le bureau.

— Je pourrais peut-être rechercher les contacts à Prague qui imprimaient *Le Drapeau rouge* pour nous. Je pourrais leur envoyer les photos et les chiffres.

Elle se figea. La Tchécoslovaquie était sous la houlette d'Hitler – il n'y avait qu'une infime chance que ces contacts soient encore en vie.

— Ou, si ce n'est pas eux, quelqu'un d'autre. N'importe qui. Les gens doivent savoir.

Elle fut reconnaissante que Walther ignore le tremblement de sa voix et acquiesce.

— Laissez-moi en parler à Bühl – il a des relations en Grande-Bretagne et en Amérique par le biais des chaînes d'approvisionnement de l'usine. Il trouvera peut-être quelqu'un qui écoutera. En attendant, on continue. On ne peut pas stopper les tueries à notre niveau – tout ce qu'on peut faire, c'est aider des individus à fuir, qui à leur tour pourront peut-être en aider d'autres. Il y aura peut-être un jour assez de gens qui auront été aidés et pourront se révolter ensemble et dire stop. Donc on continue et, oui, on fait mieux. Nous nous terrons dans le monde d'Hitler ainsi nous sommes au pas avec eux, au lieu de courir derrière. Vous êtes avec moi, n'est-ce pas ? Quoi qu'il en coûte.

Magda se figea. *Plus proche* était synonyme de danger accru, de risques supplémentaires, cependant il n'y avait aucun autre lieu où ils pouvaient être. Avant qu'elle ne puisse accepter, cependant, la porte entre son bureau et celui de Walther s'ouvrit violemment.

— Veuillez m'excuser. Cela ne pouvait pas attendre.

C'était Herr Bühl, mais Magda ne l'avait jamais vu comme ça auparavant. Le visage habituellement imperturbable du directeur était recouvert d'une sueur grasse et sa rougeur lui donnait l'air encore plus maladif.

— Qu'est-ce qui se passe ?

Walther se leva au quart de tour et guida Bühl jusqu'au canapé en cuir dans un des coins de la pièce. Le directeur – que Magda avait toujours perçu comme un costaud – semblait perdu dans cet immense canapé.

— Christoph s'est fait prendre par la Gestapo. Il a été arrêté à Moabit avec des cartes d'identité falsifiées.

— Où a-t-il été emmené ?

Bühl hocha la tête.

— Je ne sais pas, Walther, je suis désolé. D'après moi, au camp de Columbia ou au quartier général des SS à Prinz Albrecht Straβe. Aucun de mes indics en planque n'arrive à le trouver.

Magda se rendait à peine compte que la main de Bühl était posée sur son épaule et n'entendait pas Walther lui dire qu'il allait immédiatement faire jouer ses relations – les murs de la pièce s'étaient effondrés et rien de ce qu'il disait ne pouvait s'y agréger. Elle essayait de retrouver l'usage de ses fonctions vitales et de reprendre ses esprits lorsque le téléphone sonna.

— Magda, tu dois m'écouter.

Walther était accroupi à côté de sa chaise. Sa voix était si pressante que Magda s'efforça de prêter attention.

— Himmler arrive. Quelqu'un a fait le lien entre Christoph et l'usine et *par courtoisie envers moi*, selon ses propres termes, il se déplace lui-même au lieu d'envoyer la Gestapo. Tu ne peux pas te trouver là à son arrivée.

— Pourquoi pas ?

Elle revint à elle, même si sa tête était encore endolorie.

— Je suis votre secrétaire – où pourrais-je bien me trouver ?

Walther lui tint le bras alors qu'elle avait du mal à se relever.

— Ne vous méprenez pas. On ne sait pas depuis combien de temps ils retiennent Christoph. Ils l'ont peut-être déjà fait craquer – il leur a peut-être avoué qu'il travaille pour moi. Himmler vient peut-être avec l'ordre de m'arrêter.

Magda se dégagea de lui. Si Himmler devait venir, cela signifiait qu'elle aurait des nouvelles, et elle en avait justement besoin, peu importait qui les apportait et leur contenu.

— S'ils ont fait craquer Christoph – mais je n'y crois pas –, Himmler viendra pour moi aussi. Et si ce n'est pas le cas et que je ne suis pas là où je me trouve toujours, il se posera des questions. Il ne passera pas à côté d'un détail aussi important que celui-là. On ne peut pas lui donner plus de grain à moudre qu'il n'en a déjà. Pas si on veut rester dans ses petits papiers et hors de danger.

Avant que Walther ne puisse rétorquer, le téléphone retentit à nouveau. La porte s'ouvrit alors que l'appareil continuait de sonner.

— Herr Tiedemann, Fräulein Aderbach. Toujours un plaisir de vous voir, même en des circonstances aussi particulières.

Walther indiqua à Bühl de sortir, ce qu'il fit sur-le-champ.

Himmler traversa la pièce comme s'il était chez lui et s'installa de l'autre côté du bureau de Walther. Il n'enleva pas sa casquette à visière noire qui comblait quelque peu sa petite taille ; il ne le faisait jamais en présence de Walther.

Ne fais rien d'inhabituel. Accueille-le comme tu le fais toujours. Dis-toi que c'est une journée ordinaire.

Magda tendit sa main et laissa Himmler lui faire le baisemain. Elle sourit de son sourire poli coutumier mais pas trop amical et s'assit avec son bloc-notes et son stylo, laissant Himmler, puis Walther, faire la conversation.

— Comme je l'ai expliqué au téléphone, mes hommes ont attrapé un de vos directeurs en possession de documents plutôt compromettants, pourrait-on dire. Rien à voir avec vous, Walther, mon ami, j'en suis sûr. Comment pourrait-il en être autrement ? Qui est plus loyal que vous ? Mais les langues se délient et c'est mon boulot de les faire taire.

C'est comme s'il cherchait dans un livre la façon de se comporter. Il sait à quoi ressemble l'amabilité mais n'a aucune idée de son ressenti.

Walther, qui était aussi fort dans l'art d'éviter le danger que Magda, sourit de son sourire coutumier et prit un bout de papier dans son tiroir, y jetant un coup d'œil comme s'il contenait quelque chose de pertinent.

— Christoph Traube est l'homme que vous avez arrêté ? D'après ce document, il nous a rejoints en décembre 1938, sur recommandation. Une personne respectable, d'après mon personnel. J'ose espérer ne pas m'être fait duper bêtement.

Himmler soupira et hocha la tête. Magda supposa qu'il s'imaginait qu'il était paternaliste.

— C'est pourtant bien votre cas, j'en ai peur. Vous n'avez pas vérifié ses références ? Vous n'étiez pas au courant que Traube faisait partie du KPD ? Qu'il avait été emprisonné en 1936 car il était un sympathisant de la cause juive ?

Magda pensait que Walther ferait semblant d'être horrifié ou de perdre son sang-froid. Au lieu de cela, il resta de marbre, ce qui fut beaucoup plus efficace pour qu'Himmler baisse la garde.

— Il s'agit d'une malheureuse négligence. Les hommes du KPD ne sont certainement pas les bienvenus ici. J'ai des personnes de confiance qui se renseignent sur tous ceux qui nous rejoignent, je leur parlerai, mais je serai honnête, Heinrich : ça n'a pas été une période facile pour nous. Avec le renouvellement des chaînes de production pour répondre aux demandes des contrats d'armement – que nous sommes très heureux de pouvoir honorer – et la perte d'un si grand nombre d'ouvriers de valeur suite aux troubles avec les Juifs en novembre.

Il écarta ses mains et prit un air affligé.

— La politique. N'est-ce pas toujours le problème ? Aussi essentielle qu'elle puisse être, elle n'est pas la meilleure amie de l'homme d'affaires. Nous avons pris ceux que nous avions sous la main pour faire le boulot et ce Traube a dû passer entre les mailles du filet. J'ai honte de l'admettre – vous me connaissez bien – mais voilà où nous en sommes. En conséquence, dites-moi comment je peux me racheter et je promets de m'exécuter.

Il y eut une pause. Pendant un moment, Magda se demanda si Walther n'avait pas surjoué son rôle. C'est alors qu'Himmler se mit à rire d'un rire sec.

— Ce Traube a autant de vies qu'un chat. Il a survécu à Columbia. Vous lui avez offert un emploi alors que, légitimement, il aurait dû croupir dans la rue. Et à présent il s'est fait prendre en possession de contrefaçons. À une autre époque, il aurait mérité la guillotine. Mais, apparemment, il a prouvé qu'il était un parfait guerrier – il a allongé trois de mes hommes sans même se faire un bleu – ce qui veut dire qu'il est plutôt fait pour l'armée. Par chance, la balle qu'il mérite au plus haut point le trouvera sur le champ de bataille.

Il est sauf. Ils ne vont pas l'abattre. Il est sauf.

Magda dut faire preuve d'une grande retenue pour ne pas tomber de sa chaise. Elle agrippa le regard de Walther et parvint à faire un signe de remerciement alors qu'Himmler continuait de parler.

— Une coïncidence donc, appelons ça comme ça. Pas la peine de salir votre réputation, ou d'interférer avec votre travail essentiel ici. Je vous demanderai en revanche d'entreprendre un audit minutieux de vos pratiques d'embauches et de m'envoyer le rapport. La tête de quelqu'un doit tomber.

Walther acquiesça, même si Magda savait qu'aucune tête ne tomberait.

— S'agissant de vous racheter…

Le rictus dépourvu de charme d'Himmler refit surface.

— Si vous pouviez me fabriquer des heures supplémentaires et rallonger mes journées sur vos tapis roulants, je serais enchanté de les prendre.

Il dirigea son sourire vers Magda.

— Ou me confectionner une secrétaire aussi compétente que la vôtre – c'est un domaine où je suis vraiment en peine.

Parce que tu couches avec le tienne et que, d'après les rumeurs, elle est enceinte, tu dois donc la laisser à l'écart de ta femme.

— Je pourrais travailler pour vous.

Les mots sortirent de la bouche de Magda alors que son cerveau se préoccupait encore d'Hedwig Potthast et de la raison pour laquelle un si joli minou pouvait bien coucher avec un homme aussi pervers qu'Himmler.

Les deux hommes sourcillèrent. Magda n'en tint pas compte et s'empressa d'aller au bout de son idée qui lui sembla soudainement parfaite.

— Si vous avez besoin d'aide, je suis sûre qu'Herr Tiedemann pourrait se passer de moi, si c'était pour le Parti et la bonne cause de la guerre, cela va de soi. Je pourrais former une assistante pour qu'elle exécute toutes mes tâches ici et – si l'arrangement convenait à vos attentes, *Herr Reichsführer* –, je pourrais peut-être rester avec Herr Tiedemann un jour par semaine, pendant quelque temps, afin de m'assurer que tout se déroule bien ici aussi.

— Excellente idée, Magda ; j'aurais dû la proposer moi-même. Qu'en pensez-vous, Heinrich ? Croyez-moi, une semaine avec cette petite à vos côtés et votre vie sera simple comme bonjour !

Walther était sur la même longueur d'onde que Magda qui comptait sur lui pour qu'il ferre la proie qu'elle avait visiblement piégée.

Himmler était aux anges lorsqu'il quitta le bureau après l'accueil généreux qu'on lui avait réservé, et toutes les pensées d'un lien éventuel entre Christoph et la société Tiedemann s'envolèrent.

— Vous pouvez y arriver, Magda ? Il ne s'agit pas de mettre un masque et de faire la causette quelques heures durant – vous serez au cœur des opérations, dans le vif du sujet. Vous avez vu le résultat avec Elsa, et Kiefer, et moi. Vous savez ce qu'il en coûte d'être près d'eux.

Magda regarda la Mercedes noire qui passait le portail et acquiesça sans mot dire. Elle n'avait pas foi en sa voix. Elle se leva en silence jusqu'à ce que la voiture soit hors de son champ de vision, tâchant d'entendre Walther qui lui dit « Je suis fier de vous », tout en se remémorant son avertissement d'alors. Un avertissement auquel elle n'avait pas attaché grande importance mais qui tambourinait à présent dans sa tête : *Être entouré d'hommes dont les valeurs sont aussi fourvoyées que celles d'Himmler érode votre âme peu à peu.*

5

Nina, novembre 1987-avril 1988

Le fracas les fit bondir du lit, convaincus que la porte s'était ouverte. Ils se ruèrent en quête de leurs pulls et jeans qu'ils avaient laissés en pagaille la nuit précédente. Au lieu du martèlement de pas auquel ils s'attendaient, le silence prit place.

Nina enfila une chaussette qu'elle réussit à retrouver et se rassit sur le lit.

— C'était peut-être le tonnerre – il y a sans doute un orage qui arrive.

Même si elle voulait que ce soit vrai, le prochain éclat fut non pas un bruit de claquement mais de ferraille aigu que ni l'un ni l'autre ne pouvaient confondre avec la grêle. Nina courut à la fenêtre et l'entrebâilla.

— Tu peux voir quelque chose ?

Elle hocha la tête, tressaillant alors que la fenêtre s'ouvrit d'un coup et qu'un vent glacial força l'entrée. Une seconde rafale de mitraillette fendit l'air. Nina lança un regard oblique, essayant de trouver une réponse à la question de Stefan – « Ça vient de quelle direction ? ».

— C'est le point de passage de Sonnenallee. Regarde.

Elle se décala pour laisser de la place à son corps encore chaud et ensommeillé.

Les lumières jaune soufre des tours de guet éclairaient le Mur comme un terrain de sport de leurs jets lumineux puissants. Alors qu'elle ouvrait suffisamment la fenêtre pour se pencher, l'éclat d'une troisième salve de tirs grimpa jusqu'à eux.

— Quelqu'un a dû essayer de traverser.

Stefan se tut. Ils pouvaient entendre les chiens à présent, leurs hurlements ondulaient jusqu'au ciel d'hiver sans nuage.

— Tu as entendu ça ?

Nina recula furtivement alors qu'un cri prenait le dessus sur les aboiements.

— On doit y aller. Quelqu'un a sans doute besoin d'aide.

Ils firent le tour du petit appartement, rassemblant des manteaux chauds et des bottes avec des semelles en caoutchouc épaisses qui ne glisseraient pas sur les trottoirs. Ils ne parlaient pas pendant qu'ils enfilaient leurs vêtements – ils se focalisaient sur les rues, à l'écoute des sirènes et des moteurs. C'était le silence radio ; ce n'était pas de bon augure, d'après eux.

La nuit qui les accueillit était glaciale. Des bourrasques de neige recouvraient les voitures garées ; des détritus gelés gisaient dans des massifs épineux. Il n'y avait pas âme qui vive sur Kiefholzstraβe. Nina n'était pas surprise – 5 heures, c'était trop matinal pour que la rue soit fréquentée et, même si ce n'en était pas une, les coups de feu n'étaient pas le genre de sonnerie de réveil qui pousserait beaucoup de monde à se lever. Elle boutonna son manteau et fourra les mains dans ses poches avant que le froid ne les gèle.

— Le chemin le plus rapide, c'est de descendre Baumschulenstraβe. On va d'abord voir jusqu'où on peut aller par là au lieu de faire des allers-retours dans les ruelles.

Nina acquiesça et ils se mirent en route. Ils ne perdirent pas de temps à concevoir un plan. Leur objectif était simple : aider s'il y avait de l'aide à apporter ; témoigner des pratiques des soldats ; informer des médias occidentaux avec qui ils étaient en contact et communiquaient par le biais de noms de code. Ils l'avaient déjà fait auparavant ; ils avaient mené leur mission à bien. Ils étaient tous les deux conscients que cela ne voulait rien dire.

Après tout le mal que Magda s'était donné à l'usine de ciment, la vie actuelle de Nina, alors âgée de dix-neuf ans, n'avait plus rien à voir avec celle de sa grand-mère – celle qu'elle avait préservée en négociant avec la Stasi. Nina n'en était pas mécontente, même s'il y avait un tas de raisons qui auraient pu la pousser à l'être. Julia n'était plus là, ce qui était un grand vide dans la vie de Nina, mais au moins elle et ses parents n'avaient pas été capturés : ils avaient fui à l'Ouest, ce qu'ils avaient apparemment planifié depuis longtemps. *Abitur* avait également disparu de sa vie, ce qui avait constitué une perte tout aussi grande. Le principal Huber avait ri lorsqu'il avait lu sa candidature.

— Pourquoi vous laisserions-nous passer un examen qui ouvre les portes à des métiers que vous n'aurez jamais le droit d'exercer ? Rien dans votre comportement ne mérite cela. Quant à la profession que vous imaginez pratiquer… journaliste télé ? Ma chère demoiselle, vous vous bercez d'illusions. Au vu de l'attitude qui a été la vôtre, vous aurez de la chance si vous vous dégotez ne serait-ce qu'un apprentissage de bas étage.

Ses mots étaient-ils une prophétie ou une promesse ? Nina ne sut jamais, mais l'avenir lui donna raison. La seule opportunité qu'elle avait réussi à dégoter était un boulot de mise en rayon dans un *Konsum*, ces magasins d'alimentation gérés par l'État qui n'avaient pas souvent de produits à mettre en rayon. C'était un travail de misère. Défilaient des clients en colère qui en avaient marre de faire la queue pour des denrées de base en rupture de stock permanente ou pour des substituts conçus par le gouvernement, dont le prix grimpait constamment en flèche. Son futur sans avenir n'était que désolation, aussi bien au travail qu'à la maison. Nina avait présumé que la Stasi la retournerait afin qu'elle devienne une indic, mais ils n'en firent rien, s'immisçant cependant dans le moindre aspect de la vie de Magda et des Dahlke – pour démontrer qu'ils le pouvaient. Rien n'était manifeste, rien n'était flagrant. Les pneus de Trabi étaient atteints de crevaison constante. La selle du vélo de Britte disparaissait comme par magie. Magda rentra à la maison un après-midi et s'aperçut que le contenu de son armoire avait été placé dans un ordre différent. Les pannes d'électricité étaient monnaie courante dans l'appartement des Dahlke alors que le reste du pâté de maisons fonctionnait à merveille et comme jamais auparavant. Après six mois d'intrusion subtile censée prouver qui était vraiment aux commandes, les membres de la famille s'accusaient mutuellement d'attirer l'attention non souhaitée et se disputaient régulièrement.

C'était si pesant pour Nina qu'elle aurait pu en pâtir, mais il n'en fut rien. Julia avait fui – Nina voyait cela comme une victoire. Et comme elle n'avait pas craché le morceau à l'usine, Nina avait une cause, et Nina avait Stefan.

Elle disposa de très peu de temps avant l'évasion des Voigt pour parler de ce qui s'était passé, mais Julia put raconter à son frère que grâce à Nina, elle avait pu échapper à la Stasi. Puisqu'il préférait se battre pour l'Est que de fuir à l'Ouest avec ses parents, Stefan se planqua temporairement et resta prudent. Lorsqu'il refit surface, il chercha Nina. Ils étaient inséparables depuis la première nuit où ils avaient parcouru Treptow ensemble pour placarder des affiches de paix. À présent Nina passait ses journées à organiser des concerts pour des groupes punks qui parlaient de révolte dans leurs morceaux et écrivait des rapports anonymes sur la brutalité de la Stasi dont raffolaient les journaux occidentaux. Ils savaient tous les deux qu'ils étaient sous surveillance ; ils refusaient tous les deux de croire qu'ils étaient en sursis. Et à chaque fois que Magda suppliait Nina d'arrêter, la distance grandissait entre la grand-mère et la petite-fille.

Je n'imagine donc même pas ce qu'elle ferait si elle pouvait me voir maintenant, en train de courir dans le noir au milieu des balles.

— Il faut qu'on quitte l'artère principale.

L'injonction catégorique de Stefan sortit Nina de ses pensées au sujet de Magda et ils reprirent leur chemin. Un van noir s'était arrêté à quelques centaines de mètres devant eux ; des soldats vêtus de noir en sortaient silencieusement.

— Wohlgemuthstraβe nous mènera aux maisons délabrées. Ce sera notre meilleure chance pour y voir ce qui se trame.

Ils se déplacèrent silencieusement, rasant les murs des ruelles jusqu'à ce qu'ils atteignent des terrains vagues aussi désolés que lorsqu'ils avaient été dépeuplés en 1961. La plupart des propriétés qui longeaient la frontière avaient été démolies lorsque le Mur avait été construit, afin d'empêcher que leurs fenêtres ne soient utilisées comme voies d'évasion. Une ou deux maisons étaient cependant restées sur pied, obstruées et oubliées alors que l'argent pour les entretenir avait fini par manquer. Des plaques métalliques envahies de graffitis sécurisaient sla première. La seconde s'était désagrégée et les fenêtres du bas laissaient assez d'espace pour y pénétrer. Ils s'y immiscèrent et sentirent une odeur d'ammoniaque et de moisissure. Les yeux de Nina coulèrent – elle eut du mal à se retenir de vomir. Stefan entoura son écharpe autour de sa bouche et de son nez et indiqua l'escalier appuyé tel un ivrogne contre un mur.

Ce n'était pas facile de le gravir ; la plupart des marches s'étaient fissurées en leur milieu, provoquant des trous de la taille d'une cheville, et lorsque Nina tenta de s'agripper à la rampe pour assurer son ascension, elle vacilla dangereusement.

— C'est assez haut.

Nina se recroquevilla devant une fenêtre qui n'avait été que paresseusement et partiellement murée. Stefan s'agenouilla à ses côtés. Contrairement aux rues calmes, le checkpoint qu'ils percevaient au travers des interstices était mouvementé. Des soldats étaient massés sur les parcelles de pelouse et de sable entre les parois internes et externes. Certains étaient accroupis, fusils en joue. D'autres tiraient sur les laisses de chiens. Le seul bruit, cependant, venait du côté ouest.

— *Assassins*. Ils crient *assassins*. Pourquoi ?

Leur point de vue était trop étroit. Nina déplaça une brique tout en chuchotant et agrandit le trou par lequel ils regardaient.

— Bon sang, c'est quoi, cet engin garé là-bas ?

Il y avait un camion – pas militaire, mais un classique avec un hayon élévateur – fermement appuyé contre le mur extérieur.

— Il n'est pas garé ; il s'est écrasé.

La voix de Stefan s'endurcit.

— Et quelqu'un est allongé à côté.

Nina voyait mieux à présent. De la fumée s'échappait du moteur, des bouts de métal jonchaient le sable et – exactement comme Stefan l'avait dit – un corps gisait à côté d'une des roues, une tache s'agrandissant autour de sa tête tel un oreiller. Alors qu'ils regardaient, un groupe de soldats s'avança. L'escouade encercla le véhicule et l'un d'entre eux se pencha et tira un second corps de dessous le châssis.

— Pourquoi faut-il qu'ils le fassent comme ça ? Le traîner par terre comme si c'était un morceau de viande et non une personne ?

La colère rendit Nina maladroite. Alors qu'elle se penchait en avant, son coude cogna contre les briques désolidarisées de la fenêtre murée. Lentement, l'une après l'autre, plusieurs se délogèrent et s'écrasèrent sur le sol. L'éboulement se répandit dans l'air vicié de façon aussi bruyante que le concert de coups de feu matinal. Un soldat fit volte-face, puis un autre.

— Bouge !

Stefan était déjà debout et entraîna Magda avec lui dans l'escalier. Ils dévalèrent les marches quatre à quatre, se moquant qu'elles s'affaissent ou pas sous leur poids, et atterrirent sur le sol en pierre dans un nuage de poussière et de débris. Alors qu'ils s'extirpaient par la fenêtre, un moteur se fit entendre. Tandis qu'ils se frayaient un chemin dans le terrain vague, le bruit des pas qu'ils s'étaient attendus à entendre plus tôt ce matin-là résonna. Ils s'enfuirent à toutes jambes, courant comme jamais ils n'avaient couru de toute leur vie. Ce n'était pas assez rapide.

Reste dans l'ombre. Garde la tête baissée. Vérifie deux fois les véhicules.

Trois mois s'étaient écoulés depuis la fusillade de Sonnenallee et la tragédie de la mort par balles de Stefan. Trois longs mois durant lesquels Nina s'était cachée, se déplaçant en lieu sûr, évitant de sortir en plein jour et terrifiée à l'idée que l'on frappe à sa porte. Concentrée sur le fait de se mettre à l'abri du danger, ployée sous le poids de la perte et de son angoisse au sujet de Magda, elle baissa la garde et oublia tout ce qu'elle avait soigneusement appris concernant les précautions à prendre. Lorsque Nina, tapie dans sa tanière, fut informée de l'arrestation de Magda, elle se sentit obligée, malgré des avis contraires, de sortir au grand jour à nouveau. Nina savait que la détention de Magda – qui avait duré moins d'une journée si sa source disait vrai – pouvait être un piège pour la débusquer. Comme pouvait l'être la source. Cela importait peu. Nina sortit de son grenier. Elle se hâta dans les rues qui étaient trop lumineuses. Elle ne s'arrêta pas pour observer, elle ne remarqua donc pas le van. Il s'agissait d'une camionnette de livraison de poisson, mais quiconque en savait assez long sur la Stasi savait à quoi s'en tenir. Elle n'entendit pas les portières coulisser. Elle n'entendit pas l'homme qui en sortit sans bruit. Elle ne sentit pas la main qui l'agrippa jusqu'à ce qu'elle se colle fortement contre sa bouche. Ils le harponnèrent aussi aisément que le poisson qu'ils n'avaient jamais transporté.

*

— Mains sous les cuisses, paumes vers le haut. Dos droit.

Le tabouret était trop bas. Cela forçait Nina à avoir une position – genoux qui s'engonçaient dans son menton – qui provoquait de la douleur dans ses jambes et le bas du dos. Elle n'osait pas bouger. Cet interrogatoire n'avait rien de incomparable avec celui que l'épisode du tractage avait déclenché. Elle ne savait pas où elle se trouvait, même – d'après ses souvenirs, les premiers jours s'apparentèrent à ce qu'en avait dit Stefan – si elle était quasiment certaine qu'il s'agissait de la prison de Hohenschönhausen.

Nina avait été enlevée si rapidement dans la rue qu'elle en avait perdu le sens du temps et de l'espace depuis l'instant où elle avait été traînée dans le van puis dégagée de celui-ci pour se retrouver dans ce qu'elle présumait être, au vu de l'odeur d'essence, un garage, bien que les éclairages l'aveuglent bien trop pour qu'elle puisse se faire une idée précise. Elle ne portait plus ses propres vêtements – on les lui avait arrachés violemment face à un public qu'elle ne daigna pas regarder et remplacés par un survêtement bleu rêche. Elle ne portait plus de nom – elle était la Prisonnière 622. En dehors des ordres – « déshabillez-vous », « restez tranquille », « gardez votre tête baissée » –, personne ne lui adressait la parole. Le temps s'allongeait comme un élastique. Elle dormait à peine. L'ampoule s'alluma sans crier gare au cours de ce qui était censé être la nuit. Quelqu'un lui gueulait dessus si elle s'endormait durant la journée.

En dehors des hommes en uniforme qui braillaient et la violentaient, Nina n'avait vu personne. Elle avait entendu des bruits de pas à deux reprises alors qu'ils la déplaçaient dans un couloir vide étroit. Elle perdit la boule à chaque fois, convaincue que Stefan serait là, oubliant momentanément que la dernière fois qu'elle l'avait vu, son corps présentait davantage d'impacts de balles que de peau. Au lieu de cela, des lumières rouges clignotaient et une alarme retentissait furieusement alors qu'on la poussait tête la première contre un mur avant qu'elle puisse voir quiconque. La même routine se répétait sur le chemin de la pièce où elle était assise à présent. Elle sentait encore le motif du papier peint rugueux qui marquait sa peau.

— Tiens-toi droite !

L'homme qui lui faisait face portait un uniforme. Contrairement à l'agent de la Stasi qui l'avait interrogée jadis, il ne posait pas de questions ouvertes.

— Quel était votre rôle ? Qui étaient vos complices ?

Nina donnait la même réponse encore et encore :

— À quel sujet ?

Il posait les mêmes questions encore et encore. Elle finit par tomber du tabouret, ses jambes et son dos étant trop engourdis pour la soutenir. On la ramena à sa cellule. La lumière s'allumait et s'éteignait ; le garde dehors hurlait dès qu'elle n'était plus sur le dos et se tournait de côté sur la couchette dure, ce qu'elle faisait systématiquement au moins deux fois par heure. On la ramena dans la salle d'interrogatoire. Ce cirque continua longtemps.

Au bout de la quatrième, ou peut-être de la cinquième nuit, Nina abdiqua. Elle gueula sur son interrogateur, voulant savoir comment il s'attendait à ce qu'elle lui parle de son rôle dans une tentative d'évasion que personne n'avait jamais signalée. L'officier ajouta simplement :

— Dans ce cas, comment étiez-vous au courant ? à ses deux questions d'origine.

Lors de la sixième ou probablement de la septième nuit, ils essayèrent une tactique différente.

— Pourquoi vous vous acharnez à résister ? Vous savez que nous savons tout sur vous. Votre petit ami est mort. Votre grand-mère – je suis sûr que vous êtes au courant, sinon, pourquoi auriez-vous quitté votre planque ? – a été arrêtée. Elle sera sans doute à nouveau arrêtée. Qui sait ce qu'on pourrait être poussés à faire ? Ce qui est certain, c'est que vous n'irez nulle part tant que vous ne vous êtes pas mise à table.

Nina s'était fait la promesse de ne pas réagir si on lui parlait de Stefan, mais lorsqu'il fut question de Magda, sa tête partit en vrille.

— Si vous lui faites du mal ne serait-ce…

Son interrogateur rit.

— Quoi ? Vous ferez quoi, Nina ? Vous voulez l'aider ?

La pirouette la prit par surprise – comme l'officier l'avait prévu.

— Comment ?

Il sourit.

— C'est facile. Vous arrêtez toute résistance futile et vous travaillez pour nous. Vous gardez un œil sur vos voisins. Vous continuez de promouvoir sur ces groupes ridicules. Et vous nous racontez tout sur votre grand-mère.

Nina sentait des fourmillements dans la nuque. Il y avait danger, mais il y avait également une porte de sortie.

— Que voulez-vous savoir sur elle ?

L'officier ferma son dossier.

— Tout ce que vous estimez pertinent à nous dire. Elle a des secrets, Nina, vous le savez autant que nous. Aidez-nous à nous assurer qu'ils ne sont pas dangereux, ainsi vos parents garderont leur emploi et leur maison et peut-être que nous pourrons vous trouver une place dans l'université que vous vouliez. Si vous refusez, eh bien, vous êtes une fille clairvoyante : je suis sûr que vous pouvez imaginer ce que ce choix impliquerait.

Ils n'ont rien sur elle. Si c'était le cas, ils n'auraient pas besoin de moi.

Cette certitude assit la position de Nina sans qu'elle ait besoin de piqûre de rappel.

Et si c'est moi qui la surveille, ils n'auront jamais rien sur elle.

Elle acquiesça. Elle signa les papiers. Elle se retrouva dans le van puis dans la rue avant la fin de la journée.

— Je pars à l'Ouest ce soir.

Magda s'effondra dans le canapé, son corps tremblait de la tête aux pieds, flasque comme si tout l'air s'en était extirpé.

— Tu pars ? Comment ? Tu n'as pas l'autorisation. Tu n'as pas de laissez-passer. Qu'est-ce que tu manigances ? Comment vas-tu t'y prendre ?

L'instinct de Nina lui dictait d'accourir vers sa grand-mère et d'apaiser les craintes de Magda ; elle se retint. Cela risquerait de l'influencer dans sa démarche.

— Je ne peux rien te dire… c'est imprudent.

Nina se tut. La vérité, c'était qu'elle en avait dit si peu à Magda au sujet des événements de novembre précédent, ou de sa disparition pendant trois mois, qu'elle ne savait plus à présent par quoi commencer. Elle n'avait pas justifié sa soudaine réapparition six semaines plus tôt, lors de la dernière semaine de février. Elle avait simplement dit : « Il était temps de rentrer à la maison. » Elle n'avait pas parlé à Magda de sa propre arrestation et ni l'une ni l'autre n'avait évoqué celle de Magda. Elle ne lui avait pas annoncé la mort de Stefan. D'ailleurs elle ne l'avait dit à personne : la seule façon qu'elle avait de surmonter son départ, c'était de l'enfermer à double tour dans son for intérieur. Et elle n'avait soufflé mot de son deal avec la Stasi.

Je n'ai fait qu'ajouter une strate à la masse de secrets. Je ne peux partir sans y remédier.

— D'accord, la vérité, alors. La Stasi m'a attrapée, en novembre dernier, alors que je me trouvais trop près d'une fusillade qu'ils ont voulu étouffer. Je suis restée dans l'ombre après ça parce que je pensais être un danger pour tout le monde, surtout pour toi. Je sais qu'ils t'ont arrêtée, et je sais que j'aurais dû demander pourquoi, bien que je suppose que cela avait davantage un lien avec moi qu'avec toi. J'étais vraiment dans le pétrin.

Elle secoua la tête alors que Magda s'apprêtait à parler.

— Laisse-moi dire tout ce que j'ai sur le cœur pendant que j'en ai encore le temps. Je savais que les ennuis n'étaient pas loin. Toi et moi, on sait bien que j'étais dans le radar de la Stasi depuis que je me suis impliquée avec…

Elle se tut à nouveau, incapable de prononcer son nom, et reprit la parole.

— Bref, la Stasi savait que je transmettais des témoignages à l'Ouest sur la répression d'ici. Et puis j'ai appris que tu avais été arrêtée, alors j'ai quitté ma planque, et j'ai été naïve, et on m'a serrée. J'ai passé un marché avec eux – il n'y avait pas d'autre choix –, c'est comme ça que j'ai pu être libérée. Mais je n'ai pas respecté mes engagements, donc s'ils me chopent, c'est la prison. Je ne peux pas m'y résoudre, donc je pars.

— Qu'est-ce que tu leur as promis, Nina ?

Vu le ton monocorde de Magda, il était évident qu'elle avait déjà deviné. Nina regarda dans le vide.

— De balancer nos voisins, et certains de mes amis. Et toi, ce qui les intéressait le plus. Ils ne m'ont rien dit sur ton arrestation. Je pense que c'était pour me tendre un piège, à moins qu'ils aient une autre idée en tête pour la maison de l'Ouest. Peu importe la raison : j'ai accepté pour qu'ils ne donnent pas la mission à quelqu'un d'autre. C'est la seule solution que j'aie trouvée pour te protéger.

Le visage imperturbable de Magda ne révélait rien.

— Mais ils m'ont relâchée presque tout de suite. Si tu savais qu'ils m'avaient arrêtée, tu aurais dû en être au courant. Et ils n'ont rien sur moi, car il n'y a rien à savoir.

La même rengaine de toujours. Nina se demanda si Magda s'imaginait qu'elle goberait encore ça. Cela non plus importait peu.

— Ils pensent que si. Ce qui est l'autre raison pour laquelle je pars. Lorsque je serai prête, tu devras me rejoindre : peu importe la vérité sur tout ça, on a toutes les deux besoin d'un lieu sûr. Alors, laisse-moi quelques jours, laisse-moi jusqu'à jeudi, et j'attendrai au point de passage de la gare de Friedrichstraße. Je t'attendrai toute la journée. Tu n'auras aucun problème pour traverser, étant donné ton âge, personne ne te posera de questions sur tes projets ou se préoccupera que tu restes ou pas.

Magda se recroquevilla à tel point qu'elle semblait faire la moitié de sa taille.

— Même si ce n'était pas une idée impossible, et tes parents dans tout ça ? Tu crois que partir est la bonne option pour eux ?

C'était ça, justement, le point le plus complexe, le point qui ne s'était imbriqué nulle part quand Nina s'était imaginé le dire.

Fais ça vite. Va jusqu'au bout.

— Non, je ne leur demanderai pas. Ils resteront ici, et ils survivront parce qu'ils croient au système. Même s'ils sont sanctionnés parce que je m'enfuis, ils l'accepteront.

Magda désapprouva ; Nina ne voulut pas l'entendre.

— C'est injuste, je sais, et j'en suis désolé, mais on n'y peut rien. Tu l'as dit toi-même – *nos choix n'en sont pas toujours. Il n'est jamais possible de sauver tout le monde.* La Stasi est après moi, et ils sont après toi. Je me fiche pas mal de savoir pourquoi ou comment d'ailleurs, ou de ce que tu as fait ou pas fait, mais je ne te laisserai pas faire front seule ici.

Le visage de Magda n'était plus imperturbable : il s'était éteint comme si toute vie l'avait quitté.

— Et s'il était temps que je les affronte, ou que j'affronte quiconque ? As-tu envisagé cela ? As-tu envisagé qu'on devrait peut-être enquêter sur moi pour que je rende des comptes ? Que j'ai fait des choses qui le justifient ? Et ta maman dans tout ça, ma fille ? Oui, elle est peut-être bête et disciplinée, mais ce n'est pas une mauvaise personne. Holger non plus. Ce ne sont pas eux qui méritent d'être punis. Quand je t'ai dit cette phrase sur les choix, tu as mal interprété. Je n'ai jamais voulu insinuer que c'était à toi de les faire.

Nina jeta un coup d'œil à l'horloge et s'aperçut qu'il ne lui restait que quelques minutes. Comment était-elle censée *rendre des comptes* et discerner *ceux qui méritent d'être punis* en si peu de temps ?

— D'accord, alors dis-moi, une fois pour toutes : qu'est-ce que la Stasi soupçonne ? C'est quoi, le grand secret ?

Magda ne la lâchait pas du regard, mais n'ouvrit pas la bouche.

Nina remua la tête.

— D'accord. Ne me dis rien. Quelle importance ? J'y ai beaucoup réfléchi ; j'ai un plan. On a besoin d'un lieu sûr, où on peut rester longtemps si on veut – d'ailleurs, on en a peut-être déjà un. Je vais aller à Grunewald ; je vais trouver Erdener Straβe et voir si la Maison-Tour est toujours sur pied. On peut peut-être vivre là. Et peut-être que je trouverai par moi-même ce que tu t'obstines à garder caché.

— Non.

C'était plus un son qu'un mot.

— Tu ne peux pas. Tu dois me promettre que tu ne feras pas ça.

La voix de Magda était soudain si vieille, étranglée par une fusion d'horreur et de peur que Nina en eut des picotements dans la nuque.

— Oublie ce que j'ai dit : je ne veux pas qu'on déterre mon passé. J'ai fait des choses, Nina. Pour la bonne cause mais ça a… mal tourné, ou ça pourrait avoir l'air d'avoir mal tourné pour quelqu'un qui n'était pas là. Je ne veux pas remuer le couteau dans la plaie.

— Quelles *choses*, mamie ? Tu ne peux pas m'infliger tous ces non-dits.

Mais même si Magda avait voulu le lui dire, il était trop tard. Il y eut un coup léger à la porte et Nina savait qu'il signifiait *viens maintenant ou ne viens pas.*

— Je dois y aller. Tiens, je ne peux pas prendre ça ; ce sont mes vieux papiers. Prends-les avec toi quand tu traverseras.

Nina lâcha son sac à main en cuir noir – celui pour lequel elle savait que Magda avait dépensé bien trop d'argent lors du précédent Noël – sur la table. Alors que Magda l'étreignait, la détermination de Nina fut presque balayée. Il n'y avait nulle part où elle voulait être à part dans les bras réconfortants de sa grand-mère. Serrer son corps à son tour fut une agonie.

Et si je ne la revois jamais ? Et si elle ne me rejoint pas ?

La douleur provoquée par cette pensée la cloua sur place, mais les instructions de Jannick avaient été radicalement claires : « Un coup, j'attends deux minutes ; si tu ne te pointes pas, on en reste là. »

— Je serai à la gare jeudi. Je t'attendrai toute la journée.

— Nina !

Elle courut vers la porte et l'ouvrit brutalement. Le temps que Magda la rattrape, Nina avait disparu.

Jannick poussa Nina dans la voiture avant qu'elle n'ait l'occasion de changer d'avis. Il ne fit aucun commentaire sur son désarroi.

— Planque ça dans ton manteau, là où ça ne se verra pas. Ça te permettra de voir venir les premiers jours en attendant que notre contact s'occupe de ton installation.

Il lui tendit un paquet étanche qui contenait un passeport tamponné avec l'emblème de la République fédérale et une petite somme de Deutschmarks de l'Allemagne de l'Ouest puis se concentra à nouveau sur la route. Nina n'avait aucune idée du lieu où ils allaient, ou si elle pourrait supporter de partir finalement. Et elle n'avait aucune idée du plan, en dehors du fait qu'il lui avait dit de porter un manteau épais, même si le printemps était enfin arrivé et que les journées se réchauffaient, et des bottes robustes.

« Il n'est pas très bavard, je sais, mais c'est l'un des meilleurs. Si vous avez besoin d'aide, c'est à lui qu'il faut faire appel. »

Nina scruta les rues peu fréquentées, tâchant de se rassurer quant à ce que Stefan lui avait dit sur son ami lorsqu'il lui avait présenté Jannick la première fois. C'était dur de ne pas se mettre à pleurer encore en pensant à lui. Plus de cinq mois s'étaient écoulés depuis son assassinat et elle pouvait encore sentir chaque seconde de cette nuit-là. Elle l'avait laissé mort dans la rue – cette tragédie continuait de la hanter. Il n'y avait pas eu de funérailles. Il n'y avait eu aucun mémorial en dehors des longues nuits qu'elle avait passées à pleurer dans différentes petites pièces. Et maintenant, elle devait laisser tous ses souvenirs de lui derrière elle ou passer des années en prison, perdue dans un système carcéral qui, elle le savait, l'anéantirait.

C'était Jannick qui lui avait fait voir la réalité en face, après qu'elle ne croupisse pour la seconde fois face à un agent la Stasi dont la patience sur son manque de coopération atteignait ses limites. Ces quelques mots – « Tu dois partir ; je m'en charge » – avaient rendu l'évasion bien plus simple que ce à quoi Nina s'était attendue.

— On va faire ça à l'ancienne.

Il était si rare que Jannick partage des informations que Nina mit un moment à s'apercevoir qu'il parlait.

— Tu ne peux pas risquer d'avoir un faux passeport au point de passage – ta photo a dû circuler dans la catégorie des risques d'évasion. La frontière a trop resserré la vis après la tentative du camion pour qu'on tente de te mettre dans le coffre d'une voiture, ce qui veut dire que tu vas traverser par un tunnel.

— Quoi ?

Nina détacha un instant ses pensées de Stefan et de Magda.

— Comment ? Je croyais que tous les tunnels avaient été découverts et condamnés il y a des années.

Jannick haussa les épaules.

— Certains d'entre nous les avons rouverts. Depuis décembre, nous y avons fait passer deux grands groupes, donc ça sera du gâteau pour vous six ce soir.

La voiture ralentissait déjà alors qu'ils n'avaient roulé que vingt minutes environ. Jannick se gara dans une rue vide, dit à Nina de ne pas s'approcher des fenêtres et des lampadaires et la guida silencieusement dans un dédale de ruelles jusqu'à ce qui semblait être une rangée d'entrepôts désaffectés.

— Le tunnel que tu vas traverser se trouve dans le sous-sol du bâtiment du milieu. Il a été construit dans les années 1960 et mène à Kreuzberg. Il n'est pas d'une longueur infranchissable, mais il fera froid et le sol sera détrempé. Tu devras t'accroupir la plupart du temps. Garde ta respiration constante, avance sans t'arrêter et tu arriveras au bout.

Une autre silhouette approcha, s'agrippant à l'ombre autant qu'ils l'avaient fait, visible uniquement parce que Nina regardait. Elle se focalisa sur leurs mouvements en zigzag, et non sur *détrempé* et *s'accroupir*.

— Il y a encore quelqu'un qui doit y aller, ensuite c'est à nous. Tiens-toi prête.

Nina était à mi-chemin lorsque les projecteurs s'illuminèrent.

— À terre, les bras écartés !

Elle trébucha quand les jets de lumière l'aveuglèrent. La silhouette qu'elle regardait s'enfonça dans un entrepôt. Un seul coup – précis d'après le cri qui suivit – retentit.

— Mettez-vous à terre !

Nina ne voyait plus Jannick ; elle ne voyait plus personne. Elle se jeta sur le sol alors qu'une autre balle sifflait, tout proche. Ses genoux heurtèrent les pavés et son menton suivit. Une douleur cuisante parcourut sa lèvre déchirée et ses jambes meurtries. Puis elles s'engourdirent et elle ne sentit plus rien, en dehors du canon d'un fusil braqué sur sa tête.

6

Magda, août-octobre 1941

Ce n'est que lorsqu'il prononça son nom que Magda sut que c'était Christoph. C'est alors qu'elle put voir au-delà de ses joues creuses et de ses yeux aux paupières violettes, et l'imaginer à nouveau avec de la peau sur les os. Elle l'épaula jusqu'à l'intérieur, si impatiente de l'étreindre qu'elle ne remarqua même pas son odeur d'animal. Les mots qui sortirent de sa bouche ensuite furent :

— Je n'ai pas pu le faire ; je n'ai pas pu tuer comme ça.

Mais elle ne le laissa reparler qu'après lui avoir fait couler un bain chaud et trouvé des vêtements propres et l'avoir regardé dévorer deux bols de soupe riche en poulet avec une voracité qui lui donna envie de pleurer.

En l'espace des dix-sept mois depuis qu'il avait été arrêté et avait disparu de sa vie, Christoph avait pris un coup de vieux prémanturé. Il avait vingt-huit ans : son visage exténué semblait en avoir le double ; ses yeux hagards semblaient même plus vieux encore.

— Ils m'ont d'abord envoyé sur le front occidental.

Sa voix était rouillée, comme s'il n'en avait pas fait usage depuis fort longtemps.

— Les combats étaient durs, mais je m'en suis sorti. En juillet dernier, j'étais à Paris. Nous l'avons complètement envahi : si tu voyais l'endroit maintenant, tu penserais que c'est l'Allemagne. C'est là qu'on a enfin pu souffler un peu – les commandants nous ont laissés errer comme si nous étions des touristes. C'est si beau, Magda ; quand tout ça sera fini, je t'y emmènerai, je te le promets.

Il lui sourit alors, pour la première fois depuis qu'il avait mis les pieds en titubant dans le cottage aux portes fermées à double tour à présent. C'était si évanescent que ses lèvres ne bougèrent presque pas, mais le cœur de Magda se mit à battre la chamade juste avant que son sourire ne s'estompe totalement.

— Je pensais vraiment être sorti de l'auberge. J'espérais que je passerais quelques mois à patrouiller tranquillement, et je m'étais mis en tête de faire profil bas et de me dégoter une permission pour venir te retrouver et me débarrasser de ce fardeau. Le souci, c'était que j'étais marqué au fer – un communiste et un « amoureux des Juifs », les deux pires péchés – et je n'avais aucune chance de me faire oublier par quiconque. J'ai tenu une semaine à Paris et ensuite on m'a envoyé à l'Est. C'était le dernier endroit où je voulais aller, surtout après les photos de Kiefer, mais je n'ai pas été surpris par cette affectation. On avait entendu les rumeurs selon lesquelles la Russie avait arrêté de faire semblant d'être notre allié et épaulait la Pologne, menaçant de reprendre les territoires que l'Allemagne avait gagnés. Cela ne me surprit pas non plus, pour être honnête. Je n'ai pas cru que le pacte de non-agression signé par Staline et Hitler en 1939 tiendrait – comment l'aurait-il pu ? Dans quel monde le communisme et le fascisme pourraient-ils s'entendre ?

De la main il se frotta les yeux qui se remirent quelque peu à prendre vie. Magda se pencha en avant, osant espérer qu'il allait se lancer dans une des tirades qui l'avaient nourri au début de la guerre. Osant espérer qu'il allait revenir à lui. Il n'en fit rien. Au lieu de cela, il s'avachit dans sa chaise, ses yeux se repassaient des images qu'elle ne voulait pas voir.

— Bref, ils m'ont fait quitter Paris pour m'envoyer en Pologne. Je n'étais pas prêt pour ça, je ne l'étais vraiment pas. Les villes n'étaient plus belles ; elles ne ressemblaient presque plus à des villes.

Son visage s'assombrit ; il ne sembla pas se rendre compte que Magda avait pris sa main, et qu'elle pleurait en silence.

— Un des endroits où nous étions cantonnés, Wieluń, était totalement rayé de la carte, les bâtiments s'entassaient les uns sur les autres comme du petit bois. Quasiment un an s'était écoulé depuis que nous l'avions bombardé, et l'air avait toujours une odeur de poussière. Comme pour Varsovie… L'un de mes camarades s'y était rendu avant la guerre – il a décrit la ville comme la plus élégante qu'il ait jamais vue. Elle était loin d'être élégante lorsque nous y avons marché. Il n'y avait pas la moindre rue sans impact d'obus. Certains des murs avaient à peine plus de matière que la dentelle.

Il se tut.

— Sauf pour le ghetto. Les murs qui l'entouraient tenaient bel et bien debout.

Ce qui était leur rôle. Comment faites-vous autrement pour écourter la vie d'un demi-million de personnes si ce n'est avec des murs épais et la peur ?

Magda resta calme. Christoph n'était pas prêt à entendre qu'elle savait *ce* qu'on avait fait à la population juive de Varsovie : il demanderait directement *comment* elle le savait. Elle le laissa plutôt continuer de déambuler dans ses souvenirs.

— On m'a mis de garde au ghetto évidemment, parce que patrouiller autour de ses murs « était la besogne parfaite pour un protecteur des Juifs ». Sauf que protéger n'était pas ce qu'ils attendaient de moi. Ma principale – ma seule – fonction était de tirer à vue sur quiconque s'évadait, dont les enfants, qui étaient les seuls à avoir le courage d'essayer à ce moment-là. « Tire pour tuer et laisse les corps où ils tombent » était l'ordre, comme lorsque les fermiers attachent des corbeaux morts à une clôture en guise d'épouvantail.

Elle ne voulait pas lui demander, mais elle devait savoir quelle était la profondeur de ses cicatrices.

— Tu l'as fait ?

Christoph regarda Magda comme s'il avait oublié qu'elle était là.

— Non, bien sûr que non. Je me serais plutôt collé une balle à moi-même. Comme l'auraient fait un plus grand nombre d'entre nous que tu t'imagines, si on en croit Kiefer. Ce qui importe peu, car il y en avait encore plus qui étaient heureux d'obéir – qui organisaient des parties de chasse et ciblaient la moindre ombre en mouvement.

Il empoigna soudainement sa main si fermement qu'elle pouvait sentir l'articulation de ses os.

— Je le vois encore, Magda, lorsque je dors. Je n'arrive pas à me défaire de ces images. Des enfants tellement affamés qu'ils étaient desséchés, leurs visages avaient vieilli. Je peux encore sentir la puanteur de cet endroit.

Il se dégagea d'elle et agrippa la bouteille de schnaps, se servant un verre à ras bord.

— C'est un sport pour les SS. Regrouper les Juifs dans le ghetto comme dans un entonnoir, épingler des étoiles sur leurs bras comme des cibles. Le but est simplement de rendre leurs proies plus faciles à chasser. Je suis surpris qu'Hitler ne leur fasse pas porter des marques sur leurs cœurs, histoire d'en finir.

— Ça va venir.

Magda hocha la tête alors que Christoph la dévisageait, l'air confus.

— Ce n'est rien, oublie ça. Je suis tellement désolée que tu aies vu ce que tu as vu ; j'aimerais tout effacer de ta mémoire. Et je suis heureuse que tu te sois échappé, peu importe le danger que ça te fait courir. C'était à cause de ça ? C'est Varsovie, la raison pour laquelle tu es parti ?

— Non.

Il but une autre grande gorgée.

— Ç'aurait dû être le cas, mais j'avais des camarades à qui je croyais devoir être fidèle d'une certaine façon. J'y étais depuis un mois lorsque nous avons été envoyés encore plus loin à l'Est. Je ne sais pas où ; le nom des lieux n'a plus eu aucun sens au bout d'un moment. On éliminait les partisans, on nous envoyait en manœuvre, on s'entraînait constamment pour ce que les officiers appelaient tout le temps *la prochaine grande phase.*

— L'attaque contre la Russie ?

Il acquiesça. Magda avait présumé que c'était en effet ce qui l'avait brisé, depuis que l'étranger débraillé qui avait cogné à sa porte s'était avéré être Christoph. Elle avait prié justement pour qu'il – avec son amour de toujours pour le pays – ne soit pas impliqué depuis que Goebbels avait annoncé l'invasion de la Russie sur les ondes Allemandes le 22 juin. La façon dont les films d'actualités et journaux fidèles au Parti, et le personnel du bureau d'Himmler à Prinz Albrecht Straβe – dont les dactylos et les secrétaires assistantes étaient à présent dirigées par la main de fer de Magda – avaient réagi aurait laissé penser à quiconque suivait ça que la destruction de la Russie était l'unique raison pour laquelle l'Allemagne avait déclaré la guerre. Tout au long du mois de juillet, la presse avait engraissé ses lecteurs en leur offrant un régime sur les atrocités Russes et l'obligation morale de l'Allemagne de réprimer les « sauvages » et « sous-hommes » qui menaçaient le Reich. La dernière fois que Magda avait vu ses parents – lorsqu'elle avait avoué par accident pour qui elle travaillait dorénavant mais n'avait pu expliquer pourquoi de peur de les embrouiller, et qu'ils avaient donc été saisis d'horreur et de dégoût – ils avaient pleuré en lisant les gros titres qui attisaient la haine. Et à présent il était clair, vu le visage torturé de Christoph, que la réalité de l'invasion avait été encore pire que les promesses faites par les journaux.

— Ce que nous avons fait là-bas… ça reviendra nous hanter, Magda – il le faut.

Il se mit à pleurer, bruyamment et apparemment sans remarquer les larmes qui coulaient le long de son visage émacié. Magda n'arrivait pas à bouger ; elle se disait que son cœur allait lâcher à la vue de sa souffrance.

— Le peuple russe se fait massacrer, pas seulement les soldats. Les Juifs russes sont traqués et dépecés. J'ai vu des hommes conduits dans une synagogue et brûlés vif. J'ai vu des mères se faire tirer dessus alors qu'elles essayaient d'envelopper leurs enfants de leur corps, et ces enfants dégagés de sous leurs mères mortes et tués à leur tour. Des milliers d'entre elles, encerclées et exterminées, comme si c'étaient des poux ou des fourmis. La haine est inhumaine.

Trente millions vont être éradiqués. Les Russes sont censés disparaître de la terre, les Juifs en premier.

Les mots d'Himmler. Magda les avait tapés un mois plus tôt, juste avant qu'il n'embarque pour une visite des pauvres Lituaniens anéantis afin de s'assurer que son rêve – et celui d'Hitler – d'asservissement de la Russie était mené à bien. Elle en avait fait des copies qu'elle avait envoyées à Eckhart Bühl, dans l'espoir vain que cette fois-ci, ils atteindraient l'un de ses contacts en Amérique ou en Grande-Bretagne et ne finiraient pas dans les oubliettes – ce qui avait apparemment été le cas de chacune de leurs tentatives de communication.

La voix de Christoph était quasiment inaudible ; elle se força à se concentrer.

— Je ne pouvais pas arrêter ça. Je ne pouvais pas y prendre part. J'ai fui. J'ai marché pendant des semaines, faisant tout mon possible pour te retrouver.

Magda voulait lui demander « Et maintenant quoi ? » mais il était épuisé, et il n'y avait de toute façon qu'une réponse à cette question. Christoph était un déserteur : il courait déjà des risques avant d'être enrôlé ; à présent il n'y avait aucun moyen sûr de réintégrer la société, à moins qu'il trouve le moyen de se réinventer.

Elle se leva, l'enlaça et embrassa le haut de sa tête meurtrie.

— Reste ici cette nuit, avec moi, là où est ta place. C'est risqué de rester plus longtemps, surtout avec Elsa et tant d'officiels du Parti qui rôdent à Grunewald, mais je parlerai à Walther. Je vais te procurer une meilleure planque où tu pourras retrouver tes esprits.

Elle n'ajouta pas « si tu peux » ; elle devait avoir confiance en sa capacité d'y parvenir.

Il se blottit à nouveau dans ses bras réconfortants.

— Je pourrais aller à Oberschöneweide. Tes parents pourraient m'héberger et là-bas ce sera plus simple pour se voir.

Magda sourit, prit sa main et le guida à l'étage jusqu'au lit. Ils auraient le temps d'en parler après qu'il aurait dormi, et elle lui raconterait pourquoi cette porte resterait fermée à tout jamais.

Je devrais retourner leurs propres tactiques contre eux – verrouiller les portes et balancer une allumette à l'intérieur.

Magda baissa la tête alors qu'il y avait un autre flash. Les photographes avaient afflué à la cérémonie de la cathédrale de Berlin ; à présent ils arrivaient en nombre à la salle de réception de l'hôtel Kaiserhof. Elsa voulait que chaque instant de son mariage soit immortalisé. Si Magda avait un dernier espoir de garder la tête haute à Oberschöneweide, elle ne pouvait certainement pas se permettre d'apparaître aux côtés des invités en uniforme. Ne quittant pas des yeux le cameraman le plus proche, elle se fraya un chemin vers les retardataires qui s'affairaient encore dans la salle de bal, alors que le majordome de l'hôtel se donnait beaucoup de mal pour les faire sortir et laisser entrer l'orchestre à la place.

Le déjeuner de mariage et les discours étaient terminés. Hitler, Dieu merci, était parti avant que l'on enjoigne à Magda de le rencontrer et donc d'en avoir l'estomac noué. Il restait une heure avant que la génoise imbibée de sirop – dont la triple couche et le glaçage généreux prenaient de haut le rationnement qui commençait à se faire sentir partout ailleurs à Berlin – ne soit coupée et que la danse ne débute. Assez de temps pour qu'elle trouve Walther et l'extirpe des futilités et des fleurs pour le ramener à la réalité du monde.

Même si je n'ai plus beaucoup de revendications à ce sujet aujourd'hui.

Depuis qu'elle avait intégré l'équipe d'Himmler comme secrétaire personnelle, la vie de Magda était devenue encore plus confortable que ce qu'en avait fait Walther. Elle passait ses journées à l'arrière de limousines reluisantes et dans des bureaux et maisons aux éclairages chaleureux et aux stocks bien garnis. Himmler la rémunérait bien au-delà de ce qu'il aurait dû afin de s'assurer qu'elle soit à son entière disposition. Il lui versait une indemnité pour ses robes afin qu'elle soit toujours aussi chic qu'il le souhaitait. Il avait même commencé à maugréer au sujet du petit cottage où elle vivait, lui reprochant de ne pas refléter assez bien son nouveau statut, et par conséquent d'entacher le sien. La vie privilégiée de Magda n'était pas celle qu'elle désirait, et le prix qu'il en coûtait pour la vivre était élevé. Elle savait cependant que c'était une vie que la plupart des citoyens fatigués et affamés de Berlin auraient acceptée sans rechigner. La ville en bas de cette tour d'ivoire, la ville où Christoph et ses parents vivaient, était tisonnée par une guerre qui, malgré deux dures années et tout un tas de promesses, n'en finissait pas.

Le quotidien de la plupart des gens était synonyme de rayons vides et de queues sans fin. La réalité de la plupart des gens s'illustrait par la pénurie croissante de tout ce dont ils avaient besoin dans leur vie de tous les jours – de cuir pour ressemeler leurs chaussures, d'encre, et de bougies, et de papier – et par la pénurie permanente de charbon. Contrairement à Magda, qui n'avait jamais à se préoccuper de ce qui se trouvait dans son cellier, les citoyens de Berlin – ou en tout cas ceux qui n'étaient pas juifs, qui pouvaient mourir de faim selon le point de vue du Parti – jonglaient avec des cartes de rationnement et le marché noir qui bourgeonnait mais n'en avaient pas moins des gargouillements d'estomac. Les repas de mariage au-delà du Kaiserhof ne connaissaient plus les menus avec entrée, plat et dessert qui se terminaient par des plateaux de pâtisseries imbibées de miel. Les invités aux mariages au-delà de Kaiserhof n'étaient pas drapés de soie couleur pastel coupée en biais et de pierres précieuses serties sur argent. Certaines femmes qui se mariaient le même jour qu'Elsa Tiedemann, sous ce ciel bleu d'octobre, portaient une étoile jaune à six pointes pour unique ornement.

Je suis surpris qu'Hitler ne leur fasse pas porter des marques sur leurs cœurs, histoire d'en finir.

Magda se cramponna à la rampe ornée de la croix gammée alors que les mots de Christoph lui revenaient à l'esprit. Hitler avait fini par passer à l'acte : depuis septembre, tous les Juifs âgés de plus de six ans avaient reçu l'ordre de porter une étoile sur leurs revers, et que Dieu vienne en aide à ceux qui le bravait.

— Vous allez bien ?

Walther l'avait trouvée. Magda lui laissa prendre son bras et l'installer à une table aux fines dorures, un gin-fizz en main. Elle reprit ses esprits rapidement, s'assurant de rire si quiconque regardait vers eux.

— Vous ne vous êtes pas rendue à Spandau depuis des semaines. Je commençais à m'inquiéter.

Magda sirotait son verre, sa bouche grimaçait au contact du jus de citron acide, et elle accepta la cigarette de l'étui orné d'un monogramme.

— Je n'ai pas pu me libérer – il me fait travailler jour et nuit. Quelque chose se prépare Walther, mais peu importe le nombre de mémos confidentiels que je retranscris – et recopie –, je n'arrive pas à trouver ce que c'est. Je sais que c'est pire que les ghettos. Des rapports sont envoyés tous les jours par Heydrich et Eichmann, un homme guindé qui gère la logistique, au sujet de l'extension des camps de travail et des nouveaux « centres de détention » qu'ils envisagent apparemment de bâtir à une échelle gigantesque. Et ils me chargent de faire les devis…

Elle se tut et jeta un regard aux tables voisines. Il n'y avait personne à proximité, mais elle baissa quand même la voix.

— J'ai un très mauvais pressentiment à leur sujet. Himmler a utilisé des mots passe-partout comme *chargement* et *centre de ramassage*, lorsqu'il m'a briefée, et je dois faire pareil quand j'écris des rapports, mais je sais qu'ils ne racontent pas toute l'histoire. Je connais tous les montants pour les différentes tailles de ce *fret* – ce qui est un autre mot sur lequel il insiste beaucoup – qui doit être déplacé, mais je ne sais pas où. Quatre pfennigs pour les grandes unités, deux pour les petites ; une réduction pour plus de quatre cents déplacés en une seule fois.

Sa main s'était mise à trembler.

Walther retira délicatement la cigarette d'entre ses doigts et l'écrasa.

— Vous pensez que c'est quoi, Magda ? Des vivres pour les troupes ? Du bétail ? Des œuvres d'art qu'ils ont pillées à Paris ?

L'orchestre s'était lancé. Magda entendit les premières notes de *Gold und Silber*, la valse de Lehár, qui se répandaient au-delà de la salle de bal.

— C'était ce que je voulais croire. Si les trains dont j'avais calculé les charges avaient été à la rigueur des wagons à bestiaux ou des wagons de marchandises et rien d'autre, j'aurais pu me l'imaginer. Mais une partie de l'exercice consistait en la comparaison des coûts et – quand Himmler m'a dit de ne pas perdre de temps à vérifier les types de locomotive et de simplement les appeler modèle A et modèle B – j'ai eu des soupçons. Certaines des lettres n'avaient pas été complètement effacées des formulaires, j'ai donc regardé les descriptions des locomotives. Le modèle B était le fret ferroviaire comme je m'en étais doutée, mais le modèle A était pour passagers. Ce qui laisse supposer qu'au moins certaines des *cargaisons* pour lesquelles ils effectuent des devis méticuleux ne comprennent pas des animaux ou des peintures mais des gens.

Elle n'eut pas besoin d'ajouter « qui portent des étoiles, c'est quasiment une évidence » – la mâchoire serrée de Walther lui indiqua qu'il avait saisi.

— Pour combien d'acheminements vous a-t-il fait faire l'estimation financière ?

Magda saisit à nouveau son verre.

— Il ne m'a pas donné de chiffre. Tout ce qu'il voulait, c'était une formule pour calculer la manière la moins onéreuse d'arriver à ses fins. Et les calculs étaient effectués à partir du kilométrage de voie ferrée, ce qui veut dire que je n'avais aucun moyen de découvrir les distances prévues ni, par conséquent, les destinations.

Walther alluma une autre cigarette, même si la précédente se consumait encore dans le cendrier.

— Eichmann était l'officier qu'ils avaient envoyé en Autriche pour se charger des résidents juifs après l'*Anschluß*.

Quand il a eu terminé de confisquer leurs commerces et de légiférer pour qu'ils sortent définitivement de son existence, il n'y en avait déjà presque plus. Il s'est rendu ensuite en Pologne après ça où – selon la rumeur – il a déplacé des familles juives venues de tous les territoires occupés. Ce que je ne sais pas, c'est pourquoi…

— C'est donc là que tu te cachais. Honnêtement, père, les affaires ne peuvent pas attendre, surtout aujourd'hui ? Gunther et moi sommes prêts à ouvrir le bal, et on ne peut pas commencer sans que tu sois là pour nous applaudir.

Elsa était apparue près de l'épaule de Walther sans qu'ils la remarquent. Magda ne pouvait pas dire si elle avait entendu une partie de leur conversation. Elle ne semblait pas troublée, en tout cas pas autant que si cela avait été le cas. Ses yeux pétillaient sous la trame flatteuse du voile en dentelle qui retombait jusqu'au sol et un diadème en diamant cerclé d'étoiles se lovait autour de ses cheveux blonds. Sa bouche rose pâle était joliment exubérante.

Walther se tut immédiatement et se leva d'un bond, la couvrant de baisers et de plates excuses. Il se rua vers la salle de bal dès qu'elle le chassa. Elsa le regarda partir, mais ne le suivit pas. Elle décrivit un mouvement circulaire rapide avec sa robe en satin moulante et dévisagea Magda avec une expression de prédatrice inquiétante.

— Je croyais que tu avais déjà des vues sur lui quand père nous a présentées. Je pensais que tu avais l'intention de l'épouser. Je me demande parfois si c'est encore ton plan ; tes griffes sont déjà bien plantées. Ou bien tu vises plus haut maintenant que tu as obtenu ton tout nouveau poste ? Manigances-tu de devenir la prochaine Frau Himmler ? Tu joues gros, mais tu pourrais gagner la mise si tu endossais le rôle de la séductrice sexy plutôt que celui de la secrétaire coincée. Ce pauvre Heinrich s'ennuie à mourir avec sa femme, mais, aussi content soit-il de coucher avec la petite

Heddy, il n'est pas pressé de divorcer de Margarete et de se marier avec sa maîtresse, pas celle-là en tout cas. Alors, tu vas tenter ta chance ? Tu vas charmer Heinrich et prendre la tête du peloton ?

L'idée que Magda ait eu envie d'épouser Walther était absurde ; l'idée qu'elle veuille épouser Himmler était répugnante. Magda, cependant, ne joua pas la carte de la surenchère et ne rétorqua rien. Quand Elsa était d'humeur féline, il était plus avisé de la laisser s'empêtrer dans sa propre méchanceté.

— Silence radio, ton tour de passe-passe favori ? C'est une honte, car j'aimerais bien que tu m'aiguilles précisément sur ton vrai but. Tu te mets dans la peau du personnage de la *Fräulein* allemande respectable, donc tu attends quoi pour amuser la galerie jusqu'au bout et mettre le grappin sur un mari, te faire engrosser à tire-larigot pour que tes enfants servent le Reich ? Et si ton jules n'est pas mon cher père – et, fais-moi confiance, ce ne sera pas lui –, alors, qui ? Tu espères qu'Heinrich te trouvera un homme à la hauteur, si tu ne louches pas sur lui évidemment ? Devrais-je lui demander de commencer à chercher ?

Ce n'était pas une question sincère – il y avait tellement de malice qui se lisait sur le visage d'Elsa à ce sujet. Et il n'y avait pas de réponse honnête que Magda puisse donner. Que pouvait-elle répondre ? *Je préfère encore sauter du toit de l'hôtel que d'épouser un homme qui porte un anneau à tête de mort et un crâne sur sa casquette et que de donner naissance à une génération de tueurs du genre de son papa.* Ou peut-être : *Je m'arracherais le cœur plutôt que de m'engager à m'occuper d'un tas de meurtriers et de promettre de « consacrer ma vie aux SS » comme tu l'as fait ce matin face à Himmler.*

Magda se leva et lissa les plis de sa robe bleu-vert clair. Jouer à ce petit jeu avec Elsa ne l'intéressait pas le moins du monde ; le mariage ne l'intéressait pas non plus. Elle danserait une fois pour faire bonne figure, puis elle en aurait fini de cette journée. Elsa, en revanche, n'en avait pas terminé.

— Je sais que tu nous détestes. Qu'épouser un SS te ferait vomir.

Magda s'efforçait de rester imperturbable. Elsa ne feignait plus de sourire.

— Je te surveille. Je t'ai surveillée depuis que tu as fourré ton nez dans les affaires de ma famille. Et j'ai creusé un peu partout dans la tienne. Je me demande depuis des années pourquoi une fille d'activistes de gauche d'un petit quartier miteux comme Oberschöneweide s'acoquine avec les nationaux-socialistes. Je doute que ce soit pour faire avancer la cause. Tu as un secret, et je n'aime pas ça, et tu as une espèce d'emprise sur mon père, ce que j'aime encore moins. Je vais t'avoir, crois-moi. Et si ma famille ou mon Führer sont menacés d'une quelconque façon, tu me le paieras.

Magda ne pouvait pas laisser passer ça sans rien dire – c'était trop proche de la vérité. Elle secoua la tête et, bien que son cœur batte à tout rompre, elle simula l'indignation autant qu'elle le put.

— Ce n'est pas seulement ridicule, c'est une insulte. Tu as sans doute bu trop de champagne. Peu importe la raison, je n'ai pas besoin d'écouter. Je ne hais personne, et je n'ai aucune emprise…

— Oh, arrête ça – épargne-moi ta rengaine. Tu te crois maligne, mais tu ne l'es pas : dès que tu crois que personne ne regarde, le masque tombe.

Elsa se colla tellement à Magda que la forte odeur de rose du *Parfum Joie* que Gunther avait réquisitionné pour elle à Paris les enveloppa toutes les deux.

— Je découvrirai ce que tu caches. Tout comme je découvrirai qui est ce délicieux brun qui se faufile dans ton cottage à toute heure de la nuit. Ne me sous-estime pas,

Magda ; ne sois pas aussi stupide. Gunther est un SS, ce qui veut dire qu'il est comme un membre de la famille d'Himmler – et, donc, moi aussi. Tu as peut-être l'oreille de mon père, mais, crois-moi, j'ai celle du *Reichsführer.*

— Elsa, où es-tu ? Gunther menace d'envoyer la Gestapo pour te trouver !

Une femme l'appelait depuis la porte dorée de la salle de bal, une autre femme de SS d'après la broche en argent en forme d'éclair épinglée à sa robe.

Elsa s'éloigna de Magda en pouffant et en minaudant et renfila son rôle de somptueuse jeune mariée. Elle tourna les talons sans mot dire, plantant Magda dans le hall, prise de tremblements incontrôlables malgré tout l'aplomb dont elle se parait.

Il ne s'agissait ni d'art, ni de charbon, ni de bétail. Il s'agissait de personnes, des milliers. La liste de noms et d'adresses à Berlin – qui était intitulée *Relocalisation*, un autre mot au sens nouveau dont Magda deviendrait familière à s'en écœurer – atterrit sur le bureau de Magda l'après-midi du mercredi 15 octobre. Elle n'eut pas le temps de l'examiner ni de la recopier. Himmler se pointa en même temps que le document, comme s'il avait flairé son arrivée.

— Qu'est-ce que ça signifie ?

Magda posa la question d'un air aussi détaché que possible. La réponse de son patron était trop ambiguë pour qu'elle puisse en tirer quelque chose.

— Le fruit de plusieurs mois de dur labeur et le début de la phase suivante. Une bonne journée pour nous tous.

Il prit les feuilles dactylographiées et se retira dans son bureau d'un pas svelte que Magda aurait qualifié d'enjoué s'il ne s'était agi de lui. Appeler Walther la démangeait, pour l'avertir d'être sur le qui-vive à l'usine. Pour accélérer la confection des prochaines cartes d'identité et pour mettre la pression sur les faussaires pour qu'ils œuvrent deux ou trois fois plus vite. Himmler, cependant, n'arrêtait pas de la solliciter, elle fit des va-et-vient à son bureau toute la journée durant et n'osa pas décrocher le téléphone.

J'irai à la villa ce soir. Je partirai tôt et en douce s'il le faut.

Il l'en empêcha. Himmler continuait d'entasser des rapports sur son bureau afin qu'elle les synthétise, alors même que le délai qu'il exigeait pour mener cette tâche à bien signifiait qu'elle n'avait pas le temps de les étudier en détail. Elle arrivait à peine à en extraire les intitulés et les chiffres qu'ils contenaient et espérait qu'il en serait satisfait. Elle se mit à se demander si cela était délibéré, s'il voulait qu'elle en perde la tête.

Lorsqu'elle put enfin rentrer au cottage, la maison de Walther était plongée dans le noir. Pareil pour jeudi, et vendredi. Himmler lui faisait faire tellement d'heures supplémentaires qu'il aurait été plus simple de dormir au bureau. Elle réussit à passer un appel à Spandau une fois, mais Walther était en réunion et Himmler refit surface avant qu'elle puisse se risquer à laisser davantage qu'un vague message. Lorsqu'elle appela à la villa vendredi soir, Elsa régnait telle une maîtresse de maison et coupa court à la communication.

J'irai samedi. L'imprimerie peut travailler tout le week-end si besoin pour obtenir les cartes dont nous avons besoin. S'il ne s'est rien passé vendredi, il ne se passera rien samedi.

C'était une sage conclusion. Himmler n'était jamais au bureau le samedi ou le dimanche – il respectait le temps familial de son personnel, même si, pour lui, la définition du mot *famille* se télescopait avec le mot *maîtresse*. Il était prévu également qu'il retourne sur le front est lundi au plus tard. Magda avait passé le plus clair de son vendredi à s'assurer que son train personnel bien-aimé, le *Steiermark*, serait prêt à l'accueillir. Il lui avait fallu plus de neuf heures pour emmagasiner suffisamment de réserves de farine et d'œufs pour concocter les ravioles aux œufs qu'il adorait, et pour mettre la main sur la masseuse et le tailleur sans qui il refusait de voyager.

Magda grimpa dans la voiture qui l'attendait pour la ramener au cottage à moitié endormie et s'avachit sur son lit à demi habillée, convaincue que, peu importait ce que signifiaient les listes, le danger qu'ils pistaient n'était pas imminent. Elle avait oublié *Kristallnacht* et la rapidité avec laquelle les nationaux-socialistes pouvaient passer à l'action lorsqu'ils avaient leur proie en ligne de mire. Elle avait oublié le soin avec lequel ils dissimulaient leurs traces, et elle avait été trop surchargée de travail et trop fatiguée pour se rechercher des indices aussi minutieusement qu'elle aurait dû.

Lorsque le téléphone la fit sortir d'un bond de son sommeil profond le samedi matin, son cerveau était encore engourdi. Elle présuma que c'était Walther qui répondait enfin à ses messages et, dans le cirage, elle en oublia combien elle avait désiré qu'il l'appelle.

— Sérieusement ? Vous m'ignorez pendant trois jours, même si j'ai fait de mon mieux pour vous faire comprendre que c'était urgent, et là vous m'appelez alors qu'il fait à peine jour et que je suis exténuée et peux enfin dormir ? Vous ne pouvez pas me faire passer en priorité pour une fois au lieu de vous la couler douce ?

— Veuillez m'excuser, Fräulein, de vous importuner. Et de ne pas être l'homme que vous attendiez. J'ose espérer que vous jugerez que le dérangement en vaut la peine, et est aussi important que ce qui semble apparemment *urgent*.

Magda passa d'à moitié endormie à alerte en une seconde, et tout ce qu'elle avait oublié lui revint en tête.

— *Herr Reichsführer*, je suis désolée. C'est moi et pas vous qui devrais vous présenter des excuses. Je suis, bien sûr, enchantée que ce soit vous qui appeliez. Vous m'avez sans doute attrapée en plein rêve.

À son soulagement, le ton sec et acerbe – ce qui était le défaut d'Himmler lorsqu'il n'était pas au centre de l'attention de tout un chacun – s'adoucit.

— Un rêve, en effet. Disons que cela est de bon augure. Aujourd'hui, après tout, est la journée où tout notre dur labeur passe de la théorie à la pratique, et je qualifierais certainement cela de rêve. Je vous envoie une voiture. Mettez quelque chose de gai !

Il raccrocha sans autre explication.

Qu'est-ce qu'il veut dire ? Comment le mot gai *peut-il se marier avec ces listes, devis et cette « relocalisation » ?*

Magda savait que ce n'était pas le cas. Elle savait qu'une ligne se rapprochait d'elle qu'elle ne devait pas franchir, une ligne dont elle s'était tenue bien plus proche qu'elle n'en avait eu conscience ou n'était prête à l'affronter. Elle savait également qu'elle ne pouvait refuser d'assister à ce à quoi elle était sur le point d'assister sans attirer la suspicion – suspicion qui mettrait en péril sa place au centre du bureau d'Himmler et tout l'accès à l'information que cela lui donnait.

Magda se dirigea vers sa garde-robe, refusant de faire le lien avec les rapports qu'elle avait résumés, dont les mots parcourus rapidement lui revenaient à présent comme un rébus à déchiffrer. *Quelque chose de gai.* Elle s'empara d'une robe à carreaux bleue et rouge avec un joli nœud au niveau du cou, d'un manteau à col châle au ton et à la coupe assortis et d'une paire d'escarpins bleu marine et espéra qu'il en serait heureux. Elle appliqua du fard rose sur ses joues pour aviver sa peau. Elle noircit ses cils et se mit une délicate couche du rouge à lèvres. Elle ne fut pas certaine que la femme qui la dévisageait dans le miroir avait un air gai – il y avait de la méfiance dans ses yeux que même le maquillage et les vêtements colorés ne pouvaient dissimuler – mais elle avait l'air, selon les termes d'Himmler, d'avoir le « bon genre ». Pas surfaite, pas insignifiante ; appropriée, convenable.

J'ai l'air du personnage, mais je ne veux pas jouer son rôle.

Elle allait décrocher le téléphone pour appeler Walther et le convaincre de trouver une raison pour l'accompagner lorsque la Mercedes à l'emblème à la croix gammée fit son apparition dans l'allée principale.

— Vous voilà, et que vous êtes délicieuse.

Himmler se pencha vers sa main et claqua des talons comme s'il l'accueillait dans une salle de bal éclairée aux chandelles, et pas dans un hangar poussiéreux derrière la gare de Grunewald.

Magda scruta l'horizon. Bien qu'il y ait deux gardes dehors, il n'y avait que deux autres hommes présents à l'intérieur du bâtiment en question, tous deux assis en face des grandes fenêtres du hangar. L'un des deux était le suppléant d'Himmler, Reinhard Heydrich, que Magda connaissait déjà. Himmler présenta l'autre, à qui ses oreilles protubérantes et son nez fin et long donnaient un air de rongeur aux aguets, comme le rédacteur de rapports *Obersturmbannführer* Adolf Eichmann, « dont les compétences pour les chiffres et la logistique sont à la hauteur des vôtres ». Heydrich se leva et serra sa main ; Eichmann resta assis.

— Voilà pour vous. Nous vous avons placée là où la vue est particulièrement dégagée.

Les présentations terminées, Himmler la conduisit jusqu'à une chaise à côté d'une table où un bloc-notes et deux crayons taillés attendaient. En dehors de la pluie, devenue soudainement diluvienne après le crachin, la vue au-delà des vitres propres était en effet dégagée, bien que Magda ne soit pas certaine de comprendre pourquoi cela avait de l'importance. Tout ce qu'elle voyait, c'était un long quai vide et un train de voyageurs vétuste.

— Vous devez tout répertorier dans les moindres détails.

Himmler se pencha vers elle et ouvrit un des battants de la fenêtre. Des gouttes d'eau s'y immiscèrent immédiatement.

— Je suis désolé pour ça. Si vous vous asseyez sur le côté, vous devriez en éviter la plupart. Il est cependant important que vous puissiez aussi bien entendre que voir, vous pourrez ainsi immortaliser l'atmosphère générale. Les devis que vous avez effectués étaient excellents, mais, pour ce premier essai, nous devons les confronter à votre ressenti.

Le raclement de gorge d'Eichmann fit raidir le dos d'Himmler.

— Le ressenti ? Quelle importance ? Tant que c'est rapide et rationalisé et que les horaires sont respectés, pourquoi nous préoccuper de leur *ressenti* ?

— Ce n'est pas le cas.

La froideur dans la voix d'Himmler mit fin aux questions que Magda aurait voulu poser si elle en avait eu l'occasion.

— Ce qu'ils ressentent n'a pas la moindre importance. Mais il y a des citoyens allemands honnêtes dans les rues environnantes dont le café matinal ne devrait pas être perturbé. Nous avons choisi Grunewald, ai-je besoin de vous le rappeler, *Obersturmbannführer*, car c'est isolé et que les voies ferrées y sont peu utilisées. Ce qui est une information précieuse que nous avons découverte grâce à l'excellent rapport de Fräulein Aderbach.

Il sourit en direction de Magda et ne sembla pas remarquer qu'elle s'était statufiée.

— Le bruit, en revanche, se propage. Nous ne voulons donc pas de bruit.

Il n'y en avait aucun, ce qu'Himmler ne cessait de faire remarquer, incitant Magda à noter son absence. Les gens – les mères et pères et enfants et grands-parents, les jeunes et les vieux, tous marqués de l'étoile jaune – qui commencèrent à remplir le quai, et continuèrent de le remplir jusqu'à la fin de la matinée, se déplaçaient tranquillement et calmement. Ils patientaient pendant que l'on cochait leur présence. Ils empilaient leurs valises sur les chariots lorsqu'on leur en intimait l'ordre et ne posaient aucune question. Ils grimpaient les marches dans les voitures en attente sans bousculade ni agressivité. Il y avait des soldats, certes, à chaque extrémité du train, et des chiens avec de longues chaînes. Mais les mères protégeaient leurs enfants de ces chiens immobiles, et aucune voix ne se faisait entendre – donc aucune arme non plus. Himmler déclara que l'ensemble de l'opération était une réussite totale et félicita Heydrich pour le soin qu'il avait mis à élaborer les formulaires de relocalisation qui avaient mené les passagers « ici avec une docilité si satisfaisante ». Même Eichmann esquissa un sourire.

— Où vont-ils ?

C'est la première question que Magda réussit à poser, après deux heures passées à griffonner des mots qu'elle savait qu'elle ne voudrait jamais relire.

— Celui-ci se rend en Pologne, à Lodz. Les prochains iront là aussi, et ensuite ils mettront en service ceux pour Riga et Minsk.

Magda étira sa main engourdie. Elle ne supportait plus d'écrire. L'unique raison pour laquelle elle continuait de regarder, c'était pour s'assurer qu'il y ait au moins un témoin qui ne participe pas à l'exaltation générale.

— Il y a d'autres… départs prévus ?

— Bien sûr.

Himmler continuait de scruter par la fenêtre alors que les dernières voitures se remplissaient.

— Maintenant que nous avons un système en place et que les instructions ont été suivies à la lettres, nous permettant d'opter pour un modèle d'acheminement moins onéreux, il n'y a aucune raison de différer. À l'exception de notre besoin d'agrandir les centres de traitement à l'arrivée, cela va de soi, mais nous avons presque fini de les perfectionner.

Système. Centres. D'autres mots passe-partout emplis de mystères. La pluie s'arrêta alors qu'Himmler faisait un signe de la tête à Magda pour qu'elle les note. Le soleil apparut, projetant des rayons de lumière et d'ombre au travers des arbres. Alors que le train se mettait en route, lentement et laborieusement comme si son chargement était trop lourd, Magda eut une vision soudaine de pistes enneigées et de branches enchevêtrées et dut étouffer un sanglot. Le dernier wagon disparut dans le virage de la voie. Himmler se détourna de la fenêtre, sourire aux lèvres. Heydrich se leva et serra la main d'Eichmann.

— Il se passe quoi à leur arrivée à Lodz ?

— Relocalisation, bien sûr.

L'espace d'un instant horrifiant, Magda crut qu'Himmler allait faire un clin d'œil, mais à la place il se contenta d'un son étranglé qu'il voulut vraiment faire passer pour un gloussement amical.

— Ou sans doute devrions-nous plutôt appeler cela une *épuration*, du Reich et de tous ses territoires.

Relocalisation et *épuration* ; les deux mots ne s'accordaient pas. Sauf qu'ils le pouvaient – ils l'avaient toujours pu.

Himmler tenait sa main tendue, attendant Magda. Elle se leva lentement et rassembla les notes qui décrivaient le déplacement tranquille et couronné de succès de mille personnes innocentes. Des gens se dit-elle – vu le visage d'Himmler et les piles de valises encore entassées sur le quai – qui ne reviendraient jamais dans la ville où ils étaient nés et vivaient. Qui – si elle était honnête avec elle-même, et elle ne pouvait qu'être honnête face au visage tout sourire d'Himmler – ne reviendraient probablement jamais nulle part du tout.

Je me souviendrai d'eux. Je me souviendrai de chaque mot prononcé aujourd'hui. Je les répandrai de par le monde.

Magda n'arrivait pas à regarder Himmler, ni son sbire. Elle scrutait sa main à la place, la main qui avait répertorié les événements d'aujourd'hui aussi méticuleusement qu'elle avait répertorié une liste de calculs insensés un mois plut tôt. Elle aurait souhaité qu'elle prenne feu.

— Vous avez rendu un grand service à votre pays, Magda. Vous en serez récompensée, ainsi que pour le travail encore à venir.

Je fais ça pour sauver des vies. Je fais ça car plus nous en savons sur ce qui est destiné aux Juifs, mieux nous pourrons en aider certains.

En attendant, mille hommes, femmes et enfants juifs avaient été entassés dans un train et éloignés de tout ce qu'ils connaissaient, et eux, elle ne les avait pas aidés.

— Déjeuner, je pense. Et champagne. Une célébration opportune.

La main d'Himmler était dans son dos, la dirigeant à l'extérieur du hangar vers la Mercedes en attente. Ses doigts sur sa colonne vertébrale tel un flingue.

DEUXIÈME PARTIE

7

Magda, janvier-mai 1942

Les centres de traitement... nous avons presque fini de les perfectionner.

Magda s'effondra sur le carrelage en marbre du hall et fondit en larmes. Pour ce qu'elle savait. Pour ce qu'elle était. Pour la vie écœurante qu'elle vivait à présent, qui semblait merveilleuse en apparence mais était gangrenée à l'intérieur. Elle enfonça sa tête entre ses genoux et ferma ses yeux endoloris. Ils étaient imprégnés de tout ce qu'elle avait appris aujourd'hui ; tout ce qu'elle avait appris était empreint de douleur. Le désir d'ignorance, de retomber dans la candeur, la submergeait, mais ce n'était pas quelque chose que son entourage pouvait lui procurer.

La maison où Himmler l'avait logée après la cérémonie de remise de cadeaux était somptueuse. Elle était plus petite que les autres grandes villas de la rue et en retrait, en contrebas d'une route étroite ombragée par les arbres, mais cela ne faisait qu'accentuer son charme. Dehors, elle était de très belle facture : sa petite tour arrondie, son abri de jardin façon cottage en pain d'épices et ses roses d'hiver auraient pu sortir d'un livre de contes. À l'intérieur se nichait un dédale d'alcôves et de recoins et de banquettes de fenêtres sur lesquelles, autrefois, Magda se serait blottie à longueur de journée. C'était une maison dont l'architecture s'inspirait des rêves d'enfants, et elle aurait dû l'adorer. Elle en abhorrait la moindre brique.

La Maison-Tour était pleine de fantômes. Ils se trouvaient là depuis le jour où Magda avait ouvert la porte d'entrée – après que le *Reichsführer* lui eut remis les clés en grande pompe, tout en la gratifiant d'une vision mythifiée de l'Allemagne dont elle était à des années lumière. La famille Lieser, d'après les noms inscrits sur les jolis portraits de famille : Johannes et Ruth, Minna aux cheveux noués et bébé Isidor. Les propriétaires légitimes de ce foyer, qui, si les photographies accrochées sur ces murs disaient vrai, vivaient une vie heureuse au sein de ces pièces emplies de lumière. Leurs empreintes de pieds étaient gravées dans les tapis turcs. Leurs empreintes de doigts étaient gravées sur les rampes au motif de lierre et sur les encadrements des portes et le dessus des placards. La famille était enracinée dans la structure même de l'édifice, et pourtant elle en avait été délogée, comme toutes les familles juives qui avaient été expulsées des maisons qu'Himmler avait offertes. Ils avaient été expulsés aussi facilement qu'il avait suggéré que les nouveaux occupants gèrent le mobilier et les affaires que les propriétaires dépossédés avaient été forcés de laisser derrière eux.

— Gardez ce qui vous plaît, si c'est le cas. Ou donnez ce qui a de la valeur et brûlez le reste.

Magda n'avait pas tenu compte des instructions d'Himmler. Elle avait mis de côté les photographies et les portraits qui lui fendaient l'âme lorsqu'elle les regardait, mais elle ne déplaça pas le moindre meuble ni ne jeta les souvenirs personnels qui occupaient les lieux. Elle n'allait pas faire sienne cette maison ; elle n'allait pas l'aimer ni la voir comme un foyer. Encore moins « s'y marier et avoir des enfants afin de rendre honneur au Reich », comme Himmler à peu de chose près lui en avait intimé l'ordre, faisant désagréablement écho à Elsa. Elle allait la garder pour le jour où les Lieser reviendraient. Elle en avait fait la promesse à Christoph lorsqu'il avait frappé à la porte de la cuisine lors de sa troisième nuit ici et l'avait trouvée en pleine insomnie en train de faire les cent pas.

— Je ne profiterai pas de leur supplice. Je n'agirai pas ainsi.

Elle en avait fait le serment à Christoph aussi farouchement que n'importe quelle recrue SS aboyait le sien. Christoph l'avait enlacée, jurant qu'il croyait en elle ; tâchant de la persuader de ne pas se rendre malade à cause du regard des autres. Il était resté dangereusement tard cette nuit-là ; l'aube se dessinait lorsqu'il avait enfin mis les voiles vers la cachette où il nichait. Il avait refusé de dire à Magda où cela se trouvait, bien qu'elle ait deviné, grâce aux bribes de nouvelles qu'il lui avait donnée sur ses parents et Kiefer, qu'il passait une partie de son temps à Oberschöneweide. Mais il n'était plus Christoph Traube à présent. Depuis son retour de Russie, il était devenu Volker Kreisel, résident de Moabit et réformé à cause – comme il était soigneusement spécifié sur sa carte d'identité contrefaite de la *Wehrmacht* – d'une perte auditive et d'un bras gravement mutilé. Avec sa tête de travers, ses épaules qui pointaient vers le haut et son bras gauche en écharpe, Christoph était devenu un aussi bon acteur que Magda. Il passait dorénavant ses journées comme assistant invisible de Walther, aidant à recueillir les faux papiers dans la chaîne des faussaires répandue à travers Moabit et Wedding, ratissant la ville en quête de rations au marché noir dont Walther insistait pour qu'elles soient ajoutées en complément des repas pathétiques alloués à ses ouvriers juifs, déplaçant des personnes lorsque des personnes avaient besoin d'être déplacées.

Nous jouons tous des rôles ; nous vivons tous dans le mensonge.

Pourtant, à présent, Magda ne croyait plus au plus énorme d'entre eux, celui qui l'avait bercée d'illusions : qu'il restait encore quelqu'un pour qui garder la maison. Qu'il restait encore quelqu'un qui reviendrait pour revendiquer ses droits.

Magda avait retrouvé les Lieser. Ils avaient quitté la gare de Grunewald le 27 novembre, en route pour un périple de 900 kilomètres à travers la Pologne et la Lituanie jusqu'à Riga avec mille autres hommes, femmes et enfants que la liste des noms appelait *les morceaux*. Magda avait cherché parmi les tas de plus en plus gros de listes de relocalisations et destinations et factures d'acheminements qui envahissaient son bureau jusqu'à ce qu'elle les trouve. Aucun des parents n'avait été marqué comme apte au travail. Personne selon les informations personnelles sur les déménagements n'avait dû quitter sa vie en prenant un train de voyageur. Plus personne ne se préoccupait du *ressenti* à présent, maintenant que seul le coût importait.

Le second départ de la gare de Grunewald où Magda fut envoyée en tant que témoin – assise toute seule cette fois-ci dans le hangar poussiéreux – fut un événement bien plus brutal que le premier. Celui-ci avait permis d'établir un schéma pour tous les suivants, et il était difficile de prétendre qu'elle n'en était pas en partie responsable. Himmler était passé au « modèle d'acheminement le meilleur marché ». Il n'y avait pas de voitures en attente pour accueillir les voyageurs avec des sièges et de l'espace. Il n'y avait plus de simulacre pour faire croire que les bagages suivraient. Les gens étaient parqués sur le quai étroit, entassés dans les wagons à bestiaux et enfermés. Des chiens grognaient à leurs pieds, des fouets claquaient lorsqu'ils trébuchaient. Il y avait eu des cris ce jour-là, et des voix implorantes qui demandaient de l'eau et de l'aide. Il y avait eu des balles – Magda ne put pas voir si elles avaient été tirées au-dessus ou dans la foule, mais ce n'était pas difficile à deviner. Si les buveurs de café dans les maisons de maître qui entouraient la gare avaient été dérangés par le bruit, ils ne le firent pas savoir.

Le train plein à craquer roula pesamment sans que personne vienne à la gare pour s'offusquer ou questionner. Les soldats se traînèrent jusqu'à leurs camions inertes la tête baissée. Magda essuya sa bouche et essuya ses yeux et s'en retourna dans la rue où les familles flânaient et où les fleuristes souriaient, et le ciel d'octobre s'étendait au-dessus d'eux sans nuages et d'un bleu limpide. Aucun voisin ou journal soucieux n'avait appelé le bureau d'Himmler – ou celui de quiconque – cet après-midi-là, ou à n'importe quel autre moment d'octobre ou de novembre, lorsque parfois il y avait jusqu'à trois trains par jour qui s'éloignaient à toute vapeur du quai vers le fond de l'élégante gare. Personne, apparemment, n'avait vu ou entendu quoi que ce soit digne d'être commenté. Les trains étaient aussi invisibles que les valises et le flot de personnes en pagaille qui avaient été emmenées de force dans la gare et plantées là. C'était comme si tout Berlin était devenu aveugle.

Mais je ne me joindrai pas à eux. Je serais témoin des moindres faits et gestes, et un jour je trouverai leurs persécuteurs et les ferai payer.

Le sol sous ses pieds devenait glacial. Magda pouvait sentir le givre dur de janvier s'incruster dans ses os. Pour autant, elle ne pouvait pas bouger. Pour autant, elle ne pouvait croire que l'espoir auquel ils s'étaient tous raccrochés dans les derniers mois de 1941 et les premières semaines gelées de 1942 – que leur action faisait une différence – avait volé en éclats. Ni elle ni Walther ni Christoph ne croyaient qu'il y aurait une fin aux persécutions et aux expulsions et aux disparitions qui hantaient avec acharnement la communauté juive de Berlin. Mais ils s'étaient convaincus que toute la peine qu'ils se donnaient allait se déployer, que davantage de vies seraient sauvées, que davantage de sauveurs se joindraient à eux. Même si les habitants juifs de Berlin étaient de plus en plus poussés dans leurs retranchements, coupés du reste de la ville et que les *relocalisations* se poursuivaient en vue de les rayer de la carte, le trio avait confiance en la justesse de son action. Les rapports que Magda mémorisait et recopiait et transmettait à Eckhart Bühl atteindraient ou non un auditoire – sans aucun moyen d'avoir accès à la presse étrangère, il était impossible de le savoir – mais elle se devait de croire que les agissements SS et les camps dont elle rapportait l'existence se fraieraient un chemin dans les plans de bataille des Alliés, ou influeraient sur la trajectoire des bombardiers.

Les ouvriers de chez Tiedemann, eux au moins, étaient sains et saufs. Dans un monde où proposer son siège dans un bus à une Juive âgée pouvait entraîner une peine de prison, c'était certainement quelque chose dont il était bien de tirer de la fierté. Aucun des employés de Spandau n'avait été sélectionné pour la *relocalisation* à l'Est. Walther avait obtenu la promesse que, pour l'heure, les ouvriers en armement juifs en Allemagne seraient exemptés de purification. *Pour l'heure* n'était pas très prometteur, mais ce n'était pas rien. *Pour l'heure* permettait de poursuivre le travail des faussaires et faisait en sorte que les trois mille hommes et femmes dont s'occupait Walther – et, par conséquent, leurs familles – étaient hors de danger.

Mais pour l'heure n'est plus, et je dois le leur dire à tous les deux.

Ses dents se mirent à claquer. Magda s'efforça de se relever. Elle n'avait pas de temps à perdre avec les larmes – à présent il était question d'honnêteté clairvoyante. Elle devait appeler Walther ; elle devait avertir Christoph. Elle devait leur dire ce qu'elle savait. Qu'ils devaient tous travailler d'arrache-pied et encore plus vite qu'auparavant, et que, quand bien même ils seraient très efficaces, ils ne gagneraient pas. Que *nous pouvons aider des individus à fuir, et qu'à leur tour ils pourront peut-être en aider d'autres* n'était plus seulement un rêve idéaliste ; c'était une blague cruelle. Et elle savait déjà ce qu'ils diraient, car elle ne pensait pas autrement.

Comment, malgré tout ce qui va suivre, pourrions-nous arrêter maintenant ? Comment pourrons-nous nous regarder si nous abandonnons et ne faisons rien ?

Elle n'arrivait pas à décrocher le téléphone. Dès lors qu'elle laisserait ces idées noires envahir sa tête, le futur donnerait vie à ce qui était non seulement terrifiant, mais dépassait l'entendement.

Le travail forcé des ouvriers étrangers comblera toute lacune.

Ce système protège nos soldats ; les tueries de masse leur en demandent trop.

La méthode de ramassage fonctionne mieux avec des quantités plus grandes.

Les sites sont sélectionnés, le processus a été testé avec succès dans les commodités mobiles ; tout ce dont nous avons besoin à présent, c'est d'assez de matière pour alimenter la machine insatiable.

Les quelques phrases que Magda avait eu le temps de glaner étaient, comme toujours, efficaces et aseptisées. C'était le style demandé par Himmler, celui dans lequel il disait – que Dieu lui vienne en aide – qu'elle excellait. Il n'y avait aucune émotion dans les mots. Il n'y avait aucune émotion dans les chiffres qui les accompagnaient : *un objectif de 2 500 par heure doit être appliqué ; 60 000 par jour est atteignable si les acheminements sont garantis ; 11 millions au total doivent être traités.* Rien ne se démarquait ; rien n'avait été souligné, ou entouré, ou surligné en rouge. Rien ne portait de point d'interrogation – pas même *fours* ou *gaz*. Magda s'agrippa au dossier d'une chaise et refusa de laisser ses genoux flancher. L'ampleur était monstrueuse, impensable ; cela ne voulait pas dire qu'elle pouvait prétendre que ce n'était pas vrai.

Elle n'avait pas pu détacher ses yeux des pages depuis qu'Himmler avait laissé les notes sur son bureau avec la consigne de les brûler. Si elle n'avait pas hésité, elle aurait recopié le moindre mot. Comme le voulait le protocole, elle réduisit chaque document en cendres, aussi lentement qu'elle l'osa, tâchant de mémoriser chaque ignoble ligne. Elle passa les heures qui suivirent à espérer qu'il parte, consciente qu'il lui manquait certains détails. Qu'il devait y avoir des traces de la réunion quelle qu'elle soit où ces notes avaient été écrites, et de la raison pour laquelle cette réunion avait été organisée, et qu'elle devait les trouver. Que toute l'histoire devait être rapportée. Elle était assise dans le bureau d'Himmler, prenait des notes, planifiait son emploi du temps, acquiesçait mais n'écoutait pas, tout en balayant son bureau du regard en quête de tout ce qu'on ne lui avait pas demandé de résumer ou d'archiver. Finalement, elle eut moins de cinq minutes pour ouvrir le dossier qu'elle avait remarqué, celui qui était intitulé *Compte rendu de la conférence de Wannsee du 20 janvier 1942 : classé confidentiel.* Elle eut à peine le temps de parcourir la première page avant qu'Himmler ne revienne dans le bureau, manifestement contrarié par cette interruption. Lorsqu'il partit ce soir-là, le rapport s'était envolé et les armoires où elle fouillait habituellement étaient verrouillées.

Il a disparu, je ne peux plus en tirer quelque preuve que ce soit. Mais je sais ce que j'ai vu. Et je sais ce que « méthode de ramassage » et « machine insatiable » et tout le reste signifie ; les notes et les chiffres ont traduit ces termes. Et je ne peux plus jamais me permettre le luxe de croire que les Lieser, ou quiconque a été traîné de force dans ces maudits trains, sont partis refaire leur vie et qu'ils auront le droit de la vivre.

Elle pleura à nouveau. Elle accepta d'être en larmes quelques instants, puis elle sécha ses yeux et s'empara du téléphone.

Solution finale. Les derniers mots de la page qu'elle avait réussi à lire. Parmi tout le nouveau vocabulaire mensonger qu'elle avait appris – et aussi terribles que puissent être *morceaux* et *cargaison* et *relocalisation* –, chaque fibre de son corps lui affirmait que cette locution était la pire.

— C'est répugnant, c'est révoltant. Personne ne se rend-il compte que ce ne sont que des mensonges ?

Comme si personne à Berlin ne pouvait plus faire la part des choses entre mensonge et vérité.

Magda ne le dit pas. Cette époque, « dis-leur ce que tu penses vraiment », était de longue date révolue. Elle ne dit pas un mot et ne réagit pas quand Christoph s'énerva contre la cabane délabrée qui avait été construite avec des planches fendues et de la paille dégueulasse, dont les murs graisseux et le sol dégoûtant étaient décrits comme « normaux pour un logement Russe ». Bien sûr cela était révoltant, et ridicule, mais ce n'était pas l'endroit pour le dire. Elle s'éloigna plutôt et s'approcha d'une petite foule, tressaillant d'une révoltante excitation face à un chien empaillé avec une ceinture explosive attachée autour du ventre. « Un chien antichar russe dressé pour détruire des tanks », selon l'écriteau. Elle savait que rencontrer Christoph à l'intérieur du pavillon Lustgarten avait été une erreur, qu'il serait incapable de faire profil bas comme il l'avait promis, particulièrement dans un cadre aussi provocateur. Elle avait accepté uniquement parce qu'ils ne s'étaient pas vus depuis des semaines et qu'il lui manquait. Et elle comprenait sa colère, mais elle ne pouvait la partager, pas en public.

L'Exposition du paradis soviétique n'en était qu'à sa deuxième semaine, mais – si on en croyait les chiffres dont se glorifiait le ministre Goebbels –, deux cent mille personnes l'avaient déjà vue. Magda avait dû attendre presque une heure sous le soleil de mai pour pouvoir y accéder, pourtant elle était dans la queue des officiels, de loin la plus courte. Tout le monde dans le parc d'exposition spécialement conçu pour l'occasion, en dehors de Christoph, était subjugué par les modèles et les affiches qui, selon les grands écriteaux accrochés au-dessus des portes, montraient la réalité « de la pauvreté, de la misère et du déclin de la Russie ». Il y avait foule autour des huttes sordides « où il ne manquait que les poux ». Il y avait encore plus de monde dans l'épicerie d'État sans toiture avec ses rayons vides et dans le restaurant entouré d'un tas de poubelles et de faux rats immondes et très réalistes. Les photographies d'enfants indigents abandonnés et vivant dans des caves en ruine avaient poussé les âmes les plus sensibles parmi les visiteurs à ne jeter qu'un simple coup d'œil discret. L'atmosphère était surtout empreinte, cependant, de cris d'horreur et de moquerie et de grognements « d'animaux » et d'autosatisfaction. Les réactions étaient aussi répugnantes que l'exposition, mais Magda devait faire en sorte que Christoph les ignore.

— Je la réduirais en cendres s'il me restait une allumette.

Il se colla à elle, son corps en ébullition.

— Pour l'amour du ciel, parle moins fort.

Magda s'éloigna promptement et fit non de la tête lorsqu'il eut l'intention de la suivre. Elle portait une carte d'accès avec son nom et *Secrétaire du Reichsführer-SS Himmler* inscrits dessus – n'avait-il plus de bon sens ?

— Est-ce que cet homme vous dérange, Fräulein ? Vous sembliez vouloir vous en éloigner.

L'homme au manteau sombre était apparu de nulle part. Son collègue tout aussi silencieux était déjà en position derrière Christoph.

Ils n'ont pas pu entendre ce qu'il a dit, sinon il aurait déjà un pistolet sur la tête.

Magda pivota pour faire face à son interlocuteur, agitant le nœud de son chemisier comme si elle souhaitait cacher sa carte d'accès. L'homme était clairement de la Gestapo : cela n'aurait rien de bon qu'il voie le nom d'Himmler et réagisse de façon excessive. Elle mima un visage surpris, et adopta une voix assez haut perchée pour que Christoph l'entendre.

— Juste ciel, non, pas du tout. Il est l'un de nos soldats. Il me racontait qu'il avait lui-même été témoin de terribles scènes similaires, lorsqu'il s'est battu dans cet affreux pays.

Elle se tut et cligna des yeux, alors que les larmes qu'elle voulait simuler coulaient inopinément. La vague de superstition qui s'était emparée d'elle était une ineptie que Magda aurait normalement ignorée ; en ce lieu, cependant, et étant donné ce qu'elle était sur le point de dire, cela sembla soudainement inconsidéré de ne pas en tenir compte. Elle glissa sa main dans la poche de sa veste et croisa les doigts, se fichant pas mal que ce geste semble stupide.

— Il se trouve que j'ai perdu mon frère il y a peu dans les combats près de Demyansk. Ce monsieur ne me voulait aucun mal, mais ses mots ont fait remonter mon chagrin.

Elle attrapa le regard de Christoph juste avant de baisser le sien et pria pour qu'il suive sa ligne de conduite et se comporte avec humilité.

— Mes condoléances. Les hommes qui y ont livré bataille sont des héros.

L'homme de la Gestapo tourna son attention vers Christoph et lui demanda ses papiers. Lorsque Christoph, au soulagement de Magda, demeura poli et que son identité fut vérifiée, les deux hommes inclinèrent la tête et reprirent leur chemin, balayant du regard les visages en tâchant de ne pas recroiser les leurs en partant. La salle d'exposition se vida presque au même instant.

— Qu'est-ce qui ne va pas chez toi ? S'ils avaient entendu un mot de ta tirade, on aurait été tous les deux arrêtés. Avec ça, comment aurais-je gardé mon boulot ?

Elle ne lui laissa pas le temps de répondre. Elle quitta la hall d'exposition et fulmina tout du long de Schloßbrücke, ne s'arrêtant pas avant d'avoir atteint l'île aux Musées, espérant que Christoph, s'il l'avait suivie, aurait la brillante idée de ne pas la coller au train.

— Je suis désolé.

Il était essoufflé lorsqu'il arriva à sa hauteur – il n'avait toujours pas retrouvé toute sa force depuis qu'il était rentré à pied depuis la Russie ; elle n'était pas sûre que ce serait le cas un jour – et il était tout penaud au sujet de ce qui s'était passé une demi-heure plus tôt.

— Je n'aurais pas dû te mettre en danger. Je suis désolé. Mais je ne supporte pas les mensonges.

Magda le dévisagea, son sang toujours en ébullition.

— Aucun d'entre nous ne le peut. Tu ne crois pas que je connais la vérité sur ce qu'on fait aux Russes aussi clairement que toi ? Tu crois que ça m'a amusée, de me balader au milieu de cette mascarade ? Je sais ce que sont la propagande et les mensonges, Christoph, j'encaisse les obscénités d'Himmler toute la journée sur *l'épuration des communistes et des Juifs*. Et sourire aux SS qui mettent ces massacres en œuvre, tu crois que je m'en réjouis ?

Mais ensuite sa colère s'atténua, soulagée qu'il ne surenchérisse pas, et elle se laissa tomber sur un banc.

— On les hait tous, Christoph, mais, pour l'instant, on doit vivre dans ce monde. Sinon, si on leur crie leurs quatre vérités, on est morts, et, avec nous, tous ceux qu'on a pu sauver.

— Ce n'est pas assez.

Christoph était trop remonté pour s'asseoir ; il ne tenait pas en place, ce qui la mit hors d'elle à nouveau.

— On n'a jamais eu autant besoin de nous, et on n'a jamais été aussi impuissants. Il y a des patrouilles partout. Je n'ai réussi à mettre qu'une seule personne en lieu sûr grâce à notre réseau ce mois-ci. Les imprimeurs galèrent pour mettre la main sur de l'encre de qualité à peu près correcte. Les acheminements reprendront à Grunewald dès que la neige aura cessé, et nous savons à présent ce qu'ils ont réellement en tête : Auschwitz. Expérimenter le cyanure d'hydrogène. Ou la *machine insatiable* et non plus les expériences. Il doit y avoir un meilleur moyen de faire front qu'avec des bouts de ficelle.

L'énergie qui jaillissait de lui était presque tangible. Il était hors de contrôle et la rage transparaissait sur son visage et dans son attitude, un état dans lequel aucun d'entre eux ne pouvait se permettre de se retrouver. Magda s'efforça de garder son calme. Elle devait le dissuader : même si elle aurait souhaité que ce soit différent, il n'y avait aucun moyen de rendre coup sur coup à Berlin, pas avec les SS et la Gestapo et l'armée d'informateurs d'Hitler rigoureusement aux commandes. Ou d'aucune façon qui leur permettrait de rester en vie.

— Et les tracts alors ? Prévenir les gens de ce que l'on sait ? On s'est focalisés sur le public en dehors de l'Allemagne. On devrait peut-être la diffuser l'information sur ce qui se passe, ici, chez nous.

Il retint difficilement son ricanement.

— Je veux croire en ce que tu crois, que les rapports que tu écris et que Bühl transmet arrivent à bon port. Ses relations sont bonnes – il n'y a aucune raison de ne pas leur faire confiance. La protestation et l'indignation dont nous avons besoin chez les Alliés viendront sûrement ; ton courage, au moins lui, le mérite. Mais ici alors, où les gens sont face à l'horreur et ne disent pas ce qu'ils ont sur le cœur ? Comment est-ce qu'on leur fait exprimer leur peur et ouvrir les yeux ? On a essayé d'utiliser des tracts pour protester contre l'exposition. Tu n'as pas vu ceux qui étaient piétinés par terre quand tu y étais ? *Le paradis nazi : guerre, faim, mensonges, Gestapo – combien de temps encore laisserons-nous cela continuer ?* Personne ne les a lus ; les soldats savaient que personne ne le ferait. Ils les ont balancés par terre en riant ; ils n'ont même pas pris la peine de les jeter. Est-ce que quiconque nous croirait si on se mettait à écrire sur les fours et les tueries de masse ? Les gens ne se réveilleront pas à coups de mots, pas ici. Si nous voulons susciter la révolte face aux atrocités dont nous avons connaissance, il faut des combattants.

Combattants. Magda voyait de qui il parlait. Elle savait qu'il collaborait encore avec quelques camarades du KPD, même si elle ne savait pas qui ils étaient ni ce qu'ils faisaient, en dehors d'aider des fugitifs juifs à se déplacer avec de faux papiers grâce au réseau clandestin. Elle était au courant car elle et Walther faisaient appel à eux ; elle n'avait pas demandé directement.

Personne d'entre nous ne demande rien. Nous volons des informations et déplaçons des papiers et des gens et nous nous chargeons d'autant d'ouvriers de Spandau que nous le pouvons, mais je ne demande pas à Walther et Christoph quels risques ils prennent, ou ce qu'il leur en coûte, et ils ne me demandent rien. Pourquoi les risques que nous courons importeraient-ils ?

Magda contemplait le courant calme de la rivière. La main de Christoph était sur son épaule. Quiconque les observerait aurait vu en eux un couple, et pourtant elle savait qu'il se sentait tout aussi seul au monde qu'elle en cet instant précis.

Il va se mettre en danger. Il va prendre des risques inconsidérés car les risques inconsidérés sont tout ce qu'il nous reste. Je devrais lui dire de me mettre dans la confidence. Je devrais lui offrir mon aide.

Elle n'en fit rien. Agir ainsi ne ferait que les mettre en danger.

Magda continua de regarder les ondulations et les rayons de soleil et les couples en balade, sourire aux lèvres, jusqu'à ce que la main de Christoph disparut de son épaule, puis toute sa personne, sans mot dire.

Je l'ai condamné. Je l'ai tué.

Magda s'effondra sur un muret de jardin alors que ces pensées la frappaient à nouveau. C'était irrationnel et infondé, mais elle ne pouvait pas lutter. Lorsqu'elle avait dit le mensonge, les larmes aux yeux, à *L'Exposition du paradis soviétique* cinq jours plus tôt, Kiefer était déjà mort depuis un mois. Il était tombé en avril, l'un des milliers de soldats allemands tués à l'extérieur de Sébastopol en Crimée, en assiégeant une ville qui refusait encore d'abdiquer. Il lui aurait été impossible d'avoir été au courant, mais la culpabilité la heurta de plein fouet.

Mon frère est mort. Et maintenant Christoph pourrait être mort. Et je n'ai jamais levé le petit doigt pour les arrêter ou les sauver.

Songer à ces deux hommes était un lourd fardeau sur ses épaules, aussi lourd que le soleil de mai sur sa nuque. Elle était épuisée, mais ça n'avait rien de nouveau. Cette lassitude qui l'enserrait à présent était encore pire que tout ce qu'elle avait supporté auparavant. Ce n'étaient ni les nuits sans sommeil ni deux jours sans manger qui auraient pu annihiler sa force – il ne s'agissait que de désagréments physiques dont quelqu'un qui avait une vie aussi confortable que la sienne pouvait vite se remettre – mais plutôt la profonde souffrance de ses parents. Ils avaient perdu leurs enfants ; ils étaient anéantis. Et Magda n'avait aucun autre lieu que la Maison-Tour où soulager son martyre d'être témoin de tout cela, et pourtant c'était sans contexte le dernier endroit où elle aurait voulu aller.

J'aurais dû rester à Oberschöneweide et y trouver un travail. Je pourrais faire ça maintenant – je pourrais partir et retrouver mon ancienne vie.

Mais cela lui était impossible. Cette vie n'était plus sienne à présent et tous les vœux du monde n'y changeraient rien.

L'appel avait eu lieu un dimanche matin juste au moment où Magda allait décrocher le téléphone pour annuler la voiture que Walther lui envoyait pour l'emmener Winkler Straβe. C'était une jolie matinée emplie de soleil et la journée allait être longue. Elle ressentait le besoin de marcher au milieu du parfum des fleurs du printemps avant de s'enterrer à nouveau dans les budgets de l'usine.

Les passer au crible ligne après ligne était devenu un rituel hebdomadaire – ils se concertaient tous les deux sur la marche à suivre et la moindre réserve de fonds pourtant introuvable. C'était devenu un rituel insensé, mais ni l'un ni l'autre ne pouvait se faire une raison et y mettre un terme. La pression sur les finances de la société Tiedemann commençait à se faire sentir. Financer de faux papiers et des denrées alimentaires, et les logements que Walther était déterminé à bâtir sur le complexe de Spandau afin de mettre ses ouvriers en lieu sûr, avait vidé les caisses des profits qu'il faisait avec les contrats d'armements. Sans parler des banquets luxueux qu'il devait continuer de donner en vue d'obtenir encore d'autres contrats. À chaque fois que Magda se rendait à la villa, il y avait une autre trace sur le mur où une peinture avait jadis été accrochée, ou un autre manteau de cheminée démuni de son chandelier en argent.

Quand Elsa – dont Magda prenait toujours grand soin d'éviter les visites – fit des remarques sur ces disparitions et les répercussions que cela pouvait avoir sur son héritage, Walther baissa la tête et blâma des dettes de jeu imaginaires. Quand Albert Speer, le ministre de la Production de guerre, l'avait appelé pour connaître la raison des retards de livraison de Spandau, Walther s'était justifié de la même façon. L'excuse qui s'y était associée ne fut pas bien accueillie. Himmler avait dicté une lettre sévère à Magda, adressée à « Mon ami qui m'inquiète grandement » et saupoudrée de *devoir* et *déception* et *morale*. Un an plus tôt, son ton pompeux aurait fait rire Walther.

Lorsque le téléphone sonna, Magda présuma que c'était Walther qui voulait s'assurer de la bonne organisation, mais elle espérait que ce serait Christoph. Lorsqu'elle entendit la voix d'Ernst, elle sut qu'il s'agissait de mauvaises nouvelles. Rien d'autre n'aurait forcé son père à chercher un téléphone et à l'appeler, surtout chez elle, dans cette maison où il soupçonnait que Magda – qui avait dit à son père qu'elle avait déménagé de la maison d'hôtes de Tiedemann, mais sans en donner de raison – n'avait aucun droit de vivre et aucune bonne excuse pour cela.

— Il faut que tu viennes. Ta mère a besoin de toi.

Elle avait attendu en vain : « et moi aussi ».

Walther, qu'elle appela immédiatement et à qui elle arrivait à peine à parler, insista pour que Magda fasse le trajet jusqu'à la maison des Aderbach à Fontanestraβe dans sa voiture personnelle. Magda savait que c'était une erreur, mais elle n'avait pas la tête à argumenter.

Dès qu'elle arriva dans son vieux quartier, elle sut que son instinct avait dit vrai. Bien que la BMW rouge et beige ne soit pas ornée de la croix gammée, son aspect reluisant – et son chauffeur en uniforme – était tout de même un signe de richesse et donc d'accointance avec le Parti qui n'étaient pas les bienvenus dans ces rues. Les sourcils levés et les blasphèmes que cela provoqua mirent Magda aussi mal à l'aise à Oberschöneweide qu'elle l'était à Grunewald et Prinz Albrecht Straβe. Elle renvoya la voiture avant de frapper à la porte ; elle n'aurait pas pu affronter l'expression du visage de son père s'il l'avait aperçue.

Son père avait vieilli ; sa mère l'avait devancé. Magda s'était assise à la table usée de la cuisine se sentant impuissante, voulant désespérément éliminer la souffrance que le corps frêle de sa mère ne semblait plus capable de porter sur les épaules, tout en étant consciente que ce souhait était sans espoir. Il n'y avait jamais de bon moment pour étreindre Herthe, ou pour dire autre chose que « Je suis désolée ». Une horde incessante de voisins et collègues pleins de sympathie et marques d'affection et d'anecdotes défila dans la petite maison jusque tard dans la nuit. La plupart étaient des femmes, la plupart portaient des brassards en crêpe noir et avaient les yeux aussi vides que ceux d'Herthe. Les rares hommes qui vinrent rendre hommage étaient aussi vieux que le père de Magda, ou étaient devenus vieux à cause de leurs blessures.

La guerre était palpable à Fontanestraβe. Pas de la façon dont Magda avait l'habitude. Pas mesurée en chiffres et méticuleusement élaborée en rapports, ou dissimulée en secret et en des termes polysémiques. La guerre avait pris place telle une présence réelle regorgeant d'une douleur incommensurable. Tout le monde avait perdu quelqu'un ; personne n'avait de corps à pleurer. Tout le monde était, à sa façon, apeuré. Chacun avait peur que les raids aériens qui avaient provoqué une nuit blanche dans la ville en 1940 reviennent. Peur que la guerre en Russie s'enlise sous un autre hiver cauchemardesque enneigé et gelé et ne soit jamais gagnée, en dépit de la bravoure et des victoires allemandes dont se targuait Goebbels. Peur que les emplois qui leur assuraient au moins un semblant de sécurité soient perdus à cause de l'arrivée en masse imminente de travailleurs forcés de l'Est dont tout le monde avait entendu parler. Personne ne s'attendait à une défaite, mais, avec les armées de États-Unis qui entraient en jeu, personne ne pensait plus que la victoire promise par l'Allemagne était aussi assurée, ou proche, que ce qu'ils avaient pu croire trois ans plus tôt lorsque la Pologne avait abdiqué. Tout le monde était sur les nerfs, et Ernst était brisé.

Il avait été vaincu aussi bien par la guerre que par un leader qu'il haïssait, qui avait donné au fils qu'il aimait un ensemble de convictions qu'Ernst méprisait, et qui s'était ensuite débarrassé du garçon. Il n'arrivait pas à trouver la paix. Il avait déchiré la lettre du Centre d'information de l'armée – qui lui avait annoncé la mort de Kiefer en des termes qui mettaient en avant *la lutte pour la liberté* et *le sacrifice.* Il avait jeté le parchemin orné d'un aigle dorée et d'une croix gammée, qui proclamait que Kiefer était mort, « La mort d'un héros pour son Führer et la patrie », à la poubelle. Lorsque Magda avait tenté de le récupérer, il lui avait hurlé dessus. Il avait repoussé ses tentatives maladroites de consolation. Il essaya e se laisser amadouer, mais il ne parvenait pas à la regarder ni lui parler. Et, bien qu'il devienne vite évident qu'Ernst avait entretenu la fiction selon laquelle Magda travaillait toujours pour Walther Tiedemann, personne d'autre ne voulut lui adresser la parole. Tous les visiteurs travaillaient sans doute pour des entreprises d'armement, mais en leur âme et conscience, ce n'était pas le travail qu'ils avaient choisi de faire. Leurs usines n'avaient pas prospecté des contrats d'armement autant que l'avait fait la société Tiedemann ; leurs usines avaient été obligées de changer de production. Ils étaient restés dans leur propre quartier et fidèles à leurs valeurs et n'avaient pas cherché la fortune qui – aux yeux d'Oberschöneweide – était corrompue. Personne n'en disait un traître mot, mais on lisait le ressentiment sur chacun des sourires forcés et sur chacune des têtes détournées.

Au bout du compte, Magda en eut marre d'être jugée injustement. Elle ne pouvait pas dire grand-chose – même dans un quartier « sûr », il pouvait y avoir des observateurs et des espions et, quel que soit le motif de plainte de chacun, personne n'éleva la voix contre les déportations ou en soutien aux familles juives qui en étaient les cibles. Mais elle pourrait faire allusion aux ouvriers « vulnérables » dont Walther continuait de s'assurer qu'ils étaient encore employés et nourris. Et aux pertes financières personnelles, et au danger possible, qui en avaient découlé. L'état d'esprit envers elle devint un peu plus conciliant. Puis Christoph arriva avec sa réputation complètement intacte, et tint sa main, et davantage de visages crispés se détendirent.

— Tu es encore leur héros, ce qui me donne un peu moins le rôle de la méchante. Je pourrais rentrer chez nous, si tu y étais. Je pourrais quitter mon emploi chez Himmler et travailler à tes côtés et pour le réseau, et vivre une vie plus honnête.

Elle dit ça à Christoph lorsqu'ils furent enfin seuls dans la cuisine et qu'elle put pleurer à son aise le petit frère qu'on lui avait volé. Christoph l'embrassa, mais il ne répondit pas. Lorsque Magda se réveilla un peu plus tard, encore blottie dans un fauteuil à dossier haut mais enveloppée dans une couverture, il était parti.

Et maintenant je sais pourquoi et où.

Magda savait également qu'elle devait laisser ce muret sur lequel elle était assise. Aucun habitant de Grunewald ne permettrait à une étrangère de s'asseoir dans sa propriété, peu importait qu'elle soit élégamment habillée. Quelqu'un était d'ailleurs sûrement en train d'appeler la Gestapo ou l'*Ordnungspolizei*, ou toute autre espèce de malfrats avec lesquels ils étaient le plus au diapason. Il y aurait alors des questions et, si le bruit courait qu'elle s'était récemment rendue dans un quartier communiste réputé, l'une des forces de sécurité passerait immédiatement le secteur au peigne fin en quête des fauteurs de troubles et des traites, et même le titre d'Himmler n'empêcherait pas une arrestation aussi amplement justifiée.

— Ils cherchent des communistes. Et des Juifs bien sûr. Après ce qu'ils ont fait hier soir.

Magda dévisagea d'un air ébahi la femme qui chuchotait à son oreille alors que le bus qui la ramenait à Grunewald était stoppé pour la troisième fois par des soldats et un barrage.

— Ils ont mis le feu à *L'Exposition du paradis*. Tout une bande apparemment, avec de l'essence, ou une bombe, ou un truc du genre, comment on appelle ça déjà ? Un cocktail Molotov, c'est ça, d'ailleurs, ça sonne russe, ce qui veut donc dire que c'étaient des communistes. Les SS sont partout ce matin, ils essaient de mettre la main sur les coupables. Vous en avez sûrement entendu parler ?

Magda hocha la tête et refusa de répondre et la femme finit par se lasser et la laissa tranquille. Elle passa le reste de son trajet à montrer ses papiers dès qu'on lui en intimait l'ordre, terrifiée à l'idée de regarder par la fenêtre car elle craignait de voir Christoph traîné de force dans la rue. Elle n'avait rien entendu. Elle avait passé la nuit de dimanche et lundi avec ses parents et n'avait pas quitté la maison. Elle serait restée plus longtemps, mais sa présence avait emmuré son père dans le silence et personne n'arrivait à l'en faire sortir et – bien qu'Herthe ne l'aurait jamais avoué – son repli avait agravé la douleur de sa mère.

— Il va s'en remettre, lorsqu'il sera moins irascible. Lorsqu'il ne verra plus le Parti à chaque fois qu'il te regarde.

Herthe avait coupé la parole de Magda lorsque celle-ci avait réagi, le souffle coupé, aux mots de sa mère, et avait pris fermement la main de sa fille sans la sienne.

— Je sais que tu as tes raisons pour ce que tu fais – Christoph y a beaucoup fait allusion et il prend constamment ta défense. Nous écouterons ces raisons, je te le promets. Mais pas maintenant.

Magda était restée dans les bras de sa mère aussi longtemps qu'Herthe l'avait laissée faire, puis elle s'en était allée. Le monde n'était plus le même depuis la mort de Kiefer – elle n'était plus une sœur ; plus personne ne partagerait leurs souvenirs lorsque leurs parents seront partis – nonobstant ne devait-elle pas les laisser s'évanouir. Et puis elle était montée dans un bus et le monde fut encore moins le même.

Je la réduirais en cendres s'il me restait une allumette.

Même si ce n'était pas Christoph qui avait perpétré l'attaque – mais ça ne pouvait être que lui –, l'agent de la Gestapo pourrait se souvenir de l'homme à l'exposition qui avait troublé l'ordre public.

Je ne peux pas le perdre lui aussi.

La peur causa de terribles douleurs au ventre de Magda, la pliant en deux jusqu'à ce que son front touche presque les pierres froides. Elle entendit le crissement des roues d'une voiture et une portière s'ouvrir, mais elle n'arrivait pas à reprendre suffisamment son souffle pour y prêter attention.

— Magda, c'est toi ? Mais bon sang qu'est-ce que tu fais ? Pourquoi es-tu vautrée sur le muret de Frau Prager comme si tu étais une vagabonde ou une ivrogne ?

Magda se redressa. Elsa était assise à l'arrière de sa Mercedes, plissant le nez comme si Magda ne sentait pas la rose. La vision d'une voiture noire reluisante avec ses plaques SS en fut trop. Magda voulait hurler à Elsa de partir, d'aller en enfer. En lieu et place sortit de sa bouche :

— Mon frère chéri est mort.

— Monte dans la voiture.

Alors que Magda ne bougeait pas, Elsa descendit, le corps encore gracieux malgré la grossesse avancée qui l'incurvait.

— J'ai dit monte dans la voiture. Je sais que tu ne me portes pas dans ton cœur, et je ne suis pas fan de toi, mais c'est une terrible nouvelle, de la pire espèce. Laisse-moi faire les choses décemment et te ramener chez toi.

Le ton d'Elsa n'avait jamais été aussi sec, cependant il y avait eu une bonté inattendue sur son visage dont Magda avait désespérément besoin. Elle acquiesça et laissa Elsa l'aider à monter en voiture. Les sièges en cuir étaient doux et moelleux et aussi confortables qu'un lit de plumes. Magda laissa Elsa donner l'adresse de la Maison-Tour au chauffeur et ferma ses yeux. Maison. Ce n'était pas l'idéal. Mais c'était réconfortant et soudain, ce dont Magda avait besoin, plus que tout au monde, c'était du réconfort.

— Je vais devoir t'accompagner. L'un des inconvénients de bébé, là, c'est le besoin constant de se trouver à proximité des toilettes. Je présume que les tiennes sont bien tenues – tu as une femme de ménage ?

Les piques étaient toujours d'actualité mais pas comme l'habituel ton acerbe d'Elsa. Magda ouvrit la porte et guida la jeune femme à l'intérieur. Elle ne se sentait pas prête à se retrouver seule, et cette version légèrement plus douce de sa vieille adversaire serait possiblement plus supportable.

Peut-être pourrions-nous trouver le moyen d'avoir plus de tact l'une envers l'autre – Walther s'en réjouirait.

Elsa, cependant, n'allait pas rendre cette tâche facile. Elle jeta un coup d'œil au buffet en chêne imposant qui envahissait toujours le hall carré et à la collection de carafes en porcelaine qui en encombrait toujours le dessus, et immédiatement se mit à passer en revue chaque pièce.

— Ne me dis pas que c'est toi qui as choisi ces monstruosités défraîchies ?

Magda suivit les plaintes agacées dans la salle de réception principale. Elsa se trouvait entre deux canapés verts drapés de soie qui avaient connu des jours meilleurs et faisait la moue de façon dramatique. Magda ne dit rien. C'était la première fois que quelqu'un en dehors de Christoph et Walther entrait chez elle. Magda n'avait jusqu'à présent pas eu besoin de justifier son choix de ne pas toucher aux affaires des Lieser, et elle n'allait pas commencer avec Elsa.

— Tu ne t'es débarrassée de rien, c'est ça ?

Elsa scruta un chandelier à six branches que Magda avait laissé à sa place d'origine sur la table à manger et tressaillit.

— C'est quoi ça ? Un culte au judaïsme ?

Magda resta sur le seuil et ne s'emporta pas.

— J'ai été très occupée. Je n'ai pas eu le temps de penser à la décoration.

Elsa promena un doigt ganté sur le dossier du canapé usé et renifla.

— En tout cas, ça peut pas rester comme ça. Heinrich serait outré s'il voyait ça. Et où est ta photo du Führer ? Ne me dis pas qu'elle est à côté d'une torah ?

Magda se fit violence silencieusement pour rester patiente et montra le chemin de la sortie à Elsa, satisfaite qu'elle ait eu au moins raison sur un détail de l'ornement de la maison, même si c'était celui qu'elle détestait le plus.

— Il est dans le hall d'entrée, tu vois ? Entre la photo des cadeaux de Noël et le croquis de la maison. Et la salle de bains des invités où tu voulais aller est à l'étage.

Elle fit un signe pour guider Elsa vers l'étage et se replia dans la cuisine, la seule pièce de la maison en dehors de sa chambre où elle passait du temps, après sa tentative de rabibochage terminée. Elle s'était à peine assise que la poignée de la porte du jardin cliqueta.

— Tu ne peux pas venir ici.

C'était Christoph, et c'était une épave. Il avait un œil au beurre noir ; son menton était mal rasé et plein d'égratignures. Sa chemise était déchirée au niveau du cou et sa veste, couverte de boue. Il avait l'air de s'être battu ou d'avoir rampé sous des haies. Il ignora son cri de surprise et se précipita à l'intérieur, tournoyant dans la cuisine, ouvrant brusquement les placards et jetant de la nourriture dans son sac à dos.

— Je sais, je sais. Je m'en vais dès que j'ai tout ce qu'il me faut. Tu as du liquide à la maison ?

Magda ne l'avait jamais vu aussi nerveux et il était évident qu'il n'avait pas dormi depuis longtemps. La contrainte de se débarrasser de lui au plus vite avant qu'Elsa ne réapparaisse passa au second plan sur la détresse de savoir exactement ce qu'il avait fabriqué.

— C'est toi ? C'est toi qui as vandalisé l'exposition ?

Magda fut étonnée lorsqu'il secoua la tête.

— Non, même si j'aurais bien aimé. Mais peu importe qui l'a fait – ça apporte aux SS le prétexte nécessaire pour donner un grand coup de balai dans la ville. Ils arrêtent quiconque a le moindre lien avec le KPD, et tous les Juifs encore en ville sur qui ils peuvent mettre la main. Les exécutions ont déjà commencé.

Il était clairement en fuite, mais cela n'avait pas de sens. Il dit qu'il n'y était pour rien. Les hommes de la Gestapo l'avaient laissé quitter l'expo. Même si quelqu'un d'autre que les agents avait par hasard entendu Christoph et décidé de dénoncer ce qu'il avait dit, ses papiers avaient été vérifiés à la loupe et ils n'avaient pas d'autre nom en dehors de celui qui y était indiqué.

— Tu as une nouvelle identité. Personne ne pourrait faire le rapprochement entre Volker et le KPD. Et personne ne pourrait encore moins faire le rapprochement avec Christoph Traube.

Christoph prit une bouteille de lait dans le frigo et l'avala d'une traite.

— Je suis sur la liste des fugitifs, on m'a averti. Quelqu'un m'a balancé ; il y a toujours quelqu'un pour ça. Il suffit de graisser la patte ou…

Il se statufia alors que de l'eau s'écoulait dans les tuyaux au-dessus d'eux.

— C'est pour ça que tu dois partir. C'est Elsa.

Magda prit son sac à dos sur la table et le flanqua contre lui.

— Elle est en haut. Si elle te voit ici…

— Si c'est pas mignon, ça !

C'était trop tard. Elsa se trouvait dans le couloir, les regardait, sourire aux lèvres et Magda en eut des frissons.

— Ne serait-ce pas la mystérieuse silhouette aux cheveux bruns que je voyais se faufiler dans notre maison d'hôtes au beau milieu de la nuit ? Vous êtes-vous finalement décidé à vous comporter comme il se doit et à rendre visite à notre petite Magda au beau milieu de la journée ?

— Ce n'est pas ce que tu crois.

Magda se décala de la table et de Christoph et se rapprocha d'Elsa, prête à lui agripper le bras si elle faisait le moindre geste pour décrocher le téléphone.

— C'est un vieil ami. Il quitte Berlin et il est venu me dire au revoir. Il n'y a rien d'autre à ajouter.

Elsa ne lâcha pas une seconde Christoph du regard.

— C'est bien dommage – il est plutôt délicieux. Alors dites-moi, monsieur l'Inconnu, pourquoi quittez-vous les réjouissances de Berlin, et où vous rendez-vous à la place ? Non, attendez, ne me dites pas, laissez-moi deviner. Vous n'êtes pas en uniforme, donc ce n'est pas pour jouer le galant homme. Et vous avez l'air un peu effrayé, si ma franchise ne vous gêne pas. Vos vêtements sont en lambeaux et vous avez vraiment l'air… désemparé. Vous *partez* ? Ou, peut-être, vous *fuyez* ?

Elle rit alors que Christoph haletait.

— Oh, Magda, qui est vraiment en notre présence ici ? Est-ce que ton *vieil ami* vient de ton ancien quartier ? Est-il communiste ou – bonté divine, sûrement pas – juif ?

— Ça suffit. Ce que ou qui je suis ne vous regarde pas.

Elsa écarquilla ses yeux comme si elle feignait ironiquement la crainte suite à la remontrance de Christoph.

— Mon Dieu, j'ai, semble-t-il, touché un nerf sensible. J'ai bien peur que ce soit pourtant le cas. Vous voyez – et n'hésitez pas à me reprendre si besoin –, je pense que vous avez sans doute quelque chose à voir avec l'affaire détestable de Lustgarten. Vous avez bien l'air d'un révolutionnaire. Et je suis la femme d'un SS, ce qui suppose certaines responsabilités.

Le ton enjoué délaissa sa voix.

— Partez si vous voulez, mais je vous ferai traquer et abattre si vous essayez.

Au moment où Magda vit la main de Christoph se diriger vers la poche de sa veste, elle sut ce qui allait arriver. Elle se trouvait entre Elsa et le pistolet avant qu'il ait eu le temps de le pointer.

— Ne fais pas ça.

— Pousse-toi, Magda. Tu l'as entendue. Elle me dénoncera si je ne l'arrête pas.

Magda se plaça encore plus franchement devant Elsa.

— Oui, je l'ai entendue. Mais, bon sang, elle est enceinte !

Les yeux de Christoph étaient inertes.

— Elle porte l'enfant d'un officier SS. Ce qui veut dire que deux vermines seront éliminées avec une seule balle, ce qui est une bonne affaire, tu ne crois pas ?

— Non. Je ne crois pas. Et tu n'en as pas l'intention.

Elle s'était trompée : ses yeux n'étaient pas inertes, ils étaient empreints de désespoir.

— Tu es un meilleur homme que ça. Tuer des femmes enceintes est de leur ressort, pas du tien ; tu n'es pas comme eux.

Le pistolet resta figé. Magda également.

— Et même si tu en avais l'intention, je ne te laisserais pas la tuer. Tu vas partir ; elle ne va pas te dénoncer.

Il pointait toujours le pistolet, le doigt sur la gâchette, les yeux rivés au-dessus d'elle sur Elsa. Magda savait que si elle bougeait d'un centimètre, il ferait feu et que tout se finirait mal pour eux.

— Christoph, mon amour, ne fais pas empirer les choses. Ne laisse pas passer ta chance ; elle s'envole si tu la tues. Écoute-moi. Si tu m'aimes autant que je le crois, écoute-moi.

Elle ne sut pas ce qui changea la donne. Le mot *amour*, ou le son de sa voix lorsqu'elle le prononça, mais Christoph baissa son arme.

— Et si c'est toi qu'elle balance à ma place ?

Magda lui répondit avec une assurance qu'elle savait ne pas avoir le droit de ressentir.

— Elle n'en fera rien. Tout ira bien pour moi, sauf si tu meurs. Va-t'en.

Il empoigna son sac et fila avant qu'elle ait le temps de reprendre son souffle. Lorsque Magda se retourna enfin, Elsa tenait son ventre à deux mains, le visage défait de colère et de peur.

— Pourquoi tu as fait ça ? Pourquoi tu m'as sauvé la vie ? Tu me détestes.

Toute la fatigue emmagasinée ces derniers jours, ces dernières années, se fit sentir jusque dans les os de Magda. Elle se laissa tomber sur une chaise en face d'Elsa et utilisa ses dernières forces pour empêcher sa tête de s'écrouler sur la table.

— Je ne te déteste pas, Elsa. C'est un mot trop galvaudé. La plupart du temps, je ne pense même pas à toi. Mais ta mort, et la mort de ton enfant, briserait le cœur de ton père, et j'ai beaucoup d'affection pour lui. Et t'assassiner détruirait la vie de Christoph au bout du compte, et j'ai encore plus d'affection pour lui.

— Je pourrais te dénoncer. Je pourrais dire à Himmler avec quel genre de personnes tu traînes. Je pourrais en finir avec toi dès maintenant.

Les yeux d'Elsa étaient en feu et toute sa jalousie et sa rancœur de toujours s'y embrasaient. Ce qui signifie qu'il n'y avait ni négociation ni imploration ni entendement ni strictement rien qui pouvait l'atteindre. Magda était consciente qu'il ne lui restait qu'une option pour sortir de ce pétrin. Qu'elle ne pouvait dire la première chose qui lui passait par la tête : qu'elle devait utiliser les mots justes, et en faire usage avec conviction. Elle se leva de table et prit son temps.

— Tu pourrais, mais tu ne le feras pas parce que tu n'es pas stupide. Jusqu'à il n'y a pas si longtemps, Christoph était employé par ton père. Et un jour, lorsqu'il a été arrêté pour des faits pas si différents de ceux pour lesquels tu le suspectes aujourd'hui, Himmler a interrogé ton père sur leur lien. Tu sais pourquoi. Tu sais comment ça fonctionne – le crime d'une personne n'est pas uniquement le crime d'une seule personne : tous ceux qui ont affaire de près ou de loin aux accusés en font les frais et deviennent coupables du simple fait de les connaître. Si les SS croient que Christoph a quelque chose à voir avec l'attaque de l'exposition, s'ils l'attrapent, ils perceront à jour son entourage et remonteront jusqu'à Walther. Ton père n'est plus aussi populaire qu'en son temps – il ne réchappera pas à une autre insinuation qui laisserait supposer qu'il ne s'entoure pas toujours des bonnes personnes. Et, après avoir arrêté Walther, ils s'intéresseront à toi car tu fais partie de son… comment vous appelez ça, déjà, chez les SS ? Son clan ? Enchaînés les uns aux autres par les liens du sang et la loyauté. Et tu étais là aujourd'hui, n'oublie pas – tu as laissé partir Christoph. Je raconterai ça au premier uniforme que je croiserai, là, dehors.

Magda réussit à donner l'élan nécessaire à son corps frêle pour qu'il esquisse un haussement d'épaules.

— Où est-ce que ça te mènerait, tout ça ? Où, Gunther ?

Les questions restèrent en suspens alors que les deux femmes se dévisageaient et se défiaient du regard. Ce fut Elsa qui brisa le silence.

— Je savais que j'avais raison à ton sujet.

Elsa n'était plus acculée contre le cadre de la porte – elle était droite et aussi inflexible que Magda.

— Je savais que tu pactisais avec notre ennemi. Ce n'est pas terminé – souviens-toi. Un jour tu te feras coincer et je t'aurai. Et je délivrerai mon père de tes griffes.

Elle avança soudainement, bousculant la table dont le bord pointu cogna la jambe de Magda.

— Tu manigances quoi, précisément ? Ce n'est pas qu'une histoire d'amour stupide et d'adieux à ton révolutionnaire chéri. Quelque chose de bien plus important est en jeu. Toi et ton petit ami communiste, vous les cachez, c'est ça ? Quelqu'un s'en charge. Tous les Juifs qui échappent aux déplacements et ne se rendent pas aux centres de ramassage lorsqu'on le leur ordonne. Ils ne passent pas inaperçus, mais tu sais tout ça – tu vois chacun des rapports qu'Himmler lit. Et ils ne s'en sortent pas sans aide. C'est ça, ce que tu fais ? Tu voles des informations ? Est-ce que toi et Christoph, vous faites partie de ce réseau clandestin qui obsède la Gestapo ? Est-ce que tu utilises l'usine de mon père comme couverture ?

Ce blâme d'Elsa fut bien pire que celui du jour de son mariage. Cette accusation fut si étrangement précise qu'il en coûta toute la volonté de Magda pour garder ses esprits. Elle ne réfléchit pas à ce qu'elle allait répondre cette fois-ci. Elle ressentit le besoin de se mettre en colère.

— Tu es folle ? C'est ce que tu cherches ? La grossesse t'a fait dérailler ? Tu dois faire attention, Elsa, ou ils estimeront que tu n'es pas de la bonne graine SS et ils te prendront ton bébé. Je suis la secrétaire personnelle d'Himmler. Tu te trouves dans la maison qu'il m'a donnée en guise de récompense pour mes bons et loyaux services. Et pourtant tu m'accuses d'espionnage ? D'utiliser ma position pour sauver des Juifs ? Tu crois que le *Reichsführer* aurait quelqu'un dans son personnel qui en serait capable ? Tu crois qu'il est stupide au point de ne pas s'en rendre compte ? Qu'est-ce que ça suppose quant à l'opinion que tu as de lui ?

Elle avait mis le doigt là où ça faisait mal. Elsa pâlit et recula.

— Ce n'est pas fini. Je tirerai ton petit jeu au clair et te démasquerai ; je te le promets.

La voix d'Elsa tremblait ; sa menace n'aurait pas dû procurer de la force. Elle partit comme une furie ; Magda ne bougea pas d'un cil. Alors que la porte d'entrée claquait, la douleur à sa jambe qu'elle n'avait pas eu le temps de remarquer s'immisça dans tout son corps et elle s'affala sur une chaise. Elle avait sauvé Christoph d'une terrible décision ; elle avait sauvé la vie d'Elsa. Elle avait été courageuse et vaillante, et elle avait battu Elsa à plate couture. La menace n'aurait donc pas dû procurer de la force, mais elle le fit.

8

Magda, février 1943-août 1944

Le temps continuait de varier et de glisser et de filer. *Ils nous ont encore devancés.*

Magda scrutait les deux mémos privés qu'elle n'aurait pas dû lire, se faisant violence pour éviter de hurler et de tuer le temps dont elle aurait pu faire usage à meilleur escient.

— Je dois y aller.

Elle salua l'assistante qui lui apportait son café matinal, ignorant ses sourcils levés. Himmler n'était pas à son bureau, sinon n'aurait-elle pas osé partir à brûle-pourpoint. Il était à 300 kilomètres de là, en Tchécoslovaquie, au camp de concentration de Theresienstadt, où il supervisait les premiers acheminements de déportés juifs depuis le Danemark et la Hollande, et les premiers acheminements en direction des camps d'extermination d'Auschwitz. Magda ne voulait pas penser à ça pour l'heure. Pas à Theresienstadt, le « camp modèle » qui était le projet préféré d'Himmler. Ni à Auschwitz, dont les chambres de mise à mort étaient l'œuvre de sa vie. Elle ne voulait pas penser non plus à ce que le « don pour la logistique » qu'il trouvait si utile chez elle lui avait appris au sujet de son patron. Que le moyen le plus simple de déterminer les différents lieux de cette folie meurtrière, qui devenait rapidement la marque de fabrique du Troisième Reich aux quatre coins de l'Europe occupée, était de suivre l'itinéraire emprunté par Himmler avec son train personnel.

Magda en avait fait un diagramme. Les liens qu'elle avait réussi à établir remontaient à deux ans en arrière, mais elle soupçonnait que le schéma prenait son essor à une période bien plus reculée que ça. Son voyage en Lettonie et Lituanie en juillet et août 1941 était le premier qu'elle avait noté : 18 000 hommes, femmes et enfants avaient été exécutés dans les régions où il se rendait au moment où il en repartait. La date suivante qui sauta aux yeux fut le 30 septembre 1941, quand Himmler était à Kiev en Ukraine. Le même jour – selon un autre mémo qui n'était pas censé se retrouver sous ses yeux – 33 000 Juifs avaient été massacrés à Babi Yar, un ravin à moins de dix kilomètres de la capitale ukrainienne.

Dès que Magda eut fait le lien entre ces deux voyages, et refusa de croire qu'il s'agissait d'une coïncidence, elle ne put s'arrêter de creuser. Ses « tournées d'inspection » ne prenaient jamais fin. Dans des unités psychiatriques ; dans des sites d'éradication en région boisée ; dans des célébrations aux quatre coins de l'Europe de l'Est en compagnie de ses bien-aimés *Einsatzgruppen*, les escouades de la mort SS qui mettaient ses ordres à exécution. Dans des camps d'extermination dont les fours étaient finalement tellement plus efficaces que les fusils. Il avait fallu des mois à Magda pour imbriquer toutes les pièces du puzzle et réellement apprendre tout ce dont cet homme était capable. L'idée que c'était peut-être elle qui devrait pointer le fusil et que c'était lui qui devrait en être la cible lui avait traversé l'esprit plus d'une fois. Dans l'immédiat, cela ne l'aida en rien de penser à ça. Cela ne l'aida guère davantage de penser aux mémos placés sur son bureau et à toutes les opportunités perdues qu'ils représentaient.

Magda avait trouvé le premier – écrit avec l'usuelle mesure de l'*Obersturmbannführer* Eichmann – glissé dans le dossier de la correspondance privée sur le bureau d'Himmler le 20 février. Malgré ce qu'elle avait déjà entendu lors des conversations qui avaient eu lieu un an plus tôt lors de la conférence de Wannsee, son contenu glaçait le sang. Le mémo d'Eichmann exposait les grandes lignes du *déplacement* et de la *relocalisation* planifiés des 27 260 Juifs répertoriés comme vivant toujours à Berlin. Ce chiffre semblait démesuré, pourtant Magda savait qu'il ne s'agissait que d'un quart de la population juive qui résidait dans la ville en 1938, et d'une infime partie de ceux qui vivaient là avant l'arrivée d'Hitler au pouvoir. Il était évident dans son esprit que le Parti mènerait le plan à bien, et elle n'eut plus le moindre doute sur le sens réel du mot *relocalisation.* Les derniers habitants juifs de Berlin étaient sur le point d'être assassinés.

Il n'y avait aucun détail de mise en œuvre ; mais une échéance prévue, qui offrit à Magda une de ces légères éclaircies qui devinrent lueur d'espoir pour elle. Il semblait que les *purifications* – un autre mot qui la faisait frémir – devaient débuter un mois après la date du mémo. Magda avait sauté sur l'occasion et appelé Walther, convaincue là encore qu'ils pourraient faire des miracles en s'immisçant dans le moindre interstice qu'ils se voyaient offrir entre l'ordre et l'action, même s'il s'agissait d'un laps de temps d'un seul mois.

Sauf qu'ils n'eurent pas un mois ; ils n'eurent même pas une semaine. La date qu'elle avait lue trop vite était celle de la fin de la « purification », pas du début. La lettre que Magda avait ouverte ce matin – qui aurait dû parvenir directement à Himmler mais avait été distribuée au quartier général des SS à la place – confirma sa mauvaise interprétation. La plus grande rafle, celle des 11 000 Juifs encore employés dans les usines de Berlin, devait avoir lieu non pas à la fin mars 1943 mais le 27 février. Le lendemain, en l'occurrence.

Ce qui veut dire que c'est dans moins de vingt-quatre heures, et je suis encore assise ici. À me focaliser sur tout ce qui n'aidera en rien, et tout ce que je suis incapable de faire, au lieu du peu qui est à ma portée.

Elle se leva d'un bond, replaça les deux mémos dans le dossier sur le bureau d'Himmler intitulé *Reichsführer-SS : classé confidentiel* – recachetant méticuleusement l'enveloppe sur l'un d'eux avec le pot de colle fine qu'elle gardait caché dans le tiroir du bas – et quitta bille en tête le bâtiment pour se rendre à Potsdamer Platz et au S-Bahn, le train qui la conduirait à Spandau.

Le trajet aurait dû prendre bien moins d'une heure. Magda, cependant, sortait et remontait des trains au cas où elle aurait été suivie, revenant sur ses pas et changeant de ligne et de wagon, passant de l'un à l'autre alors que les portes se fermaient. Chaque minute perdue l'alarmait. Chaque minute perdue prenait une autre vie. Mais *je tirerai ton petit jeu au clair et te démasquerai* était gravé dans l'esprit de Magda qui hurlait *prudence*. Des semaines durant, après que Christoph eut menacé de tuer Elsa en mai dernier, Magda – malgré ses mots courageux – s'était attendue à être convoquée et à terminer non pas dans un bureau feutré mais dans une cellule du quartier général des SS. Cela n'arriva pas. Elsa ne l'avait pas dénoncée, pas publiquement en tout cas. Ce qu'Elsa aurait pu faire en privé, cependant, était d'un autre ressort.

Vis comme si on te surveillait et tu survivras plus longtemps à tout ça.

Christoph avait écrit ça dans un mot qu'elle trouva glissé sous sa porte deux semaines après qu'il s'était évanoui dans la nature. Magda n'avait aucune idée de l'endroit où il se trouvait à présent, ce qui la terrifia. Lorsqu'elle eut enfin le courage de se trouver en présence de son père, pour les fêtes de Noël qui n'en eurent pas du tout l'esprit, il évoqua une rumeur selon laquelle Christoph était en Pologne où il combattait avec les partisans contre l'armée allemande. Il était plus facile de croire à ça que de l'imaginer mort et de rester allongée sans dormir la nuit, le ventre noué. Quant à l'avertissement, malgré la piqûre de rappel, Magda en avait retenu la leçon depuis belle lurette. Nonobstant, avec la menace d'Elsa qui était comme un couteau constamment remué dans la plaie, s'assura-t-elle d'en être consciente à chaque seconde.

Elle entra dans le complexe de Spandau par l'entrée de derrière, pas par le grand portail voûté de devant, tellement visible, et se rendit dans le bureau tranquille d'Eckhart Bühl, pas dans celui, toujours animé, de Walther. La secrétaire d'Eckhart était sa femme, et elle était aussi digne de confiance qu'elle. Son bureau était délibérément positionné à côté des logements, ainsi pouvait-il toujours garder un œil sur les ouvriers juifs pour qui ils avaient été construits, ce qui était crucial. Et Eckhart n'avait jamais besoin d'explication. Dès que Magda apparut, il appela Walther.

— La rafle commence demain, pas le mois prochain comme je vous l'avais dit. Tous les ouvriers d'usine juifs encore en poste en sont sa cible prioritaire. Je ne sais pas si des préavis de relocalisation seront effectués ou si la Gestapo fera des descentes sur les lieux de vie et de travail à l'improviste. Peu importe le mode employé, on n'a presque plus le temps d'agir. Et il y a six centres de ramassage cette fois-ci – des grands, dont la salle de concert du Clou et les baraquements équestres de Moabit. Ce qui veut dire qu'on ne saura pas où nos ouvriers auront été transférés, et que, une fois qu'ils y seront, il n'y aura plus aucune chance de les en faire ressortir.

Elle pensait avoir été claire – et insistante. Walther la dévisageait simplement. Alors que les secondes s'écoulaient, Magda se demanda si elle devait lui redire ou le secouer.

— Walther, avez-vous entendu ce que j'ai dit ?

— Je suis désolé.

Il se frotta le visage. Il se leva puis se rassit.

— Cela n'a aucun sens. Nous n'avons reçu aucun avertissement. Cela correspond à près de la moitié de notre main-d'œuvre – comment peuvent-ils prendre la moitié de notre main-d'œuvre et s'attendre à ce que la production suive encore son cours ?

— Parce que je présume qu'ils vont remplacer nos ouvriers juifs par des travailleurs forcés, les travailleurs étrangers qui vont venir, d'après ce qu'on n'arrête pas de nous dire. Ils doivent être en chemin pour de bon.

Walther continua comme si Eckhart n'avait rien dit.

— Ce n'est même pas le propos. Peu importe ce que cela veut dire en termes de production, ils ne peuvent pas faire ça. Mes ouvriers juifs ont des exemptions. J'ai bataillé pour les obtenir. Même lorsque le Parti a dit que seulement les hommes et femmes juifs de moins de trente ans pourraient conserver leur poste, j'ai tiré toutes les ficelles possibles pour garder les plus âgés. J'ai bataillé pour chacun d'entre eux. Car ils ne sont pas seulement mes ouvriers, ils sont mon peuple.

Ses yeux brillaient. Magda savait qu'il avait le cœur brisé, mais il n'y avait pas le temps de se morfondre.

— Je sais, Walther, je sais. Personne n'aurait pu lutter plus que vous, mais la haine du Parti a toujours été imparable, et à présent elle a atteint un autre niveau. Il y avait un terme dans le dernier mémo d'Eichmann que je n'avais pas vu avant : *Judenfrei*. C'est leur but, précisément comme ils ont dit que cela l'était à Wannsee, et à présent ils l'ont nommé – plus aucun Juif, nulle part. Berlin, et le Reich, et le monde entier si la guerre va comme ils l'entendent, *libérés* d'eux. Les camps de mise à mort sont prêts, les rouages sont en place pour atteindre les terribles chiffres dont ils se vantaient à Wannsee. On y est, la dernière phase, l'élément *final* de leur *solution*. Et ça commence ici, demain.

— Qu'est-ce qu'on fait ?

Eckhart était en position, prêt à faire tout ce que son patron lui demanderait. Sauf que Walther était incapable de demander quoi que ce soit. Il était pétrifié sur sa chaise, la tête dans les mains. Magda le laissa respirer un instant, mais il ne leva pas les yeux, alors elle dit à Eckhart l'inéluctable vérité.

— On fait des choix.

C'est quelque chose qu'elle n'aurait pas voulu dire. Elle savait qu'elle avait l'air aussi sanguinaire qu'un membre fidèle du Parti. Mais Eckhart attendait ; l'avenir des ouvriers de la société Tiedemann attendait. Chacune des phrases qui allaient sortir de sa bouche pouvait être perçue comme cruelle, mais n'était-ce pas plus cruel de faire machine arrière et d'abdiquer, et de laisser tout le monde mourir ? Elle prit une profonde respiration et se lança.

— On appelle les propriétaires des autres usines auxquels nous faisons confiance et on les prévient. On associe les quelques cartes d'identité volées qu'il nous reste aux ouvriers qui ressemblent le plus possible aux photos qui y figurent déjà. Nous n'avons pas le temps ni l'équipement pour en faire plus. On choisit les personnes qui d'après nous sont les plus débrouillardes pour se cacher et survivre dans la clandestinité. On leur fournit des couvertures et on les transfère le plus vite possible dans le réseau et – vu le nombre de personnes nécessaires pour se charger d'un fugitif même s'il en faut des dizaines – on prie pour que le réseau tienne.

Elle se tut.

— On ne dit rien à ceux qu'on ne peut aider : cela déclencherait la panique, si bien qu'on ne pourrait aider personne.

Eckhart acquiesça ; Walther geignit.

Magda scruta par la petite fenêtre les longs baraquements emplis d'hommes et de femmes qui avaient survécu à presque dix ans de croissante persécution acharnée. Qui n'avaient aucune idée que c'était leur dernier jour d'espoir en ce bas monde. Elle encaissa sans broncher alors que l'ironie et l'énormité de ce qu'elle s'apprêtait à dire à nouveau, et avec encore plus de détermination cette fois-ci, la frappaient de plein fouet.

— On doit faire des choix, aussi difficiles soient-ils. On doit tenter notre chance, et choisir la vie, pour eux.

Ce que ce choix signifiait pour le reste d'entre eux resta – comme cela devrait l'être s'ils s'apprêtaient à faire ce qu'ils devaient faire – inexprimé.

*

Trente-huit. Au bout du compte, c'était ce à quoi mille neuf cent soixante-sept ouvriers avaient été réduits. Trente-huit. Vingt-trois reçurent de nouvelles identités, qui fonctionneraient ou non. Quinze furent menés en lieu sûr qui pouvait ne plus l'être en l'espace de quelques heures. Tous lancés sans crier gare dans une vie contre la montre et la crainte.

Magda fit un signe au serveur qui tournoyait avec un plateau plein de verres pétillants. Aussi tentant que cela soit de boire du champagne à l'envi dans l'espoir d'oublier, elle se devait de garder la tête sur les épaules et les rênes de sa langue ; ses nerfs avaient déjà été mis à vif par les événements récents, pas besoin d'y ajouter une gueule de bois.

— On ne pourra pas être témoins. On ne pourra pas être présents quand les SS arriveront et que la rafle débutera.

Lorsque Magda retourna à l'usine à l'aube, Walther était… Elle voulait dire « lui-même » à nouveau, mais il était loin de ça. Même s'il s'était impeccablement comporté lors de la soirée, douze heures plus tôt, lorsqu'il avait insisté pour qu'ils quittent tous l'usine, il était tout aussi hagard, exténué et en manque de sommeil qu'elle. Et, aussi maître de lui qu'il l'était à présent, Magda savait que cette journée l'avait irrémédiablement changé, que dans ses yeux plus jamais elle ne verrait danser les éclats d'antan qui donnaient toujours une lueur d'espoir. Aux aurores il avait cependant franchi le brouillard où les nouvelles de Magda l'avaient enfoui et repris le contrôle de lui-même, l'esprit au beau fixe et plein d'entrain.

— Je ne me cache pas. J'aimerais que Dieu nous vienne en aide pour que nous puissions être témoins de ce qui va se passer. Mais habituellement je ne me trouve pas à l'usine le samedi, et vous ne devriez pas être là non plus. S'il y a des différences dans leurs listes, ce qui va évidemment arriver, je préférerais m'en charger lundi matin lorsque leur soif de sang aura été rassasiée et qu'ils auront la gâchette moins facile.

Magda s'effondra sur une chaise et se jeta sur le café chaud et les roulés que Frau Bühl plaça devant elle. Elle était si fatiguée qu'il lui était difficile de se concentrer sur ce que disait Walther, pourtant il était vital pour leur sécurité qu'elle soit au courant de ce qu'il planifiait précisément, aussi fit-elle un ultime effort pour lui demander :

— Comment pensez-vous procéder ? Qu'allez-vous dire, si on vous demande des comptes ?

— Aussi peu que je le pourrai.

Walther haussa les épaules en rétorquant, un geste que Magda interprétait comme du désespoir, pas comme de la confiance en soi.

— Ma célèbre addiction aux paris est une bonne couverture pour ma mauvaise gestion. Je ferai en sorte d'être vaseux et subtilement parfumé au brandy. Je serai aussi froid que possible au sujet des fugitifs croissants et des suicides que je blâmerai d'être la cause des nombreuses personnes introuvables, et je serai aussi enthousiaste qu'un nouveau pratiquant à l'église au sujet de la main-d'œuvre forcée étrangère.

Il sourit. Sa vacuité fit entrevoir la défaite à Magda bien davantage que toute la peur qu'elle avait endurée tout au long de la nuit.

— Je jouerai la comédie, Magda, comme nous le faisons constamment.

Il avait attendu un peu puis l'avait laissée finir son roulé avant de lui poser la question à laquelle elle ne sut que répondre.

— C'était comment, d'être guide ? Les six que vous aviez sont bien installés ?

Installés. Magda ne savait pas trop quoi faire de ce mot. Rien dans la vie clandestine – la vie sous-marine, comme l'appelait Christoph, là où les gens cachés survivaient en apnée sous la surface comme des U-boote – ne pourrait jamais s'en rapprocher. Quant à être guide… Magda aurait souhaité dire que ça avait été simple, mais elle n'avait jamais été aussi effrayée de sa vie. Recopier des rapports, aller chercher des faux papiers et organiser des itinéraires d'évasion avait été synonyme de danger, mais ce n'était rien comparé à la responsabilité de faire effectivement disparaître une personne. C'était également une tâche qu'elle ne se serait jamais imaginé faire – son rôle était d'obtenir des informations, elle était la voleuse de l'intérieur. Mais, alors que Walther n'avait pu mettre la main que sur deux contacts du réseau de Christoph sur les trois dont ils avaient besoin pour mener à bien cette mission, que pouvait-elle dire à part : « Je vais m'en charger » ?

Deux hommes et quatre femmes, chacun leur tour, devaient être menés hors de l'usine. Magda ne pouvait se risquer à prendre le tramway ou le train sur le chemin du retour des expéditions, si bien que chaque périple complet prenait deux heures au bas mot, et parfois beaucoup plus.

Elle changea de chapeau et de manteau à chaque fois, sélectionnant les tenues les plus soignées qu'elle pouvait trouver parmi les piles de vêtements que Frau Bühl avait fait apparaître comme par magie.

Suivant les instructions sur lesquelles les guides plus expérimentés avaient insisté, ses compagnons de voyage étaient aussi élégamment habillés qu'elle. Les hommes s'étaient rasés de près, les femmes s'étaient maquillées subtilement ; leurs tenues étaient classes mais pas tape-à-l'œil. La propreté, selon les contacts de Christoph, était le maître mot : les Juifs, dans l'imaginaire des SS et de la Gestapo, étaient sales, des créatures en guenilles, et, par conséquent, faciles à repérer. Chaque décision était prise afin d'éviter au maximum d'attirer l'attention. Personne n'était choisi s'il avait les cheveux noirs, une tache de naissance ou un quelconque signe particulier. Il s'agissait des principaux critères. Les autres auxquels Magda pouvait penser et sur lesquels baser leur terrible sélection était que le candidat devait avoir conservé un minimum de forme et force physique malgré les années de maigres rations, et avoir la capacité de se montrer discret et de se fondre dans la masse.

Une fois les choix effectués, et leurs apparences rendues aussi ternes que possible, Magda guida chacun de ses protégés en rasant les murs de ruelles jusqu'à des bâtiments insignifiants de Wilmersdorf et Westend et Halensee. Les trajets s'effectuaient dans le silence et mettaient les nerfs à vif. Magda évitait les zones bondées où les forces de sécurité pouvaient patrouiller. Personne ne dit mot jusqu'à l'arrivée aux planques où l'ouverture des portes ne se faisait que sur coups codés. Elle revenait en tramway et évitait le moindre contact visuel, peinant à croire que quoi que ce soit pourrait arriver à Helle Herschell aux yeux pétillants. Convaincue que, même si la Gestapo attrapait Otto Wirkus, son cerveau fugace lui trouverait une porte de sortie.

Elle s'en retournait à son groupe décroissant qui lui inspirait confiance, et ne s'autorisait pas à penser que le terme pouvait être inconvenant. Lors de chacune des seize heures où elle parcourut les rues de Berlin en vue de distribuer ses *colis*, comme le réseau les surnommait, elle présumait qu'elle se ferait prendre. On ne la contrôla même pas. Mais personne n'était *installé* ; ils n'en étaient qu'aux prémices. Et six, ça n'était pas assez. Lorsque Walther posa la question, elle avala son café et engloutit le dernier morceau de son petit déjeuner, comprenant qu'elle devait en faire plus. C'est ce qu'elle lui dit en criant :

— Installé n'est pas le terme que j'utiliserais, mais je les ai menés à la première étape sans problème. Je n'ai jamais attiré l'attention ; je n'ai pas été suivie. Et il nous reste quelques heures avant que les coups de filet ne commencent, ce qui veut dire que je peux encore faire sortir quelques personnes, j'en suis certaine.

— Non, Magda, vous ne le pouvez pas.

Walther l'avait laissée s'emporter et dire ce qu'elle avait sur le cœur, mais il resta sur sa position.

— Vous avez fait six allers-retours dans la journée et vous vous en êtes sortie à chaque fois. Ce genre de chance ne dure pas. C'était loin d'être suffisant – comment cela pourrait-il l'être ? Une autre dizaine, centaine serait insuffisant. Mais nous avons fait de notre mieux – vous devez vous en convaincre. Il y a des gens qui vont avoir la chance de rester en vie. J'ai envoyé un mot aux ouvriers qui ne vivent pas sur place pour leur dire de ne pas venir, de fuir s'ils le peuvent. Il n'y a rien d'autre à faire aujourd'hui à part suivre la routine habituelle.

La routine habituelle. Ses mots avaient semblé superficiels en son temps et ils semblaient risibles à présent, alors que Magda se tenait au milieu d'une autre réception Winkler Straβe, qui avait été planifiée de trop longue date pour être annulée, entourée par les fidèles bien nourris du Parti. Magda était rentrée chez elle ce matin-là quand Walther le lui avait ordonné. Elle avait dormi car son corps l'avait exigé. Et à présent, elle était vêtue d'une robe en soie bleu lavande et regardait Walther rire et blaguer avec Albert Speer comme si les rafles d'usine n'avaient jamais eu lieu, à se demander s'il ne serait pas plus simple de devenir folle.

— Tu fais encore ton truc bizarre avec ta nuque. Ça ne s'améliore pas avec le temps.

Elsa avait quatre ou cinq verres de plus dans le nez que Magda et ses yeux pétillaient.

Magda, qui n'était pas d'humeur à faire dans la repartie face aux railleries d'Elsa, murmura quelque chose d'insignifiant, prétextant qu'elle devait aller se resservir un verre. Elle eut cependant à peine le temps de faire un pas qu'un homme, dont le costume mal taillé laissait penser qu'il n'était pas un invité, entra dans la pièce et attira le ministre Speer dans un coin. Magda ne fut pas la seule à déceler un changement de comportement radical dans le flegme habituel de Speer. Son juron bruyant réduit la fête au silence.

— Mesdames, que devez-vous penser ? Puis-je implorer votre indulgence pour cet écart de conduite désobligeant ?

Speer, se reprenant, redevint un modèle de bonnes manières, cependant sa mâchoire était tendue.

— Quel désagrément alors que nous devrions être en train de célébrer cette importante journée pour Berlin. Je m'apprêtais justement à partager avec vous que ce matin nous avons enfin fini d'expulser les derniers Juifs des usines. La guerre engagée par Berlin peut à nouveau compter sur des ouvriers honnêtes.

Une salve d'applaudissements chaleureuse accueillit ses mots, à laquelle Magda se joignit automatiquement.

— L'opération pour les déplacer a été, ai-je besoin de le préciser, d'une grande efficacité, mais – et cela est la raison de mon écart de langage –, il semblerait que quelques-unes de nos cibles aient échappé au coup de filet. C'est malheureux – ce sera rectifié. Et maintenant, levons nos verres et trinquons aux rues plus propres de Berlin et poursuivons cette agréable soirée.

Magda leva son verre de concert avec les autres. Elle ne regarda pas Walther dans les yeux. Et elle ne s'éloigna pas d'Elsa aussi promptement qu'elle en avait eu l'intention.

— Il fait bonne figure à ce sujet. Ce ne sont pas que quelques-uns qui ont fui ; ce sont des centaines, peut-être des milliers. Et ce n'était pas que de la chance.

La voix d'Elsa regorgeait de haine.

— Gunther m'a parlé plus tôt de toutes ces déconvenues. Goebbels est fou de rage, comme l'est ton cher patron, ce qui est sans doute la raison pour laquelle ils veulent faire porter le chapeau à Speer. Il a, après tout, la charge des usines. Ils pensent aussi qu'il y a eu un genre de fuite, que les fugitifs juifs ont été prévenus.

Elle marqua une pause, assez longtemps pour que son sous-entendu fasse mouche.

— Qu'en penses-tu, Magda ? Tu œuvres dans la cour des grands, par rapport à nous tous, et tu as bien des amis dans les plus étranges des endroits. Connais-tu quelqu'un qui serait capable d'une trahison aussi épouvantable ?

Magda fit preuve de bon sens et ne rétorqua pas. Ce n'était ni le moment ni l'endroit pour le conflit qu'Elsa avait bien envie de provoquer. Elle sourit en regardant au loin, comme si elle avait reconnu quelqu'un, et s'en alla, déterminée, pour le moins ce soir, à ne pas se laisser empoisonner la vie par Elsa.

La malédiction se retourne peut-être contre eux.

Cette fois-ci, songer à la malédiction ne mit pas Magda au pied du mur ; celle-ci illumina ses pas. Quatre années éreintantes de guerre menaient à un point de rupture : le vent ne tournait plus en la faveur d'Hitler. Et, même si Magda se rabâchait qu'elle n'était pas superstitieuse, il était difficile de ne pas ressentir que son cap avait commencé à être altéré lors des déportations d'ouvriers en février 1943.

Et même si ça n'est pas vrai, il est réconfortant de penser que leurs actions ne resteront peut-être pas impunies.

Une semaine après que plus de dix mille ouvriers juifs de Berlin avaient été arrachés des usines en direction de la gare de Grunewald et entassés dans des wagons à bestiaux à destination d'Auschwitz, les nouvelles de la défaite de l'Allemagne à Stalingrad dans le sud-ouest de la Russie s'étaient infiltrées jusqu'aux citoyens horrifiés du pays. Une défaite d'une telle ampleur – due à un ennemi dont les Allemands avaient été assurés qu'il était dépravé et corrompu et incapable de gagner – était trop énorme pour être cachée. Le refus de la ville Russe d'être vaincue avait coûté la vie à des milliers de maris et fils allemands, dont les corps étaient perdus pour toujours. En dépit de la promesse de Goebbels selon laquelle l'Allemagne se lancerait dans « une guerre plus totale que tout ce qu'on peut imaginer », la confiance en la victoire imminente, peu importe l'imminence, fut ébranlée. Cette confiance fut encore plus ébranlée en septembre lorsque l'Italie capitula face aux Alliés, ce qui poussa Hitler et sa poupée Mussolini à se retrancher sur les marges de la société déchirée par la guerre civile. Et elle fut catapultée en novembre, par les bombardements dévastateurs qui frappèrent les villes clés de l'Allemagne, dont Berlin, et redirigèrent la guerre sur le front intérieur.

Une maison confortable et un emploi tranquille lui avaient épargné le pire des raids aériens et les pénuries de nourriture et d'essence. Rien de tout ça, cependant, n'avait rendu Magda aveugle à la misère que les quatre années de guerre avaient provoquée. Elle voulait que cela prenne fin, mais, contrairement à ces compatriotes qui apportaient toujours un soutien de façade au patriotisme, elle ne voulait pas que les dirigeants de l'Allemagne l'emportent. Elle savait trop bien que, peu importe ce sur quoi déboucherait la défaite, la victoire était une option bien plus dangereuse. La guerre pourrait se retourner contre Hitler, mais les massacres n'avaient pas pris fin – ils avaient pris de la vitesse. Les expériences d'Himmler avec le gaz étaient passées d'une poignée de centres de mise à mort mobiles à six camps de la mort parfaitement orchestrés. Les Juifs, et les communistes, et tout autre groupe désigné comme « autre », étaient assassinés dans tel ou tel camp et lentement tués à la tâche dans d'autres, et rien ne semblait pouvoir les arrêter. Le moindre signe de tentative en ce sens rendait Himmler et ses partisans encore plus impitoyables.

L'insurrection du ghetto de Varsovie eut lieu en mai 1943 : Himmler l'annihila et envoya les quarante mille résidents juifs qui survécurent à Treblinka. En novembre, afin que la leçon de Varsovie soit retenue, il ordonna la tuerie de masse des quarante-trois mille survivants et travailleurs forcés juifs à Lublin. Le plaisir qu'il prit à organiser les détails de l'opération – forçant les victimes à creuser des fosses dans lesquels ils mourraient et mettant de la musique au volume élevé pour noyer le son des balles et des cris – avait encouragé Magda à prier Dieu qu'elle avait abandonné depuis fort longtemps pour qu'il cible mieux et largue une des bombes qui pleuvaient sur Berlin sur Himmler, et Hitler, et tous les tueurs de masse. Les bombes, cependant, trouvèrent d'autres cibles. Himmler et les autres en réchappèrent. Magda, dégoûtée, et en écho au désespoir de Christoph près de deux ans auparavant, prit des risques de plus en plus grands afin de s'assurer que d'autres en réchappent également.

À l'été 1944, le silence insistant du monde extérieur convainquit Magda que personne ne prêtait attention aux mémos qu'elle avait risqué sa vie à recopier. Elle continua de passer les pires d'entre eux à Eckhart, mais elle focalisa davantage son énergie sur l'action directe en vue d'enrayer les plans macabres du Parti. Malgré la surveillance accrue, elle se rendait régulièrement aux imprimeries clandestines de Wedding et Moabit, les encourageant à transformer leurs stocks en baisse en papiers magiques dont les fugitifs avaient besoin. Elle continua d'œuvrer comme guide, conduisant des hommes et femmes terrifiés de lieu sûrs en lieu sûr. Et elle ajouta l'abri de jardin en lisière de sa propriété à la liste des endroits utilisables, l'équipant d'un matelas et de couvertures et réapprovisionnant les réserves de nourriture lorsque ses visiteurs invisibles en faisaient usage. Personne ne pouvait l'arrêter, ou la convaincre d'être prudente. Magda ne rendait plus visite à ses parents. Walther prenait autant de risques qu'elle. Christoph se trouvait encore… elle n'avait aucune idée du lieu où Christoph se trouvait encore, bien qu'elle devait croire, peu importe où il se trouvait, qu'il était vivant, sinon le chagrin l'anéantirait. Et même s'il y avait eu quelqu'un pour la supplier de mettre un frein à tout ça, ou de prendre soin d'elle ou d'arrêter, elle n'aurait pas écouté. Prendre des risques était le seul moyen que Magda avait pour désamorcer la culpabilité de passer ses journées à sourire à des monstres.

Ce qui pourrait enfin prendre fin.

C'était une pensée pertinente en cette journée ensoleillée du mois d'août ; cela lui donna presque le sentiment d'avoir vingt-neuf ans, ce qui était en effet son âge, et non d'être la vieille femme en qui son âme l'avait transformée. Deux mois plus tôt, en juin 1944, les Alliés avaient envahi la France ; ils se rapprochaient à présent de Paris. Deux semaines plus tôt, un groupe d'officiers insatisfaits avait fabriqué une bombe qui était destinée à Hitler. Ils avaient échoué ; les représailles avaient été terribles. Mais ils avaient essayé ; et qui pouvait affirmer qu'un second groupe ne tirerait pas les leçons du premier pour mener la tentative à bien ?

On peut les vaincre. Tout cela peut prendre fin.

Elle passa par l'entrée arrière du complexe Tiedemann avec un enthousiasme qu'elle n'avait pas ressenti depuis si longtemps. Et avec la garde, en conséquence, bien qu'elle n'en ait pas conscience, dangereusement baissée.

La secrétaire de Walther était introuvable et la porte de son bureau, grande ouverte. Magda le vit assis à son bureau au plateau en cuir, à examiner une pile de papiers et apparemment seul. Elle entra spontanément, regorgeant d'un entrain qui exigeait matière à réflexion et un lieu plus sûr.

— Ce nouvel imprimeur est le meilleur que j'aie trouvé. Regardez ça.

Le paquet de fausses cartes d'identité de la *Wehrmacht* était déjà hors de son sac avant qu'elle ne remarque l'expression horrifiée de Walther, ou le bambin assis sur le plaid bleu déployé près de l'âtre. Liselotte, la fille de deux ans d'Elsa, regarda Magda, rayonnante.

— Bon sang, Magda. Elsa est dans le couloir. Comment a-t-elle pu ne pas vous voir ?

Liselotte chancela et se rattrapa à la jupe de Magda, essayant d'attirer son attention. Magda, encore abasourdie par sa propre négligence, ne la remarqua pas.

— Je suis montée par l'escalier de derrière. Je voulais voir Eckhart, mais il n'était pas dans son bureau.

— Il s'est installé dans un autre à présent – il ne supporte pas d'être près des travailleurs étrangers. Leurs conditions de vie sont terribles.

Walther secoua la tête et se leva, faisant un signe de la main à Liselotte pour la distraire.

— Cela importe peu pour l'heure. Vous devez vous en aller. Vous savez comment Elsa se comporte avec vous. Tout le monde est devenu dingue depuis la tentative d'assassinat ratée d'Hitler. Stauffenberg s'est approché d'assez près pour placer une bombe dans la même pièce que le Führer, ce que personne n'aurait dû être capable de faire. La Gestapo est sur le qui-vive et voit des espions et des complots partout, soupçonnant jusqu'aux partisans les plus fidèles. Je vous assure, Magda, que si Elsa vous voit, et avec ça en prime, elle vous mettra la corde au cou.

Il était trop tard, cependant, pour que Magda rebrousse chemin – les talons d'Elsa claquaient déjà en direction du bureau de Walther.

— Passez par là.

Walther pointa la porte communicante dans l'angle du fond de son bureau.

— Bühl doit être à son bureau – attendez avec lui jusqu'à son départ.

C'était une idée sensée. Elle aurait dû fonctionner sans anicroche. Ni l'un ni l'autre, cependant, n'avait tenu compte des doigts inquisiteurs de Liselotte. Alors que Magda la frôla, la petite fille tendit la main pour s'emparer de la pile des cartes d'identité. Son petit poing cogna le coude de Magda et les cartes qu'elle tenait en main furent éjectées aux quatre vents. Elles volèrent et s'éparpillèrent sur le plaid et le sol lustré. Liselotte cria de joie immédiatement et se mit à les traquer.

— Oh mon Dieu, je suis désolée. Laissez-moi les ramasser.

Les talons n'étaient plus qu'à quelques pas. Walther se précipita de l'autre côté de son bureau et poussa Magda vers le bureau d'Eckhart.

— Partez. Je m'en charge. Si par malheur Elsa en voit une, je trouverai un prétexte. Ce que je ne pourrai pas faire si vous êtes là.

Magda disparut derrière la porte et mit son doigt devant ses lèvres avant qu'Eckhart ne se lève d'un bond. Dès que Magda fut à l'abri, la voix aiguë et limpide d'Elsa résonna au travers de la cloison.

— Ta nouvelle est une incapable. Je lui ai dit de refaire le café avec le bon matos, au lieu de me servir du jus de chaussettes, ou sinon d'oublier son emploi ici. Pas de laisser-aller dans tes principes, père. Il y a déjà assez de rumeurs qui courent sur tes soucis financiers.

Elle s'arrêta. Lorsqu'elle se remit à parler, le cœur de Magda s'emballa.

— Qu'est-ce que tu as là, mon cœur ? Tu as encore pris d'assaut le bureau de grand-père ?

Le silence qui suivit dura trop longtemps pour tranquilliser le martèlement du cœur de Magda. Quand Elsa se remit à parler, cela n'arrangea rien : son ton n'était plus du genre gazouillis pour bébé.

— Pourquoi elle a ça ? Pourquoi *tu* as ça ?

Magda n'entendit pas le bafouillage de Walther, mais elle entendit le rire amer d'Elsa.

— Ne dis rien. C'est ridicule. Il y a des départements dédiés à la vérification des contrefaçons, pourquoi on te demanderait de l'examiner ? Tu y connais quelque chose, en imprimerie ?

Et puis le ton de sa voix se fit encore plus sec et Magda savait que cela pouvait les mettre encore plus en danger.

— C'est elle, c'est ça ? Je savais qu'elle était impliquée dans l'évasion de Juifs – et qui est plus proche des informations divulguées qu'elle ? J'aurais dû avertir Himmler il y a des mois, mais il pense que c'est un ange. Et je savais qu'elle utilisait cet endroit comme une couverture. Ce que je ne comprends pas, c'est pourquoi tu l'aides.

Magda entendit Walther répondre d'une façon bien plus distincte qu'elle ne l'aurait voulu.

— Ce n'est pas le cas. Tout ça n'a rien à voir avec Magda. C'est moi qui ai aidé les ouvriers juifs, Elsa. Moi.

Sa voix tremblota, Magda pensa qu'elle allait casser, mais il reprit son aplomb avec une assurance qui fendait le cœur.

— J'ai utilisé mon amitié pour obtenir des informations pendant des années. J'ai utilisé l'usine et payé des faux papiers depuis qu'Hitler a lancé sa croisade maléfique. C'est pour ça que mon argent s'est envolé, pas à cause du jeu. C'est moi. C'est moi et personne d'autre.

La main d'Eckhart se retrouva sur celle de Magda alors qu'elle essayait d'agripper la poignée de la porte. Elle se retrouva sur sa bouche alors qu'elle voulait crier.

— Ne faites pas ça. Cela le détruira si vous vous montrez. Il fait ça pour vous protéger, pour tous nous protéger.

Magda voulut rétorquer. Elle voulut pousser Eckhart et accourir aux côtés de Walther, mais les mots suivants la figèrent sur place.

— Elsa le haïra pour ça, mais il est son père – elle ne le trahira pas. Quant à vous, elle vous clouera au pilori sans y réfléchir à deux fois. Si vous entrez, les choses seront encore pires.

Il n'y avait aucun bruit de l'autre côté de la porte en dehors du babillage de Liselotte.

Magda lâcha la poignée ; Eckhart enleva la main de sa bouche. Personne ne disait mot dans aucune des pièces. Il y eut un bruissement, le son d'un enfant disant au revoir et un claquement de porte. Il retint encore Magda.

— Laissez un peu de répit à Walther avant de ruer dans les brancards – il vient de perdre sa fille. Au moins ne perdra-t-il pas sa vie ainsi. Tenez-vous-le pour dit.

Tout cela ne tenait qu'à un fil, trop fragile pour que l'espoir s'y noue. Alors que Walther sanglotait de l'autre côté de la porte, Magda pria pour qu'ils n'aient jamais à en tester la solidité.

9

Magda, février 1945

Le fil se cassa. Magda avait su que ça arriverait quand Himmler avait laissé échapper le lieu où Walther était retenu. Elle se rongea les sangs dans l'espoir vain que quelque chose pourrait encore le sauver alors que depuis longtemps déjà cet espoir avait cessé d'être rationnel.

La prison de Plötzensee, où Walther fut immédiatement emmené lors de son arrestation, était le site d'exécution, le dernier arrêt sur la voie de la torture. Il était impossible de travailler au siège des SS et de ne pas être conscient du sens de ce nom. Magda avait vu les vans verts qui l'alimentaient sortir les prisonniers encagoulés des cellules en sous-sol et les emmener Prinz Albrecht Straβe, même si tout le monde était censé fermer les yeux sur ces déplacements comme ils le faisaient pour le reste. Elle était au courant du taux élevé de suicides dans cette terrifiante prison, des grésillons en guise de torture et des lumières qui aveuglaient toute la nuit, et des cellules qui étaient trop petites pour que les détenus puissent y étendre les bras. Et des crochets qui pendaient sur une longue rangée, dont les collets étaient considérés comme étant une méthode de mise à mort plus efficace que la guillotine qu'ils avaient remplacée car elle n'était capable de tuer qu'un seul détenu à la fois.

Magda connaissait la vérité au sujet de Plötzensee. Elle s'y était rendue un matin glacial de février et avait ressenti sa menace. Malgré tout ce qu'elle savait, cependant, et jusqu'à ce que, des semaines plus tard, elle tienne dans sa main la lettre qui annonçait son assassinat, elle refusa de croire que Walther rendrait l'âme dans une prison. Même si elle s'était assise en face de l'homme qu'elle connaissait depuis près de dix ans – l'homme qu'elle avait mal jugé, estimé, admiré et aimé – et savait qu'il était brisé et qu'on ne pouvait plus rien pour lui, elle avait refusé d'y croire. Même si elle avait ressenti la douleur de sa chute qui s'agglutinait comme du gel autour de son cœur, elle s'était autorisée à être naïve. Elle avait quand même laissé Walther lui donner un faux espoir en la laisant croire qu'il y avait une porte de sortie pour lui.

— Ils sauront quoi faire de moi, vous verrez. J'ai fait preuve de pas mal d'agilité pour dénouer des cordes, ce qui est considéré comme un travail dans le coin. Peut-être feront-ils de moi un constructeur de bateau – n'est-ce pas ce pour quoi ils utilisent de la fibre ? Ou peut-être me colleront-ils dans le *Wolkssturm* avec tous les garçons et les vieux qu'ils ont obligés à porter des uniformes. Il y aurait une sorte d'ironie plaisante à cela, ne pensez-vous pas ? Toutes ces années passées à « ébranler la patrie » – ce qui est une des charges retenues contre moi apparemment – et me revoilà, à combattre pour la préserver dans ses jours à l'agonie.

Elle le revit pour la première fois depuis son arrestation quatre mois plus tôt en octobre lors de sa visite en février 1945. Bien qu'exténué, il essayait d'être l'ancien Walther charmant qu'il avait été. On ne lui avait donné que quinze minutes. Quinze minutes n'étaient rien, surtout après une amitié qui remontait à dix ans en arrière, mais Magda savait que c'était un miracle qu'on lui ait octroyé du temps avec lui. Les visites à Plötzensee étaient si rarement autorisées que les gardes de la prison ne surent que faire d'elle lorsqu'elle se présenta. Ils la laissèrent entrer uniquement parce que la lettre d'autorisation qu'elle leur montra portait le nom d'Himmler. Elle l'avait falsifiée ; elle pourrait être punie pour cela. Magda s'en fichait. Elle s'était éloignée d'Himmler depuis quinze jours à présent et, avec un peu de chance – vu le désastre que la guerre avait provoqué en Allemagne –, elle n'était plus dans ses pensées. Le seul lien qui existait encore entre eux était la maison de Grunewald dans laquelle elle vivait toujours, et elle en serait éloignée bientôt également.

— Pas de larmes – je ne l'accepterais pas.

Il était plus difficile d'obéir à cet ordre de Walther qu'à tous ceux qu'il lui avait donnés auparavant : pour elle, son unique apparence aurait ému le premier cœur venu et bien moins épris que le sien. Il était décharné, son corps longiligne pendait depuis ses larges épaules, à peine un souvenir de ce qu'il avait été jadis. Ses joues étaient creusées, ses cheveux autrefois foncés étaient poivre et sel et s'apparentaient à sa peau. Il ressemblait à un homme pour qui la lumière du soleil semblait être un lointain souvenir. Quant au lieu où il était détenu… Derrière sa façade aux briques rouges élégantes, la prison de Plötsensee était comme une porcherie nauséabonde, un bâtiment aux barreaux d'acier qui défilaient dans un sombre labyrinthe dans lequel Magda dût prendre sur elle pour entrer.

— Rien de tout ça ne vous a causé de tort ?

Ce fut un soulagement que Walther ait pris immédiatement le contrôle de la conversation, même si Magda ne savait pas comment répondre à sa question. Elle eut la réponse à tout ce qu'elle avait voulu demander – *Est-ce que vous allez bien ? Êtes-vous bien traité ? Les conditions ne sont pas trop invivables ici ?* – rien qu'en le voyant. Et elle sut combien elle avait frôlé le même sort : elle avait été longuement interrogée par Himmler, irrité d'avoir été roulé dans la farine par un homme qu'il voyait comme un ami. Elle ne s'était pas attendue à quitter cette entrevue lavée de tout soupçon.

— Je n'ai eu aucun problème. Votre témoignage m'a blanchie.

Le soulagement qui caressa le visage de Walther lui redonna presque des couleurs.

— Mais je ne travaille plus comme secrétaire du *Reichsführer* – j'ai quitté mon poste à la mi-janvier. Hitler est aussi paranoïaque vis-à-vis des traîtres qu'il l'était lors de la tentative d'assassinat, et Himmler a été critiqué pour sa relation étroite avec vous. Speer également. Étant donné que j'ai intégré son bureau après le vôtre, j'étais un boulet. Il a cru à mon innocence cependant, ce qui a sans doute davantage à voir avec votre aptitude à mentir ou avec le refus d'Himmler de laisser quiconque penser qu'il aurait autorisé une infidèle à travailler si étroitement pour lui qu'à mon aptitude à jouer la comédie. Le résultat, c'est que je suis sortie de son entourage, sans être cependant totalement en disgrâce. On m'a octroyé un poste au service de dactylographie. Je n'ai pas répondu présente. Personne ne semble s'en préoccuper.

— Plus de secrets à déterrer donc ? Plus d'espionnage ?

Magda regarda instinctivement autour d'elle lorsque Walther lui posa cette question, mais les gardes qui les avaient menés dans la pièce blanchâtre lugubre – avec un peu plus d'égards pour elle que pour lui – étaient dans le couloir et n'avaient pas l'air d'écouter.

— Non. Il n'y a plus d'espionnage…

Et plus d'entraide non plus, pas pour l'instant en tout cas. Elle ne le dit pas ; elle ne savait pas comment s'y prendre, pas en faisant face à la situation désespérée de

Walther. C'est là qu'elle fondit presque en larmes, ce qu'il lui avait interdit. C'est également là qu'il sourit et redevint réellement Walther : l'homme intelligent et captivant qu'elle avait connu dans une autre vie. L'homme qui avait partagé sa philosophie du monde et ses rêves de le rendre meilleur. La personne à qui elle avait toujours dit la vérité.

C'était ce qu'elle avait envie de faire maintenant. Elle voulait lui dire que plus ils approchaient de la catastrophe, plus les nazis devenaient vicieux. Qu'Himmler était malade – son cœur, ironiquement, le lâchait – mais que cela ne l'avait pas empêché de pousser l'Allemagne un cran plus loin vers le désastre et d'essayer d'obtenir plus de pouvoir alors que le pays sombrait. Que lui et Goebbels avaient vu la loyauté se départir d'Hitler et que, l'un contre l'autre, ils se battaient comme des chacals pour obtenir la couronne. Elle voulait dire à Walther qu'elle savait qu'Himmler ne cesserait jamais, et que les tueries ne cesseraient jamais non plus. Que, même si l'armée russe avait envahi Majdanek et Auschwitz – et découvert toutes les horreurs qu'ils connaissaient tous les deux – les acheminements avaient toujours lieu en direction des camps de la mort qui avaient continué d'œuvrer. Que, avant qu'elle quitte le bureau d'Himmler pour de bon, elle avait vu un mémo qui confirmait que le train en question devait quitter Grunewald en direction de Theresienstadt le 27 de ce mois, un train entier pour dix-huit hommes et femmes juifs, car l'obsession et la démence des nazis n'avaient pas de limite. Dix-huit Juifs allaient être envoyés vers leurs morts parce qu'ils étaient juifs, même si le Führer se cachait dans son bunker, et que Dresde avait été réduite en cendres, et que l'armée russe avait traversé l'Oder et n'était qu'à soixante kilomètres de Berlin. Magda voulait lui dire tout ça, mais elle ne le pouvait pas. L'horreur était trop grande pour être révélée et l'horreur était trop grande pour qu'il la supporte.

Elle batailla pour trouver les mots justes pour finir de répondre, mais Walther prit sa main, la blottissant dans les siennes, immenses, et elle sut qu'elle n'en avait pas besoin.

— Mais ils n'ont pas arrêté, c'est ça ? Et être impuissante, ne rien pouvoir faire, vous détruit. Et le pire dans tout ça, c'est qu'ils n'arrêteront pas. Peu importe le carnage que la guerre provoque, ni même si les Russes se trouvent à dix, ou même à cinq kilomètres. Rien en dehors de cette défaite, de cet anéantissement, qui est sur le point d'arriver à présent, n'aurait pu mettre fin à leur haine, Magda. Vous, parmi tous les autres, le savez.

Elle acquiesça et sa respiration trop rapide se calma. Il y avait encore quelque chose, néanmoins, qu'elle devait lui demander.

— En avons-nous assez fait ?

Il grimaça alors qu'elle serrait ses doigts fragiles, mais il ne les retira pas.

— Je suis désolée, Walther, je sais que ce n'est pas juste que je vous demande ça maintenant, mais la pression me ronge de l'intérieur. Après votre arrestation, nous – Bühl et moi – sommes restés pétrifiés. Nous ne savions pas si les arrestations se propageraient, ou qui nous pourrions mettre en danger si nous étions pris. Et, avec la mainmise de Speer sur l'usine, nous ne pouvions pas recommencer. C'est pour ça que je me pose la question sans cesse et sans arrêt : en avons-nous assez fait ?

Elle n'avait jamais demandé ça à Walther jusqu'à aujourd'hui ; elle n'y avait jamais vraiment réfléchi avant sa capture. Ils étaient toujours tellement occupés ; cela avait toujours eu l'air d'être une mauvaise question. Elle l'était encore d'une certaine façon, mais elle n'avait jamais eu autant besoin de son aide.

Il sourit et ses yeux s'illuminèrent. La réponse qu'il lui donna fut, s'aperçut-elle, ce qu'il avait lui aussi besoin d'entendre.

— Nous avons fait ce que nous avons pu, Magda, et je m'en réjouis. Nous avons essayé. Nous ne sommes pas restés en retrait ou les bras croisés. Nous avons agi. Ça compte.

Elle acquiesça. Maintenant qu'elle avait vu la force qu'il détenait encore, une autre question fit surface. Une question qui l'écœurait et l'empêchait de dormir.

— Était-ce ma faute ? J'ai fait les devis. J'ai écrit les rapports. Je leur ai donné Grunewald et « la méthode de transport la moins onéreuse ».

Sa voix s'enraya. Walther contourna spontanément la table, ses chaînes s'entrechoquèrent, et il la serra dans ses bras aussi fermement qu'il le put.

— Non ! Magda, arrêtez. Ce n'était pas de votre fait. Vous avez écrit les chiffres, mais vous n'avez pas rêvé d'un tel cauchemar. Vous avez écrit les rapports, mais vous ne vous êtes pas réjouie de ce qu'ils recouvraient. Et vous avez été témoin – vous pouvez toujours être témoin. Vous avez fait ce que vous deviez pour faire le bien.

La porte s'ouvrit soudain et sa voix s'emballa.

— Mais maintenant vous devez prendre soin de vous ; vous devez passer à autre chose. Lorsque la guerre sera finie, les gens laisseront s'exprimer leur rage et leur sentiment de culpabilité et voudront des jugements transparents. Nos intentions étaient louables, mais nos actions pourraient se retourner contre nous.

— Laissez-la. La visite est finie.

Le garde agrippa le bras de Walther et l'emmena sur-le-champ, avant même que Magda n'ait pu l'enlacer ou lui dire au revoir, ou le remercier de lui avoir sauvé la vie. Ou lui poser les autres questions qui la rongeaient depuis quatre longs mois : « Pourquoi Elsa a-t-elle fait ça ? Pourquoi vous a-t-elle trahi ? » En hurlant elle les lui posa quand même, mais l'unique réponse fut un claquement de porte.

— Montez.

La voix était reconnaissable. L'élégante Mercedes noire avec sa plaque *SS1* était également reconnaissable. Il n'y avait aucun moyen d'éviter la mise en demeure ou la voiture qui était garée devant la sortie de la prison et bloquait toutes les issues. Magda se glissa sur un siège noir ; Himmler ne la regarda pas.

— Deux semaines en dehors du bureau et vous vous laissez totalement aller, Fräulein Aderbach. Vous savez que Plötzensee est sur la liste des visites interdites. Vous deviez savoir que le directeur de la prison appellerait mon bureau dès votre arrivée, « lettre d'autorisation » ou pas. Sans doute croyez-vous vraiment ingénue et intouchable comme le laisse entendre votre façon de faire.

Sa voix était aussi mièvre que tous les mots qu'il lui avait inculqués.

Ce qui veut dire que je cours un terrible danger.

— Je suis désolée. J'étais désespérée de ne pas le voir. J'aurais dû demander je sais, mais…

— Arrêtez ça.

Sa voix fluette incisa l'air entre eux.

— Ne vous humiliez pas – ou moi. S'il y a bien un adjectif qui vous décrit pour nous avoir bernés si longtemps, Fräulein, c'est courageuse. Soyez courageuse, maintenant.

La voiture avait foncé dans les rues de la ville comme seulement pouvaient le faire les voitures du personnel SS et arrivait déjà Prinz Albrecht Straβe. Magda savait qu'elle ne ralentirait pas pour s'arrêter comme à son habitude devant la porte d'entrée arquée. Elle se figea dans le silence alors qu'à la place elle franchissait le double portail sur le côté en direction d'une cour bordée de vans verts.

— Sortez.

Il n'y avait personne ici pour voir Magda descendre de la voiture puis les quelques marches où Himmler la poussa sans ménagement. Elle s'était inquiétée en se demandant si ses jambes trembleraient et la porteraient, ou si son corps vacillerait et chuterait de la chaise où il la guida. Elle s'était inquiétée en se disant que si son cœur battait trop fort, elle n'entendrait pas ses sommations. Elle pouvait à peine sentir son corps. Maintenant que l'orée de sa mort était là pour elle – et qu'est-ce que ça pourrait être en dehors de ça ? – elle se sentait calme, en apesanteur.

J'ai vécu dans l'ombre de cette pièce, de sa menace, depuis que je suis allée travailler pour Walther. Je me suis toujours empêchée de regarder cela en face, pour éviter que la peur me paralyse. Et nous y voilà, pourtant la peur ne s'est pas montrée.

Ce n'est pas parce qu'Himmler avait dit qu'elle était courageuse. Elle se fichait pas mal de ce qu'Himmler pensait d'elle. C'était grâce à Walther. *Ce n'était pas de votre fait. Vous avez fait ce que vous deviez pour faire le bien.* Elle pourrait se laisser prendre par la mort avec cette pensée. Peu importe ce qu'Himmler allait lui faire, ça ne pourrait pas déprécier cela.

— Posez vos mains sur la table.

— Comment ?

Magda leva le regard, troublée par l'ordre d'Himmler. Il s'était reculé contre le mur, bien qu'il la regarde encore attentivement. Un autre homme se tenait à sa place. Celui-ci était accoutré d'une salopette de mécanicien et tenait une boîte en étain.

— J'ai dit posez vos mains sur la table. Je sais ce à quoi vous vous attendez, mais je ne vais pas vous tuer, ou en tout cas pas aujourd'hui. Je m'en chargerai lorsque l'attention que votre trahison a attirée sur moi se détournera sur quelqu'un d'autre. Mais pour l'heure, vous m'êtes encore utile.

Magda essaya de garder son attention sur lui, mais l'homme à la salopette ouvrit sa boîte et en sortit un couteau aiguisé et un paquet de gaze et elle eut soudain de grosses crampes à l'estomac.

— Les Juifs s'échappent encore, et quelqu'un les aide. Nous savons qu'il y a un réseau de planques – nous vous soupçonnons de savoir où elles se trouvent et de gérer l'une d'entre elles derrière votre Maison-Tour.

Himmler sourit. Aucune chaleur n'en sortit, pas même un ersatz. Il n'y avait rien d'autre que de la malice si pure que le cœur de Magda se contracta.

— Ce n'était pas vraiment ainsi que je voulais que vous utilisiez cet endroit, mais tout a une raison d'être au final. Vous y retournerez, et continuerez de laisser vos « invités » y venir. Et nous surveillerons, et nous les éliminerons. Et, pendant ce temps-là, vous retournerez au travail, au poste que je vous ai gracieusement octroyé, que vous ne semblez pas apprécier, avec un petit avertissement à quiconque pense que l'on peut me prendre pour un imbécile.

Il hocha la tête en direction de l'homme au couteau, qui s'approcha davantage. Tout ce que Magda pouvait voir, c'était une lame étincelante dans sa main ; son scintillement l'hypnotisait. Elle détourna le regard et tenta de river ses yeux sur ceux d'Himmler, mais le regard de ce dernier était tout aussi aiguisé.

— Tous ces écrits, Magda. Tous les rapports étaient d'une si grande valeur. Des rapports que vous avez recopiés, je n'en doute plus du tout à présent, puis transformés en mensonges et transmis à vos sales amis communistes pour faire de moi un monstre. Le tout effectué avec cette jolie petite main. Vous m'avez trahi avec elle, Magda. Alors, quelle meilleure façon y a-t-il que celle-ci pour vous rendre la pareille ?

Il fit un signe à l'homme qui attendait avec le couteau. Il leva sa main. La pièce disparut. Il n'y avait plus rien à regarder en dehors du petit éclat de lumière qui jaillissait de la lame. Magda voulait fermer ses yeux ; elle voulait hurler, laisser sortir toute sa rage contre ce qui était, inimaginablement, sur le point d'arriver, mais elle fut envoûtée par l'arc délicat que le couteau esquissa alors qu'il dansait dans les airs, par sa légère ondulation alors qu'il se figea dans l'attente de sa plongée. Puis il y eut un frisson et la lame tomba, et l'agonie afflua, et pas même le rire moqueur d'Himmler ne put l'atteindre.

10

Magda, avril 1945

Ils l'ont tué.

La lettre d'Eckhart était griffonnée, les mots quasiment illisibles, écrite d'une main pleine de colère.

Ils l'ont pendu à un crochet de boucherie et étranglé avec une corde de piano, et ont envoyé à l'usine ce matin une facture pour « leurs services ». Quel genre de mort est-ce ? Et son corps est parti, fourré dans une tombe sans stèle car « c'est tout ce que méritent les traîtres ». Nous ne pouvons pas le pleurer dignement. Nous ne pouvons pas l'honorer. Il y a des gens qui courent les rues avec tellement de sang sur les mains et qui méritent cette fin tellement plus que lui.

La lettre était arrivée le jour précédent, le dernier jour d'un mois de mars froid et gris qui semblait avoir refusé de se faire à l'idée du printemps. L'aberration de la perte de Walther, son invraisemblance en dépit des circonstances de leur dernière entrevue déchirante, meurtrit le corps de Magda avec beaucoup plus de violence que le couteau qui avait arraché les deux doigts du milieu de sa main droite. Ces deux douleurs étaient inéluctables, inapaisables.

Son corps est parti. Magda était consciente que si la guerre était allée dans le sens d'Hitler, on aurait fait étalage du corps de Walther et sa mort aurait été en première page et fait les gros titres hurlant leur dégoût de cet homme qui nous avait tous dupés. Mais la guerre allait à contresens pour le Führer à présent et elle se doutait bien que personne ne s'en préoccupait en dehors d'elle et d'Elsa.

Elle se traîna jusqu'à la fenêtre, son corps se voûtant automatiquement vers sa main blessée. Elle avait guéri – lorsqu'elle revint à elle dans le sous-sol, elle avait été nettoyée et bandée. La douleur était toujours très intense. Le plan d'Himmler de lui faire réintégrer le bureau comme un avertissement avait échoué cependant. Au début, elle était trop malade pour monter dans la voiture qu'il avait envoyée pour l'y conduire. Ensuite, alors que février avait misérablement glissé vers mars, la voiture avait arrêté de venir. Magda estima que cela signifiait que les Américains ou les Russes, ou quiconque était arrivé en premier pour en découdre avec Berlin, se rapprochaient. Elle n'avait pas eu la force en cette période de douleur exacerbée de se mêler au monde et d'en avoir le cœur net. Elle avait réussi en revanche à passer un coup de fil malavisé au réseau avant que les lignes téléphoniques ne rendent l'âme. Depuis lors, elle avait entrouvert le rideau deux ou trois fois par jour pour jeter un coup d'œil, mais en fin de compte personne ne s'était approché de l'abri. Elle choisit de croire que c'était grâce à son message qui avait marché et protégé les gens de la vie sous-marine, et non parce que plus aucun d'entre eux n'avait besoin de se cacher. Elle demeurait presque tout le temps à côté de la fenêtre de la cuisine à présent, surtout le soir. C'était assez réconfortant, de regarder les oiseaux voleter de-ci de-là, leurs becs pleins de brindilles, parfaitement à l'aise dans la confection de leur foyer.

Ce que cet endroit n'est pas et ne sera jamais. Je ne peux plus rester là. Je n'y suis pas obligée. Personne ne me surveille ; personne n'en arien à faire, si je pars.

Elle s'était fait cette réflexion une semaine auparavant déjà, mais les nouvelles de la mort de Walther lui avaient fait prendre sa décision. Walther était parti, Christoph était parti, mais ses parents étaient encore là.

Vous devez prendre soin de vous ; vous devez passer à autre chose.

Walther avait eu raison. Quelle que soit l'armée alliée qui arriverait ici en premier, on la verrait, dans cette maison, avec son histoire ternie et ses photos d'Hitler et d'Himmler, comme une femme maléfique. C'était une maison dont une famille avait subi les conséquences par le sang – elle ne pouvait pas y attendre la fin de la guerre.

Je dois prendre les devants sur le futur.

Les trains de déportation continuaient sûrement encore d'acheminer des convois, et continueraient de le faire tant qu'il y aurait encore le moindre juif, ou communiste, ou Gitan, ou individu catalogué comme *autre*, encore debout. Le Parti continuerait de les assassiner jusqu'à ce qu'il n'y ait plus personne à tuer, ou que le dernier des leurs soit tombé. Le moment de rendre des comptes devait avoir lieu, elle devait en être. Elle se devait de raconter l'histoire de Walther – et celle d'Himmler ; elle se devait de raconter les histoires de tous ceux dont les voix étaient parties. Elle avait été témoin, elle devait à présent être leur porte-parole. Il était temps de rentrer chez elle.

Elle dormit cette nuit-là, bien qu'elle ne s'y soit pas attendue. Sans doute était-ce dû au soulagement qu'elle avait ressenti lorsqu'elle avait su que plus rien ne pourrait faire de mal à Walther. Sans doute était-ce le soulagement dû à la décision qu'elle avait prise. Peu importait la raison, la matinée était bien avancée lorsque Magda émergea d'un sommeil qui, pour une fois, avait été dépourvu de rêve. Elle était prête à partir. Elle avait tiré sa valise rangée sous le lit la nuit précédente. Son vieux manteau d'hiver – avec sa carte du KPD et une petite réserve d'argent en cas de coup dur encore cousue dans l'ourlet – était accroché et prêt derrière la porte de sa chambre. Il ne lui restait qu'à préparer ses affaires, avec pragmatisme si possible.

Avec enfin un but en tête pour la première fois depuis des semaines, Magda enfila vite un cardigan bleu uni et une jupe en tweed épais, et étudia le reste de sa garde-robe. Elle était pleine, mais il n'y avait pas grand-chose qu'elle voulait emporter. Elle retournait dans un monde dont le quotidien n'était pas régi par des voitures avec chauffeurs et des menus privilégiés, mais par la pénurie et la survie, et les terribles bombardements qui détruisaient Berlin à présent. Dans cette vie, les robes en satin et les boléros à paillettes ou les tailleurs de bureau avec les manches joliment plissées n'avaient pas leur place. Il lui fallait des vêtements robustes et chauds, et quelconques. Elle s'activa autant que sa main blessée le lui permettait, pliant sa trop petite collection de pantalons et de pulls et de robes en laine chaudes dans sa valise. Après cela, elle se dirigea vers la commode sous la fenêtre pour dénicher ses chaussettes les plus épaisses.

Le soleil s'immisçait dans les nuages gris d'avril, les teignant en jaune citron. Il y avait des oiseaux qui se balançaient sur les tiges du lierre qui se lovait sur l'arrière, et de plus en plus sur l'avant de la maison. Alors que Magda s'arrêtait pour les regarder, une ombre, ou un bruit soudain qu'elle ne put entendre, les surprit et les petites créatures s'élevèrent dans les airs, tournoyant et plongeant en une vague marron et grise. Magda se rapprocha de la fenêtre pour contempler leur envol et leurs mouvements – et recula d'un coup. Elle n'était pas la seule spectatrice à regarder les oiseaux. Il y avait quelqu'un dans l'abri, qui s'affairait beaucoup moins discrètement que ce que l'on devrait faire en plein jour. Elle pouvait apercevoir un visage flou à la fenêtre qui scrutait le ciel, ce qui donna une idée de sa taille vu comme le corps qui le portait était voûté. Puis la silhouette se déplaça – transgressant une des règles essentielles du principe de demeurer invisible lors de toute évasion –,poussa le battant et se pencha à l'extérieur.

Ça ne pouvait pas être lui. Chaque élément rationnel du cerveau de Magda lui dit que ça ne pouvait pas être lui. Mais Magda n'écoutait pas les éléments rationnels de son cerveau. Elle lâcha la pile de bas, courut jusqu'en bas de l'escalier, sauta les marches deux par deux. Elle courut dans la cuisine et jusqu'à la porte de derrière, la laissa grande ouverte sans même réfléchir. Courir était tout ce qu'elle pouvait faire ; son corps n'était que mouvement. Elle se rua dans le sentier, oubliant la prudence et la discrétion et l'éventualité que quelqu'un la surveille depuis une des plus hautes villas qui entouraient la sienne. Elle oublia tout cela car son esprit était imprégné du visage à la fenêtre et de la certitude inconcevable que c'était lui.

Puis il ouvrit la porte et la guida à l'intérieur, et son esprit arrêta totalement de fonctionner.

*

— Ce n'était pas censé se passer comme ça.

Christoph s'accouda confortablement et la contempla.

— J'ai su *via* le réseau que tu avais agencé l'abri pour que les fugitifs en fassent usage – ce qui était d'ailleurs complètement fou et dangereux –, je suis donc venu ici en premier. Je voulais me laver et me raser et avoir l'air un peu moins d'un sauvage avant de me pointer à ta porte.

Magda rit et le tira vers elle, caressant de ses mains sa barbe hirsute et les boucles sur sa nuque qui étaient plus épaisses que les siennes.

— Comme si cela m'importait que tu sois sur ton trente-et-un. Comme si quoi que ce soit m'importait en dehors du fait que tu sois en vie, et tu l'es.

Elle se nicha contre son torse et il serra ses bras plus fermement autour d'elle. Elle se sentit pousser des ailes de joie et son corps semblait pouvoir flotter.

— J'étais sûre que tu étais mort. Je ne voulais pas le croire, je ne voulais pas y penser, mais je n'arrivais pas à me mettre en tête que tu pouvais encore être en vie.

— La plupart du temps là-bas, je n'y arrivais pas non plus.

Christoph se déplaça et elle sentit dans ce mouvement la force dans son corps maigre. L'homme qui avait été brisé par la Russie n'était plus depuis longtemps.

— Il n'y en a pas beaucoup parmi ceux avec qui j'ai débuté qui ont survécu. Même ceux qui étaient aussi courageux que toi.

Magda remit sa main sous la couverture alors que ses yeux vaguaient dans les abîmes. Elle ne pourrait pas supporter à nouveau ses colères et angoisses.

— Tu étais où ?

Il demeura silencieux. Magda sentait bien qu'il réfléchissait à ce qu'il était prêt à lui révéler ou pas, et savait que ce qu'il avait entendu sortir de sa bouche, c'était : « Tu as vu quoi ? »

C'est ainsi que sera notre futur à présent ? Ressasser et censurer constamment notre passé l'un pour l'autre ?

Lorsqu'il reprit la parole, il était lent et hésitant. Il disait des généralités, n'entrait pas dans les détails, sur la Pologne et les partisans avec qui il s'était battu côte à côte, qui n'avaient pas peur et étaient motivés par une rage meurtrière et vengeresse. Sur les officiers SS qu'il avait eu pour mission de tuer. Sa voix lorsqu'il décrivit cela était absente. Lorsqu'il en arriva à la partie sur les marches de la mort dont il avait été témoin en Silésie – les milliers de corps décharnés qu'il avait vus, gelés en lignes infinies dans les forêts et sur les chaussées où ils étaient tombés, alors qu'ils étaient conduits à l'extérieur des camps, sans espoir –, là il bredouilla et buta sur les mots. Magda l'arrêta et le soutint pendant qu'il reprenait sa respiration afin de poursuivre.

— Après ça, ce n'était plus suffisant de faire tomber les têtes des monstres en chef. Je devais me battre, me battre pour de vrai, et je m'en fichais que ce soit contre mes propres compatriotes, je suis donc parti rejoindre l'Armée rouge.

Christoph rit en voyant que Magda en resta coite.

— Pourquoi es-tu si surprise ? J'ai combattu aux côtés des Russes depuis que tu me connais. Par chance l'unité sur laquelle je suis tombé était aussi allumée que moi. J'ai réussi à les convaincre de ne pas me tuer je leur ai raconté mon histoire et à présent je suis un *ryadovoy*, un simple soldat dans l'armée russe. Regarde les écussons sur ma veste.

Il se pencha et sortit de son sac à dos un bout de tissu rapiécé à l'odeur de moisi que Magda n'aurait pas décrit comme une veste. Il y avait un diamant rouge avec deux fusils croisés lâchement fixé de chaque côté du col.

— Non pas que je sois encore avec eux : je suis capable de beaucoup de choses, mais je ne pourrais pas marcher sur ma propre ville. Dès que nous avons traversé l'Oder, ça a été facile heureusement de filer en douce ; les officiers étaient trop exténués et trop occupés par la politique pour nous surveiller. Aussi bien les Russes que les Américains sont prêts à envahir Berlin et à mettre un terme à tout ça, mais les citoyens devront attendre comme des otages pendant que les généraux négocient qui sera le premier.

Son visage s'assombrit.

— Que Dieu nous vienne en aide si les Russes emportent cette bataille. Ils nous détestent, Magda, profondément et viscéralement. Nous allons récolter la tornade de ce qu'on leur fait puissance dix.

Il se tut et remua la tête comme si la peur de cela était un élément solide dont il avait hâte de se défaire.

— Bref, je suis revenu – pour te retrouver. Pour être là quand la fin commencera.

— Un jour de plus et tu serais encore en train de me chercher.

Magda se blottit contre lui sur le matelas alors que le soleil baissait dans le ciel. Il avait raconté son histoire ; il était temps qu'elle lui dévoile la sienne. Lorsqu'elle lui parla de Walther, Christoph ne put retenir ses larmes.

— Je croyais qu'à l'avenir je ne ressentirais plus rien. Je croyais – j'espérais peut-être – que tout ce que j'avais vu avait rongé la part d'affection qui gisait en moi. Et maintenant je t'enlace, et je le perçois, et j'ai le sentiment que ma peau est à nouveau de la peau. Je ne suis pas sûr de pouvoir le supporter.

— Tu le peux. Nous le pouvons tous les deux. Nous devons ressentir, sinon nous ne sommes plus humains.

Elle posa ses lèvres sur les siennes avant qu'il puisse répondre et leurs corps conversèrent à leur place.

Encore une heure s'écoula, puis une autre. Lorsque Magda se fit violence pour sortir du lit de fortune, c'était presque la tombée de la nuit.

— On devrait retourner à la maison et prendre mes affaires. Je ne veux pas m'attarder dans la rue le soir – pas avec les bombardements et le couvre-feu.

— Laisse-moi y aller en premier. S'il y a quelqu'un dans le coin, je sifflerai.

Christoph s'était habillé plus vite qu'elle, ce qui fut plus simple pour qu'elle accepte.

— D’accord, mais tu ne peux pas sortir dans cet accoutrement.

Il avait enfilé la veste de l’Armée rouge pour rester au chaud, sans oublier les écussons rouges sur le col.

— Tiens.

Magda les retira et les mit dans la poche de sa jupe.

— Maintenant tu te fonds dans le décor. Ils ont appelé sous les drapeaux le moindre homme qui a assez de souffle pour marcher, mais ils ne peuvent pas tous les équiper, ce qui veut dire que la rue est pleine d’uniformes reprisés en tout genre. Personne ne se préoccupera de savoir d’où vient celui-ci.

Il sourit et l’embrassa et disparut. Elle était encore en train de batailler pour enfiler sa jupe lorsqu’un coup de feu fit vibrer les fenêtres.

*

Elle courait encore, remontant le sentier à toute vitesse. Puis elle s’arrêta et ne sut pas si son corps se remettrait en mouvement un jour. Christoph était allongé sur l’herbe, visage contre terre, une tache sombre se propageant comme un tapis sous lui. Elle ferma les yeux. C’était un mauvais tour de la lumière, une ombre provoquée par le soleil plongeant – il ne pouvait en être autrement. Lorsqu’elle les rouvrirait, il se relèverait, maudissant le sentier en pierre et riant de sa maladresse.

— Il est mort. Souhaiter que ce ne soit pas le cas n’y changera rien. Mais on peut s’en assurer si tu préfères. C’est sans doute mieux de ne rien laisser au hasard.

Ce fut le second coup qui fit hurler Magda. Qui la fit tomber à genoux aux côtés du corps inerte de Christoph.

— Pourquoi ? Pourquoi tu as fait ça ?

Elsa baissa son arme et la dévisagea.

— Vraiment ? C'est pas un peu cliché ? La veuve au cœur brisé – en fait non, pas la veuve ; il ne t'a jamais épousée, n'est-ce pas ? D'accord, la pute au cœur brisé alors, qui étreint le cadavre de son amour et demande *pourquoi* ? Je m'attendais à mieux venant de toi.

Elle est folle.

Regarder dans les yeux sauvages d'Elsa et comprendre cela n'aida en rien. Quoi qu'il en soit Christoph était mort, qu'est-ce qui pourrait donc bien aider ?

Magda resta là où elle était, persuadée que la prochaine balle serait pour elle. Elsa leva les yeux.

— Merci mille fois. Agenouillée là, à accepter ton destin, à te prendre pour une martyre. J'ai attendu si longtemps pour lui faire ça – ce qui n'est pas une surprise étant donné ce qui s'est passé la dernière fois que l'un d'entre nous avait un pistolet – mais je n'ai pas attendu pour te tuer. Oh non. J'ai un plan totalement différent pour toi. Arrête de faire semblant et lève-toi, gentille fille.

Magda obtempéra, bien que ses jambes semblent bien trop fragiles pour la soutenir.

— Où allais-tu ?

— Quoi ?

La question d'Elsa n'avait aucun sens.

Le pistolet se leva à nouveau.

— Je t'ai demandé où tu allais. Qu'y a-t-il de compliqué là-dedans ? Ta porte était grande ouverte et il n'y avait aucun signe de toi, je suis donc entrée dans la maison. J'ai trouvé ta valise sur le lit.

Détourne son attention. Fais-la parler. Rappelle-lui qu'elle te connaît, que vous avez un lien.

C'est ce que Christoph avait dit avoir essayé de faire la première fois qu'il avait été interrogé par la Gestapo, car il avait lu dans un manuel qu'agir comme s'il était une personne et non un prisonnier sans visage était une bonne tactique. Magda savait que ça n'avait pas marché – que l'agent de la Gestapo avait ri et défoncé une de ses dents en réaction – mais elle devait faire quelque chose pour transformer cette dangereuse Elsa en quelqu'un qu'elle pourrait amadouer.

— Je rentrais chez moi. À Oberschöneweide, pour voir mes parents. Ils n'ont plus que moi maintenant que Kiefer est parti et avec toutes les bombes qui sont tombées, j'étais inquiète pour leur sécurité.

Elle devait continuer de parler, mais elle devait bouger plus. Elle voyait le sang de Christoph qui s'écoulait comme un lent ruisselet depuis l'herbe jusqu'aux graviers. S'il s'approchait davantage, s'il la touchait, elle ferait un malaise et se mettrait à hurler. Elle se déplaça un peu, mais Elsa leva encore plus le pistolet.

— Tu bouges quand je te le dis, pas une seconde plus tôt. Et n'essaie pas de m'avoir avec des histoires larmoyantes. Tu t'en fous, de tes parents. Tu t'enfuyais. Tu as tué mon père et maintenant, tu prends la fuite. Je savais que tu agirais ainsi – c'est pour ça que je suis venu. Ça – elle indiqua Christoph –, c'était un bonus pour la forme.

Tu as tué mon père. L'accusation était si ridicule qu'elle fit disparaître la peur qu'avait Magda du pistolet.

— J'ai tué Walther ? C'est absurde. Comment peux-tu me mettre ça sur le dos ? C'est toi qui l'as dénoncé à Himmler. Tu n'avais pas besoin de le faire : tu aurais pu partir et ne jamais le revoir ou ne plus le laisser voir Liselotte ; ça aurait été une punition bien assez terrible. Mais au lieu de ça, tu es allée voir Himmler. Tu n'as pas pu t'en empêcher ; être la femme fidèle d'un SS avait sans doute plus d'importance à tes yeux que ton propre père. Mais c'est pour ça que Walther a été arrêté et exécuté. À cause de ça. À cause de toi. Je n'ai pas l'intention de porter le chapeau à ta place.

Elsa tremblait. Magda eu presque le sentiment qu'elle avait des remords. Puis elle ouvrit la bouche, et Magda comprit qu'il s'agissait de colère.

— Espèce d'idiote. Tu ne piges rien. Je ne suis pas allée voir Himmler pour dénoncer mon père ; j'y suis allée pour le sauver.

— Comment as-tu pu imaginer…

Le grognement d'Elsa ainsi que le pistolet pointé sur sa tête incitèrent Magda à se taire à nouveau.

— N'est-ce pas évident ? J'étais terrifiée à l'idée de penser que, comme moi, quelqu'un d'autre ne le prenne la main dans le sac avec les contrefaçons. J'ai dit au *Reichsführer* que mon père était faible, qu'il s'était fait avoir par de mauvaises fréquentations et qu'on s'était servi de lui. Et je lui ai dit que c'était toi qui étais responsable des fuites et des évasions. C'était une perte de temps. Il ne me croyait pas ; il disait que mes accusations étaient une insulte envers lui. Tu trouves ça juste, n'est-ce pas ? Tu n'étais pas aussi stupide à l'époque.

Magda ne moufta pas – elle savait que tout ce qu'elle dirait se traduirait par une balle.

Elsa continuait de parler, ses mots s'enchevêtraient.

— Heinrich ne cherchait qu'à se protéger. Il disait que l'usine était déjà suspicieuse, à cause des inepties de ton chéri et de ses faux papiers, et à cause de toutes les exemptions que père a appliquées, et à cause des Juifs disparus en 1943. Et ensuite il a incarcéré père et père a refusé de se défendre. Il a avoué être un traître ; il a précisé qu'il avait toujours haï le Parti. C'est ça qui a signé son arrêt de mort, pas moi. Et il a dit que tu étais *innocente.* J'aurais dû te traquer et te tuer, mais j'avais encore l'espoir que tu viendrais le sauver. Et maintenant mon père est mort, et cet espoir s'est envolé.

La tirade d'Elsa s'acheva enfin. Elle se tut et baissa son arme, et sembla terriblement confuse.

C'était une erreur. Elle l'aimait ; elle pensait vraiment qu'elle le sauverait. Elle croyait vraiment que les SS prenaient soin des leurs, mais elle avait sous-estimé Walther.

Il y avait de la douleur dans le visage d'Elsa, une douleur réelle. Magda la haïssait – elle ne lui pardonnerait jamais la mort de Christoph, ou celle de Walther – mais elle ne pouvait passer outre cette autre tragédie.

— Je suis désolée. Je suis vraiment désolée. Ton père t'aimait ; je le sais. Il t'a aimée jusqu'au bout. Il a porté tout ce fardeau sur ses épaules, et ainsi il t'a mise hors de danger comme il l'a fait pour moi.

Ce n'était pas la bonne chose à dire. Elsa faisait la sourde oreille à la compassion de Magda ; tout ce qu'elle entendait – tout ce qu'elle avait jamais entendu –, c'était la rivalité.

— T'as pas intérêt. Ne me dis pas ce que mon père ressentait. C'était mon père, pas le tien. Il m'aimait, pas toi. Tu l'as arnaqué, et tu l'as tué, et maintenant tu vas payer.

Elle se décala du sentier et indiqua à Magda de passer devant elle.

— J'ai perdu assez de temps avec tout ça. Entre dans la maison.

Magda ne supportait pas de regarder le corps de Christoph, mais elle ne supportait pas non plus de l'abandonner.

— Qu'est-ce qu'on fait de lui ? Qu'est-ce qu'on fait de Christoph ?

Elsa poussa Magda pour la faire avancer et plaqua le pistolet contre son dos.

— Laisse-le pourrir. Je t'ai dit d'entrer. Je ne vais pas te tuer, mais je te ferai du mal si tu ne fais pas ce que je te dis.

Si je m'en sors, si je survis à tout ça, je pourrai l'enterrer. Je peux au moins faire ça pour lui.

Cette pensée donna à Magda le courage d'emprunter le sentier et de gravir les marches jusqu'à la chambre, où Elsa lui intima l'ordre d'aller chercher sa valise. Alors que Magda entrait dans la pièce, elle vit le manteau pendu derrière la porte.

— J'ai froid. Je peux prendre ça ?

Elsa haussa les épaules. Magda le décrocha et enfonça ses bras tremblants dans les manches, résistant à la tentation de glisser sa main jusqu'à l'ourlet pour vérifier si la carte du KPD, dont elle aurait sans doute besoin si elle réussissait à retourner à Oberschöneweide, y était encore cachée.

— N'ajoute pas plus de vêtements – tu n'en auras pas besoin. Qu'est-ce que tu peux prendre comme papiers ?

Magda se figea en entendant cette question.

Comment peut-elle savoir ce qui se trouve là ?

— Quels papiers ? Qu'est-ce que tu veux dire ?

Elsa la poussa dans le dos jusqu'au couloir et jusqu'en haut de l'escalier.

— Tu es terriblement lente aujourd'hui. J'ai besoin de documents. Des lettres d'Himmler que tu as cachées en douce ici, des mémos sur les trains d'acheminement que tu as volés à son bureau. Tout ce qui prouve que tu as travaillé pour lui.

Magda agrippa la rampe, faisant fi de sa main douloureuse. Sa tête tournait alors qu'elle essayait de suivre la logique incompréhensible d'Elsa.

— Je n'ai rien de tout ça ici.

C'était la seule réponse qu'elle était prête à donner jusqu'à ce qu'elle ait une idée de la finalité de toute cette folie. Ce n'était pas vrai. La chronologie que Magda avait élaborée, qui associait les déplacements d'Himmler à la longue liste de massacres, était dissimulée dans le tiroir du bas de son secrétaire, avec un compte rendu des déportations dont elle avait été obligée d'être témoin et des notes sur toutes leurs planifications. Elle ne les remettrait jamais à Elsa : tout ce qu'elle avait fait pour l'heure, c'était de décrire les faits sans contexte ni explication. Les documents pourraient trop facilement être interprétés de la mauvaise façon.

— Honnêtement, je n'ai jamais rien pris dans son bureau, ou apporté ici. Et pourquoi en aurais-tu besoin si je les avais ?

Le coup sur le côté de sa tête fit perdre l'équilibre à Magda. Elle serait tombée en bas de l'escalier si Elsa ne l'avait pas retenue par le dos.

— C'est pas possible, ça va pas marcher. Tu ne comprends vraiment pas ?

La voix d'Elsa demeurait posée ; son air serein ne vacilla pas. Elle développa pour Magda, aussi méticuleusement que si elle expliquait un problème de maths complexe, mais logique, à un enfant.

— Tu es ma porte de sortie. J'ai vu les tracts largués par les avions alliés ; j'ai entendu leur sale propagande. Ils ne comprennent pas que nous faisons le bien, que nous rendons le monde meilleur en y soustrayant les Juifs. Ils disent que nous sommes des monstres. La première chose qu'ils feront en arrivant ici, c'est de chasser les SS et leurs familles et tout le monde balancera tout le monde et je ne serai plus en sécurité. C'est donc là que je mets mon plan à exécution : je vais te dénoncer. La secrétaire personnelle d'Himmler. La fille au « flair pour la logistique », comme ton patron t'appelait. Qui, comme je le sais, car j'ai fait en sorte de le savoir, a géré tous les calculs et regardé les trains partir. Ils se ficheront pas mal de moi une fois qu'ils auront mis la main sur toi. C'est donc pour ça que j'ai besoin des papiers.

Elle se tut, attendant clairement que Magda abdique et lui remette tout ; clairement convaincue que ce qu'elle venait de dire était parfaitement sensé. Magda savait qu'il n'y avait aucun intérêt à essayer de la raisonner. Il n'y avait aucun intérêt à expliquer que si les Russes arrivaient en premier à Berlin, la seule chose qui importerait, ce serait qu'elles étaient toutes les deux allemandes, et qu'elles pourraient être abattues rien que pour ça. Ou que, même si elles échappaient aux balles, aucune d'entre elles ne survivrait sans doute à la bataille à venir pour la ville. Ou qu'elle prendrait sagement place dans une prison où Elsa manigançait de l'envoyer et jouerait à l'otage. Magda voyait bien qu'Elsa était loin d'entendre tout ça. Il ne lui restait qu'une planche de salut.

— Et Gunther dans tout ça, Elsa ? Ne reviendra-t-il pas vous aider à fuir, toi et Liselotte ? Cela ne serait-il pas une solution bien plus simple ?

Elsa sourcilla. Son visage se farda – un instant durant – d'agonie, ce qui le rendit livide et brutal. Une agonie que Magda reconnut car la mort de Christoph l'avait plongée dans les mêmes abîmes cauchemardesques.

— Gunther est mort. Il a été assassiné par des sales traîtres de communistes du genre de ton chéri. C'est une jolie idée, de le voir rentrer pour nous sauver ; c'est ce que j'espérais qu'il arriverait. Mais il est mort, donc ce ne sera pas le cas.

Sa voix et son visage voguèrent soudainement en des contrées où elle et Gunther avaient été heureux et aux commandes du monde. Lorsque Magda comprit cela, cependant, et qu'il y avait une ouverture pour s'emparer du pistolet et en finir avec tout ça, déterminée et aux commandes Elsa était revenue à elle.

— Laisse tomber les papiers – ça, ça fera l'affaire.

Elle indiquait les deux images encadrées que Magda avait accrochées dans le hall afin de démontrer sa fidélité.

— Le croquis de la maison et la photo de toi à la cérémonie de remise de cadeaux où tu te tiens aux côtés d'Heinrich. Elles sont parfaites.

— Mais elles sont lourdes et prendront trop de place dans la valise.

Ce fut une tentative d'éluder pathétique.

Elsa soupira et poussa Magda contre le mur.

— Pourquoi je dois tout expliquer ? Décroche-les, casse les cadres, enlève les images. Fastoche, un, deux, trois.

Il n'y avait rien d'autre à faire que ce qu'on exigeait d'elle. Ce n'était pas facile avec sa main droite en piteux état – même si Elsa ne semblait pas s'en être aperçue. Au bout du compte, Magda fracassa les cadres contre le bord du buffet en chêne et retira les images des bouts de verre alors qu'Elsa faisait les cent pas, maugréant, le pistolet oscillant de haut en bas.

— Enroule-les soigneusement – ne les froisse pas.

Elle ne regardait pas. Alors que Magda dégageait le dessin et la photo, Elsa se retourna pour inspecter le hall et voir s'il y avait autre chose qui pourrait avoir de la valeur. Magda ne laissa pas passer la fenêtre de tir cette fois-ci : elle effectua un mouvement à toute vitesse, ce qu'elle n'avait pas pu faire un instant plus tôt, et glissa le plus gros éclat de verre cassé dans sa poche gauche. Lorsqu'Elsa se retourna à nouveau, la valise était fermée et Magda attendait.

— Dehors, dépêche-toi. Ma voiture est au bout de l'allée. Elle y est depuis bien trop longtemps d'ailleurs. Je ne veux pas de mouvements de rideaux.

Cela se fit en un rien de temps, et il devait en être ainsi. Si Magda avait réfléchi à ce qu'elle allait faire, elle ne l'aurait pas fait : elle aurait vu tous les obstacles ; elle se serait rappelé Liselotte et aurait hésité. Si Elsa avait eu encore le pistolet plaqué contre la colonne vertébrale de Magda, au lieu de le pointer vaguement sur elle, Magda n'aurait pas réussi. Mais Elsa pensait qu'elle avait gagné et sa garde, comme sa main, était baissée.

Magda saisit sa chance et bouscula Elsa, lui faisant perdre son équilibre. Le pistolet s'écrasa par terre. Alors qu'Elsa se penchait, en jurant, pour s'en emparer à nouveau, Magda sortit de sa poche le morceau de verre dentelé et l'enfonça de toutes ses forces et profondément dans le dos d'Elsa. Elsa cria et s'écroula, et en tombant sa tête heurta une des grosses pierres qui bordaient le sentier. Le sang s'écoula immédiatement, de sa tête et de son dos. Magda attendit quelques secondes qui défilèrent aussi lentement qu'une heure. Elsa ne cria pas davantage ; elle ne bougeait plus.

Penche-toi – vérifie son pouls ou sa respiration.

Magda essaya, mais elle ne se résolut pas à toucher la main inerte ou la joue blanche d'Elsa. Le sang continuait de couler autour de l'éclat qui était planté derrière l'omoplate d'Elsa comme une aile blessée. Il y avait une contusion sombre sur son front, et la coupure saignait encore. Il n'y avait aucun mouvement.

Elle est morte. Elle est clairement morte.

Magda prit sa valise et s'éloigna du corps. Il y avait du sang sur ses chaussures et des taches sur son manteau et ses mains. Elle ne savait pas si c'était celui d'Elsa ou de Christoph ; elle ne savait pas s'il y avait d'autres éclaboussures ailleurs. Elle ne pouvait pas sortir dans la rue principale dans un état qui attirait autant l'attention – l'unique porte de sortie pour elle se trouvait à l'arrière du jardin. Elle se retourna pour y aller, puis elle s'arrêta.

Elsa avait besoin de preuves pour prouver qui j'étais. J'en ai besoin aussi sur elle.

Magda se pencha et, sans toucher le moindre membre d'Elsa, agrippa le sac qui pendait à son épaule. Elle farfouilla à l'aveugle et du bout des doigts, en vérifiant le contenu jusqu'à ce qu'elle tombe sur la carte d'identité d'Elsa. Elle eut du mal à ouvrir la valise puis elle y inséra enfin la carte.

Il me faut les rapports ; il me faut la liste complète des tueries.

Mais avant que Magda ait eu le temps de se précipiter à la maison, un klaxon beugla dans la rue. Elle se figea. Elle n'imaginait pas qu'Elsa ait pu venir avec son chauffeur, ou que son chauffeur l'appellerait de façon si grossière si ça avait été le cas. Cependant elle ne pouvait pas prendre ce risque.

Quelqu'un a peut-être entendu les coups de feu, ou les cris, et appelé à l'aide.

Magda ne pouvait pas rester à découvert ; il n'y avait plus le temps de retourner dans la maison. Il n'y avait plus le temps pour rien à part retourner au fond du jardin et fuir.

Je ne le regarderai pas. Je dois juste passer à côté de lui. Je peux le faire. Je ne penserai pas à sa mort, ni celle d'Elsa. Je dois juste rentrer chez moi.

Elle ne pouvait plus aider Christoph ; elle ne pouvait pas se faire prendre. Quelqu'un trouverait son corps, et celui d'Elsa, et s'apercevrait que Magda était partie. Ils feraient le rapprochement, dans le bon ou le mauvais sens du terme. Et s'il s'agissait de quelqu'un du clan SS d'Elsa, il n'y aurait pas d'échappatoire.

Ce qui importe peu. Peu importe le rapprochement, sa mort les mènera à moi – il y a trop de liens pour qu'il en soit autrement. Une femme SS assassinée, l'une des leurs, et cette fois-ci personne pour affirmer que je suis innocente.

Il y avait des choses dans la maison qui contaient la mauvaise version de l'histoire.

Il faut donc que je parte et donne la bonne version. Pour Christoph, et pour Walther et pour tous ceux qui ont été si cruellement été anéantis.

Elle réajusta ses vêtements, se passa une main dans les cheveux. Elle aurait voulu courir, mais elle se déplaça lentement, déterminée à ne pas attirer l'attention. Sa perte et son agonie pouvaient ne pas compter ; le corps de Christoph pouvait ne pas compter. La seule chose qui comptait, c'était qu'avec son témoignage elle rentre se mettre à l'abri chez elle.

Troisième partie

11

Nina, novembre 1989

— Habille-toi et sors.

Nina se réveilla en sursaut et se leva d'un bond alors que la porte s'ouvrait avec fracas. Elle se tint bien droite et alerte, les bras le long du corps, les pouces alignés sur les rayures tracées sur le bas de son survêtement, dans l'attente de l'ordre suivant. Cela lui prit un certain moment pour s'apercevoir que non seulement le garde était parti, mais que la porte était restée ouverte.

C'est un piège.

C'était la seule explication logique. Nina ne bougea pas d'un centimètre, scrutant la pile de vêtements balancés par terre devant elle, présumant qu'on la surveillait et l'écoutait.

Ce sont mes vêtements, ceux que je portais quand on m'a arrêtée. Ils me laissent peut-être partir.

C'était une pensée agréable, mais elle n'avait aucun sens. Lorsque sa dernière compagne de cellule avait disparu une… le cerveau de Nina fila automatiquement à *une semaine auparavant*, mais c'était un réflexe. Le temps était un élément aussi peu pertinent pour elle à présent que le lieu. La seule chose certaine, c'était que Jana s'était envolée et que personne ne lui avait apporté ses vêtements avant cela.

Je vais peut-être enfin être jugée.

C'était une possibilité. Elle n'avait aucune idée, cependant, de ce qu'être jugée signifiait ici, ou si cela se produisait pour le moins.

Nina continuait de regarder ses vêtements. La lumière qui filtrait par le carré de pavés de verre gelés qui servait de fenêtre était d'un gris pâle et clairsemé, ce qui laissait penser que dehors, c'était le jour. Cela pouvait aussi bien être un leurre. Il y avait une cour dehors – Nina l'avait vue les rares fois où on l'avait laissée dans les cages recouvertes d'un filet qui tenaient lieu de salle de sport.

Elle attendit, scrutant les vêtements comme s'ils pouvaient lui apporter un indice. Toujours personne ne venait. Nina se mit à compter, se jurant qu'elle passerait à l'action si elle atteignait cent et si personne ne donnait signe de vie. Elle en était à cinquante lorsqu'elle entendit la première porte grincer et les premiers pas hésitants se déplacer.

Ils nous font peut-être sortir délibérément. Il serait aussi facile de nous cueillir dans ce couloir qu'un ivrogne dans une ruelle.

Elle se remit à compter, déterminée à atteindre son but, convaincue que le prochain bruit serait un coup de feu. Cent et rien. Elle recommença. Cent à nouveau et silence radio. C'était sans doute une variante des jeux auxquels la Stasi adorait jouer, néanmoins celle-ci traînait en longueur.

On entendait plus de pas à présent, des bruits de pas trop légers pour signaler la venue des gardes. Ils n'étaient plus hésitants : l'escalier en métal au bout du bâtiment se mit à trépider. Nina desserra ses bras et jambes raides et se dirigea vers la fenêtre. C'était un réflexe, comme d'essayer de deviner depuis combien de temps sa dernière compagne de cellule était partie. Nina était convaincue que le petit carré était placé ici dans l'unique but de donner envie aux prisonniers d'y lorgner avec espoir : les pavés de verre laissaient la lumière entrer, mais rien d'autre de l'extérieur, pas même ses formes.

Fais quelque chose, n'importe quoi. Reprends le contrôle.

C'était plus facile à dire qu'à faire : Nina avait oublié ce que voulait dire *contrôler la situation*. Elle avait oublié également comment prendre ses propres décisions ; elle n'était plus sûre de pouvoir se fier à ses aptitudes pour en prendre les bonnes.

Je vais mettre mes vêtements, pour voir ce que je ressens, pour voir si ça fait venir quelqu'un.

Avec des mouvements lents et l'ouïe aux aguets, Nina trifouilla le tas sur le sol. Tout y était : le pantalon en velours vert foncé et le gros pull marron, choisis pour être chauds ; le tee-shirt à manches longues et les chaussettes en laine épaisses, qui avaient un toucher tellement doux, et des sous-vêtements si propres qu'elle versa presque une petite larme en les voyant ; le manteau épais et rembourré – dont Jannick lui avait montré comment y découper les coutures afin d'en faire des poches – et ses bottes, bien qu'il manque son sac à dos.

Pour la première fois depuis qu'on l'avait poussée hors du van et ramenée à la prison qu'elle pensait être Hohenschönhausen, Nina se déshabilla sans qu'on lui en intime l'ordre. Elle enleva le survêtement élimé et moisi et renfila son vieux soi. Son vieux soi-même s'était cependant envolé – les vêtements la submergeaient. Le pantalon flottait autour de ses hanches ; le pull bâillait sur ses côtes. Lorsqu'elle mit le manteau, il s'enroula autour d'elle comme une couette. Les vêtements ne lui allaient plus, et lui donnaient une sensation étrange. Après les tissus fins qu'elle avait pris l'habitude de porter, ces habits étaient gênants et inconfortables, comme si c'étaient eux qui la portaient. Tâchant de ne pas s'inquiéter de ce que l'emprisonnement avait fait à son corps auquel elle avait arrêté de penser depuis fort longtemps, Nina se focalisa plutôt sur le manteau, parcourant de la main ses coutures.

Ce n'est sûrement plus là. Ils ont pris mon sac à dos ; ils ont forcément fouillé là-dedans.

Ils n'en avaient rien fait. Le paquet qui contenait le passeport et l'argent ouest-allemand se trouvait encore là où elle les avait fourrés la nuit où elle avait tenté de fuir, bien plaqués dans la doublure.

C'est peut-être quand même un piège. Le fait qu'ils les aient laissés, ou remis, et que je les ai immédiatement cherchés... N'est-ce pas une ruse ?

Elle replaça le paquet dans le manteau, mais les dégâts étaient faits. S'il y avait des caméras ainsi que des micros cachés dans les murs de la cellule – ce que Nina avait toujours pensé –, les surveillants l'auraient prise la main dans le sac. Ils l'auraient filmée avec l'argent. Ils auraient enfin eu la preuve qui démontrait qu'elle était la criminelle qu'ils l'avaient toujours accusée d'être.

Et s'ils surveillent ou écoutent, ils savent déjà que j'ai enfilé mes vêtements, ce qui veut dire que j'aurais déjà pu me faire serrer. Peut-être que tout ce que je fais à présent n'a plus d'importance.

Cette réflexion ne l'apeura pas – de façon inattendue elle accentua son courage. Les dés étaient jetés. Peut-être, si elle était assez courageuse et maligne – et elle avait réchappé à la Stasi depuis tout ce temps, sans doute était-elle donc assez courageuse et maligne – qu'ils abonderaient en son sens. Nina fit un pas de plus vers la porte qui lui ouvrait ses bras. Il n'y avait pas un bruit dans le couloir, mais une brise murmurait à son oreille. Elle pouvait en sentir une once se propager dans les airs, ce qui signifiait que d'autres portes en dehors de celles des cellules étaient ouvertes. Elle s'approcha encore un peu et inspira. Il y avait encore de la javel, il y avait encore l'odeur de terre morte et d'humidité qui persistait constamment dans le bâtiment, mais il y avait aussi un autre élément dans le mélange : une note sous-jacente qui lui faisait penser à un feu de camp et à l'automne. Nina avança jusqu'à l'entrée et respira à fond. Fumée. L'émanation venait de loin. Elle ne sentait pas de chaleur qui s'amplifiait et n'entendait pas de crépitement qui aurait suggéré que les cellules n'avaient été ouvertes que parce que la prison était en feu, mais l'odeur était sans nul doute celle de fumée.

Le silence était si total que ses bras la démangèrent. Il y avait toujours eu toutes sortes de bruits autour d'elle : les alarmes et les ordres aboyés, le cliquetis du passe-plat qui s'ouvrait et les plateaux de nourriture qu'on y glissait, le judas qui oscillait. À présent il n'y avait rien. Et il n'y avait plus personne. Le garde était parti, les cellules qu'elle pouvait voir étaient toutes ouvertes. Peu importe ce que les autres prisonniers avaient décidé de faire de cette étrange liberté retrouvée, ils l'avaient fait, et la seule personne qui retenait encore Nina dans sa cellule, c'était Nina.

Elle releva sa capuche ; elle ouvrit complètement la porte ; elle sortit.

Le ciel était trop haut ; la cour où elle se retrouva était trop grande. Nina avait vécu si longtemps entre quatre murs qu'elle ne savait pas comment faire usage de tout cet espace qui lui était à présent octroyé. Elle ne pouvait pas non plus se défaire du pressentiment qu'on l'espionnait ou la suivait, malgré le fait qu'elle avait traversé les couloirs vides de la prison jusqu'à la sortie et la dernière porte déverrouillée sans le moindre obstacle. Alors qu'elle suivait l'odeur de la fumée dans la lumière du jour qui elle n'était ni filtrée ni rationnée, Nina gardait ses épaules baissées, ses bras repliés autour d'elle. Elle n'était pas prête à marcher la tête haute et la poitrine ouverte et à leur offrir une cible. Puis elle se retrouva dehors et aucune tête ne se tourna et elle s'aperçut que quelque chose de bien plus important avait lieu que sa sortie de cellule.

Contrairement à ses intérieurs désertés, c'était le branle-bas dans la cour de la prison. Il n'y avait pas de soldats encerclant les prisonniers dispersés, mais des hommes et des femmes, accoutrés aussi bien d'uniformes que d'habits de bureau qui détalaient dans tous les sens et avec le même élan désespéré.

En regardant d'un peu plus près, Nina put voir qu'ils avaient tous sous le bras des dossiers et documents, dont ils alimentaient des barils en acier, se passant les tas à la chaîne comme s'ils étaient impliqués dans une ligne de production macabre. Les barils étaient la source de la fumée qui avait fini par la pousser hors de sa cellule. Il y en avait des dizaines d'où se dégageaient des flammes orange ; l'air empli de suie scintillait avec toute cette fournaise. Derrière eux se trouvaient les autres silhouettes : les détenus inconnus, habillés comme elle, dans des vêtements trop grands pour leur corps. Ils se tenaient dans la partie la plus reculée de la cour, dans l'ombre des murs rehaussés de fils barbelés et des miradors vides. Aucun des gardes ou agents de la Stasi ni aucune des femmes aux bras chargés ne les regardaient. Pas même lorsqu'un détenu d'abord, puis un autre, se lança et disparut de l'autre côté de l'entrée principale.

Personne ne les arrête ; personne ne tire.

Nina en regarda encore quelques-uns qui fuyaient.

Je peux le faire. Je peux me joindre à eux.

Son corps était prêt, mais, après avoir vécu si longtemps sans la notion du temps, il y avait encore quelque chose qu'elle voulait savoir.

— Quel mois sommes-nous ?

Cela faisait si longtemps que Nina n'avait pas entendu sa voix, surtout pour poser une question, qu'elle n'en reconnut presque pas le timbre. Mais elle avait, pour le moins, posé la question.

La femme qui gesticulait autour d'elle se retourna à peine.

— Novembre.

Cela ne pouvait être novembre 1988 – Nina le savait. Elle savait qu'une période plus longue que deux saisons était passée depuis son incarcération.

— Quelle année ?

Cette fois-ci, la femme s'immobilisa et sourcilla.

— On est en 1989.

— Grete, bouge-toi. Y a encore un tas de trucs à brûler, et on n'a plus beaucoup de temps. Il y a déjà foule au quartier général et ils veulent notre tête. Aucun d'entre nous ne peut prendre le risque qu'on découvre nos noms et des infos personnelles si on est assaillis.

La femme se désintéressa immédiatement de Nina et s'élança pour ajouter son tas dans le baril où ses collègues balançaient frénétiquement des sacs remplis de papiers.

Nina la dévisagea. Novembre 1989. Elle avait été emprisonnée pendant un an et demi, sans explication, et à présent elle était libre, sans explication, alors que les gardes qu'elle avait craints pendant si longtemps couraient dans tous les sens comme si quelqu'un avait versé de l'eau bouillante sur leur fourmilière.

Déjà foule... veulent notre tête... on n'a plus beaucoup de temps.

Les phrases fusaient dans sa tête alors qu'elle se mit à courir dans l'allée déserte pleine de vans de livraison de poisson, de linge et de pain. Peu importait ce qui arrivait, il était évident que les agents de la Stasi, qui brûlaient leurs dossiers personnels et relâchaient les prisonniers qu'ils avaient passé des années à torturer mentalement, étaient apeurés. Il n'y avait aucune autre explication aux feux et aux portes de cellules ouvertes, ou aux vestes d'uniforme jetées près du mur et aux hommes qui étaient trop roses et bedonnants pour être des détenus qui s'éclipsaient en bras de chemise, en dépit de la température glaciale.

Peu importait la raison, Nina n'avait pas de temps à perdre pour la découvrir. Elle atteignit l'entrée principale, se faufila à l'extérieur et se rua dans la rue. Elle courut sur deux pâtés de maisons, s'abreuvant de l'air au goût délicieux qui lui donnait le tournis, avant de s'apercevoir qu'elle n'avait aucune idée de l'endroit où elle se trouvait. Nina s'arrêta et scruta les environs alors que la réalité émergeait : elle avait effectué deux trajets en ce lieu et un en dehors, et c'était la première fois qu'elle voyait l'extérieur. Cela n'aidait en rien de connaître, ou de présumer, son nom : Hohenschönhausen ne se trouvait sur aucune carte ; elle n'en avait aucune référence géographique. Nina rasa les murs du complexe et se creusa la cervelle, tâchant de faire sourdre le moindre détail du dernier trajet qu'elle y avait effectué.

Je l'ai chronométré. J'ai regardé ma montre lorsqu'ils m'ont jetée dans le van, puis je l'ai regardée à nouveau avant qu'ils ne me l'arrachent.

Elle avait trépigné d'envie de savoir où on l'emmenait, et – étant donné qu'elle avait été enfermée dans une cage insonorisée aux fenêtres opaques – chronométrer le trajet avait semblé la façon la plus logique d'arriver à ses fins. Deux heures et dix minutes. La durée lui revint en tête. Cela avait pris près de deux heures dix pour atteindre le garage scintillant depuis l'endroit inconnu où ils les avaient serrées, elle et Jannick.

Mais si ce n'était pas le cas.

Cette pensée bloqua l'air dans ses poumons.

Et s'ils avaient roulé en rond, ou rebroussé chemin, pour me faire croire qu'il était très long ? Et si je ne me trouvais qu'à vingt minutes de là où l'on m'a cueillie ?

Elle ne savait pas où elle se trouvait. Au-delà du fait que le tunnel où elle était sur le point d'entrer l'aurait menée à Kreuzberg, elle ne savait pas où on l'avait attrapée. Et elle ne pouvait se fier au temps que cela avait pris pour se rendre d'un lieu inconnu à un autre. Son cœur battait de panique. Chaque seconde supplémentaire qu'elle passait en liberté autour des murs de la prison lui donnait le sentiment qu'un van allait arriver au coin dans un crissement de pneus et que tout cela n'allait s'avérer qu'une macabre mascarade. Nina se fit violence pour respirer à fond, pour penser sereinement.

J'étais de l'autre côté du mur de Kreuzberg, ce qui fait que je devais me trouver quelque part à Friedrichshain. Cette zone est construite et résidentielle ; j'ai bon espoir que ce soit encore à Berlin. Et ils m'ont sûrement déplacée vers le nord ou l'est, pas vers le sud. Rien dans le secteur n'indique qu'on est proche de la rivière.

C'était une supposition logique, mais cela ne l'avançait guère plus sur cet emplacement spécifique. Elle étudia les alentours. Les prisonniers qui étaient partis avant elle avaient disparu depuis longtemps. Il y avait quelques personnes dans le coin, une ou deux dans la rue, d'autres qui regardaient les feux depuis les fenêtres et balcons des appartements groupés autour de l'enceinte de la prison. C'étaient surtout des hommes. Il n'y en avait aucun à qui Nina osa demander son chemin.

Je pourrais suivre le mur de la prison, voir si je repère un quelconque monument.

Elle parcourut un autre pâté de maisons avant de s'apercevoir que cela ne l'aiderait en rien. Que le complexe était immense et – comme on n'était pas censé le trouver, ou en sortir – qu'il n'y avait aucun nom de rue, ni aucun panneau qui indiquait le métro ou la gare. Le seul panneau qu'elle put voir était de mauvais augure : *Zone restreinte : entrée interdite.*

C'est Berlin, j'en suis sûre. J'ai vécu ici toute ma vie. C'est une ville, je le sais, pas un mystère.

Cela aurait dû être une pensée réconfortante. Sauf qu'elle se trouvait au milieu d'une zone qui officiellement n'existait pas. Où les habitants, dont les immeubles étaient peints du même jaune glauque que les bâtiments de la prison, pouvaient être des agents de la Stasi. Et son corps n'était pas aussi fort que celui qu'elle croyait invincible deux ans auparavant, celui qu'elle était prête à pousser à bout dans un humide et dangereux tunnel. Ce n'était pas l'accroissement soudain d'air frais qui lui avait donné le tournis ; c'était le manque d'exercice physique ou de bonne alimentation. Trois pâtés de maisons et sa respiration se bloquait, ses jambes tremblaient. Trois pâtés de maisons et la faim qu'elle s'était efforcée d'ignorer s'était remise à table, à grands cris et vorace. Elle ne pouvait pas marcher au petit bonheur la chance ; elle ne pouvait pas marcher en rond – elle n'en avait pas la force.

Si je pouvais apercevoir la tour de télévision d'Alexanderplatz, je pourrais alors me repérer.

C'était une autre réflexion logique – le Telespargel était le point d'ancrage grâce auquel tout le monde en ville avait l'habitude de s'orienter – mais elle avait besoin d'être en hauteur pour voir la tour, et le seul moyen de se retrouver en hauteur là où elle se trouvait était de grimper sur le mur de la prison. Cela supposait de prendre des risques, c'était même de la folie, et cette journée était déjà assez partie en vrille comme ça.

Au bout du compte, Nina écouta ce que lui dictait son corps : elle resta sur place, à l'angle d'une rue pleine de maisons étonnamment ordinaires, recroquevillée dans son manteau contre le vent glacial, dans l'attente qu'un visage avenant passe devant elle. Lorsque ce fut le cas – une silhouette de femme plus âgée qu'une mère avec un chien gras en laisse –, il fallut une éternité à Nina pour qu'elle formule enfin une question, elle en rata presque le coche.

— Excusez-moi, pourriez-vous me dire où je me trouve ?

La femme s'arrêta et la dévisagea.

— Loin de chez vous d'après votre apparence.

Elle hésita.

— Sortez-vous de là ?

Elle soupira lorsque Nina acquiesça.

— Mon Dieu, quel endroit. Nous sommes tous censés prétendre que nous ne savons pas qu'il existe, ou ce que c'est, mais les bruits qu'on entend parfois…

Elle toussa.

— Bref, vous n'y êtes plus. Vous êtes à Lichtenberg.

Elle attendit un signe de la part de Nina, montrant qu'elle se repérait, mais Nina ne put lui en faire aucun : son cerveau était trop fatigué pour établir le moindre lien entre les quartiers de Berlin-Est.

— C'est dans le nord de la ville. Si vous allez tout droit dans cette direction, dans une heure environ vous arriverez au cimetière de Friedrichsfelde, si cela peut vous aider ?

Si cela peut vous aider ? Nina aurait pu la prendre dans ses bras. Friedrichsfelde, c'était là qu'Herthe était enterrée ; elle pourrait retrouver son chemin jusque chez elle depuis Friedrichsfelde.

— Merci. Ça m'aide beaucoup.

— Bien.

La femme interpella son chien qui s'était mis en boule sur le trottoir.

— Il n'y a pas de trains dans le coin, mais vous pourriez prendre le bus. Si vous en trouvez un aujourd'hui évidemment, puisque toute la ville semble être sens dessus dessous.

Il y a foule. On veut notre tête.

La maison n'était pas si loin que ça, mais s'il y avait une menace différente, qui serait encore pire que les agents et les vans de la Stasi et l'empêcherait d'y arriver ? Ses ravisseurs l'avaient laissée sortir, ils brûlaient les preuves ; Nina réfléchissait à toute vitesse. Et si la guerre entre l'Est et l'Ouest qu'elle avait crainte pendant si longtemps avait fini par éclater ? Et si la Stasi dissimulait des traces parce que les soldats ouest-allemands étaient sur le point d'arriver et qu'ils craignaient d'être traités de la façon dont les Alliés avaient traité les nazis après la Seconde Guerre mondiale ? Et si Oberschöneweide était déjà tombé face à l'armée ennemie et qu'il n'y avait plus de maison où retourner ?

— Qu'est-il arrivé ? On est en guerre ?

La femme arrêta de tirer sur la laisse du chien réticent et regarda Nina.

— Eh bien, je ne pense pas que je serais en train de flâner avec ce fainéant si c'était le cas. Vous n'êtes vraiment pas au courant ?

Nina secoua la tête. La femme fit de même.

— Vous devez être la seule personne au monde à ne pas l'être. Ce n'est pas la guerre, ma chère, c'est le Mur. Le Mur est tombé.

Il était tombé trente-six heures plus tôt. Pas vraiment tombé, pour être exact – le Mur ne s'était pas volatilisé ou effondré, ainsi que l'imagination en pleine effervescence de Nina se l'était représenté. Le Mur était encore là, mais il n'avait plus son apparence d'origine. Les blocs de béton avaient plutôt l'air d'avoir été transpercés à coups de pied et de poing. Tout le monde était persuadé qu'il ne pourrait plus retrouver sa forme originelle ; personne ne semblait savoir ce que sa démolition entraînerait, ni ce qui en avait été à l'origine.

— C'est peut-être la chute du gouvernement communiste en Pologne, ou l'ouverture des frontières en Hongrie, ou les manifestations à Alexanderplatz et Leipzig exigeant la fin de la division qui les a effrayés. Peut-être que Gorbatchev, le président Russe, a dit aux vieux hommes têtus de la RDA de le faire. Personne n'est vraiment sûr. C'est venu de nulle part en tout cas – il y a eu une annonce tard dans la nuit du 9 disant que les barrières étaient ouvertes, alors une grande foule est venue voir tout ça. Personne ne croyait vraiment que ça allait arriver, pourtant si. Les gardes nous ont regardés venir ; ils n'ont pas essayé de nous arrêter, ou de nous tirer dessus – pas même quand on a fait tomber les clôtures.

Tous ceux qui s'étaient rassemblés au point de passage de Sonnenallee racontaient la même histoire, sur le même ton quelque peu hystérique et perplexe. Tous avaient traversé et jeté un coup d'œil à l'Ouest puis avaient rebroussé chemin. Dans l'incertitude totale, personne ne savait à quoi s'en tenir, dans l'attente que quelqu'un leur dise ce qui allait arriver ensuite.

Nina s'était frayé un chemin au milieu des bouteilles de bière et des bouteilles de vin pétillant Rotkäppchen et se joignit à un groupe de personnes impatientes de décrire un événement dont elles comprenaient au fur et à mesure qu'il s'agissait d'un moment clé dans l'histoire. Néanmoins il était difficile pour Nina d'entendre les récits de la désintégration du bloc de l'Est et les descriptions des magasins aux néons scintillants et aux rayons très bien achalandés de l'Ouest alors que tout à Sonnenallee était totalement altéré.

La dernière fois qu'elle avait vu ce terrain vague qui avait à présent l'air d'une sorte de festival, Stefan y gisait à même le sol et s'y vidait de son sang. Les soldats qui lui avaient tiré dessus, et n'avaient eu que faire de ses pleurs, ne s'y trouvaient plus. Il n'y avait plus personne en uniforme dans la guérite ; en lieu et place se trouvait un adolescent ivre mort ou endormi dans l'embrasure. À présent les barrières métalliques qui arrêtaient les voitures étaient levées, et les clôtures métalliques qui arrêtaient les gens étaient à terre. Et un groupe se passait une bouteille à coups de pied sur un carré de sable, là où les chiens de garde avaient été tenus en laisse et où un camion en fuite s'était écrasé parmi les gravats et les corps en pagaille.

— La dernière fois que je suis venue ici, il y avait des soldats, et des gens bien y sont morts.

La fille à qui Nina dit cela prit ses jambes à son cou.

Elle n'était pas la seule à batailler pour s'acclimater à ce nouveau paysage. Il y avait d'autres personnes comme elle, qui regardaient mais ne faisaient pas partie de la foule ; trop déboussolées par la vitesse du changement, entre interdiction et liberté, pour s'y fier. Il ne fallut pas beaucoup de temps à Nina pour les repérer. Elles se comportaient différemment, esquivant de leur corps les ivrognes qui tanguaient et les danseurs déterminés à continuer la fête. Elles regardaient autour d'elles avant de se déplacer, scrutant les visages les plus proches, balayant du regard les ruelles. Dans une autre vie, Nina les aurait prises pour des indics de la Stasi. Elle voyait bien que, comme elle, ces personnes revenaient au monde, et qu'elles portaient les mêmes séquelles, et qu'elles revivaient des scènes dont personne ne semblait vouloir se souvenir. Elle n'essaya pas de les aborder – pas plus qu'elle n'auraient-ils partager leurs histoires de perte et d'horreur – mais, comme elles, demeura à l'écart de la foule et poursuivit son chemin.

— Allez-vous traverser ?

De la bière se renversa de la bouteille que l'homme qui lui souriait agitait devant elle.

Garde ta respiration constante, avance sans t'arrêter et tu arriveras au bout.

Nina eut la réminiscence soudaine de Jannick, perdue de vue depuis si longtemps, et d'une rafale de balles qui mirent fin à ses espoirs de liberté.

— J'en ai envie. J'ai essayé il y a des années de ça. Ça ne s'est pas bien terminé.

Elle se secoua et essaya de chasser les vieux fantômes, mais l'homme se rendit compte de la douleur qui enserrait son visage et s'en détourna.

Je n'y suis pas prête. Je veux être heureuse de cette fin qui a enfin eu lieu, mais je trimballe trop de spectres pour m'y fier.

Nina voulait passer à l'Ouest ; cela n'avait pas changé – les rêves sur la Maison-Tour là-bas et la vie heureuse qu'elle pourrait y mener avaient été son seul baume au cœur en prison. Maintenant qu'elle avait cette possibilité de simplement y errer, elle ne pouvait franchir le pas. Elle savait que si elle essayait, ses pieds se figeraient et qu'elle n'y arriverait pas, en tout cas pas encore. Elle s'était rendue à Sonnenallee au lieu de rentrer directement chez elle non pas pour traverser mais pour voir la réalité en face. Les annonces de la chute du Mur ne suffisaient pas – après la façon dont elle avait été traitée par la Stasi, Nina refusait de croire en quoi que ce soit qu'elle ne voyait pas de ses propres yeux. Voilà, à présent, elle l'avait vu. Elle savait que le monde avait changé pour tous, pas seulement pour elle. Cependant elle avait un train de retard, ce qui l'empêchait d'apprécier le moment. L'Ouest devrait attendre. Il était temps de partir et de mener à bien ce qu'elle avait prévu lorsqu'elle avait quitté la prison : s'en retourner vers sa famille, vers Britte et Holger et Magda, et reprendre le cours de sa vie qui avait marqué un temps d'arrêt.

Toute la ville semble être sens dessus dessous.

Cela s'était révélé aussi vrai que le Mur qui était tombé. Lorsque Nina frappa à la porte de l'appartement de ses parents à Kottmeier Allee, l'étranger qui l'ouvrit haussa les épaules.

— Je ne sais rien sur ceux que vous cherchez, je suis désolé. Nous avons été relogés ici il y a un an. Ceux qui habitaient là avant n'ont pas laissé d'adresse.

Le cœur serré, Nina poursuivit son chemin jusqu'à Triniusstraβe et la maison de Magda. Les volets et les portes étaient fermés. Nina s'effondra sur le seuil de sa grand-mère, sans la moindre idée où chercher ensuite et sans plus aucune réserve d'énergie.

— Alors, Nina Aderbach. Comme ça, vous avez enfin décidé de revenir ? Ne vous attendez pas à ce qu'on hisse les drapeaux.

Nina se frotta les yeux et les leva. Frau Rothberg, la plus bruyante et fouineuse des nombreuses voisines de Magda, surgit de l'autre côté de la clôture mitoyenne, les bras posés à son sommet et le visage figé. Nina n'avait jamais aimé la femme qui avait confisqué chacune de ses balles dans son enfance, mais cette vision était aujourd'hui la bienvenue, rabat-joie ou pas.

— Je suis rentrée, mais il n'y a personne. Savez-vous où se trouve ma grand-mère ? Elle vit encore ici, n'est-ce pas ?

Frau Rothberg renifla.

— Elle vit encore là en effet, vos parents aussi. Vous seriez au courant si vous aviez pris la peine de leur envoyer une lettre.

Il y avait tant à détricoter dans cette réponse hostile que Nina ne sut pas vraiment par où commencer.

— Je ne comprends pas. Pourquoi vivent-ils tous ensemble ici ?

Frau Rothberg grinça des dents et remua lentement la tête.

— Vous avez vraiment besoin de demander, comme si vous ne pouviez pas le deviner ? Vous avez fui à l'Ouest, ma chère – vous pensez vraiment que personne ne paierait pour ça ? Vos parents ont clamé leur innocence bien sûr. Ils ont continué de prétendre qu'ils étaient des citoyens loyaux, ce que personne n'a cru, sinon vous auriez été mieux élevée. Quant à votre grand-mère, elle a été arrêtée si souvent l'an passé que ça a été un déshonneur pour le quartier. Elle a eu de la chance que le gouvernement ait eu des problèmes plus importants qu'elle, sinon elle aurait également perdu cet endroit. Mais bon, qu'est-ce que vous en avez à faire, bien lotie comme vous l'étiez dans votre nouvelle jolie petite vie ?

Nina avait le tournis ; elle était restée trois phrases en arrière.

— Frau Rothberg, je vois bien que vous êtes en colère, mais honnêtement je n'ai aucune idée de ce dont vous parlez. Que voulez-vous dire par « elle a été arrêtée » ? Pourquoi ?

— Vous voulez dire en dehors de sa participation à ce que vous avez fait ?

Le soupir de Frau Rothberg fut presque palpable.

— Apparemment, ça avait un rapport avec son passé. Je ne connais pas les détails – votre grand-mère était toujours du genre secrète. Vous devez tenir ça d'elle. Vous êtes vraiment la plus égoïste des filles. Je n'ai pas de temps à perdre pour quelqu'un qui est allé à l'encontre de nos convictions ici, mais en tout cas vous avez été la cause de certains de leurs problèmes et vous les avez laissés tomber, sans même une carte postale pour leur dire que vous alliez bien. Votre grand-mère a éclaté en sanglots lors de son dernier anniversaire, juste là dans le jardin, et m'a dit ce que vous aviez fait. Elle aurait tout donné pour une lettre, censurée ou non. Vous n'avez jamais essayé.

Mamie a cru que je m'étais échappée ? Elle ne savait pas qu'on m'avait attrapée ?

Nina avait passé une si longue période en prison qu'elle présumait que la Stasi avait informé Magda du lieu où elle se trouvait, qu'elle avait utilisé son emprisonnement comme un moyen de pression. Qu'il n'en soit rien était trop dur à avaler.

— Je ne pouvais rien envoyer. Je…

Nina se tut. Elle en avait par-dessus la tête d'être critiquée. Elle était trop fatiguée pour se justifier ; elle était trop fatiguée pour quoi que ce soit à part être seule.

— Où est-elle maintenant ?

Frau Rothberg s'indigna du ton soudainement sec de Nina :

— Avec la famille de votre père à Dresde. L'une de ses nièces, votre cousine Ottilie, va s'y marier. D'après ce que votre mère a dit, je pense qu'ils ont l'intention de déménager là-bas et de refaire leur vie, ce qui ne serait pas une mauvaise…

— Avez-vous une clé de la maison ?

La journée avait été trop pesante : trop de gens, trop d'informations. Nina avait besoin de silence si elle voulait commencer à donner du sens à tout ça. Elle se rendit compte, étrangement, qu'elle avait besoin de se retrouver entre les quatre murs et dans la solitude d'une cellule.

Frau Rothberg s'apprêta à lancer une nouvelle offensive, mais elle aperçut le désespoir dans les yeux de Nina et, tout en exprimant son agacement, elle partit chercher la clé qu'elle lui remit sans poser d'autres questions.

Nina entra. Une demi-douzaine de marches jusqu'à l'entrée et elle n'aurait pas pu en gravir une de plus. Tout était si familier – les murs vert pâle parsemés de photographies, l'odeur de cire au citron légèrement chimique, le portemanteau parfaitement rangé – qu'elle eut peur de perdre ses moyens.

Je ne peux pas surmonter tout ça tant que je ne surmonte pas ma propre épreuve.

Elle se rendit dans la cuisine et approcha du frigo ; se traîna en haut et se débarrassa de ses vêtements infectés par la prison et les espoirs vains d'évasion ; se fit couler un bain, rempli à ras bord de bulles. Elle se couvrit de toutes les crèmes pour le corps et le visage qu'elle put trouver. Lorsque Nina en ressortit, elle était encore loin de se sentir à nouveau bien dans sa peau, mais c'était un début. L'étape suivante fut un soulagement supplémentaire : assise face au miroir dans la chambre de Magda, elle se regarda pour la première fois depuis qu'elle avait été capturée.

Je me suis transformée en ma grand-mère.

Il y avait une photo sur la coiffeuse, un cliché de Magda et Herthe pris peu de temps après la fin de la guerre. Magda avait les yeux et les pommettes saillants sous une coupe bouclée et au carré. L'image – et la sienne, loin d'être un reflet satisfaisant – donna une idée à Nina. Après deux minutes à farfouiller dans les tiroirs, elle mit la main sur une paire de ciseaux. Vingt minutes après, ses cheveux en pagaille avaient quasiment la forme de la coiffure de Magda quarante ans plus tôt. La fille qui la dévisageait de l'autre côté du miroir était encore bien trop maigre et ses yeux, bien trop vieux, mais elle semblait avoir repris de l'aplomb ; moins abîmée.

Elle avait besoin de vêtements à présent. Il parut évident après une fouille rapide dans la chambre de ses parents que Britte n'avait apporté aucune des affaires de Nina, et les guenilles beiges de Britte étaient trop déprimantes pour être portées. La coupe, cependant, lui donna une autre idée. La garde-robe de Magda était pleine de magnifiques vieilles robes à motifs. Le nouveau talent de couture acquis par Nina – jusqu'à récemment utilisé uniquement pour rapiécer des survêtements troués et des couvertures rêches de prison – ne lui prit qu'un instant afin qu'elle en raccommode une à sa nouvelle morphologie. Dès que cette tâche fut accomplie, il ne lui resta qu'à décider quelles seraient les prochaines étapes.

Je ne peux pas attendre leur retour dans une semaine, pas pendant que le monde tourne soudain à toute vitesse et alors que j'en ai été privée pendant si longtemps. Et je n'arriverai pas à me regarder dans le miroir tant que je n'aurai pas sorti mes parents et Magda du pétrin dans lequel je les ai mis.

Dix-huit mois plus tôt, Nina avait eu un plan : aller à l'Ouest pour reconstruire sa vie et celle de Magda et pour découvrir l'histoire de sa grand-mère. Cela avait échoué alors, mais il pourrait en aller autrement aujourd'hui. Cela pourrait aller dans le bon sens aujourd'hui. Elle n'avait aucun moyen de savoir si la Maison-Tour s'y trouvait encore ou si ses nouveaux propriétaires la laisseraient entrer. Le besoin que Nina en avait, pour le havre de paix qu'elle avait toujours représenté à ses yeux, était quoi qu'il en soit toujours aussi présent.

Et je n'ai pas à fuir cette fois-ci, je pourrai donc prendre mon temps et trouver de l'aide autrement.

Nina avait passé tellement de temps en tête à tête avec ses pensées en prison qu'elle avait passé en revue chacune des conversations qu'elle et Magda avaient eues au sujet du passé, et toutes celles qu'elles n'avaient pas eues mais auraient dû avoir. Une phrase, prononcée il y avait des lustres, lorsque Nina était une enfant apeurée, avait tourné en boucle : *Je lui avais dit de brûler les deux images que j'étais si bête d'avoir rapportées.* Nina avait passé des nuits blanches à se demander ce que pouvait être cette seconde image. Aujourd'hui, avec la maison pour elle toute seule, elle avait l'opportunité de la chercher, ainsi que la clé de la Maison-Tour dont elle était certaine que c'était l'une de celles avec lesquelles elle jouait dans la boîte à trésors de son arrière-grand-mère. Tout comme le bain et la nourriture, cette quête lui donna des ailes.

Elle commença par la chambre de Magda et, telle une détective, fouilla la maison de fond en comble, pièce par pièce, même le grenier plein de toiles d'araignées. L'image était introuvable ; tout comme l'étaient la boîte à trésors et la clé. Lorsque Nina mit la main sur la vieille valise fourrée sous l'avant-toit, elle était à deux doigts d'abandonner. Elle ouvrit quand même la valise, s'attendant à ce qu'elle soit vide et à faire chou blanc.

De prime abord ce fut le cas, mais la doublure en soie était si jolie, de couleur rose pâle avec des motifs de roses, que Nina se demanda si elle pourrait la découdre avant de l'utiliser comme ornement. Elle parcourut de ses mains les poches plissées et souleva les coutures, et le miracle se produisit : quelque chose de rigide se trouvait dans la doublure, et elle sut d'instinct, avec la certitude d'une conteuse, que ça avait de la valeur.

Le petit objet que Nina venait d'extraire soigneusement était une pochette cartonnée avec une photographie en noir et blanc d'une femme très séduisante agrafée d'un côté et des lignes d'une écriture illisible de l'autre. Elle était également craquelée : même si Nina la tenait délicatement, des morceaux du dos s'effritèrent instantanément lorsqu'elle y posa les doigts. Terrifiée à l'idée que l'ensemble disparaisse avant qu'elle ne puisse le déchiffrer, Nina rapporta soigneusement la carte dans la chambre de Magda et alluma toutes les lumières.

Il fut vite évident qu'il s'agissait d'une carte d'identité étant donné sa présentation, qui n'était pas très différente de celle de la RDA que Nina avait eue. Sauf que sur celle-ci, des mots qu'elle n'avait jamais vus étaient inscrits sur la partie inférieure – « Femme du SS *Hauptsturmführer* Gunther Roth » – et un timbre qu'elle n'avait vu que dans ses livres scolaires. Nina retourna la carte soigneusement. Le même blason, une aigle et une croix gammée, était imprimé au dos et estampillé sous la photo. Ce n'était pas Magda sur l'image, Nina en était certaine : la femme immortalisée était blonde et d'une beauté aux pommettes saillantes venue tout droit d'un autre âge.

Mais c'était quelqu'un que Magda avait connu.

Nina n'en avait pas la preuve. Elle ne savait même pas si la valise était celle de Magda – elle aurait pu provenir d'un magasin d'occasions. Sauf que la carte contenait une adresse, et que la partie que Nina put lire disait « Grunewald ». Et les fourmillements dans la nuque de Nina lui firent comprendre qu'elle tenait entre les mains quelque chose qu'elle n'aurait pas dû trouver.

12

Magda, novembre 1989

Quelque chose avait changé, certaines choses avaient été déplacées, d'autres avaient disparu. Magda posa sa valise, ferma soigneusement la porte et demeura dans l'entrée afin de passer en revue ce qu'elle pouvait et ne pouvait pas voir. Son manteau d'hiver vert et épais n'était plus accroché à sa patère. Les portes du salon et de la cuisine étaient ouvertes, bien que Magda ait vérifié qu'elles étaient bien fermées avant de partir pour le mariage d'Ottilie. Et, bien que la maison ait été vide une semaine durant, il y avait des effluves de parfum dans l'air – lavande, café et pain grillé. Des petits changements, à peine perceptibles, mais suffisamment pour qu'elle se mette à se déplacer dans sa maison comme si elle appartenait à quelqu'un d'autre.

Chaque pièce dans laquelle elle entrait en indiquait une trace. Les coussins sur le canapé du salon étaient aplatis et empilés à une extrémité, pas uniformément répartis. Une assiette se trouvait sur l'égouttoir de la cuisine, et une chaise avait été décalée de la table. Magda laissa tout tel quel et monta lentement à l'étage, l'oreille tendue, additionnant de plus en plus d'objets déplacés dans la liste qu'elle se constituait dans la tête et respirant profondément afin de ralentir les palpitations de son cœur.

Bain moussant presque vide et replacé sur la mauvaise étagère. La source de l'odeur de lavande.

Porte de la chambre ouverte : encore une qui était vraiment fermée.

Lit fait, mais dessus-de-lit dans le mauvais sens.

Ciseaux laissés sur la coiffeuse.

Bouts de ce qui semble être du tissu parsemés sur le tapis.

Personne ici.

Elle retourna en bas et dans la cuisine, ses sens encore sur le qui-vive. Lorsqu'elle s'assit à table, ses doigts qui tapotaient tombèrent sur une fine couche de miettes.

Qui est entré chez moi ?

La réponse évidente était Frau Rothberg : la voisine était la seule en dehors de Britte qui avait la clé, et Britte était encore à Dresde. C'était la réponse évidente, cependant, même si Magda ne portait pas sa voisine dans son cœur, ce n'était pas logique. Gerda Rothberg aurait bien pu s'y introduire en l'absence de Magda – la femme était une commère incorrigible et une lèche-bottes du gouvernement, et Magda n'irait pas fourrer son nez dans ses affaires – mais elle ne se serait pas concocté un sandwich, et n'aurait pas pris un bain au parfum de lavande, et elle aurait remis le moindre objet à sa place initiale. La personne qui était entrée ici ne se préoccupait pas le moins du monde de la façon dont sa présence pourrait être perçue.

En même temps, aucun objet de valeur n'avait été volé ; rien de déconcertant n'avait été fait. Magda aurait pu laisser les portes ouvertes et finir le bain moussant et déplacer son manteau, et simplement oublier. Sauf que cela n'était pas le cas, et que ce genre de choses s'étaient déjà produites. Magda étudia la pièce ordonnée et se demanda si le contenu de ses placards avait été réorganisé, ou si les ampoules étaient sur le point de grésiller. Ce n'était pas Frau Rothberg, ce devait donc être la Stasi qui faisait usage de ses ruses d'antan :

pour la perturber ; lui rappeler qu'elle avait la mainmise sur l'ensemble de sa vie ; lui rappeler clairement que c'était elle qui tenait encore les rênes.

Cela ne serait pas une surprise qu'elle ait refait surface. Pendant un an, quasiment depuis le départ de Nina, Magda avait été la cible de la Stasi. Certains de ses membres débarquaient chez elle sans la moindre tentative de subterfuge, une ou deux fois par semaine. Parfois ils l'interrogeaient sur place ; parfois ils l'emmenaient dans un de leurs bureaux anonymes et l'y interrogeaient. Ils s'étaient assurés que ses voisins soient au courant qu'elle était une « personne d'intérêt ». Les questions n'avaient jamais varié : ils en posaient au sujet de Nina ; ils en posaient au sujet de la maison de l'Ouest et de ce que Magda avait fait pendant la guerre. Magda ne répondait jamais. Elle avait appris à ne pas répondre à Himmler ; une poignée d'agents de la Stasi ne représentaient pas un gros défi. Lorsqu'ils se lassèrent d'elle, ils s'en prirent à Britte et Holger, prirent leur maison, prirent l'emploi de Britte. Tout ce qu'ils obtinrent de Britte furent des sanglots et des crises de nerfs. Six mois après ça, ils ne s'embêtèrent plus avec eux. Magda présuma que c'était à cause de problèmes bien plus importants qui nécessitaient bien davantage leur attention qu'une vieille dame têtue. Elle ne présuma pas qu'ils avaient lâché l'affaire pour de bon. Il semblait à présent qu'ils étaient de retour.

Sauf que ça ne peut pas être eux. Ils ne tiennent plus les rênes, plus maintenant.

Magda arrêta de pousser les miettes et se rassit. C'était encore dur à croire. Un nouveau monde avait vu le jour une semaine auparavant, et Magda n'arrivait pas encore à se représenter la forme qu'il allait prendre, ou à prendre confiance face aux spectres d'antan qui pourraient très bien rebattre leurs cartes un jour. Si les nouvelles disaient vrai, personne ne la surveillait plus, ni elle ni quiconque à présent. Après quasiment cinquante années de surveillance constante. Rien que ça – sans même parler de la chute du Mur, sans que personne s'y oppose ou ne tire sur les fêtards responsables – était impossible à croire.

Magda s'était avachie devant la télévision le 9 novembre, aussi hypnotisée que le reste du monde par les images de la foule qui buvait et dansait en face de la porte de Brandebourg et affluait comme des fourmis tout le long du Mur. Elle avait regardé les gardes qui se tenaient bouche bée, les mains nerveuses et perdues sur leurs fusils. Elle avait tressailli lorsqu'une horde de gens avait encerclé le quartier général de la Stasi à Normannenstraße, exigeant à grands cris que les dossiers qui s'y trouvaient soient ouverts et que les hommes invisibles à l'intérieur rendent des comptes, et sommant qu'on leur dise où se trouvaient les infâmes prisons secrètes.

Cela, aux yeux de Magda, avait fait basculer la célébration audacieuse dans la folie. Elle s'était vraiment attendue à ce que la populace amassée derrière les clôtures, donnant des coups de pied comme des mules en furie, soit anéantie par des rafales de balles. Elle était restée réveillée toute la nuit à zapper de journal télévisé en journal télévisé, sa poitrine serrée dans l'étau de la peur. Elle serait restée plantée devant le poste, elle ne se serait pas rendue à Dresde, si Britte n'avait pas refusé qu'elle reste là. Britte était encore plus convaincue que Magda que les représailles viendraient et était terrifiée par la chute du Mur, sa fin n'étant pas à célébrer pour elle. Leur dispute et la panique de Britte n'avaient pas donné lieu à un voyage de tout repos.

Peut-être avions-nous eu peur d'une domination inexistante. Peut-être n'avaient-ils pu nous soumettre à cette domination que parce que nous les avions laissés faire.

Magda avait entendu ce genre de sentiments murmurés parmi les invités du mariage, et par des couples dans le train qu'elle avait pris pour retourner à Berlin. Tous ceux qui les avaient évoqués semblaient confus, ou coupables, ou trompés. Magda n'y croyait pas. Elle savait trop bien combien la Stasi avait été – sans doute était encore – une réelle menace ; qu'ils étaient ingénieux et manipulateurs, et dangereux. Que la mainmise qu'ils avaient établie sur les citoyens de la RDA avait été absolue et multifacette, car c'était de la sorte que le Parti et leurs *bouclier et épée* l'avait façonnée. Elle avait senti l'impact de leur expertise technique et policière accrue – une forme industrialisée de la cruauté à laquelle son passé l'avait rendue trop coutumière. Elle l'avait vu dans la façon dont la Stasi avait traité Nina, tâchant de l'obliger à espionner sa propre grand-mère. Et elle avait vu combien leur emprise était effective lorsqu'elle avait entrepris son périple vain au point de passage de Friedrichstraβe le jour où Nina lui avait juré qu'elle l'y retrouverait. Magda ne laissait que rarement ce souvenir lui revenir – ce n'en était pas un dont elle était fière –, mais lorsqu'il refaisait surface comme c'était à présent le cas, il était trop frappant pour être jeté aux oubliettes.

Viens jeudi. J'attendrai toute la journée.

La promesse vaine de Nina avait poussé Magda à se rendre le jour J à la gare qui tenait officiellement lieu de point de rencontre consacré entre l'Est et l'Ouest. Elle n'avait pas encore décidé de ce qu'elle ferait – une partie d'elle-même espérait qu'elle entreverrait une lueur en Nina et saurait à quoi s'en tenir – mais au moins elle y était allée. *Tu n'auras aucun problème pour traverser* s'était néanmoins révélé un mensonge aussi flagrant que l'élégant immeuble dans lequel Magda s'était obligée à entrer. Le hall d'entrée où les citoyens avec des papiers en règle – ou suffisamment de courage pour risquer de resquiller – pouvaient traverser le fossé qui divisait la ville en deux secteurs était un lieu que tout le monde à la RDA nommait « Le palais des larmes » étant donné toutes celles qui y avaient été versées.

L'immeuble en soi, qui avait ouvert ses portes en 1962 – un an après que le Mur eut scindé la ville – était une merveille. Il était presque entièrement construit en verre. Il n'était jamais figé. Les nuages flottaient au travers ; les oiseaux en plein vol et les arbres éventés étaient reflétés et amplifiés sur ses façades. Depuis l'extérieur, le hall au design lumineux et spacieux était une promesse de liberté et d'espoir. Toutefois, à l'intérieur, le verre était le reflet d'une cruauté sans nom. La lumière qui luisait au travers flamboyait aussi lumineusement qu'un projecteur sur les trottoirs où les gardes armés se tenaient prêts. Cela rendait les lignes d'attente étroites, dans lesquelles les voyageurs étaient passés au peigne fin et traités, les un après les autres, encore plus désolées. Cela amplifiait les mains inquiètes et les visages nerveux. Tout dans le hall faisait penser à la Stasi. Tout y était façonné afin de donner le sentiment à ceux qui y pénétraient qu'ils étaient exposés, et de les empêcher de se sentir en sécurité après l'avoir franchi.

Si j'avais pu la voir, ça aurait été différent.

Cela avait été un souhait sans espoir – Magda en avait pris conscience dès l'instant où elle avait mis un pied à l'intérieur. Il avait été impossible de voir qui, ou ce qui, attendait de l'autre côté des portes marron qui divisaient l'espace et les couloirs de la largeur d'une personne. Il y avait davantage de soldats que de personnes ordinaires, et probablement plus encore d'agents de la Stasi en civil qui se fondaient au milieu d'elles. Magda avait déambulé et observé ; elle s'était approchée puis éloignée. Elle avait attiré l'attention ; elle était partie. Elle n'avait depuis lors plus jamais eu vent de Nina.

Je n'ai pas été assez téméraire pour ma petite-fille téméraire.

Magda se leva avec difficulté, sentant le poids de trop nombreuses nuits blanches dans son corps. Se demandant, comme elle l'avait toujours fait, ce que Nina avait trouvé à l'Ouest, et quel avait été son verdict. Incapable de se sortir de la tête qu'un an et demi de silence ne pouvait qu'être synonyme de reproches à son encontre et que la maison avait fait ce que Magda avait toujours eu peur qu'elle fasse – dévoiler des secrets, mais elle aurait dû être là pour les expliquer.

C'est bien pour cela qu'est venu le temps pour moi de faire renaître ce courage d'antan et de la retrouver.

Cette pensée avait été enracinée en elle depuis que sa vie, et celle de Britte et Holger, s'était pétrifiée. Les arrestations et interrogatoires à répétition n'avaient pas été l'unique cause de son apathie ; il y avait également eu l'anéantissement de chacun des éléments qui composent une vie. Après que les hommes aux tenues sombres eurent fait leur apparition sur son seuil, les comités que Magda avait servis lui sommèrent de battre en retraite. Holger vit chacune de ses promotions lui passer sous le nez, Britte perdit son emploi sans explication et puis un avis d'expulsion avait suivi. Personne aux services de logement ne voulait les recevoir. Ils présumèrent tous les trois que ce bannissement obstiné contre eux était le résultat du départ de Nina ; ils se terrèrent dans un état de prostration.

Maintenant que le Mur était tombé, Magda pouvait donc à nouveau regarder le monde, et regarder le monde sous-entendait trouver Nina. Alors que les pierres chutaient et que les balles ne sifflaient plus et que Magda s'était autorisée à croire que la rapidité du revirement de Berlin-Est et Berlin-Ouest en Berlin tout court ne se solderait pas tout aussi promptement par un échec, ce souhait irrépressible devint un besoin physique. Libérée du poids de la Stasi, elle se sentit prête à laisser jaillir ce besoin viral qui avait mué en son corps des années durant.

Magda avait suivi les troubles politiques de 1989 aussi avidement que l'ensemble du pays, permutant entre les journaux télévisés de l'Est et de l'Ouest alors qu'elle essayait de déceler la vérité dans la propagande de chacun des côtés. Elle avait vu le Rideau de fer se désintégrer. Elle avait suivi les manifestations pour la paix et l'union qui étaient devenues un événement hebdomadaire à Leipzig. Elle avait suivi un demi-million de manifestants qui s'étaient entassés à Alexanderplatz le 4 novembre, agitant leurs banderoles qui proclamaient *Nous sommes un seul peuple*. Elle avait écouté le président russe Mikhaïl Gorbatchev prêcher ses nouvelles doctrines de *perestroïka* et *glasnost* – restructuration et ouverture – et promettant la fin de la guerre froide.

Contrairement à quarante ans en arrière, lorsque les mots portaient le lourd fardeau de définitions obscures, Magda avait accueilli favorablement les nouveaux et cru en leur authenticité. Elle ne pleura pas la défaite de l'Est : les idéaux qu'elle avait chéris étaient corrompus depuis trop longtemps pour qu'elle croie que les leaders de la RDA n'en reconquièrent jamais l'esprit. Elle ne crut pas non plus que ce changement advenait à la RDA avec le même genre de ferveur qu'elle lut sur les visages de la foule qui célébrait en Hongrie. Le 7 octobre, le vieil homme qui s'accrochait encore au pouvoir avait organisé un défilé le long de Karl Marx Allee pour célébrer le quarantième anniversaire de la fondation de la République, de la même façon qu'ils l'avaient fait pour ses dixième et vingtième et trentième anniversaires. Les armées massées et le grondement des chars ne donnèrent pas le sentiment que le gouvernement grisonnant du pays avait envisagé un quelconque changement. Sauf que, un mois plus tard, le secrétaire général Honecker et le Mur n'avaient plus lieu d'être et que le nouveau monde auquel tout un chacun voulait croire et se fier prenait la forme de la *réunification.*

Ce qui signifie plus aucune excuse. Ce qui signifie que le temps est venu.

Magda avait déjà décidé, sur le chemin de retour en train de Dresde, qu'elle n'allait pas abandonner et quitter Berlin comme Britte voulait qu'ils le fassent tous. Qu'elle allait plutôt retrouver Berlin de nouveau uni, celui qu'elle avait connu dans son enfance. Elle avait réservé un train le matin suivant le mariage et laissé Britte et Holger. Elle n'avait rien dit de ses intentions de retrouver Nina. Sa fille et son gendre avaient perçu la fuite à l'Ouest de Nina comme une trahison et avaient choisi de vivre comme s'ils n'avaient plus d'enfant. Magda ne les avait jamais critiqués à ce sujet : elle savait que leur aveuglement provenait de leur blessure et de leur peur. Cependant elle ne souhaitait plus suivre la même destinée. Elle avait passé de trop nombreuses années à se taire, à vivre dans la peur, et cela n'avait rien apporté à personne. Elle avait compris bien trop tard que le prix – laisser tomber Nina – n'en avait jamais valu la chandelle. Et à présent, elle avait soixante-quatorze ans. Peu importait le nombre d'années qu'il lui restait, elle ne les vivrait pas sans sa petite-fille. Peu importait ce qui découlerait de cette décision, rien ne viendrait entraver son chemin. Demain, par conséquent, elle se rendrait au point de passage de Friedrichstraβe et, cette fois-ci, elle le franchirait totalement. Le lendemain…

Magda fit une pause : la seule chose qui importait concernant *le lendemain*, c'était que chaque nouvelle journée compte. Son corps se fit plus léger ; ses épaules se relevèrent. Elle en avait oublié les changements subtils et inexpliqués de sa maison. Elle tendit le bras vers la bouilloire – et se figea. Posée contre la tasse au motif de marguerites dont seule Nina savait qu'elle était sa préférée se trouvait une enveloppe avec *Mamie* griffonné dessus, de la main inimitable de Nina.

Je n'ai jamais réussi à atteindre l'Ouest. On m'a attrapée avant que j'arrive au tunnel. J'ai été retenue prisonnière à Hohenschöhausen depuis la dernière nuit où tu m'as vue.

Magda plaça la lettre avec soin sur la table. Elle en avait lu les lignes introductives trois fois ; elle n'arrivait pas à s'en remettre.

Je me suis convaincue qu'elle était égoïste.

Cette réminiscence lui retourna l'estomac.

Je me suis plantée dans le jardin, m'apitoyant sur moi-même. Pleurnichant devant une commère de voisine en colère, détestable, parce que ma « petite-fille ingrate » avait fui à l'Ouest et m'avait délaissée.

Elle aurait dû faire preuve de plus de discernement. Tout ce temps qu'elle avait passé à songer que, quoi qu'ait découvert Nina, elle avait tourné le dos à sa grand-mère, et que cela était indigne. Nina avait mérité mieux que ça – elle avait peut-être été imprudente, mais cette petite n'avait jamais eu une once d'égoïsme en elle. Magda fit la grimace alors que l'ironie de la situation la frappait de plein fouet : c'était elle qui avait gaspillé des années à faire des reproches, pas Nina.

Durant les quarante années qui avaient passé depuis l'assassinat de Christoph, Magda avait rarement pleuré. Ce soir-là, en avril 1945, lorsqu'elle s'était traînée enfin jusqu'à Oberschöneweide, elle avait pleuré. Non, pas pleuré : elle avait éclaté en sanglots dans les bras de sa mère comme une enfant dont rien ne peut venir consoler l'immense tristesse. Elle aurait pu passer un certain temps à se complaire dans le désespoir puisque c'était tout ce dont elle avait envie, mais la simple entreprise de rester en vie l'en avait empêchée. Elle avait cependant fondu en larmes à nouveau neuf mois plus tard : lorsqu'elle avait tenu Britte dans ses bras pour la première fois et que les yeux de Christoph l'avaient dévisagée à leur tour. Elle avait pensé qu'elle n'arrêterait jamais, mais le bébé avait besoin d'elle, donc elle y avait mis fin, et avait décidé alors qu'il s'agirait de ses dernières larmes de deuil. Rien ne l'avait émue autant depuis, bien que la mort d'Herthe en avait été proche. Aujourd'hui, avec en main la lettre de Nina qui lui fendait le cœur, les larmes refirent surface. De grosses larmes qui coulèrent vite et sans s'arrêter, sur sa peau qui semblait fondre comme une glace au soleil. Nina n'avait pas passé les derniers dix-huit mois en sécurité et heureuse et à vivre cette vie riche et épanouie à laquelle elle avait tant aspiré, ou dans l'égoïsme et l'insensibilité. Sa petite-fille pleine de vie et parfois trop entreprenante avait été une prisonnière. Elle avait vécu entre quatre murs, coupée du monde dont elle avait tant souhaité faire partie, au point de prendre tant de risques.

Si seulement j'avais su...

Magda coupa net cette pensée avant qu'elle ne s'attarde. Si seulement elle avait su, et ensuite ? Cela n'avait pas été la détention d'une enfant qui avait dit une blague, ou d'une jeune fille qui avait distribué des tracts : deux épisodes effrayants et compliqués en soi mais gérables avec le bon nom et la bonne réputation. Cela avait été une tentative d'évasion. Il n'y avait rien dans l'arsenal de Magda qui aurait pu arranger ça. Et cette prison... Magda n'arrivait pas à calmer le tremblement dont son corps avait été soudainement pris, ni l'horrible battement frénétique de son cœur. C'était l'endroit qu'elle avait redouté dans sa jeunesse, qui avait resurgi à nouveau lors des menaces de la Stasi le jour où on l'avait arrêtée. Hohenschönhausen avait été un fléau à Berlin-Est depuis la fin de la guerre. Ce lieu avait été une démonstration plus discrète du pouvoir de la RDA sur ses citoyens que le Mur, sans doute, mais pas moins dangereux pour autant.

Magda glissa ses doigts au bas de la lettre qu'elle n'arrivait pas à lire jusqu'au bout. Elle pleurait rarement, et elle laissait rarement le passé envahir le présent. Elle avait choisi sa voie en 1945 et l'unique façon de l'emprunter avait été de ne jamais regarder en arrière. Mais ce nom, cette prison dont elle avait eu peur jadis qu'elle devienne son propre sanctuaire, avait fait sourdre des souvenirs douloureux qu'elle ne pouvait refouler, malgré toute sa volonté. Magda ferma les yeux et enlaça son corps tremblant de ses propres bras. Elle ne voulait pas revivre cette époque de désespoir, mais celle-ci la tourmentait si fortement qu'elle ne put l'empêcher d'émerger.

Magda avait quitté Grunewald le deuxième jour d'avril 1945 pour tenter de retourner chez sa mère et d'obtenir justice pour Christoph et Walther et les centaines de milliers de personnes qui avaient été injustement assassinées par Hitler et Himmler et tous les hommes maléfiques qui œuvraient avec eux.

Elle ne se posa aucune question sur ce que sous-entendait ce périple – elle en fut incapable. Elle était à peine sortie de la Maison-Tour depuis le jour où Himmler s'était occupé de son cas, et ensuite elle avait juste fait des allers-retours pour acheter de la nourriture et n'avait parlé à quasiment personne. Cloîtrée dans ses inquiétudes insurmontables pour Walther, et Eckhart et sa famille, et le réseau clandestin que l'arrestation de Walther aurait pu compromettre, et cloîtrée ensuite par sa blessure, elle n'avait plus suivi le cours complexe de la guerre, en dehors du fait qu'elle était presque finie. Lorsqu'elle partit donc de Grunewald, Magda savait que la guerre touchait à sa fin, mais elle n'avait aucune idée de ce que cela signifiait pour la ville. Ou, encore plus important, qu'elle allait marcher vers l'encerclement des armées Russes qui d'ici quelques jours allait ratisser et conquérir Berlin, et dont l'esprit va-t-en-guerre revanchard était imparable. Elle n'avait aucune idée – même si elle avait entendu le ronronnement des avions lors des trois dernières semaines et vu l'horizon brûler – qu'elle allait marcher vers la dévastation d'une ampleur catastrophique causée par les plus gros bombardements que la ville ait jamais endurés. Elle n'avait aucune idée que les bombardements avaient transformé Berlin en une ville fantôme, cette ville qu'elle connaissait si bien. Si quelqu'un lui avait parlé de tout ça, elle n'en aurait pas moins emprunté ce chemin. Elle voulait rentrer chez elle, et elle voulait être avec sa mère, et sa détermination, celle d'une enfant égarée, était sans faille. Elle rentra donc effectivement chez elle.

Ce périple aurait été impensable jadis lorsque sa vie se déroulait dans des limousines, et malgré cela elle parcourut à pied les vingt kilomètres qui séparaient Grunewald d'Oberschöneweide, parce qu'elle ne supporterait pas la gare, ou les trains qui, elle en avait peur, partaient encore d'ici. Ses pieds la portèrent sur toute la distance tandis que son esprit demeurait avec Christoph. Elle l'empêcha de visualiser Elsa. Elle se déplaça instinctivement et ne prêta pas attention à ce qui l'entourait.

Ce ne fut qu'une fois arrivée à ce qui semblait être Potsdamer Platz, après quasiment deux heures de marche aveugle, que le silence dans lequel elle s'était déplacée finit par attirer son attention et qu'elle s'arrêta. Le tumulte qui aurait dû l'accueillir s'était envolé. La place était pleine de squelettes là où les bâtiments se tenaient autrefois. L'air regorgeait de poussière de brique ; des décombres jonchaient le sol. Les murs encore debout étaient trop fragiles pour soutenir les pièces démolies qui y étaient encore accrochées. Une pichenette et les châssis de fenêtres brisées et les rideaux déchiquetés termineraient dans le chaos un peu plus bas. Magda se tint au milieu de ce qui avait été une cohue de gens et de voitures et de tramways et sut qu'elle assistait à la mort de la ville. En son for intérieur, elle voulait se figer et s'affliger ; mais elle se fit violence car la priorité était de continuer d'avancer.

À partir de cet endroit, Magda poursuivit son périple les yeux grands ouverts, parcourant des rues qui étaient tellement défoncées qu'elle ne pouvait plus les identifier. Les grands centres du pouvoir national-socialiste – la Chancellerie du Reich, le ministère de la Propagande et le quartier général des SS entre autres – étaient totalement rayés de la carte, l'autorité qu'ils avaient exercée jadis avait été réduite en cendres. Magda ne s'arrêta pas pour se lamenter sur leur sort.

La destruction sur laquelle elle tomba en passant par Friedrichshain et Kreuzberg, en revanche, lui coupa le souffle. Les usines n'y étaient plus ; les maisons non plus. Les rues étaient anéanties et méconnaissables, et les personnes qui y circulaient, toutes aussi brisées. Des femmes se traînaient devant elle en poussant des brouettes dans lesquelles étaient entassées le peu d'affaires encore en leur possession. Des enfants s'amassaient au milieu de leurs foyers détruits en quête de babioles abîmées de leur enfance. La carapace dans laquelle Magda s'était emmurée se désintégra totalement. En arrivant à Oberschöneweide, elle fut effroyablement éveillée et courait à moitié, malgré la fatigue de ses jambes et les ampoules aux pieds. La seule pensée qu'elle arrivait à garder en tête était *Soyez en vie, s'il vous plaît Dieu, soyez en vie.*

Elle perdit presque espoir. L'usine de câbles avait disparu, réduite en un amas de métal entortillé. La maison de ses parents – la rue de ses parents – avait disparu. Magda frappa frénétiquement aux portes et implora des étrangers qui refusèrent de lui parler pendant une heure avant de localiser sa mère. Il faisait presque nuit lorsqu'elle put enfin recoller les morceaux de toutes les adresses qu'on lui avait données et les associer aux rues remaniées. Deux personnes lui crièrent dessus au sujet du couvre-feu alors qu'elle passait devant elles en courant ; un homme lui hurla dessus au sujet des dangers d'être dehors la nuit et tenta de la traîner jusqu'à un abri antiaérien. Lorsqu'elle gueula et jura, il battit en retraite.

Lorsqu'elle trouva enfin Herthe, sa mère était claquemurée dans une pièce dont Magda présuma au début qu'elle avait fait partie d'une maison partiellement détruite mais qui s'avérait être le seul étage encore debout d'un immeuble de cinq étages. Son père avait disparu. On l'avait emmené de force, sous la menace et sans uniforme, pour combattre aux côtés des *Volkssturm* contre les Russes, parmi les vieux hommes brisés et les jeunes garçons apeurés sur qui Hitler avait fait reposer ses derniers espoirs de victoire. Sa mère était déjà silencieusement en deuil.

Lors de cette première nuit, Magda avait été incapable de trouver les mots nécessaires pour conter la moindre bribe de l'histoire qui avait été la sienne. Ensuite, lors des deux jours suivants, alors que les bombes américaines et anglaises continuaient de tomber sur la ville assiégée et que le grondement des armes Russes se rapprochait, elle se confia et raconta toute la vérité sur ce qui s'était passé. Elle ne laissa aucun détail au hasard, même quand – ce qu'elle fit plus d'une fois – Herthe se montra horrifiée. Sa mère l'écouta et la tint dans ses bras, et ne l'interrompit avec aucune question. Mais lorsque Magda se mit à raconter les trains, et comment elle avait dû y assister encore et encore – essayant de paraître logique, voulant à tout prix faire comprendre à sa mère que son âme n'y avait pas pris part – et qu'elle insista sur le fait qu'elle devait tout raconter au monde entier, Herthe l'arrêta.

— Non, Magda, tu ne dois pas. Je comprends que tu veuilles que justice soit rendue pour tous, je te promets que je comprends, mais l'histoire est dite, et son récit prend fin ici. Sinon, lorsque les Russes viendront, le fait que tu aies travaillé si étroitement avec un propriétaire d'usine comme Walther qui avait des liens avec les nazis et, plus particulièrement, avec Himmler, peu importe tes raisons, te mènera à ta perte.

Il n'y aurait pas de vérité convaincante concernant Christoph ou quiconque. Il n'y aurait pas le temps nécessaire au deuil. Lors des dix jours suivants, alors qu'avril traînait des pieds et que le printemps n'avait pas lieu, il n'y eut le temps pour rien d'autre que la survie.

Nous allons récolter la tornade de ce qu'on leur fait puissance dix.

La prophétie de Christoph le jour de sa mort se révéla brutalement vraie. Les armées victorieuses russes déferlèrent sur Berlin lors de la troisième semaine d'avril, assoiffées de sang et de victoire et de revanche, et transformèrent la ville en un bûcher funéraire. Dans la ville, la bataille fit rage rue après rue, maison après maison. Des corps s'empilèrent à chaque coin de rue, aussi bien ceux des soldats que des civils, pris entre les tirs croisés, éventrés par les éclats d'obus. Même lorsque les bombardements prirent fin et que les fusils se turent, personne ne demeura à l'abri.

Les soldats russes traquèrent les Allemandes avec la même férocité que celle dont ils avaient fait preuve en pourchassant leurs hommes. Magda et Herthe – averties par des femmes abîmées au visage ahuri fuyant les faubourgs éloignés déjà conquis et priant pour garder la vie sauve – avaient caché et emmagasiné de la nourriture et de l'eau alors que les armées russes approchaient, dissimulant des provisions dans la cave et dans des cavités creusées dans les murs. Elles passèrent leurs journées et leurs nuits à se cacher. Elles placardèrent un écriteau sur la porte d'entrée qui mettait en garde contre le typhus. Elles se coupèrent les cheveux, couvrirent leur visage avec de la cendre et utilisèrent leur propre sang pour se farder le visage de taches rouges qui étaient le langage universel de la fièvre. Magda et Herthe échappèrent à la terreur qui se rua pour combler le vide laissé par la fin de la guerre et le désintérêt des Russes pour la paix. Elles furent nombreuses à ne pas avoir cette chance.

Et ensuite mai arriva et apporta enfin un semblant d'ordre, ou en tout cas les haut-parleurs accrochés aux Jeep soviétiques en patrouille le promirent aux citoyens exténués et vaincus. Lorsque Magda et Herthe émergèrent – affamées et incapable de résister aux rations que les Soviétiques promettaient également, peu importaient les conséquences –, ce fut dans un monde totalement défiguré. L'Allemagne était la nation des déplacés et des morts et des décombres. Hitler et Goebbels avaient mis fin à leurs jours. Speer était affairé à se métamorphoser en un bon Allemand utilisé malgré lui. Himmler, à la fureur de Magda, s'était envolé. Les Alliés se chamaillaient pour Berlin comme des chiens pour un os, mais à Oberschöneweide, les Russes, les premiers arrivés, étaient fermement aux commandes. Il y avait autant de personnes qui en étaient terrifiées que d'autres qui s'en réjouissaient.

Quelques jours plus tard, les purges commencèrent. Cette fois-ci, quiconque avait le moindre indice de liens avec les nazis se faisait massacrer, et quiconque avec la moindre bribe de preuve contre leurs voisins était encouragé d'épauler cette traque. On ne disait pas aux personnes qui se faisaient prendre de quoi elles étaient accusées. Les maisons étaient fouillées ; des hommes et des femmes se faisaient enlever en pleine rue. Si on s'en tenait aux rumeurs – et, en l'absence de radiodiffusion ou de journaux, il n'y avait rien d'autre à quoi se raccrocher –, les personnes arrêtées étaient envoyées dans une prison dans le nord de la ville dont le nom, Hohenschöhausen, était vite devenu synonyme de terreur. Des procès, ou ce qui passait pour être des procès là-bas, avaient lieu dans le plus grand secret, et personne n'exigeait jamais d'être défendu par un avocat. Les condamnations étaient expéditives et brutales : mort, ou disparition dans les cellules du souterrain notoire de la prison, ou déportation comme forçat dans les mines en Russie.

— Si tu vas les voir et persistes à vouloir tout leur raconter sur Walther et tout le reste, tu te feras arrêter. Je ne m'en remettrai pas si je vous perds, toi et ton père.

Herthe avait été au bord du gouffre, tout comme l'avait été Magda.

— Et si je ne le fais pas, quelqu'un aura des soupçons et quelqu'un viendra me trouver et je me ferai arrêter quoi qu'il en soit. Tu l'as dit toi-même – mon histoire pourrait me mener à ma perte, ce qui veut dire que je dois en donner ma version avant tout. Même si justice n'est pas faite comme je le désirais, ou que Walther n'est pas vu comme le héros qu'il devrait être, je dois la raconter, et la raconter d'une façon qui me laissera une chance de rester en vie, au nom du bébé que je crois porter, et pour moi aussi.

L'attente d'un enfant – comme un lien avec Christoph qui ainsi resterait toujours en vie d'une certaine façon – mit fin aux argumentations d'Herthe et donna à Magda une raison non seulement de continuer mais de prendre sa vie en main. Elle fit sa déclaration à la *Kommandantura* locale lors de la dernière semaine d'un mois de juin très chaud, sans aucune certitude qu'elle ressortirait des bureaux de l'administration russe en femme libre.

C'est une prouesse. J'ai surmonté des obstacles plus durs que ça. Et c'est la vérité, ou les meilleurs passages de celle-ci.

Elle se répéta cela encore et encore alors qu'elle attendait son tour pour qu'on s'empare de son passé. Elle s'était préparée avec le sens du détail au fait que, si quelqu'un connaissait la vérité, cela pourrait mener à sa chute. Elle avait pris sa vieille carte du KPD et les écussons de la veste de l'armée russe de Christoph. Elle s'assit face à une brochette d'hommes russes au visage austère, et d'Allemands qui, en masse, les avaient épaulés dans l'éradication des quartiers occupés, et parla lentement afin que le traducteur puisse suivre le rythme. Elle raconta l'histoire de Walther en faisant bien référence aux communistes sauvés. Elle raconta l'histoire de Christoph en faisant bien référence à son courage, à son « martyre » et à son amour de toute une vie pour la Russie. Elle fit le récit de sa vie au travers de la leur. Elle était calme et sereine, et elle sut quand s'arrêter.

Il y avait des hommes dans la pièce qui se souvenaient des rumeurs sur Christoph, l'Allemand qui était tellement impliqué dans le socialisme qu'il avait rejoint l'Armée rouge, et ils dirent de lui qu'il était un héros. Il y avait des hommes dans la pièce qui savaient que le bruit courait sur les activités antifascistes de la société Tiedemann et se doutaient que les rumeurs sur l'exécution de Walther pour trahison au national-socialisme étaient vraies. Et il y avait des hommes dans la pièce pour qui le nom *Aderbach* avait des antécédents socialistes loyaux. Ils firent le choix de convaincre les Russes de la croire. Et, quand Magda leur raconta combien elle était compétente dans l'organisation d'une usine, le responsable – dont le poste serait préservé ou perdu qu'il réussirait ou pas à redonner vie à l'industrie locale afin d'alimenter les besoins russes – l'engagea. Magda repartit avec sa réputation intacte et reprit le cours de son ancienne vie comme secrétaire d'usine et employée fidèle au Parti. Elle ne reparla plus jamais de sa vie pendant la guerre, pas même chez elle à l'abri des regards ; elle s'aperçut bien assez vite que le régime avait changé mais pas les méthodes, et que personne ne pouvait revivre le passé sans risques. Elle demeura une employée fidèle au Parti. Elle ne remettait rien en cause – ni le Mur, ni les guetteurs, ni le fait que les espoirs et rêves à partir desquels les hommes aux commandes avaient promis de bâtir un nouveau monde en 1945 s'étaient transformés en une autre dictature fondée sur la peur. Magda ne remit rien en question, afin de s'assurer qu'on ne la questionne pas. Elle devint l'une des nouvelles architectes silencieuses du nouveau régime.

Je suis devenue la chute de ma petite-fille. Le passé s'évanouit alors que la vérité s'annonça.

Nina n'a jamais été le genre de fille qui pouvait demeurer passive et ne rien faire face à l'injustice. Je l'ai toujours su, car j'ai été cette fille jadis, mais je n'ai jamais eu le courage de le lui dire.

Magda ouvrit les yeux, sa tête cogitait sur *J'aurais dû partir quand j'ai vu comment les choses se passaient* ; *j'aurais dû être plus courageuse quand Nina est née et les faire tous s'évader.* Mais l'heure n'était pas aux regrets ; il était uniquement temps de rattraper ce qui pouvait encore l'être. Elle regarda à nouveau la lettre, les phrases qu'elle n'avait pas encore lues. Il y en avait peu ; ce qu'elle lut fut sans surprise. Nina était partie à l'Ouest ; elle s'était rendue à Erdener Straβe ; elle promettait de revenir lorsqu'elle aurait trouvé la Maison-Tour et déterminé si elle pouvait encore être un foyer pour eux.

Et ensuite ce sera mon tour d'être courageuse. Pour faire face à tout ce qu'elle trouvera, pour effectuer toute restitution requise.

C'était une bonne réflexion, apaisante.

Magda étira ses épaules fatiguées. Demain, elle irait faire des courses et ferait des stocks de tout ce que Nina adorait ; aujourd'hui, elle écrirait tout ce qu'elle voulait raconter. Il n'y aurait enfin plus aucun secret.

Elle se leva pour se préparer la tasse de thé qu'elle s'était apprêté à se faire une heure plus tôt. Quelque chose la titillait cependant.

Magda reprit la lettre.

Je vais aller directement à Erdener Straße et voir si la maison est encore debout ou en tout cas ce qu'il en reste. Dès que j'ai fini, je rentre directement. Tu ne verras peut-être même pas ça, je rentrerai peut-être avant toi.

Elle lissa le papier et relut la date griffonnée tout en haut : 13 novembre. D'après la lettre, Nina était partie le jour où elle l'avait écrite. *Je rentrerai directement.* Cela ne voulait-il pas dire le même jour, ou, tout au plus, le lendemain ? Sauf qu'aujourd'hui, c'était le 18 novembre. Nina ne connaissait personne à l'Ouest ; elle n'avait personne chez qui loger. Et comme elle sortait tout juste de prison, elle n'avait pas non plus beaucoup d'argent, ou aucun dans la monnaie locale.

Magda se rassit et oublia à nouveau le thé. Nina était partie depuis cinq jours. Où pouvait-elle bien se trouver ?

13

Nina, novembre 1989

Nina avait laissé un mot, cependant elle n'y avait pas dit toute la vérité. Elle n'avait pas mentionné la carte d'identité, ou qu'elle était déterminée à traquer son propriétaire si elle le pouvait. Elle avait gardé ses propres secrets afin de découvrir ceux de Magda.

Je me suis fidèlement murée dans le silence, selon nos us et coutumes.

Elle ne pouvait s'en inquiéter pour l'instant ; elle ne pouvait se concentrer assez longtemps pour s'inquiéter de quoi que ce soit. Elle se trouvait à l'Ouest, et tout à l'Ouest était fatigant et intrusif et bruyant.

Et vivifiant et effervescent et audacieux.

Nina s'enfonça dans son siège dans le train bondé de S-Bahn, observant comment les gens bavardaient et riaient autour d'elle sans se préoccuper que quelqu'un les écoute ou de parler moins fort.

Et pourquoi le feraient-ils ? Pourquoi y aurait-il besoin de discrétion, ou de peur, ici ?

La désinvolture des interactions exaltées autour d'elle était tout aussi grisante que troublante. C'était une contradiction qui résumait bien sa journée.

Nina avait quitté la maison de sa grand-mère tôt le matin du lundi 13 novembre. Elle avait envisagé de partir bien plus tôt que ça, mais elle avait laissé filer une grande partie du samedi en faisant une grasse matinée si longue qu'elle en avait eu la tête dans le cirage, puis elle avait passé le dimanche pluvieux assise devant la télévision, à zapper sur toutes les chaînes d'infos qu'elle avait pu trouver pour avoir des nouvelles de la chute du Mur.

Lors d'une de ses excursions, elle acheta un sac à dos et une lampe de poche et des allumettes. Bien qu'elle n'ait pas prévu de passer plus d'une journée loin de chez elle, elle avait apporté les quelques vêtements encore en sa possession et qui lui allaient encore, dont la robe à carreaux rapiécée, avec ces fournitures. Elle avait aussi embarqué sa carte d'identité de la RDA – qui était encore dans le sac à main que Magda avait heureusement mis de côté – et le faux passeport ouest-allemand que Jannick lui avait donné la nuit de son arrestation, qu'elle avait glissé dans la poche du manteau vert emprunté. Elle ignorait lors de son départ celui qu'elle devrait utiliser pour se rendre à l'Ouest : dans les deux cas, c'était un pari. Elle ignorait aussi par quel point de passage à présent ouvert elle devrait passer : le plus proche, à Sonnenallee, ou celui qui venait d'ouvrir et qui la mènerait de Treptow à Kreuzberg.

Ces deux endroits étaient cependant trop chargés de son passé, elle jeta donc son dévolu sur Friedrichstraβe qui semblait le plus fréquenté d'après les journaux télévisés devant lesquels elle s'était clouée. Elle ne fut pas enchantée à cette idée : Nina n'avait pas l'habitude de la foule et – malgré les propos rassurants et enjoués des présentateurs télé sur la réouverture qui prenait place à l'Est –, elle avait peur qu'il y ait encore des personnes aux aguets. Dans cette entreprise, néanmoins, se fondre dans la masse semblait être l'option la plus sûre.

Lorsqu'elle arriva enfin dans le hall de réception, après une attente interminable dans des bus à la queue leu leu, les gens serrés comme des sardines lui donnèrent toutefois envie de tourner les talons. Il y avait encore plus de monde que sur les images montrées à la télévision. Des hordes de voyageurs s'engouffraient dans des couloirs étroits qui permettaient de passer de l'Est à l'Ouest, se déplaçant si vite que les gardes au regard nerveux avaient à peine le temps de vérifier leur identité.

J'attendrai au point de passage. J'attendrai toute la journée.

La réminiscence l'avait suivie jusqu'ici et ralentit sa marche autant que la foule qui grouillait autour d'elle. Nina n'avait aucun moyen de savoir si Magda s'était rendue à la gare en 1988, ou si elle était passée à l'Ouest. Elle espérait que Magda n'y était pas passée. La pensée de sa grand-mère se tenant seule et apeurée, entourée d'étrangers, et se disant que Nina l'avait laissée tomber, lui mit les larmes aux yeux.

J'aurais dû attendre qu'elle rentre chez elle. Je pourrais encore. Je pourrais retourner à la maison maintenant et l'emmener avec moi à son retour de Dresde.

Nina voulut rebrousser chemin et se frayer un passage jusqu'à l'entrée, mais la foule amassée dans le hall ne se déplaçait que dans une seule direction, et Nina fut prise dans son filet.

Suis les stratégies qui t'ont permis de rester en un seul morceau à Hohenschönhausen : étudie la situation, réfléchis minutieusement à la façon la plus probable de te sortir et là, pas avant, et toujours posément, réagis.

C'était une bonne idée ; mais elle fut impossible à mettre en œuvre. Elle se trouvait dans le couloir de traitement, faisant face à la paroi de verre et à la demande de ses papiers sans avoir encore eu le temps de décider lequel des deux documents utiliser. Nina hésita, puis, désarçonnée par le brusque « dépêchez-vous » du garde, elle tira le premier qu'elle toucha et se fia au destin.

L'homme tamponna sèchement et jeta à peine un coup d'œil à la carte d'identité de la RDA qu'elle lui avait tendue ; elle non plus, il ne la regarda pas. Aucune alarme ne se déclencha, aucun van pour la mener en prison. Il lui aboya dessus pour qu'elle avance, ce qu'elle fit. Une demi-douzaine de pas – c'est tout ce qu'il fallut. Sans vacillement ni anicroche dans l'obscurité. Une demi-douzaine de pas et elle y était, à l'Ouest, entourée de rires et de bruits et de gens qui lui tapotaient l'épaule comme si elle venait de gagner une espèce de course. Ce fut presque insultant de simplicité.

Le Berlin où Nina mit les pieds était totalement le même et totalement différent de celui qu'elle avait quitté. Elle reconnut la langue qui virevoltait autour d'elle comme étant la sienne, mais l'argot et les intonations rendirent la plupart des bribes de conversation qu'elle pouvait entendre incompréhensible. La circulation et l'affluence autour de la gare étaient aussi importantes que dans les rues autour d'Ostbanhnhof, cependant il y avait une plus grande variété de voitures que celles dont elle connaissait les noms, et une plus grande mixité de gens. Et les vêtements à l'Ouest attiraient beaucoup plus l'attention que ne l'auraient fait les habits en lambeaux à l'Est. Cuir noir et motif léopard défilèrent devant elle, et de longs manteaux et des jupes courtes et des épaules nues, le tout dans un kaléidoscope de couleurs et de modèles – bleu et rouge et vert dépareillés de carreaux et rayures et autres motifs. Contrairement à la RDA, où les tendances de la mode étaient dictées par un plan sur cinq ans établi de façon aussi rigide que celui qui gère la production d'acier, personne ici n'était le sosie d'autrui. Et personne ne marchait assez lentement pour que Nina puisse interpeller quelqu'un et demander son chemin, même si elle n'en avait pas l'intention.

Il me faut une carte. Dès que j'en aurai une, je pourrai me suffire à moi-même et avancer à mon propre rythme.

Elle aperçut un petit magasin qui vendait des cigarettes et des journaux et y entra. La femme corpulente derrière le comptoir leva les yeux alors que Nina étudiait la sélection de plans de la ville en présentation. Dès que Nina ouvrit la bouche pour en demander un, la commerçante fit la moue.

— Encore une de l'Est, quelle surprise. Quand allez-vous arrêter de nous envahir ? C'est pire qu'une inondation.

La question prit tellement Nina au dépourvu qu'elle ne put rien rétorquer. Toutes les images de la télévision du démantèlement du Mur avaient montré des Berlinois de l'Ouest les bras grand ouverts et sourires aux lèvres, pas avec ce mépris hostile.

La femme poursuivit comme si elle n'avait ni besoin ni envie d'avoir de réponse.

— Allez-y donc, dites-moi de quoi il retourne, ce que vous autres *Ossis* vous manigancez. Vous commencerez par quoi en premier ? Par nos maisons, notre sécurité sociale ou nos emplois ?

Nina prit le plan que la femme balança vers elle. Elle eut une réponse cette fois-ci. Elle voulait dire *Rien de tout ça : je viens de l'autre côté de la même ville que vous, pas d'une autre planète ; vous ne pensez pas que nous avons nos propres maisons et emplois et hôpitaux* ? Elle voulait néanmoins également éviter d'attirer l'attention, elle demeura donc bouche cousue. Cela ne lui fit pas le plus grand bien : elle s'éloigna du magasin avec cette phrase « ou peut-être que ce dont vous avez tous besoin, c'est qu'on vous inculque les bonnes manières » qui résonna dans ses oreilles.

Dehors le vent s'était levé et Nina était affamée. Il y avait deux cafés autour de la petite place, donc les néons ne passaient pas inaperçus. Il y avait également un stand de bretzels à emporter et quelques bancs où *a priori* l'accueil serait plus chaleureux. Nina était à mi-chemin lorsqu'elle s'aperçut qu'elle ne tremblait pas de froid mais de colère.

Tu as tous les droits d'être ici. Tu n'as pas choisi de quel côté du Mur tu allais naître. Plus personne n'a le droit de te dicter ta vie à présent.

Elle ne croyait pas en cela, pas encore ; elle se le répéterait des mois durant avant de s'en persuader enfin. Pour l'heure, cependant, croire en cela importait peu : le simple fait d'y songer suffisait pour l'encourager à pénétrer dans la chaleur d'un café où son argent était aussi bon que celui de n'importe qui. Et afin de s'en convaincre, avant qu'elle ne se rende à Grunewald et ne revendique que la ville était et n'était pas à elle, elle se devait de trouver un sens au pouls de cette ville et de ne pas avoir l'air si à côté de la plaque.

Ce qui veut dire que je dois faire le contraire de tout ce que je faisais à l'Est et me métamorphoser, au moins pour les prochaines heures, en une bonne capitaliste de l'Ouest.

Nina poussa son café avalé et son assiette engloutie sur le côté de la table et déplia la carte en grand. Contrairement aux plans de la RDA, qui avaient plus de parties manquantes que de détails, celui-ci était si explicite qu'il comprenait même les sites touristiques. Nina savait déjà celui qu'elle voulait voir : le KaDeWe sur Kurfürstendamm, le temple mythique du capitalisme dont elle se disait que chaque citoyen de la RDA qui était passé de l'autre côté irait directement voir. Le fameux grand magasin, le Kaufhaus des Westens, était légendaire, en tout cas à l'Est. La matinée était presque terminée, la lumière de novembre s'estompa assez tôt. Vu ce qui l'attendait, visiter le KaDeWe était une perte de temps frivole. Nina ne put penser à deux meilleures raisons, typiquement occidentales, d'y aller.

Au bout du compte, elle perdit plus de deux heures de délectation dans le magasin. Si les autres clients n'avaient pas fini par la fatiguer, elle aurait perdu toute sa journée.

Elle se rua ensuite vers le train pour Grunewald, trimballant ses sacs pleins d'échantillons gratuits et, l'argent que Jannick lui avait donné presque entièrement dépensé, elle se sentit – malgré l'expérience qui avait été aussi frustrante que réjouissante – aussi téméraire et impulsive et jeune que dans les bars enfumés où elle et Stefan avaient jadis refait le monde.

Ou, en d'autres termes, je me sens comme la fille de vingt et un ans que je suis.

Cette pensée la fit sourire, ce qui fit sourire l'homme assis en face d'elle, puis ils se mirent à rire. Il fut évident vu la façon dont il essayait d'attirer son regard qu'il voulait lui parler, mais Nina se méfiait encore trop des étrangers, et était trop focalisée sur les souvenirs de sa journée, pour se montrer réceptive.

— Vous avez des pommettes incroyables, et vos cils sont dingues ! Vous êtes mannequin ? Dites-moi que vous l'êtes – que pourriez-vous être d'autre avec un visage et une silhouette aussi fabuleux ?

Une vendeuse qui l'avait aguichée finit par agripper le bras de Nina alors qu'elle déambulait, hypnotisée, à l'étage gigantesque des cosmétiques du KaDeWe. Avant qu'elle puisse battre en retraite ou protester, Nina se retrouva sur une chaise avec une serviette autour du cou et un éventail de pinceaux de maquillage devant le visage, alors que la fille jacassait tellement qu'un soldat aguerri aurait abdiqué face à elle. Un coup d'œil au prix indiqué sur le fond de teint avec lequel elle était sur le point d'être maquillée retourna l'estomac de Nina.

— Je suis désolée mais je n'ai pas les moyens de m'acheter ça.

Cette fois-ci, lorsqu'elle parla, l'accent de Nina – qui était beaucoup plus léger que celui de la vendeuse – fit taire la logorrhée des noms de marques qui fut remplacée par un cri de joie.

— Oh mon Dieu, vous êtes de l'Est ? Êtes-vous russe ? Je le savais. Certains mannequins qui viennent de là sont impressionnantes. Ne vous inquiétez pas pour les prix. Ça ne vous coûtera rien, je vous le promets – j'utilise des échantillons – et on va vraiment bien s'amuser.

Il fut plus simple pour Nina de se détendre et de laisser la vendeuse papoter et « faire sa magie » que d'argumenter, ou de lui expliquer que « sa parfaite morphologie et son corps de rêve » étaient le résultat de la famine quasi totale dans une prison de la Stasi, et non d'une autodiscipline rigoureuse. Nina n'arrivait même pas à s'imaginer comment tournerait cette conversation. Il était plus simple de mettre la vérité de côté et d'accepter l'illusion ; c'était apparemment tout ce qu'on lui demandait et le résultat fut, comme le dit la fille, « remarquable ». Nina s'éloigna des rayons cosmétique avec un visage qu'elle reconnut à peine mais qui lui plut assez, et avec plus de produits beauté qu'elle n'en avait jamais possédé ou connu dans sa vie.

Ensuite elle se rendit à l'étage alimentation et fut trop bouleversée pour en apprécier la teneur. Il y avait tellement de choix, et tellement de produits, et personne qui semblait troublé par cette abondance à part elle. Elle erra dans les allées, n'arrivant pas à se décider. Trente genres différents de céréales ; tellement de gâteaux et parfums de yaourts qu'elle ne put les compter ; des rayons grognons qui étaient réapprovisionnés dès qu'un interstice s'y formait. Nina se tint dans la queue d'une caisse, les yeux rivés sur son panier plein à craquer tout en comptant et recomptant promptement son argent. Une femme derrière elle se mit à se plaindre car ils n'avaient pas la marque de jus de fruits que sa fille boudeuse demandait, et cette frustration les fit quitter le magasin.

Une personne, une ville.

Le slogan était partout, sur les drapeaux et les stickers et les gros titres des journaux. Néanmoins, plus Nina observait l'Ouest, plus elle prenait conscience que la promesse d'unité était loin d'arriver à ses fins ; que d'autres murs, plus subliminaux, étaient bâtis dans l'ombre de celui en dur, dont la chute serait aussi complexe, si ce n'est plus.

— Excusez-moi, vous êtes de cette ville ?

L'homme en face d'elle s'était rapproché pendant que Nina était perdue dans ses pensées. Il souriait encore. Il était blond et bronzé, les yeux presque ridiculement bleus, et avait clairement l'habitude que les femmes soient attirées par lui. Nina n'avait pas spécialement envie de lui répondre ; ses égards ne l'intéressaient pas. Elle ne pouvait pas s'imaginer se lancer dans une amourette, pas avec un étranger, pas après si longtemps. Et pas avec son cœur qui, d'une certaine façon, appartenait encore à Stefan.

Le train commença à ralentir alors qu'il attendait encore, son sourire chancelant face à son silence. Nina jeta un coup d'œil par la fenêtre : c'était Grunewald, son arrêt. Elle rassembla ses sacs et se leva.

— Vous pourriez au moins me dire si vous êtes de Berlin ?

Nina se retourna alors que les portes du train s'ouvraient. Il était quasiment debout, prêt à la suivre si elle lui avait adressé un mot d'encouragement. Nina hocha la tête et sauta sur le quai.

— Je ne peux pas répondre, désolée. Je ne suis pas sûr de ce que signifie Berlin.

Le ciel passa du gris clair au gris foncé lorsque Nina quitta la jolie gare fleurie et se dirigea vers Erdener Straße. Grunewald était beaucoup plus calme que le centre de la ville, ce qui fut un changement appréciable dans la cadence de cette journée.

Les rues étaient désertes ; les villas blanches et pastel qui les bordaient avaient les volets solidement fermés. L'air avait des effluves de pins et un parfum léger de feux de jardin automnaux. Le faubourg était calme et paisible et aussi impeccable que Nina avait espéré qu'il le soit. Elle ne put néanmoins trouver la Maison-Tour malgré le nombre d'allers-retours qu'elle fit dans la rue où elle était censée être. Rien ne correspondait au dessin dont elle avait appris par cœur les détails. Après avoir parcouru trois fois les trottoirs proprets, ce fut difficile pour Nina de ne pas écarter la possibilité qu'elle ait pu disparaître. Les maisons qu'elle avait examinées minutieusement n'étaient pas toutes vieilles et imposantes : certaines étaient modernes avec une structure en verre et en acier et auraient pu avoir été bâties, même si elle espérait que ce n'était pas le cas, à la place des anciennes.

Avec un sentiment de désespoir, Nina regarda sa montre pour ce qui lui semblait être la centième fois. Trois heures moins le quart. Ce qui voulait dire qu'il ne restait que deux heures de lumière du jour convenable au mieux, un temps bien trop court pour découvrir et explorer une maison disparue.

Il n'y a rien d'autre à faire à part jeter l'éponge pour aujourd'hui et tenter à nouveau demain. Au moins maintenant je connais le chemin et ne me laisserai pas distraire.

À l'idée d'abandonner, cependant, elle eut un haut-le-cœur. Elle savait que retourner à Oberschöneweide était la chose rationnelle à faire, mais même avec ses pieds endoloris et son espoir légèrement évanoui, Nina n'avait aucune envie d'être rationnelle. Elle cherchait une maison d'où s'était éloignée sa grand-mère plus de quarante ans auparavant – une maison que Magda avait abhorrée – dans l'espoir de déterrer une histoire que sa grand-mère s'était toujours refusée à raconter. Elle espérait également retrouver la trace d'une femme inconnue à partir d'une photo qui avait quarante ans, sans avoir la moindre idée de la raison pour laquelle ni du point auquel elle était importante. Rien dans tout ça n'était rationnel. De surcroît y avait-il une autre voix qui tançait son oreille et venait contredire l'aspect logique. Elle lui murmurait qu'il n'y aurait pas de seconde chance ; que si Nina abandonnait maintenant, elle finirait dans les abîmes de son ancienne vie et que la Maison-Tour resterait cachée. Nina savait qu'il était imprudent d'écouter cette voix – et pourtant elle le fit.

Magda n'a jamais voulu que je m'y rende. Si je rentre à la maison et qu'elle s'y trouve, elle essaiera de m'empêcher d'y retourner.

Nina arrêta de faire les cent pas, se figea et passa à nouveau en revue les propriétés autour d'elle comme si de l'une d'entre elles pourraient soudain jaillir un cadran et une tourelle, si elle y croyait dur comme fer.

C'est ridicule. Ça ne changera rien si je reviens demain ou le mois prochain, elle n'est plus là.

La journée lui filait entre les doigts, elle n'avait pas assez d'argent pour s'offrir un hôtel et même si elle était coutumière de l'inconfort, elle ne pouvait pas dormir sur le banc d'un parc au cœur de l'automne. La voix rationnelle prit le dessus. La voix qui lui murmurait que *ça n'avait jamais été qu'un rêve puéril qui s'était évanoui* prit le dessus. Nina, à contrecœur, rebroussa chemin vers la gare, traînant des pieds, s'assurant de marcher encore plus lentement et de regarder encore plus méticuleusement. Alors qu'elle avançait, consciente qu'elle avait non seulement le sentiment mais aussi l'air de ressembler à une gamine ronchonne et déçue, un mouvement soudain de l'autre côté de la rue attira son regard. C'était un chat, un petit tigré, qui courait d'un côté à l'autre d'un trou entre deux murets de jardin rehaussés de barbelés. Alors que Nina l'observait, le chat s'arrêta, regarda, ou en tout cas sembla le faire, droit dans ses yeux avant de disparaître dans le massif duquel il était sorti.

Je suis censée le suivre. J'y suis préposée.

Nina était parfaitement consciente que cela ne pouvait être vrai. Qu'elle n'était pas le personnage d'un conte de fées ; que le chat n'allait pas se transformer en gardien enchanté d'une maison magique. Elle s'en fichait. Elle voulait un signe que la quête qu'elle suivait serait récompensée, alors elle prit le chat pour un présage et traversa la rue, lui faisant signe de venir.

Il n'en fit rien, mais à présent Nina était plus proche et put voir que l'espace sauvage où le chat tigré avait disparu était bien plus large que ce qu'il avait l'air de prime abord. Quelques pas sur le gravier envahi de mauvaises herbes et Nina s'aperçut que le passage n'était finalement pas un sentier étroit mais une allée dont les bordures étaient balisées de pierres rondes – et à présent en grande partie recouvertes de mousse – délibérément positionnées. La respiration plus rapide, elle la suivit au milieu des arbres indomptés qui bloquaient toute vue vers l'avant ou l'arrière qui avait dû prévaloir d'antan, prête à voir son espoir déchu ; refusant de croire qu'il en serait ainsi.

Ce ne fut pas une tâche aisée. L'allée était quasiment impraticable à certains endroits, où des haies hirsutes s'étaient enchevêtrées, et des années de feuilles mortes avaient rendu le sol meuble. Nina ralentit, bien que son souhait soit d'accélérer le mouvement, consciente que si elle trébuchait et se tordait une cheville ou cognait sa tête sur l'une des grosses pierres, une éternité pourrait s'écouler avant que quelqu'un ne tombe sur elle. Par chance, l'allée était courte. Nina contourna ce qui semblait en être le dernier coude avec les doigts croisés, et pour son plus grand bonheur et – maintenant qu'elle s'était matérialisée et qu'elle pouvait l'admettre – à sa grande surprise, elle était là. La Maison-Tour. Reconnaissable entre toutes, même masquée par une façade végétale de lierre qui l'étouffait.

Nina ne s'en réjouit pas longtemps. Elle était là, mais en très mauvais état. Les volets battaient de l'aile ; une partie du balcon s'était effondrée. L'horloge était quasiment invisible derrière des strates de crasse, et la tour elle-même était inclinée là où les plantes grimpantes avaient perforé les briques. Ce n'était plus un château de princesse, sauf si la Belle au Bois dormant avait vieilli et fané. Elle était en ruine, certaines parties tenaient à peine debout.

Mais elle a le mérite d'être encore là, et un charme s'en dégage encore. Elle a de beaux restes sur lesquels on peut rebâtir.

Consciente qu'elle souriait naïvement et de toutes ses dents, insouciante, Nina entama le tour de l'édifice, se frayant un chemin au milieu des ronces qui s'étaient nouées jusqu'en haut des rebords des fenêtres du rez-de-chaussée. La porte de devant était noire et robuste sous son apparente saleté. La serrure dont elle n'avait pas la clé était ornée et ouvragée et s'était recouverte d'une pellicule verte qui suggérait qu'il y avait du bronze dessous. Tâchant de ne pas tressaillir en touchant les toiles d'araignées épaisses, elle poussa le métal dans l'espoir que l'usure ait eu raison de lui. Comme cela ne fonctionnait pas, elle donna des coups sur le bois avec son épaule. Il n'y eut même pas une once de grincement.

Nina fit un pas en arrière et étudia les fenêtres. Elles étaient nombreuses, mais les vitres de celles du bas étaient petites et les grilles en fer forgé qui les recouvraient étaient rouillées et bien accrochées. Puisqu'elle ne se fiait ni à ses talents d'escalade ni à la solidité des crampons du lierre, celles d'en haut ne pouvaient pas constituer une option.

Laissant tomber la façade de devant, Nina se faufila à l'arrière. Il n'y avait aucun passage perceptible. Ce qui avait dû être un jardin, jadis, se trouvait être aujourd'hui une mer de liserons dont l'horizon se dessinait jusqu'à un abri délabré partiellement visible. L'arrière de la maison était aussi envahi de lierre que l'avant ; la porte rouge en piteux état semblait bien moins solide. Nina arracha les vrilles qui y étaient accrochées et balança tout son poids dessus. Deux poussées et la serrure céda ; une troisième et elle s'ouvrit doucement en grinçant. Nina prit une respiration profonde et entra. Ce qui l'accueillit était une capsule temporelle.

Personne n'est venu ici depuis des années, sans doute des décennies.

L'absence de vie était tangible dans l'air. Il y avait une grande présence d'humidité, de moisissure, de pourriture et de poussière qui la firent éternuer, mais il n'y avait aucune odeur humaine qui y était imprégnée. Le délabrement était total : le papier peint de la cuisine s'était desquamé en serpentins ; des taches de moisi vertes et marron jonchaient les murs et les plans de travail ; la cheminée était pleine d'une couche épaisse de brindilles et de feuilles sèches telle une toile d'araignée, comme si des nids d'oiseaux y étaient tombés des générations durant. Le délabrement était partout où elle regardait, mais – en dehors de ce qui semblait être des débris de verre dans le vestibule – il n'y avait aucun signe d'effraction. Rien, dans la cuisine, n'avait été cassé ; rien n'avait été saccagé. La maison semblait avoir été laissée à l'abandon – et puis complètement oubliée.

Nina ferma la porte de la cuisine, posa son sac à dos et ses emplettes et cala une chaise sous la serrure cassée. Si elle avait trouvé la maison, si on l'avait vue, certains pourraient s'y aventurer. Elle n'était prête pour personne d'autre, pas tant qu'elle n'avait pas exploré chaque centimètre carré de ce qui l'occupait ici. C'était à peine si elle savait que ressentir sur ce qu'elle avait déjà vu, alors que l'idée de ce que la maison pourrait cacher commençait à amoindrir son excitation initiale.

Déterminée à se lancer pendant qu'il faisait encore jour, Nina s'engouffra dans le couloir et la série de pièces contiguës. Elle ne réussit à faire que quelques pas cependant, avant de s'arrêter, ses pieds refusant de la porter plus loin. La lumière était faussée. Même en prenant en compte l'heure tardive, elle était ternie et faible et elle ne pouvait distinguer la moindre chose au travers des carreaux des fenêtres.

C'est comme en prison – c'est pour ça que ça m'a troublée. Ce sont des fenêtres factices, c'est un monde extérieur factice.

Son cœur tambourinait ; les murs se refermaient comme un étau – elle savait qu'elle ne pouvait pas aller plus loin. Si elle n'ouvrait pas la maison, celle-ci la rejetterait.

Nina s'en retourna par là où elle était entrée et retira la chaise de la porte de la cuisine. Le courant d'air frais instantané la calma. La maison avait besoin de lumière, elle lui donnerait donc de la lumière. Elle tira sur les plantes grimpantes qui obstruaient les fenêtres du rez-de-chaussée, extirpant autant de tiges qu'elle pouvait atteindre. Dès qu'elles furent libérées, elle utilisa d'abord ses manches puis tout son pull pour frotter et créer des judas sur les vitres crasseuses. Lorsqu'elle entra à nouveau dans la maison, ses mains endolories et couvertes de cloques, la lumière fut : les derniers rayons de soleil s'étaient immiscés avec assez de force pour qu'elle redevienne une maison.

Avec ce sentiment d'avoir repris le contrôle, Nina zigzagua dans toutes les pièces du rez-de-chaussée, ne touchant qu'avec les yeux. Puis elle se dirigea avec précaution à l'étage, esquivant les affaissements qui laissaient supposer que les planches étaient pourries. En dehors de ses pas, il n'y avait pas un bruit, même chez les oiseaux qu'elle avait dérangés dans le lierre. Le silence était complet, encore plus tenace que la poussière, et – même si Nina se disait qu'elle était bête et superstitieuse –, aussi inconfortable que la pénombre l'avait été.

Le temps de visiter chacune de ses pièces, la maison fut à nouveau plongée dans le noir. Elle trouva du mobilier dans chacune d'entre elles, même si les meubles en bois massif et les couvre-lits et rideaux étaient crasseux et gâtés et arboraient des stigmates de mites et de souris. Elle ne trouva nulle part trace de sa grand-mère. Ce qu'elle découvrit en lieu et place furent un tas de trucs qu'elle ne discernait pas. Une pile de ce qui semblait être des photographies encadrées et entassées dans le coin d'une petite chambre. Un chandelier à branches terni et noir sur la table de la salle à manger, dont les bras courbés rappelèrent à Nina celui qu'elle avait vu dans un livre sur le judaïsme. Le nom de *Minna* griffonné sur le papier peint fleuri délavé de ce qui, selon Nina – d'après la maison de poupée ramassée sur elle-même au milieu de la pièce – avait dû être jadis la chambre d'une petite fille. Toutes ces découvertes étaient déconcertantes. L'une d'entre elles fut particulièrement perturbante : le portrait taché et abîmé par l'eau, accroché dans l'entrée, d'un homme qui était, indéniablement, horriblement, Hitler.

Cette découverte mit fin à l'exploration de Nina. Elle ne savait pas s'il restait des affaires dans les armoires et les commodes. Elle se dit qu'elle ne les avait pas encore ouvertes parce qu'il n'y avait plus assez de lumière et – même s'il y avait de l'eau froide qui coulait des robinets – pas de courant. Cependant, ce n'était pas la vraie raison : le portrait, en plus de la carte d'identité SS qui était cachée au fond de son sac à dos, laissait supposer qu'il valait mieux attendre le matin pour découvrir certaines choses au lieu de le faire en pleine nuit.

Lorsqu'elle termina sa reconnaissance des lieux, sa montre lui indiqua qu'il était six heures. Il faisait nuit, il aurait tout aussi bien pu être minuit, et il faisait grand froid. Sécuriser la maison à nouveau et rentrer s'avérait sensé.

Cependant elle ne voulait pas encore agir de façon sensée. Elle ne pouvait pas agir de façon sensée. Si Magda était rentrée plus tôt que prévu et l'attendait, cela induirait qu'il faudrait lui demander pourquoi sa vieille maison abandonnée était pleine d'affaires d'autrui, délaissées, et pourquoi le seul portrait que Nina avait trouvé était celui d'Hitler. Nina n'avait aucune idée de la marche à suivre. Pas avec *J'ai fait des choses, Nina. Pour la bonne cause mais ça a... mal tourné, ou ça pourrait avoir l'air d'avoir mal tourné* virevoltant dans sa tête. Quelque chose clochait. Même sans les regarder ni en vérifier les dates, Nina sentait bien que les photographies et la maison de poupée et les autres objets délaissés qu'elle avait trouvés avaient fait partie de la vie de cette maison avant Magda. Son imagination lui jouait sûrement des tours – elle serait vraiment heureuse si on lui démontrait que c'était le cas – mais il lui semblait qu'ils faisaient partie de la structure du lieu, comme s'ils avaient été choisis avec amour pour s'imbriquer dans l'édifice, et Magda avait clairement exprimé qu'elle n'avait jamais aimé cet édifice. En conséquence, Nina ne pouvait rentrer : il y avait encore tant de choses à déterrer.

En lieu et place, Nina mit donc en pièces un petit meuble branlant et fit un feu dans l'immense cheminée du salon. Dès qu'il y eut de grandes flammes, elle arracha une paire de rideaux tachetés de moisissure et l'utilisa comme une couverture. Ensuite elle s'y emmitoufla, se blottit sur l'un des deux canapés affaissés de la pièce et sortit les achats qu'elle avait effectués à l'étage alimentation du KaDeWe. Un pain sucré nommé brioche dont elle n'avait jamais entendu parler ; des tranches épaisses de jambon ; un filet d'oranges aux airs de bijoux et une barre de chocolat Milka qui était si divinement crémeuse qu'elle en lécha la moindre trace sur l'emballage. Même avec le feu scintillant et son nid de velours, la pièce était plongée dans le noir total et trop froide et il y avait des choses dans la maison qui étaient bien plus troublantes que ce que Nina s'était attendue à trouver. Et pourtant cela ressemblait au paradis par rapport à sa cellule de prison.

Le coup sur la porte de la cuisine sortit Nina d'un sommeil profond et dénué de rêves. Après des années de nuits entrecoupées qui lui étaient comme confisquées, dormir devint un plaisir dont elle se réjouissait mais elle exécrait de devoir se réveiller. Le second coup lui parvint alors qu'elle essayait de comprendre où elle se trouvait. Elle sortit des rideaux et se faufila lentement jusqu'à la cuisine. Un homme se tenait là, en uniforme bleu de policier, visible au travers de la porte semi-vitrée. Nina se plaqua contre le mur, mais il l'avait déjà vue.

— Vous devez ouvrir la porte, Fräulein. Je dois savoir ce que vous fabriquez ici.

Je ne peux pas le laisser entrer ; il verra le portrait. Ça doit encore être un crime d'être un nazi ici. Il va m'arrêter. Je ne retourne pas en prison, ni à l'Ouest ni à l'Est.

— Fräulein, je sais que vous m'entendez.

Cela ne servait à rien de continuer de faire semblant – ça pourrait le contrarier. Nina retira la chaise qui bloquait la porte, inquiète du fait que si elle n'obtempérait pas, il l'enfoncerait. Néanmoins, au lieu de le laisser entrer, c'est elle qui sortit sur le seuil et elle referma la porte derrière elle, claquemurant le passage avec son corps. Elle ne savait pas si cela le mettrait en colère ; elle ne savait pas si, quoi qu'il en soit, il la pousserait sur le côté pour entrer. Elle enfonça ses mains dans ses poches alors qu'elle se tournait vers lui et s'efforça de montrer un visage confiant, et pourtant il était évident d'après son froncement de sourcils qu'il avait remarqué qu'elle tremblait.

Il croit sûrement que je suis une toxicomane qui est entrée par effraction.

À son grand soulagement, il la dévisagea de haut en bas, puis il recula.

— Comment vous appelez-vous, et pourquoi êtes-vous là ?

Nina eut presque envie de mentir. Elle avait encore le faux passeport – elle pourrait le lui remettre, prétendre qu'elle était en effet une vagabonde en quête d'un endroit pour dormir, puis trouver une cachette jusqu'à ce qu'il parte et s'y faufiler à nouveau. Le bon sens prit heureusement le dessus sur la peur de l'uniforme. Si elle, ou Magda, envisageait de faire une réclamation légale de la maison, elle devait commencer par être honnête.

— Mon nom est Nina Dahlke. Je suis de Oberschöneweide à…

Elle hésita.

— C'était à Berlin-Est. Je suppose que c'est encore le cas. Cette maison appartenait à ma grand-mère il y a quarante ans. Je suis venue pour la retrouver, et pour la lui rendre si j'y arrive.

Le policier ne sembla pas particulièrement surpris par sa réponse.

— Vous avez des papiers ?

Nina tendit sa carte d'identité de la RDA et se mura dans le silence pendant qu'il l'étudiait. Il la lui rendit puis leva sa casquette et se gratta la tête, ce qui lui donna soudain l'air – pour Nina – ordinaire et humain.

— Cette ruine était à votre grand-mère ? Pour être honnête, ça fait quatre ans que je patrouille dans le secteur et je ne savais même pas qu'elle existait. Nous avons reçu un appel de l'une des villas derrière, les grandes que vous pouvez probablement voir depuis le fond du…

Il se tut et regarda vers l'abri.

— Eh bien, depuis là-bas. Bref, quelqu'un a vu de la lumière et s'est dit qu'il y avait peut-être le feu, dans « la ruine sur le terrain vague », comme l'a surnommée la personne qui a appelé. Ça m'a pris des lustres pour trouver l'entrée. Je suppose qu'aucun membre de votre famille n'y est revenu depuis bien longtemps si vous êtes de l'Est ?

Nina hocha la tête.

— Je crois que personne n'y a remis les pieds depuis la fin de la guerre. Et les lumières venaient sûrement de moi. J'utilisais une torche, et j'ai fait un feu pour me réchauffer. Je suis désolée, je n'aurais sans doute pas dû faire ça.

Elle se tassa, se demandant si on allait l'arrêter pour violation de propriété.

Néanmoins, le policier haussa les épaules.

— Si c'est vraiment la maison de votre famille, j'imagine que ce n'est pas grave. Ce n'est pas comme si vous l'aviez réduite en cendres. Mais si vous pensez vous y installer – ce que, vu son état et le temps qu'il fait, vous devriez éviter d'après moi –, nous devrions vraisemblablement obtenir un acte de propriété en bonne et due forme.

Cette fois-ci, le soulagement se répandit en elle. Il détendit les épaules et le sourire de Nina.

— Savez-vous comment je dois procéder ?

Lorsque le policier lui sourit à son tour, Nina s'aperçut qu'il était plus jeune que ce qu'elle pensait et que rien chez lui ne laissait supposer qu'il était coutumier des vans aux vitres teintées ou des subtilités de la torture psychologique.

— Je n'en ai aucune idée, mais je peux vous indiquer quelqu'un qui en aura. Je ne pense pas que vous soyez la première personne de l'Est, ou du passé en l'occurrence, qui tente de récupérer une propriété à Grunewald. Cette zone a son lot d'histoire. Certaines des maisons du secteur – particulièrement les grandes – sont tristement célèbres parce que les personnes qui y vivaient jadis en ont été expulsées afin que ces biens immobiliers de grande valeur profitent à autrui. Il y a un département au conseil municipal local qui gère ces réclamations, ou en tout cas il y a un homme qui s'en occupe. Je ne sais pas comment tout ça fonctionne, mais étant donné que personne n'a vécu ici depuis si longtemps, ça ne devait pas être très compliqué dans votre cas.

Il jeta un coup d'œil aux cheveux ébouriffés et aux guenilles de Nina.

— Si vous veniez au poste dans une heure plus ou moins et pendant ce temps j'organiserai un rendez-vous avec le conseil. Cette maison sera à l'abri. On sait qu'elle est là maintenant, on gardera un œil sur elle.

Il griffonna une adresse sur son carnet, déchira la page et la tendit à Nina. Alors qu'il s'apprêtait à partir, elle s'abandonna dans sa confusion et le retint.

— Vous êtes policier : pourquoi êtes-vous si aimable ?

Il sourcilla.

— Si c'est votre maison de famille, vous n'avez rien fait de mal, donc pourquoi je ne le serais pas ?

C'était une réponse incroyablement simple et incroyablement parfaite. Nina demeura sur le seuil et le regarda se frayer un chemin au milieu des ronces et des liserons. Elle cligna des yeux qui la démangeaient, une larme en coula. Elle s'aperçut que cela lui faisait du bien. Pour la première fois depuis que Nina avait été plaquée au sol avec un fusil sur la nuque, pour la première fois depuis que Stefan était mort, les larmes dans ses yeux ne provenaient pas de la peur ou d'un choc ou du désespoir, mais d'une simple, et si bienvenue, délectation.

14

Nina, novembre 1989

L'officier Honigmann organisa non seulement un rendez-vous avec le département des réclamations pour le logement, mais il remit également à flot le porte-monnaie vide de Nina.

— J'appelle ça « l'argent de bienvenue ». Ce n'est pas grand-chose – tous ceux qui viennent de l'Est et passent à l'Ouest y ont droit. Apportez votre carte d'identité au centre de traitement du premier étage et ils vous le remettront.

Étant donné la façon désinvolte avec laquelle il avait fait mention de l'argent, Nina présuma que le cadeau se résumerait à une poignée de Deutschmarks, sans doute assez pour se payer quelques transports en commun et un repas ou deux. Elle en aurait déjà été très heureuse. L'idée que quelqu'un lui donne de l'argent pour lequel elle n'avait pas travaillé était tellement loin de ses habitudes que le montant n'avait aucune espèce d'importance. Néanmoins, lorsque Nina se présenta à la guichetière qui lui remit non pas des clopinettes comme elle s'y était attendue mais une enveloppe contenant cinq billets de vingt marks, elle ne sut que dire, ou faire.

— Y a-t-il autre chose que je puisse faire pour vous ? Avez-vous des amis, ou besoin d'un endroit pour dormir ?

La femme, joviale, dut poser la question à deux reprises à Nina avant qu'elle ne cesse de scruter l'argent et ne retrouve la parole. Il ne fallut rien de plus qu'un « merci, oui j'ai besoin d'un logement » et qu'un « mais je ne connais pas les environs » pour que la guichetière passe joyeusement à l'action. Nina quitta le bureau une demi-heure plus tard avec une liste complète des noms et adresses des commerces du secteur, des coiffeurs jusqu'aux primeurs, et la suggestion d'une maison d'hôtes abordable qui était « ce qui se faisait de mieux dans toute la ville ».

Nina n'eut pas le cœur de gâcher la fierté de cette femme au sujet de son quartier en confessant qu'elle n'avait jamais passé la nuit ailleurs que dans l'appartement qu'elle avait partagé avec Stefan, que chez des membres de sa famille ou qu'en prison. Quoi qu'il en soit, la Maison-Tour était encore très loin d'être confortable et elle ne désirait absolument pas y passer une autre nuit glaciale. Et si Grunewald était l'endroit où elle envisageait d'élire domicile, il était sensé de voir s'il était agréable de vivre ici. La réponse fut sans appel : très. À l'heure du déjeuner, Nina avait une chambre impeccable avec sa propre baignoire dans une petite maison bien tenue, et un rendez-vous avec un serrurier pour sécuriser l'arrière de la Maison-Tour et ouvrir l'entrée de devant. Et un jean étroit noir acheté à une vendeuse qui elle aussi était convaincue que Nina était mannequin et qui avoua – sur un ton ironique entendue pas sa nouvelle cliente – qu'elle « mourrait pour être l'heureuse élue d'une taille aussi fabuleusement fine ».

Nina prit un bon bain, s'habilla et se maquilla avant de retourner à la maison, bien décidée à ausculter le moindre recoin qu'elle n'avait pas encore décelé dans le noir. Néanmoins, lorsqu'elle mit fin à ses fouilles, rien dans ce luxe occidental dont elle fit peau neuve n'eut plus la moindre importance. Il n'était rien d'autre qu'une simple façade dont elle avait besoin pour s'en retourner dans l'allée et au bureau des réclamations de Sascha Niedrig avec un semblant de sérénité.

La première nuit qu'elle passa dans la maison fut des plus agréables. Les rayons de soleil s'immisçant au travers des fenêtres dégagées balayèrent les inquiétudes qui l'avaient envahie la nuit précédente et la métamorphosèrent en un lieu de tous les possibles. Nina s'aventura à nouveau dans les pièces du bas, choisissant les coloris de peinture et imaginant les sols couverts de tapis lumineux, visualisant la cuisine parfumée de café et de gâteaux aux épices. Elle grimpa tout en haut de l'escalier, effleurant de ses doigts les plantes grimpantes et les glands sculptés dessus, convaincue qu'après avoir vidé tous les placards, elle trouverait des explications.

Son optimisme fit long feu. Elle ne trouva rien d'autre que des affaires qui avaient appartenu à une autre famille, et davantage de confusion.

Elle commença par le dernier étage, déterminée à examiner les coffres qui, comme elle l'avait remarqué, étaient plaqués contre les murs de chaque pièce. Elle se dit qu'ils regorgeraient d'affaires dont elle reconnaîtrait tout de suite le style de Magda. Ce ne fut pas le cas. Au lieu de cela, ils contenaient des vêtements d'enfants soigneusement cousus main, des livres portant des dédicaces à *Ma bien-aimée Ruth* et *À ma Johannes chérie* et des coffrets de couverts aux manches en argent estampillés de la lettre à boucles majuscule L. L'un des coffres dans la plus petite des pièces contenait un anneau de dentition en ivoire et une crécelle de bébé emballés dans une boîte en satin à carreaux. Un autre contenait un ours en peluche et une poupée élégamment habillée. Dans un troisième, il y avait un collier dont les pierres brillèrent lorsqu'elle les frotta. Tout ce que Nina en retirait avait clairement été précieux pour quelqu'un, et pourtant tout avait été abandonné lorsque les propriétaires s'en étaient allés. Nina douta que cela ait pu être par choix. Elle eut besoin de tout son sang-froid pour ne pas s'imaginer des silhouettes sombres rôdant dans l'embrasure des portes, attendant patiemment qu'elle leur rende leurs affaires.

D'humeur bien moins allègre qu'en début d'après-midi, Nina se concentra sur les pièces du premier étage. C'est là – dans la pièce dont elle présuma, d'après sa position face au jardin, qu'elle avait été la chambre principale de la maison – qu'elle finit par mettre la main sur une trace de Magda.

Le mobilier, qui consistait en une grande garde-robe et une commode assortie, était sombre et massif et pas du tout attirant. Nina s'approcha d'abord de la garde-robe, les réminiscences du jour où elle avait farfouillé dans les robes délaissées d'Herthe et dégota le dessin qui tournoya autour d'elle. Les robes fines qu'elle découvrit dans celle-ci étaient cependant très différentes des robes confortables de son arrière-grand-mère. Elles étaient élégantes et douces et avaient été clairement très belles autrefois. Leurs couleurs s'étaient ternies et délavées, et les dentelles et paillettes raffinées qui les ornaient avaient jauni et rouillé, mais l'extravagance encore flagrante insinuait une vie pleine de fêtes. Elles étaient de surcroît tellement différentes des vêtements que portait la Magda que Nina connaissait qu'elle n'aurait jamais deviné au premier coup d'œil qu'ils avaient appartenu à sa grand-mère. Néanmoins y avait-il un manteau à col châle bleu délavé encore pendu dont la trame à carreaux était exactement le même tissu, et la même couleur, que la robe que Nina avait découpée pour qu'elle lui aille et la porter à l'Ouest. Lorsqu'elle sortit le manteau, la découpe et la trame se révélèrent bien être une paire.

Le fait que les robes de soirée pendues aux autres cintres racontent l'histoire d'une Magda diamétralement différente ne l'inquiéta nullement. Sa grand-mère était jeune pendant la guerre, pas plus de trente ans lorsqu'elle avait pris fin. Cela n'avait rien d'extravagant de l'imaginer s'accrocher à une collection de jolis habits étant donné qu'en acheter de nouveaux devait être compliqué avec le rationnement. Trouver les tenues, les tenir contre elle et voir comme elles lui allaient bien, même dans leur mauvais état, lui donna le sentiment que le passé n'était pas si différent et dangereux, malgré les avertissements anxieux de Magda, et d'être proche de sa grand-mère. La garde-robe n'était pas le problème ; ce fut le contenu de la commode qui coupa le souffle de Nina.

Les deux tiroirs du haut contenaient des piles de tissu qui se désintégrait et se déchirait encore plus lorsque Nina les effleurait de ses doigts réticents. Le troisième était identique, bien qu'il ne s'ouvre pas aussi facilement, et Nina fut obligée de plonger ses mains dans la fine étoffe pour le dégager. Ce qu'elle y trouva était davantage empreint du passé de ce que les robes évoquaient. Ses doigts tombèrent non plus sur de vieux chemisiers mais sur des papiers, deux piles, attachées avec des élastiques fins qui se rompirent lorsque Nina s'empara délicatement des paquets. Elle n'essaya pas de s'inventer des histoires comme quoi il s'agissait de tableaux de maître ou de cartes au trésor. Elle n'était plus aussi naïve.

Ne les lis pas – rien de bon n'en sortira.

La voix dans sa tête lui sembla sage, Nina savait cependant qu'elle ne pourrait pas l'écouter. Elle rassembla les documents et les emmena dans la cuisine relativement plus réconfortante, se désolant de ne pas avoir une bouilloire ou une théière ou quelque chose pour se distraire.

Ou un verre pour me rendre insensible à tout ce qui ne va sûrement pas manquer d'arriver.

Elle dépoussiéra la table et y déposa les paquets. Il s'agissait de deux dossiers fins, avec quelques feuilles à l'intérieur. Elle s'assit, ouvrit le premier et tomba nez à nez avec l'écriture moulée élégante et reconnaissable de Magda et un simple mot : *Massacres.* Le titre était trop violent pour qu'il lui donne envie de lire la suite. Elle le mit de côté et ouvrit le deuxième. Il était revêtu de la même écriture, et comprenait un titre qui ne la réconforta pas plus que le premier : *Déportations depuis Grunewald.* Cette fois-ci, Nina se força à poursuivre sa lecture.

18 octobre 1941
Première déportation de Juifs depuis le quai 17, gare de Grunewald
Nombre de déportés : 1 089
Destination : Lodz
Temps : Pluvieux
Mode de transport : Deutsche Reichsbahn BB
Voyageur
Troisième classe
Comportement du transport : Calme et ordonné
Présents : Reichsführer-SS Heinrich Himmler ; directeur du bureau de la sécurité du Reich Reinhard Heydrich ; Obersturmbannführer Adolf Eichmann

Et Magda Aderbach ?

Son nom n'y figurait pas, pourtant elle avait été présente. La bouche de Nina était si sèche qu'elle pouvait à peine avaler. Elle tourna soigneusement les pages fragiles, prenant bien soin de ne pas les déchirer. La plus grande partie de la seconde page était remplie d'une formule mathématique qui concernait apparemment le *fret.* Il y avait également un court paragraphe au sujet « d'une méthode de transport moins onéreuse qui sera utilisée à l'avenir, maintenant que la conformité est assurée », le numéro de modèle d'un train appelé le « wagon à bestiaux » et une liste de nouvelles destinations, dont Riga et Minsk, dont il était « prévu la mise en service d'ici peu, dès lors que les établissements pour les traiter à l'autre bout de la chaîne auront été perfectionnés ». Il y avait d'autres dates après ça, d'autres chiffres.

Cela voulait dire peut-être qu'ils transportaient du bétail ou du charbon ou même de la nourriture.

Elle jeta de nouveau un coup d'œil à la première page. *Juifs* y était toujours inscrit.

Le rapport, s'il se trouvait être ce qu'il était, semblait incomplet et inachevé. Nina se demandait si certaines des phrases étaient des citations – si c'était le cas, elles n'étaient attribuées à aucun des hommes dont Magda avait consigné la présence. Il ne semblait pas non plus avoir été rédigé en une seule fois, ou tout du moins le coloris de l'encre utilisée n'était pas constant. Plus troublant que ça se trouvait être son ton aseptisé et dépourvu d'émotion. Il n'y avait ni commentaire ni réflexion personnelle. Nina ne pouvait présumer si cela était intentionnel ou non. Peu importait ce que c'était, c'était accablant. En dépit des mentions comme *cargaison* et *morceaux*, la première page ne laissa aucun doute à Nina sur le fait que les articles qui étaient transportés depuis le quai 17, ce jour-là, et tous les autres que Magda avait répertoriés, n'étaient pas du *fret* mais des êtres humains.

Nina ferma le dossier, pas encore prête à s'attaquer au second, pas sûre de ce qu'elle devait comprendre dans le premier. Elle avait entendu le mot *Holocauste* auparavant, bien qu'il soit très peu usité dans son école. Les leçons s'y étaient plutôt focalisées sur les locutions *atrocités fascistes* et la souffrance des millions de *combattants pour la liberté antifascistes* – ce qui sous-entendait *communistes* pour tout le monde – qui étaient morts de la main des nazis, sur les champs de bataille comme dans les camps de la mort. La persécution de la race juive avait été mentionnée, jamais cependant de la façon systématique dont le rapport de Magda y faisait référence, qui indiquait des meurtres à grande échelle. Meurtres sur lesquels sa grand-mère savait bien plus qu'elle ne l'avait laissé entendre à Nina.

Certaines des maisons du secteur sont tristement célèbres parce que les personnes qui y vivaient jadis en ont été expulsées.

Une autre famille avait vécu jadis dans la Maison-Tour – ce fait était indéniable. Nina en avait trouvé des traces dans chacune des pièces de la maison. Elle savait que ce serait leurs images qu'elle trouverait dans les piles de photographies qu'elle n'avait pas encore regardées. Ce dont elle était certaine, c'était que leur nom de famille n'était pas Aderbach. Ce qu'elle ne savait pas, c'était où ils s'en étaient allés, pourquoi ils étaient partis et pourquoi ils avaient abandonné tant d'objets qui leur étaient si chers.

Sauf que maintenant je pourrais émettre une hypothèse. Et si Magda a vécu dans cette maison juste après eux, peut-être l'a-t-elle volée, ou obtenue de la part de la personne qui l'a volée.

Elle n'était pas prête à voir la vérité en face ou le souvenir flou qui soudainement refit surface. Elle se tourna à la place vers le second dossier, celui qui était intitulé *Massacres.* Celui-ci commençait également par une liste, mais de lieux dont Nina n'avait jamais entendu parler avant aujourd'hui – dont Babi, Yar, Rumbula et Riga – et deux, Sachsenhausen et Auschwitz, qu'elle reconnut, d'après ses leçons d'histoire à l'école, comme étant des camps où les nazis avaient tué des communistes pendant la guerre. Il y avait davantage de chiffres ; ils étaient effroyablement élevés – plus élevés que les listes de déportations, certains mentionnaient des dizaines de milliers. Ceux qui étaient répertoriés à côté des noms de camps étaient plus élevés que tous ceux que Nina avait jamais vus associés à ces lieux auparavant, et la désignation des victimes que Magda avait répertoriées comme morts n'étaient pas communistes, comme on l'avait enseigné à Nina, mais, là encore, juifs.

Le nom des lieux était suivi de listes géographiques que Magda avait répertoriées comme « acheminements de trains » et la note « l'un est relié à l'autre ». Le nom du voyageur était à chaque fois le même et Nina le reconnut comme étant un membre éminent de l'élite dirigeante du Troisième Reich : *Reichsführer* Himmler, l'homme que Magda avait répertorié comme étant présent lors des déportations de Grunewald. Le ton de ce rapport était aussi lapidaire et bureaucratique que le premier. Mais pourquoi Magda l'avait-elle écrit, ou avait-elle fait le lien entre les tueries et l'homme, ou, comme elle le pensait, pourquoi aucun des faits qu'elle avait inscrits n'était pas plus clairs que la raison pour laquelle elle avait écrit l'autre.

La maison était une récompense.

Nina lâcha le dossier alors que le souvenir tenace s'immisçait en elle et que la certitude la bouleversa. Avant cela, lorsqu'elle pensait au dessin, ou à la maison, elle s'était focalisée sur les détails. À présent les inscriptions écrites dans le coin de l'image lui sautèrent aux yeux : *Pour Magda Aderbach, de HH, un cadeau.* Nina scruta les documents alors que l'inscription sommaire se dénoua. Pour Magda Aderbach, qui avait assisté aux déportations, qui avait connaissance des déplacements confidentiels du *Reichsführer* Himmler, une récompense pour ses services.

Parce qu'elle travaillait pour lui.

Nina savait que le HH qui avait offert la maison à Magda était Himmler. Elle n'avait nullement besoin de refeuilleter les rapports afin de vérifier son prénom, mais elle le fit malgré tout, espérant qu'elle avait tort. Ce qui n'était pas le cas, de toute évidence : *Heinrich Himmler* était écrit sur de trop nombreuses pages pour prétendre qu'il s'agissait de qui que ce soit d'autre. Ou pour prétendre que sa grand-mère n'aurait pas pu le connaître, de surcroît bien le connaître, alors qu'elle avait planifié ses déplacements précis lors des années clés de la guerre. Alors qu'elle s'était tenue à ses côtés à la gare de Grunewald et y avait écrit ses notes rationnelles alors que les trains regorgeaient de gens qui étaient considérés comme du fret.

Qui, je n'en doute pas un seul instant, ne sont plus jamais rentrés chez eux.

Nina se dégagea un peu de la table et ferma les yeux alors que la pièce vacillait. Comment tout cela pouvait-il être vrai ? Comment était-elle censée concilier l'image de la femme recevant une récompense d'Himmler avec la Magda que Nina, et tout le monde, connaissait ? Militante fidèle de longue date du Parti socialiste unifié, protectrice de l'égalité. L'opposante à l'injustice et à la haine. Ou concilier cela avec le fait qu'à la fin de la guerre et ensuite lors de la fondation de la RDA, les autorités soutenues par la Russie avaient épuré les quartiers sous son contrôle de quiconque avait le moindre lien avec les nazis. C'était un des principes fondateurs dont le régime tirait sa fierté. Comment une femme qui connaissait Himmler de façon si intime avait-elle pu réchapper à ce bain de sang ? Et ensuite *on devrait peut-être enquêter sur moi pour que je rende des comptes* percuta *il n'est jamais possible de sauver tout le monde* puis *bon sang mais qui à la fin était ma grand-mère* et enfin les robes de soirée pendues dans la garde-robe prirent une tournure soudainement beaucoup plus sinistre. Avec qui Magda avait-elle dansé accoutrée de la sorte ? Himmler ? Hitler ? Nina en rendit son petit déjeuner.

Il lui fallut tellement de temps pour s'en remettre qu'elle se mit en retard pour son rendez-vous qu'elle n'avait plus envie d'honorer avec Sascha Niedrig. S'il y avait eu un téléphone dans la maison, elle l'aurait annulé. Elle ne pouvait se faire à l'idée d'aller discuter d'une réclamation pour une maison qui allait la tourner en ridicule, ou d'une grand-mère dont toute l'existence était devenue totalement mystérieuse. Elle ne pouvait vraiment pas raconter la vérité au premier venu, ou ce qu'elle soupçonnait être la vérité. Elle envisagea tout bonnement de ne pas y aller, mais elle ne voulait pas que l'officier Honigmann – ou Niedrig lui-même – vienne fourrer son nez partout.

Et s'il connaissait le vrai du faux de cette histoire sur la maison et que ce n'est pas ce à quoi je pense ? Et s'il pouvait réfuter mes soupçons sans que j'aie à les exprimer ?

Elle ne pouvait retourner auprès de Magda avec un autre semblant d'histoire, celle en particulier dont elle était persuadée que sa grand-mère nierait. En fin de compte, elle replaça les rapports – et le portrait d'Hitler qu'elle avait décroché du mur la nuit précédente – dans le tiroir, s'empara de son sac d'échantillons de maquillage et se refit une beauté, celle d'une femme ayant l'air moins tourmentée.

Elle s'en alla sans un regard en arrière. Elle évita de passer par la gare et son quai perfide. Elle ne s'attarda pas ni ne contempla aucune des villas enduites de stuc en chemin. Le faubourg n'était pas une carte postale idyllique après tout : c'était tout au plus une façade comme les paniers fleuris qui décoraient le guichet de Grunewald. Autant que Nina pouvait le voir, rien en ce qu'elle arrivait encore à regarder ici n'avait plus de valeur à ses yeux. Trop nombreux étaient les secrets qui y étaient encore tapis.

Peu importe ce qu'il dit, qu'il soit charmant, ou qu'il soit intrusif, je vais garder mes distances.

Nina arriva au département du logement déterminée à en tirer ce qu'elle pourrait et à ne rien concéder. En marchant jusque-là elle s'était imaginé le responsable du département du logement comme un fouineur et un rabat-joie, un mélange de Frau Rothberg et d'un agent de la Stasi. D'après sa première poignée de main exubérante, cependant, il était clair que Sascha Niedrig serait bien le dernier à aller fourrer son nez dans sa vie. Son accueil souriant fut trop chaleureux et avenant, trop franche était son attitude. Et – bien que son bureau soit soigné et ordonné et que son diplôme d'histoire était encadré et accroché et faisait autorité sur le mur derrière son bureau – il y avait quelque chose d'intrigant le concernant qui rappelait subrepticement Julia à Nina. Cela ne fut pas pour la mettre à l'aise, nonobstant fut-elle légèrement moins sur la réserve.

Sascha – comme il insista immédiatement pour qu'elle l'appelle – lui donna une très bonne impression, celle d'un homme tâchant d'avoir une personnalité plus avenante que le statut de son métier l'exigeait. La façon dont il l'accueillit, se levant d'un bond et la surnommant « la chose la plus fascinante qui est arrivée ici depuis des lustres » était si sincère, cela participa à restaurer son équilibre auparavant ébranlé. Qu'il soit plus jeune que l'homme d'âge moyen en costume auquel Nina s'était attendue – la fin de la vingtaine tout au plus – et attirant, encore que de façon discrète et inconsciente, pencha également dans la balance. Et ensuite il l'invita à s'asseoir, prit un stylo et commença à lui poser des questions sur la maison, et l'état dans lequel elle était, et quand sa grand-mère l'avait-elle acquise, et Nina fut à nouveau sur ses gardes. Être interrogée par un homme entouré de dossiers lui donna un sentiment d'inquiétude familier. Tout était tellement confus et indicible dans l'histoire de la Maison-Tour et de Magda. Elle coupa court à son flot de questions sans même répondre à l'une d'entre elles.

— Pourriez-vous me parler du coin ? Je ne sais rien sur Grunewald.

Sascha posa son stylo et mit son calepin de côté.

— Veuillez m'excuser. Je vous ai bombardée de questions, ce que je m'étais promis de ne pas faire. Malheureusement, dès qu'on me donne une nouvelle maison à étudier – en particulier quand elle ne figure dans un aucun de nos registres –, je me laisse emporter par l'enthousiasme. Que voulez-vous savoir ?

Est-ce que tous ceux qui vivaient là pendant la guerre étaient des nazis ?

Est-ce que tous les trains qui partaient de cette gare se rendaient aux camps de la mort ?

Est-ce que tout en ce lieu est comme ce qu'il laisse paraître ?

Nina replia ses doigts noués sur ses genoux, compta jusqu'à dix et réussit à poser une question plus raisonnable.

— Un peu plus sur les villas, peut-être, et sur les gens qui les ont construites. Certaines des maisons sont assez extraordinaires. Elles sont toutes vieilles ?

C'était ce qu'il fallait demander, la bonne façon de l'ouvrir sur le sujet. Sascha tira un dossier du tas empilé sur son bureau et lui tendit quelques-unes des dizaines de photos qui y étaient amassées.

— Nombreuses sont celles à être centenaires, ce qui est synonyme de *vieux* de nos jours, d'autant plus qu'une bonne partie de Berlin a été détruite pendant la guerre. Celles-ci font partie des plus belles, en gros plan, ainsi que l'édifice de plain-pied. J'en ai photographié plus de deux cents et il n'y en a pas deux pareilles.

Nina prit le paquet qu'il lui tendait et feuilleta les clichés, soigneusement encadrés, de frises en marbre et de tourelles aux cimes à tuiles rouges, et les vues grand angle des pelouses de devant qui étaient parsemées de statues et semblaient avoir la taille d'un parc.

Sascha continua de lui tendre d'autres photos tout en parlant.

— Les maisons que vous regardez sont de 1880, mais la plus vieille propriété dans le quartier est un pavillon de chasse qui date de 1540. Grunewald a toujours attiré les habitants aisés de Berlin, pour ses forêts et lacs et son intimité, je présume. J'en ai entendu parler comme d'une « station balnéaire sans la mer » et d'un lieu où vous pouvez flâner à l'air libre, ce que vous ne pouvez pas faire dans le centre de la ville, même si on s'y amuse beaucoup. L'âge d'or du coin a eu lieu en 1920, lorsqu'il s'illustra avec ses bals masqués et ses fêtes qui duraient des jours.

Il fit une pause et se racla la gorge.

— Je pourrais vous faire visiter si vous voulez, vous montrer celles dont les histoires sont les plus intéressantes.

Lorsque Nina lui sourit, Sascha rougit. Elle formula sa question suivante avec autant de précaution que la première, ne voulant pas lui mettre la puce à l'oreille.

— Merci – ce serait avec grand plaisir. Mais ensuite, après les années 1920 ? C'est juste que l'officier Honigmann a dit que certaines des personnes qui ont vécu ici étaient célèbres, et apparemment il ne parlait pas des fêtes en question. Savez-vous ce qu'il a voulu dire ?

Le sourire de Sascha et son teint rouge s'estompèrent.

— Je crois, en effet. Je pense qu'il parle de la fin des années 1930, et jusque tard dans la guerre. C'est à ce moment-là que les nationaux-socialistes ont fait main basse sur ce secteur : de nombreuses villas sont tombées entre les mains des SS, dont leur leader, Heinrich Himmler. Il avait une belle maison de maître aux dires de tous, bien qu'on n'en trouve plus aucune trace de nos jours.

— Comment ça ?

La question était trop directe. Sascha sourcilla. Nina reprit ses esprits.

— Ce que je veux dire, c'est comment les SS ont-ils pu mettre le grappin dessus ? Vous avez dit *sont tombées* – vous voulez dire qu'ils les ont achetées ?

Nina avait déjà les éléments de réponse avec le mot *cadeau*, et les objets laissés à l'abandon et les listes de déportation, cependant elle ressentait le besoin d'entendre la réponse de la propre bouche de Sascha.

— Non. Les SS n'ont pas opéré de la sorte. Ils les ont volées, aux familles juives aisées à qui elles appartenaient à l'origine.

Nina reprit son souffle, soulagée par son honnêteté. Puis elle vit le dégoût se dessiner sur son visage et s'aperçut que le vent pourrait vite tourner si elle n'était pas plus prudente.

— Étaient-ce les mêmes familles qui ont été déportées dans des wagons à bestiaux depuis la gare de Grunewald ?

Sascha reposa la photo qu'il était sur le point de lui remettre.

— Vous êtes au courant de ça ?

Nina acquiesça puis étaya sa réponse le plus simplement qu'elle le put.

— Je commence à l'être. Je ne sais pas grand-chose en dehors de ce que je viens de dire.

— C'est beaucoup plus que ce que la plupart des gens reconnaîtraient, s'ils étaient originaires du coin cela va sans dire.

Son visage avait changé, l'enthousiasme enfantin prit l'intensité de quelqu'un qui voulait en savoir davantage.

— Les déportations depuis cette gare, et le fait que ce coin fut une enclave SS, font partie des secrets les plus sombres et les mieux gardés de Grunewald. La vérité commence à voir le jour, mais elle prend son temps et ce n'est pas tout le monde qui veut l'entendre. Il y a encore des craintes et de la honte, et trop de gens perdus, et personne ne sait que faire de tout ça. Et trop nombreux sont ceux, si je suis honnête, qui portent des œillères au sujet du passé ; qui veulent qu'on en finisse avec cette partie de l'histoire allemande, qu'on la jette aux oubliettes. Il y a eu des débats sur un mémorial pour le quai d'où partaient les trains de la mort, mais…

Il fit une pause.

— À chaque fois qu'une plaque y est installée, quelqu'un la vole. Parfois je me demande quel genre de personnes y vivent encore.

Et il les déteste, bien évidemment. C'est écrit sur tout son visage. Je ne dois donc pas le laisser découvrir mes soupçons. Pas avant d'en savoir davantage plus sur lui ; pas avant que je n'en parle avec Magda et que je lui laisse une chance de s'expliquer.

— C'est donc ça, votre fonction : essayer de découvrir ce qui s'est vraiment passé ici ?

Cette fois-ci, sa question avait été hâtive et maladroite, mais Sascha ne sembla pas y prêter attention.

— Oui, je suppose en effet, même si ça n'a pas commencé de cette façon-là. À l'origine j'ai été engagé par la municipalité comme un genre de concierge pour les villas, afin d'empêcher que les plus historiques d'entre elles soient dénaturées et défigurées.

Il fit un signe vers son diplôme.

— Histoire de l'architecture était ma spécialisation, c'est comme ça que j'ai décroché ce boulot – ça et le fait que je connaissais bien le coin. Au début, il s'agissait de superviser, rejeter et planifier les demandes – rien qui sortait particulièrement de l'ordinaire – et ensuite l'axe a changé, et des personnes comme vous se sont mises à me contacter.

Il marqua une pause, mais Nina hocha la tête avant que *des personnes comme vous* ne devienne une question à laquelle elle n'avait pas l'intention de répondre.

— Nous avons été approchés par une famille juive qui avait fui aux États-Unis de nombreuses années auparavant, ou, tout du moins, dont certains membres avaient fui – ceux qui avaient pu. Les enfants ont découvert de vieux titres de propriété sur l'une des maisons du coin après le décès de leur père, et ils en ont demandé la restitution. Dès que ce litige est devenu public, nous avons reçu d'autres demandes.

Et avec la chute du Mur, j'imagine que le nombre d'anciens résidents comme vous, revenant pour découvrir si leur vieille propriété tient toujours debout, va s'accroître. Mon rôle principal à présent semble être celui d'un médiateur entre les propriétaires en colère qui ne veulent pas renoncer à leurs maisons et les plaignants dont les histoires vous feraient pleurer si vous les entendiez.

Il fit une nouvelle pause.

— Ce qui, bien sûr, a déjà dû être votre cas, ou ce que vous allez raconter.

Même si son estomac était aux abois à l'idée de ce qu'il ferait de son cas – et de combien c'était différent des hypothèses qu'il semblait en faire – Nina ne put s'empêcher d'admettre ce que ses yeux disaient d'une voix encore plus forte que ses mots.

— Et vous aimez ça, non ? De pouvoir les aider ?

Le visage de Sascha s'illumina et, en plus d'être attirant, ce que Nina ne put s'empêcher d'observer, devint très beau.

— Oui en effet. Pour certaines personnes avec qui je discute, c'est la toute première fois qu'elles essaient d'obtenir un semblant de justice, ou de reconnaissance, pour les choses atroces qui leur sont arrivées, à elles ou à leurs proches. Il y a un honneur, et un fardeau, en ça.

Il secoua la tête et grimaça.

— Ce qui me fait paraître très prétentieux. En réalité je ne suis qu'un petit rouage dans une grosse machine. Ou, si vous écoutez ma grand-mère, pas même ça du tout, mais plutôt quelqu'un qui a *la mauvaise manie de s'occuper de problèmes qu'on ferait mieux de laisser sous le tapis.*

Cette fois-ci ce fut au tour de Nina de sourciller. Sascha rit.

— Grand-mère a vécu à Grunewald toute sa vie, et elle en est très protectrice. Et puisque j'ai vécu avec elle pendant presque toute la mienne, elle me surprotège moi aussi. Elle croit que le fait *d'en faire tout un foin* me causera des soucis. Dieu seul sait avec qui, mais elle n'est pas toujours cohérente, ou éloquente, lorsqu'elle choisit de ne pas l'être.

Le passé n'est pas une contrée étoilée que je désire vivement partager.

Les similitudes entre les deux femmes firent baisser la garde de Nina momentanément s'agissant de garder ses distances d'un point de vue personnel.

— Il semblerait qu'elle pourrait bien s'entendre avec ma grand-mère. Elle est très à cheval sur la vie privée et le fait de laisser les choses telles quelles, et elle a du talent pour ce qui est de rester évasive quand vous cherchez à en savoir plus.

Magda se trouva soudainement dans la pièce, bien que Nina n'avait pas eu l'intention qu'elle le soit.

Sascha arrêta de rassembler les photos.

— Elles ont vu des choses que nous non, toute cette génération. Ce n'est pas surprenant que nos *gros sabots sur le passé*, comme le dit mamie, les effraient. Elles portent des cicatrices dont nous n'avons pas conscience.

Ce ne sont pas uniquement nos grands-mères qui sont pareilles. Il semble avoir reçu une éducation assez similaire à la mienne.

L'air de la pièce s'était raréfié. Nina savait que Sacha pouvait le sentir lui aussi. Elle se leva, mal à l'aise de la tournure intime qu'avait prise la conversation. Elle en était venue à manquer de pratique avec les hommes beaux. Elle ne savait si c'était une compétence qu'elle voulait acquérir de nouveau.

— Je dois y aller.

— Ou nous pourrions aller boire un verre, ou au restaurant, et parler davantage ?

Ce fut un élan tout à fait spontané et engendré par leurs atomes crochus : Sascha parut aussi surpris d'avoir posé cette question que l'était Nina de l'avoir entendue. Sa première réaction fut de dire non. Elle avait fait dévier la discussion afin de ne plus parler de la Maison-Tour avec

Sascha dans le cadre professionnel de son bureau. Elle n'était pas sûre de pouvoir renouveler cette prouesse avec un verre de vin en main et en perdant tous ses moyens.

Elle était sur le point de lui répondre par la négative quand inopinément la réalité la percuta de plein fouet : elle était seule. Elle était profondément seule pendant très longtemps, depuis que Stefan avait rendu l'âme. Peut-être même, si elle était honnête, depuis bien plus longtemps que ça. Ce n'était pas quelque chose qu'elle aurait pu s'avouer à Hohenschönhausen – broyer du noir et n'avoir aucun baume pour se soulager en ce lieu aurait été un chemin tout tracé vers la folie. Après sa libération, elle avait été bien trop affairée pour laisser cela, ou tout autre sentiment, l'envahir. Cependant la solitude était bien présente, enracinée en son for intérieur et en son âme. Et de surcroît il y avait Sascha maintenant, et il était aimable et intelligent, et intéressant. Qui serait à même de balayer de la main une partie de la tristesse qu'elle avait traînée avec elle depuis la prison, et la confusion et le choc qu'elle avait vécus aujourd'hui, quelques heures durant tout du moins.

Et ce dont j'ai besoin à mes côtés, si je veux obtenir ne serait-ce qu'un semblant de vérité.

Elle ne répondit donc pas par la négative mais par oui.

*

Plus tard, lorsque le château de cartes s'effondra, Nina se dit qu'elle aurait aimé aller plus loin que de simplement tenir la main de Sascha sur le chemin du retour après le restaurant. Qu'ensuite lorsqu'il l'embrassa – ce qui était inattendu et attendu et quelque chose qu'elle sut, dès lors qu'elle sentit la douceur de ses lèvres, qu'elle souhaitait désespérément qu'il fasse – et l'embrassa à nouveau, elle ne se soit pas forcée à redevenir celle d'avant et à battre en retraite. Elle aurait aimé ne pas avoir hésité, ensevelie pendant un moment dans le souvenir de Stefan. Qu'au lieu de cela elle soit rentrée avec Sascha, et ait couché avec lui puis l'ait amarré à elle avec des cordages qu'il aurait eu du mal à dénouer. Au lieu de cela, parce qu'une partie de sa vie était encore prisonnière du passé et des quatre murs de sa cellule, Nina l'avait tenu à l'écart et ce laps de temps brisa la magie qui tentait de les rassembler. Quoi qu'il en soit, à présent l'avait-elle dans la peau.

Le restaurant où il l'emmena n'était pas trop sombre, ou cosy ou trop intime pour un premier repas ensemble. Nina avait le sentiment que comme elle, Sascha prenait grand soin de ne pas aller trop vite dans ce qui semblait naître entre eux. Comme promis, il lui fit une visite guidée des villas en partant de son bureau, lui faisant longer les propriétés éclairées de Winkler Straβe et Douglasstraβe et Koenigsallee, lui racontant des anecdotes sur les industriels et les acteurs et les banquiers qui jadis avaient vécu dans des maisons qui pour Nina ressemblaient à des palais. Nina acquiesçait mais elle écoutait à peine : elle était trop occupée à essayer de fomenter une histoire qu'elle pourrait tisser autour de Magda. En fin de compte, cependant, il ne fut pas une seule fois question de Magda durant la soirée, pas avant que le faux passeport de Nina ne tombe de sa poche alors que le serveur lui prenait son manteau d'une façon légèrement trop théâtrale.

— Qui est Sofie Hass ?

Sascha tourna les pages du document qu'il ramassa avant que Nina puisse s'en emparer.

— Et pourquoi te ressemble-t-elle ?

Ce fut une porte de sortie. Une façon de gagner plus de temps. Nina n'avait pas eu l'intention de lui raconter son histoire dès le début de leur rencontre, mais c'était toujours mieux que de lui raconter celle de Magda.

— Parce que Sofie Hass était celle que j'allais devenir.

Dès que Nina eut dit cela – et parce qu'elle s'aperçut que pour Sascha elle ne voulait plus échafauder des demi-vérités –, tout s'enchaîna. Elle lui raconta tout, depuis la blague qui fut sa première expérience de vie et son premier faux pas de gamine de dix ans jusqu'à son épreuve d'arrestation et d'emprisonnement qui lui bousillèrent l'âme.

Le récit dura jusqu'à la fin du repas. Sur le visage de Sascha se lut tout un éventail d'émotions, en passant par la pitié et l'horreur. Lorsque Nina s'étiolait ou désirait en finir, il avait toujours les bons mots et le ton bienveillant pour l'encourager et la remettre en selle. Lorsqu'il prit sa main, alors qu'elle vacillait sur des situations délicates comme l'interrogatoire de la Stasi et ce qu'elle était capable d'en raconter, elle ne flancha plus. Lorsqu'elle eut fini, son corps se sentit plus jeune et léger et elle eut même le sentiment qu'il lui appartenait enfin et pour la première fois de sa vie. Le fait que Sascha était encore assis là, qu'il n'avait pas pris la poudre d'escampette, ou refusé de la croire, ou estimé que tout ce qui lui était arrivé pourrait être sa propre faute ou exagéré, fut une révélation. Et sans doute un signe que d'autres histoires, lorsqu'elle se sentirait de les raconter pour le mieux, pourraient également être contées.

— Je ne savais pas que vider mon sac me ferait du bien. Je ne savais pas que j'en étais capable.

Cet aveu mena au premier baiser, dans les rues sombres et à l'extérieur du restaurant. Il mena au deuxième sur le seuil de sa maison d'hôtes. Lorsque Sascha demanda s'il pourrait aller à la Maison-Tour l'après-midi suivant, la garde de Nina baissa tellement que cela sembla des plus naturels de l'y inviter. Elle accepta, et il l'embrassa à nouveau, puis elle se défit de ses bras. Sa dernière pensée, avant de tomber dans les bras de Morphée, le goût de ses lèvres encore présent sur les siennes, fut : *C'est un homme en qui je peux avoir confiance.*

15

Nina, novembre 1989

Sascha arriva à la Maison-Tour le mercredi après-midi sur les chapeaux de roues, débarquant avec un architecte.

— Cela ne vous engage à rien, promis. Mais il serait sensé d'avoir une idée de l'importance des travaux à envisager, et des aides financières auxquelles tu pourrais avoir droit, tu ne crois pas ?

Nina, honnête avec elle-même, ne s'était pas du tout préparée à ça. Laisser entrer quelqu'un dans une maison qui pourrait encore dissimuler des secrets dangereux semblait encore plus imprudent en plein jour que ça l'avait été lorsqu'elle était distraite par la lune et les baisers d'un homme si beau. Mais l'enthousiasme de Sascha était contagieux, et Nina accepta, à condition que l'inspection minutieuse se déroule depuis l'extérieur.

Sascha se lança immédiatement dans l'observation de la façade, mitraillant avec son appareil photo et s'exclamant d'enthousiasme à la vue de tant de caractéristiques encore sur pied, alors que Nina regardait ce spectacle d'un air amusé. Après tous les bouleversements que la maison avait provoqués, il était agréable de voir le lieu à travers les yeux de quelqu'un d'autre et de se remémorer que, malgré les décombres, l'édifice qui gisait en dessous était potentiellement aussi majestueux que ce que Nina avait toujours espéré. La façade, cependant, était une chose ; s'agissant de l'intérieur, lâcher la bride à Sascha était une autre histoire. Nina s'assura d'orchestrer cet avènement avec beaucoup plus de prudence.

Elle s'était levée tôt et avait mis de côté les rapports, cachés en toute sécurité dans son sac à dos qu'elle avait rapporté à la maison d'hôtes. Une fois de retour, elle avait fourré le portrait d'Hitler au fond de la garde-robe. Elle la vida, ainsi que la commode, de tous les vieux vêtements et les fourra tout au fond d'une benne qu'elle trouva devant une propriété du voisinage. Puis elle rassembla toutes les affaires de l'ancienne famille qu'elle put trouver et les entassa sur la table du grand salon, dans l'espoir d'attirer l'attention de Sascha afin qu'il n'aille pas farfouiller dans toutes les pièces, ou dans le grenier où elle avait jeté un coup d'œil mais dans lequel elle ne s'était pas encore aventurée. C'était une entreprise qu'elle se devait d'accomplir par elle-même, sans témoin. Lorsque Sascha entra enfin, après avoir photographié la maison sous toutes ses coutures, comme elle l'avait prédit il fut totalement captivé par la pile des biens délaissés.

— Il est évident qu'une famille juive a vécu ici. C'est une menorah bien sûr.

Il indiqua le chandelier à branches qui était figé sur la table lorsque Nina était entrée dans la maison pour la première fois.

— Mais ces autres objets le prouvent également.

Il prit parmi une collection une tasse gravée et jadis argentée, comme la menorah, et une petite caisse en bois finement sculptée avec du papier enroulé à l'intérieur.

— Ce sont des tasses kiddush, qui sont utilisées pour le vin lors de célébrations spéciales, et l'étui avec le parchemin à l'intérieur est une mezouzah. Elles sont fixées aux montants des portes pour dire à ceux qui entrent dans cette maison que c'est un foyer juif et qu'il est donc régi par des coutumes et rituels spécifiques.

Il marqua une pause et adressa un sourire contrit à Nina.

— Je suis désolé de te faire un cours – c'est l'un de mes travers les moins séduisants. Tu dois évidemment savoir ce que sont toutes ces choses – c'était la maison de ta famille après tout. Tu peux sans doute en parler bien mieux que moi.

Nina ne le pouvait pas. Elle avait trouvé les tasses dans l'un des coffres massifs sur le palier et les trouva jolies, et elle avait remarqué la caisse qui gisait dans un coin de l'entrée et se dit que c'était intéressant. Elle n'avait aucune idée de leur origine, mais elle n'allait sûrement pas avouer cela à Sascha. Elle allait en revanche retenir toutes ces informations qu'elle pourrait lui soutirer et en faire un compte rendu à Magda. *Plus j'en sais, moins elle peut se défiler* était devenu la raison principale de demeurer dans la maison. Elle était consciente également que si Sascha commençait à avoir des soupçons, elle devrait elle aussi trouver le moyen de se dérober. Elle fut sur le point de marmonner quelque chose sur la religion, toutes confessions confondues, qui n'était pas particulièrement vue d'un bon œil dans la RDA, lorsque Sascha posa la mezouzah.

— Tu dois savoir ce qui leur est arrivé, pendant la guerre ? Je parle de tes proches qui vivaient ici.

Nina le dévisagea, désemparée par cette question directe, et se mit à marmonner quelque chose sans queue ni tête au sujet d'une branche familiale éloignée. Par chance, un ensemble de cuillères à manche en ivoire attira l'attention de Sascha qui se rua vers elles.

— Ne t'inquiète pas si tu as des trous – il y en a toujours. Mais je pense que nous pourrions découvrir tout ça avec un peu de volonté. Même si ce que tu en sais est incomplet, nous avons leurs prénoms et l'initiale L gravée sur les couverts pour leur nom de famille. Vu tous les biens personnels qu'ils ont laissés derrière eux, je pense que nous pouvons partir du principe qu'ils n'avaient pas projeté de quitter ce lieu et, j'en ai bien peur, cela veut dire que nous pouvons également partir du principe qu'ils ont été déportés dans l'un des trains. Ce n'est pas la tâche la plus agréable, mais si nous parcourons la liste des déportations méticuleusement, je suis presque certain qu'ils y figureront.

— Il y a des listes des personnes qui ont été envoyées dans les camps ?

Cette pensée fut un tel choc pour Nina qu'elle dut s'asseoir. Elle n'avait pas imaginé que les chiffres, qui étaient affreux en soi, pouvaient être transposés en noms de personnes. Que l'échelle de la misère scellée dans les *rapports de relocalisation et d'acheminement*, la misère que Magda avait répertoriée de façon si impersonnelle, pouvait atteindre un degré d'horreur supplémentaire, ce qui lui glaça le sang.

Sascha continuait de chiner autour de la table et ne fit pas attention à sa détresse.

— Pas pour tout le monde, non, mais pour un grand nombre d'entre eux. Il existe des témoignages de survivants, et certains camps ont été découverts ainsi que des documents du siège qui n'ont pas été détruits. Et les synagogues encore debout ont commencé à tenter de recoller les morceaux. La principale à Berlin – qui s'appelle la Nouvelle Synagogue mais qui est tout le contraire – semble en avoir un paquet. Elle se trouvait à l'Est, mais maintenant que le Mur est tombé, ils les ouvriront peut-être au public.

Sascha s'empara d'une crécelle de bébé et l'effleura de son pouce.

— Ces listes que j'ai eues entre les mains sont déroutantes – elles donnent le sentiment que ce cauchemar est personnel, mais elles sont aussi, j'imagine, comme une sorte de témoignage envers ceux qui ont péri et une façon de se souvenir d'eux. Tu ne savais donc pas qu'elles existaient ?

Nina se ressaisit alors qu'il se retournait et hocha la tête.

— Je ne sais vraiment pas grand-chose sur tout ça, pour être honnête. Je crois que la façon dont la guerre a été commémorée en RDA doit être très différente de la façon dont elle est commémorée ici.

Elle se tut. Le gouffre qui les séparait, ce qu'on leur avait fait croire à chacun, était trop grand pour être franchi. Le sourcillement de Sascha disparut quand il vit qu'elle était mal à l'aise.

— Ce n'est pas grave. J'imagine qu'il y aura beaucoup de domaines qui auront besoin d'un regard neuf dès que la réunification sera effective. Quoi qu'il en soit, je pense qu'on peut y arriver. J'ai sûrement des relations qui pourraient essayer. La seule chose qui me manque, c'est le nom de ta grand-mère. Je crois que tu ne me l'as pas encore dit.

Nina ne l'avait pas fait. Dès lors qu'elle s'était aperçue que Sascha croyait que sa famille était juive, elle n'avait pu s'y résoudre. Maintenant qu'elle était confrontée à une autre question directe, elle ne sut que faire. C'était une chose de ne pas rectifier une supposition ou de baragouiner une réponse pour gagner du temps ; c'en était une autre de lui mentir de façon si éhontée. Son silence s'éternisa si bien que Sascha arrêta de prendre racine sur les objets qui demandaient son attention et la fixa du regard.

— Désolé – ai-je encore trop parlé et pas assez écouté ? Tu me l'as dit et j'ai oublié ?

— Non, tu as raison, je ne t'ai rien dit. Son nom est Magda.

Nina se tut à nouveau. Le sourire de Sascha vacilla. Elle n'avait pas d'autre choix que de continuer.

— Magda Aderbach.

Son nez se plissa.

— C'était son nom d'épouse ? Ou elle en a changé ? J'ai déjà vu Auerbach sur des registres juifs mais pas Aderbach. D'après ce que je sais, ce dernier est un vieux nom de Bohême ou de Bavière, ce qui n'a donc aucun rapport.

Cette fois-ci, c'est lui qui marqua une pause.

— Quand a-t-elle acquis la maison, Nina ? Je crois que ça non plus, tu ne me l'as pas dit.

Nina le dévisagea, dodelinant comme une gamine qui cache des bonbons chapardés derrière son dos, même s'il avait demandé ça sur le ton de la curiosité et non du reproche. Elle était persuadée que son attitude envers elle changerait dès lors que la vérité éclaterait au grand jour.

Le sourcillement de Sascha s'assombrit.

— Nina, qu'y a-t-il ? Y a-t-il quelque chose que tu ne me dis pas ?

— Herr Niedrig, vous avez un instant ? Il fera bientôt nuit et il y a quelques points sur l'état de la tourelle et du balcon dont j'aimerais discuter avec vous.

C'était l'architecte. Nina aurait pu l'embrasser.

— Nous devrions peut-être approfondir cette partie avant tout ?

Sascha lui fit donc signe d'attendre, mais Nina voulut l'empêcher de se focaliser à nouveau sur son histoire à dormir debout.

— Il a raison : la lumière va bientôt manquer. J'arrive à peine à distinguer les visages sur les photos, encore moins à en vérifier les noms. Pourquoi ne pas continuer ça demain ?

L'architecte toussa et sortit à nouveau, regardant sa montre avec insistance. Sascha acquiesça à contrecœur et le suivit. Il avait déjà un pied sur le seuil lorsqu'il se retourna.

— Des amis à moi font une fête ce soir. L'un d'entre eux est écrivain. Il inaugure la sortie de son nouveau livre dans un bar à vin local. Tu aimerais y aller ?

Il rougit à nouveau. Nina aimait plutôt ça.

— Je n'évoquerai plus le passé et les familles disparues si tu viens, promis. Je vois bien que c'est dur pour toi, de déterrer toute cette histoire. Peut-être qu'il serait mieux, au lieu de tous ces trucs sérieux, que tu oublies tout ça et prennes du bon temps.

Du bon temps. Nina ne put se souvenir de la dernière fois où elle avait envisagé de prendre du bon temps, sans parler d'en vivre effectivement l'expérience. Pas de Maison-Tour, pas de Magda, pas de rapports remplis d'horreur, au moins pour une soirée ; c'était très tentant. Elle lui sourit et sentit un frisson glisser le long de sa colonne vertébrale lorsqu'il lui sourit à son tour.

— Promis ?

Il acquiesça.

— Dans ce cas je viens.

Il tint sa promesse et la fête se déroula exactement comme il l'avait décrite : une soirée simple et divertissante. Ses amis l'accueillirent chaleureusement et se montrèrent pleins d'esprit et intéressés par le fait qu'elle vienne de l'Est, mais sans être obsessionnels ni condescendants, ou impolis, à ce sujet. Nina but un verre de vin de trop et, lorsqu'elle et Sascha quittèrent enfin le bar bras dessus bras dessous, se fit embrasser quasiment une fois de trop. Elle se réveilla sourire aux lèvres et avec l'agréable sensation s'agissant de revoir Sascha bientôt, ce qui lui évita de cogiter sur la Maison-Tour pendant quelques instants. Elle enfila soigneusement son nouveau jean noir et son pull qui bâillait moins sur sa silhouette, consciente qu'il la contemplerait, remarquant avec gratitude alors qu'elle se maquillait que, malgré toute la pression qu'elle endurait, son visage n'était plus aussi crispé qu'auparavant, et que ses yeux avaient moins de rides.

C'est sûrement bon signe. Peut-être qu'aujourd'hui je trouverai quelque chose qui mettra mieux en lumière, de façon plus compréhensible, les actions de Magda ; quelque chose qui me permettra de raconter toute l'histoire à Sascha.

Elle descendit prendre son petit déjeuner, se sentant plus optimiste que lorsqu'elle était arrivée à Grunewald quatre jours plus tôt, et trouva une enveloppe avec son nom dessus posée à côté de la cafetière. Dès que Nina s'assit, sa logeuse l'informa que la lettre était de Sascha. Nina attendit que la femme, qui n'était pas née de la dernière pluie et prit la mouche, quitte enfin la pièce avant de l'ouvrir. Elle était contente d'avoir attendu : la ligne d'introduction, bien que véridique – la maison d'hôtes était très bien tenue car Frau Fischler ne permettait pas qu'elle soit tenue autrement – était peu flatteuse.

Ta logeuse est plutôt du genre dragon et pas très fan des appels personnels qui interrompent la ligne de son business, à la place j'ai donc opté pour des méthodes à l'ancienne.

J'ai des réunions de dernière minute qui vont me prendre toute la journée, je ne pourrai donc pas, j'en ai bien peur, me rendre à la propriété aujourd'hui. Cela me désole beaucoup plus qu'il n'y paraît sur papier. J'ai aussi une faveur à te demander. J'ai bu un café avec ma grand-mère ce matin – elle se lève aux aurores et aime croire que j'en fais autant – et je lui ai parlé de toi et de l'euphorie autour de la découverte de la Maison-Tour, particulièrement parce qu'elle était cachée depuis si longtemps. Honnêtement, je ne l'ai jamais vue s'intéresser à mon travail à ce point-là auparavant – elle avait des tonnes de questions, sur elle et sur toi, et je me suis aperçue que je pouvais à peine y répondre, même si je ressens que je te connais déjà si bien d'une certaine façon – ce que je ne lui ai pas dit. Bref, le truc, c'est qu'elle veut vraiment te rencontrer. Elle a vraiment insisté à ce sujet – elle veut qu'on aille tous les deux dîner chez elle ce soir. Est-ce que ça te paraît trop bizarre ? Elle mange tôt, la nuit sera donc rien qu'à nous après ça. Ce qui pour ma part est encore plus alléchant.

Si c'est oui, je passe te prendre à six heures. Si c'est non… eh bien, j'ose vraiment espérer que ce ne sera pas le cas.

P.-S. : J'ai fait appel à un jardinier qui viendra commencer aujourd'hui à débroussailler et il y en a vraiment besoin, surtout si on veut évaluer les dégâts sur la partie inférieure de la façade, et aussi à un électricien pour qu'il relance le courant. Je sais, je sais, je vais plus vite que la musique, mais ne m'en veux pas – il y a un budget pour ce genre de choses si une maison est considérée comme historique, tu n'auras donc rien à débourser. Et je ne supporte pas l'idée que tu te les pèles dans le noir. Déterrer le passé est déjà assez dur en soi.

Il avait signé la lettre avec un S incurvé et un baiser. Le ton était celui d'un cœur léger, mais Nina savait que cela ne voulait pas dire qu'il était désinvolte ou irréfléchi. Dans ce court laps de temps qu'ils avaient passé ensemble, elle avait déjà appris à bien connaître Sascha pour comprendre que, s'il tenait à quelque chose, il en prenait vraiment soin. Elle savait que *est-ce que ça te paraît trop bizarre* voulait dire en réalité *s'il te plaît.* Elle était également tellement intriguée qu'elle ne pouvait qu'y aller. Si sa grand-mère avait vécu toute sa vie à Grunewald, comme Sascha le lui avait dit, peut-être y aurait-il des blancs dans l'histoire de la maison qu'elle pourrait combler. Si elle avait vécu là pendant la guerre, peut-être que le nom de Roth lui dirait quelque chose, bien que cela demanderait de faire preuve de tact vu le symbole de la croix gammée et le grade de la SS qui l'accompagnait.

Malgré ce défi, Nina termina son petit déjeuner, se sentant, si elle était honnête, plus sereine vis-à-vis de cette journée qu'elle ne l'aurait été si Sascha était revenu mettre son nez partout. Elle avait côtoyé trop de monde ces derniers jours et elle n'y était pas encore habituée ; avoir des obligations constantes la fatiguait plus que tout. Qu'il serait bon d'avoir du temps rien que pour elle, sans se préoccuper d'en dire trop, et de finir de passer la maison au peigne fin toute seule afin de dénicher de plus amples indices sur l'implication de Magda. Elle avait le sentiment que la maison n'avait pas encore révélé tous ses secrets, et elle désirait par-dessus tout en découvrir des beaux.

En fin de compte, la journée s'avéra frustrante. Le jardinier était bruyant et l'électricien, indiscret et Magda demeura tout aussi insaisissable qu'elle l'avait été lors des premières fouilles. À son retour à la maison d'hôtes, Nina en voulut à Sascha de trop se mêler de ses affaires et d'avoir engagé des travaux qu'elle n'avait pas demandés. De surcroît elle avait pris du retard pour se préparer, et la robe à carreaux qu'elle avait rapportée de chez elle et enfilée pour le dîner sembla soudain bizarre et démodée, au lieu de vintage et chic. Elle aurait décommandé la soirée tout entière si Sacha n'était pas arrivé dans une excitation si attachante.

— Qu'elle demande la moindre chose est complètement inattendu. Ma grand-mère n'a jamais partagé ma passion pour l'histoire – comme je te l'ai dit, elle a toujours été très à cheval sur le fait de « laisser le passé au passé ». Ce que je respecte, mais c'est frustrant. Je ne sais presque rien sur ma famille. Elle ne parle jamais d'elle et tout ce que je sais sur son mari, mon grand-père, c'est qu'il est mort à la guerre. Je crois que la famille a été assez riche à une époque – certains de ses biens ont de la valeur – mais je ne sais pas d'où est venue cette fortune ni ce qu'elle est devenue. Elle reste toujours muette, pourtant lorsque j'ai parlé de la Maison-Tour, c'est comme si le barrage avait cédé. Il est évident qu'elle a déjà entendu ce nom avant – la première chose qu'elle m'a demandée, c'était dans quel état elle se trouvait et si elle avait été habitée récemment. Et ensuite elle voulait tout savoir à ton sujet et sur ce qui te lie à elle, et je me suis senti idiot en avouant qu'en réalité, j'en savais bien peu.

Nina agrippa son bras pour le calmer et le freiner dans toutes les questions qu'il avait posées et qu'elle avait esquivées la veille et dont il était maintenant clairement sur le point de la bombarder. Elle était beaucoup plus intéressée par l'exploration de son passé que par le sien.

— S'agit-il de ta grand-mère maternelle ou paternelle ?

— Maternelle.

Nina attendit que Sascha développe, mais sa langue habituellement si loquace s'était ankylosée.

— Et ta mère ne t'a jamais rien raconté sur ta grand-mère, ou sur ta famille en général ?

Il ne répondit pas immédiatement. Lorsqu'il le fit, après une quinte de toux et quelques premiers mots hésitants, Nina se sentit horrible de lui avoir forcé la main.

— En fait mes parents sont morts tous les deux dans un accident de voiture quand j'avais sept ans, c'est donc là que je suis allé vivre avec ma grand-mère. Avant leur décès, j'étais trop jeune pour savoir que j'avais des questions, et maintenant…

Il se tut et parut totalement ébranlé.

— Mamie et moi on ne parle pas vraiment de tout ça : je crois que la perte l'attriste encore trop.

Sa vie contient autant d'inconnues que la mienne.

Nina lova ses doigts entre les siens et les serra.

— Je suis désolée, vraiment. Mes parents et moi on est… Je suppose que tu dirais brouillés, mais je n'arrive même pas à imaginer une telle perte. Mais je suis contente que tu me l'aies dit : je ferai attention de ne rien lui demander ce soir qui pourrait la contrarier.

Ils atteignirent la rue paisible où vivait sa grand-mère. Le visage de Sascha s'illumina et il sourit en sortant sa clé.

— Elle t'en empêcherait si tu essayais. Elle est gentille, mais elle peut être assez redoutable. Mais je crois qu'elle veut enfin parler, Nina, je le sens – quelque chose chez toi et la maison, et le nom de ta grand-mère, lui est entré dans la peau. Si tu arrives à la pousser à se confier, je t'en serai éternellement reconnaissant.

Il lui parlait encore en ouvrant la porte et en appelant sa grand-mère, mais Nina n'entendit pas un mot de ce qu'il dit – elle eut du mal à trouver un sens à sa présentation.

— Grand-mère, c'est Nina Aderbach. Nina, voici ma grand-mère, Elsa Roth.

Elle a l'air d'avoir vu un fantôme. Mais moi aussi justement.

Peu importe qui elle pouvait bien être aujourd'hui, cette femme qui se tenait dans l'entrée et qui, bouche bée, dévisageait Nina était la femme dont elle avait vu le visage récemment sur la carte d'identité estampillée de la croix gammée.

16

Nina, novembre 1989

Nina réussit à tenir toute la soirée, bien qu'elle ne sache pas vraiment comment.

Son premier instinct fut de lâcher : « Mais je vous connais ! » Son deuxième fut de s'excuser auprès d'elle et de filer. Elsa Roth avait peut-être l'air d'avoir vu un fantôme ; elle n'avait pas eu l'air effrayée pour autant. Elle semblait ne jamais avoir été effrayée par quoique ce soit.

Sascha avait continué de parler tout en prenant le manteau de Nina et ne sembla pas remarquer les yeux écarquillés et le corps crispé de sa grand-mère, ni le regard figé qui s'ensuivit : un regard froid qui médusa Nina de la tête aux pieds et ne devint jamais chaleureux.

Sans doute s'était-il attendu à ce qu'elle ne soit pas particulièrement accueillante. Sans doute est-elle aussi distante avec tout le monde qu'elle l'a été avec moi.

Distante fut le mot que Nina décida d'employer comme explication au comportement de Frau Roth, même si elle savait que ça n'avait aucun sens. *Distante* aurait justifié la froideur mais pas le choc hâtivement masqué. Nina sut instantanément qu'Elsa avait vu Magda à travers son visage. Elle sut également qu'elle n'allait pas le confesser. D'ailleurs elle non plus ne le ferait pas. S'inspirant de la maîtrise de la vieille dame, Nina décida de ne pas réagir jusqu'à ce qu'elle ait une meilleure idée de la teneur de la relation, s'il y en eut une, entre les deux femmes. À la place elle sourit et attendit une poignée de main ; puisqu'elle ne vint pas, elle tendit quand même sa main. Le bout des doigts d'Elsa l'effleura à peine.

— C'est une robe inhabituelle, Fräulein Aderbach ; elle a des motifs assez distinctifs.

Il était évident d'après son ton que le commentaire n'était pas censé être un compliment. Nina s'efforça de ne pas s'en indigner.

— Elle appartenait à ma grand-mère. Elle avait très bon goût. Je l'ai réajustée à ma taille.

Elsa ne rétorqua pas, néanmoins ses yeux se plissèrent sur le mot *grand-mère.*

— Est-ce que tout va bien ?

Sascha n'avait pas tout de suite remarqué qu'il y avait un problème. Lorsque ce fut le cas, l'enthousiasme qui avait été le sien au moment des présentations se tarit. Il se figea, les scrutant l'une après l'autre.

Lorsqu'elle vit l'embarras de son petit-fils, Elsa se reprit sur-le-champ. Son expression s'adoucit et elle sourit. Elle fit ce que Nina aurait appelé un commentaire intentionnel de vieille dame qui prétend ne rien piger à la mode des jeunes puis eut un rire d'autodérision tout en les guidant dans le salon. Sascha se détendit immédiatement ; Nina – qui voyait bien quand on jouait la comédie – n'en fit pas autant.

— Installez-vous, prenons le temps de faire connaissance. Sascha a été incapable de répondre à la moindre de mes questions vous concernant Nina, ce que je trouve assez étrange puisque vous lui avez fait forte impression.

Nina suivit le sourire narquois d'Elsa jusqu'à une pièce où le mobilier était bien plus élégant que ce qu'elle s'était attendue à trouver dans cette petite maison cubique. Sascha avait dit vrai : certains des biens d'Elsa – même aux yeux inaguerris de Nina – semblaient vraiment avoir une grande valeur. La table à manger était placée dans une petite alcôve au fond de la pièce. Les couverts posés sur la nappe blanche immaculée étaient de bonne facture et argentés ; les bougeoirs en cristal taillé scintillaient ; service de table en porcelaine à la cendre d'os et bordure dorée. Et Elsa était une hôtesse hors pair. Elle se chargea de tout dès qu'ils s'assirent et avait une grande dextérité en la matière. Elle fit le service des plats – un repas très traditionnel avec un ragoût de lapin au paprika suivi d'un strudel au pavot – et la conversation avec la même aisance nonchalante, comme si la scène incongrue dans l'entrée n'avait jamais eu lieu. Elle questionna Nina sur sa vie à l'Est mais évita soigneusement d'évoquer des sujets politiques. Elle raconta quelques anecdotes charmantes sur Sascha et l'histoire de Grunewald mais ne dévoila rien sur sa propre personne. Ce n'est qu'au moment du café – dans des tasses en porcelaine si fragiles que Nina fut terrifiée à l'idée de casser la sienne – qu'Elsa mit enfin le sujet sur la table concernant la raison réelle de la présence de Nina. Et – comme Nina le comprenait maintenant que la soirée avait eu lieu – régenta totalement les révélations qui allaient suivre.

— Sascha dit que vous avez des liens avec la Maison-Tour. Que vous l'avez réhabilitée.

Nina acquiesça.

— Réhabilitée est sans doute un peu ambitieux. Je ne crois pas que cet endroit puisse être classé comme habitable – d'après ce que j'ai vu, personne ne s'est occupé de son intérieur ou de son extérieur depuis la guerre – mais Sascha fait intervenir un électricien qui a remis le courant et un jardinier qui a passé la journée à débarrasser la façade d'une grande partie du lierre, la lumière peut donc y entrer et on peut enfin voir les briques.

Elle pensait que sa réponse avait été neutre – elle avait fait en sorte qu'elle le soit – pourtant elle n'eut pas l'effet escompté sur Elsa qui en eut le même sentiment que lorsqu'elle avait vu la coupe au carré et les pommettes relevées et la robe rouge et bleue de Nina. Son visage pâlit ; sa mâchoire se crispa. Alors qu'elle s'en prit à Sascha, deux taches rouges s'esquissèrent sur ses joues poudrées.

— Tu déblayes le terrain ? En entier ?

Sascha était trop affairé avec le strudel dont il se coupait une seconde part pour remarquer le visage tendu de sa grand-mère, ou l'agacement dans sa voix.

— Le premier gros chantier, c'est de virer le lierre – comme Nina l'a dit, il a vraiment pris ses aises – mais oui, dans un second temps nous serons bien obligés. L'arrière est encore plus broussailleux que l'avant : la pelouse est entièrement envahie de mauvaises herbes et de ronces qui n'ont jamais été éclaircies. On doit vraiment tout défricher en vue d'une étude complète.

Elsa ne récupéra pas son teint.

Elle a la même tête que Magda quand j'ai découvert le dessin.

Nina s'aperçut qu'elle serrait trop sa tasse à café et qu'Elsa en faisait autant.

— Est-ce que ça va, Frau Roth ? Vous ne semblez pas dans votre assiette.

Elsa riva alors ses yeux sur Nina. Cela n'avait pas été une expérience plaisante. Elsa l'avait toisée, comme si elle jaugeait comment Nina pourrait réagir si elle lui assenait un coup. Nina se réveille en pleine nuit avec le cœur qui battait vite en se remémorant ces yeux bleus glacials. Même s'ils étaient assis dans une pièce ordinaire dans une rue de banlieue, elle avait été effrayée. Tellement effrayée que sa première pensée fut *Je dois sortir ; quelque chose que je n'ai pas envie d'entendre va arriver.* Une partie de

Nina se dit à présent qu'elle aurait dû s'écouter et non *Tu es ridicule, c'est une vieille dame ; reprends-toi* qui suivit. Au lieu de déguerpir comme elle l'avait souhaité, elle était restée assise dans la ligne de mire d'Elsa, se remuant les méninges afin de faire une métaphore amusante sur l'épaisseur du lierre et son sentiment d'avoir été comme l'un des prétendants de la Belle au Bois dormant lorsqu'elle avait essayé de passer au travers la première fois. Avant d'avoir pu en trouver une, néanmoins, Elsa lança son attaque.

— Tu es la petite-fille de Magda Aderbach ?

Elsa balança le nom comme si elle allait le cracher.

— Oui.

Nina n'en dit pas davantage et ne chercha pas à faire usage du silence par lequel Elsa accueillit sa réponse. C'est à ce moment précis que Sascha remarqua enfin le ton agacé de la voix de sa grand-mère et l'hésitation dans celle de Nina, et qu'il releva son regard.

— Et que sais-tu à son sujet ?

La question d'Elsa était un défi à coup sûr ; Nina était consciente qu'elle allait devoir en découdre.

— Que c'est une belle personne.

Elsa agita ses sourcils ; Nina évita de surenchérir.

— Elle a été récompensée par le gouvernement de la RDA pour ses bons et loyaux services. Elle a sauvé des vies pendant la guerre. On la respecte beaucoup. On l'admire.

Cette fois-ci, ce fut Elsa qui décida que Nina devait attendre. Elle ne répondit pas immédiatement. Elle ouvrit la boîte en argent à côté de son siège et en sortit une cigarette. Elle n'en offrit ni à Sascha ni à Nina. Alors qu'elle aspirait une bouffée qu'elle exhala lentement, Nina jeta un coup d'œil à la femme plus jeune sur une photo.

— Ce doit être tellement gratifiant pour elle. Pourtant je crains, Fräulein, que tu ne sois loin de tout connaître sur ta grand-mère. De qui a-t-elle dit qu'elle avait sauvé la vie précisément ?

Sascha se fige. Nina dévisagea Elsa, consciente qu'un abîme s'apprêtait à l'attirer tout au fond et qu'elle ne pourrait pas en réchapper.

— Ce n'est pas quelque chose dont elle se vante, je n'en sais donc pas beaucoup plus. Je sais qu'elle a travaillé dans une usine et aidé le propriétaire à venir en aide à des gens qui couraient un danger face aux fascistes. Des communistes je crois. Et peut-être des Juifs.

Elsa tira une autre bouffée de sa cigarette avant de rétorquer. Elle laissa sortir la fumée en soupirant.

— Quelle histoire charmante. Mais ce n'est rien d'autre que ça, j'en ai bien peur. Ma pauvre petite, elle t'a roulée dans la farine comme elle l'a fait avec tout le monde.

Le ton d'Elsa était celui de la compassion, mais ses yeux étaient des éclats de verre.

— Ta grand-mère n'a aidé ni des communistes, ni des Juifs, ni personne. En tout cas pas à s'échapper. Elle a aidé à les faire tuer, voilà ce qu'elle a fait, Nina chérie.

— Mamie, pour l'amour de Dieu ! Pourquoi dis-tu ça ?

Aucune des deux femmes ne prêta attention à Sascha.

— Ce n'est pas vrai ; c'est calomnieux. Peu importent les raisons que vous avez de dire ça, vous vous trompez de femme.

Nina réussit à garder son visage calme et ses mains détendues. Elle réussit à prononcer les mots sans les bousculer néanmoins elle se remémora également les rapports cachés et les noms des camps et des lieux du massacre et sa voix trembla. Elsa entendit cela et son rictus en guise de contrepartie ne fut pas beau à voir.

— Me suis-je vraiment trompée ? Tu n'y crois pas un seul instant, n'est-ce pas ? Je peux l'entendre dans le tremblement de ta voix. Une employée d'usine, quelle bonne et honnête profession ! Pour autant, elle était tout sauf cela ; c'était une façade. Je suis navrée d'être celle qui te l'apprend, ma chère, mais le travail de ta grand-mère ne consistait pas à gérer les chaînes de production, ou en tout cas pas celles qui étaient inoffensives et auxquelles tu penses. Magda Aderbach était la secrétaire d'Heinrich Himmler. Je n'ai pas besoin de te faire un dessin, n'est-ce pas ?

Elsa marqua une pause et attendit que Nina prenne la parole. Nina garda le silence.

— Non, c'est bien ce que je pensais. Il est des noms dont l'écho résonne des deux côtés du Mur. C'est d'ailleurs ainsi qu'elle s'est vu octroyer la Maison-Tour : c'était une récompense pour ses bons et loyaux services. D'aucuns le savaient à Grunewald. Elle était sa main droite au féminin – elle l'a épaulé dans l'organisation des trains de déportation qui partaient de cette gare ici même. Et Dieu sait dans quelles autres atrocités.

Nina sut à ce moment précis qu'elle aurait dû riposter. À ce moment précis, elle aurait dû demander à Elsa de lui expliquer pourquoi elle mourait d'envie de salir la réputation de sa grand-mère, et pourquoi son propre nom se trouvait sur une carte d'identité SS. Et comment Elsa était au courant des choses qu'elle avançait. Elle le désirait, toutefois la possibilité que les dires d'Elsa se révèlent exacts l'accabla. Au lieu de contre-attaquer, donc, elle s'abîma en son for intérieur et tout ce qu'elle réussit à balbutier fut :

— Je n'en écouterai pas plus. Rien de tout ça n'est vrai.

Elsa poursuivit comme si de rien n'était.

— Magda a le goût du détail, semble-t-il. C'est bien pour cela qu'elle comptait vraiment pour lui. Une perle rare s'agissant d'organiser et d'économiser de l'argent. Précisément ce dont leur dispositif maléfique était friand.

— Grand-mère, s'il te plaît. Il faut que tu arrêtes.

Nina avait oublié que Sascha était là. Lorsqu'elle se tourna vers lui, son visage était boursouflé, comme celui d'Elsa un peu plus tôt. Il tenta de prendre sa main alors qu'elle le fixait du regard, mais elle l'en empêcha.

— Tout ce que tu racontes est monstrueux.

Il s'arrêta et fit les gros yeux à Elsa.

— Et même s'il y avait une part de vérité dans ces allégations, comment pourrais-tu savoir ce que faisait l'assistante d'Heinrich Himmler ?

Alors qu'il parlait, Elsa gardait les yeux rivés sur ceux de Nina. Nina se demanda si la mise en doute de Sascha, aussi hésitante soit-elle, aurait pu la faire battre en retraite. Cela ne fit qu'accentuer sa voix stridente.

— C'est une bonne question, Sascha. Parce que, malheureusement, j'y étais. Le propriétaire de l'usine où Magda était censée travailler était mon père, ton arrière-grand-père. C'est lui, pas elle, qui aidait des gens à échapper aux chambres à gaz, avec de faux papiers et des voies d'évasion, et avec sa fortune. C'est elle qui l'a trahi et dénoncé à ses alliés nazis ; c'est elle qui l'a fait exécuter.

Les hoquets de stupeur de Sascha firent écho à ceux de Nina. Elle recula sa chaise, bondit et ne mâcha plus ses mots.

— Non. C'est impossible. Vous mentez. Je n'en écouterai pas plus. Je ne crois pas un seul mot de tout ça.fut réelle – elle l'était encore –, cependant Elsa haussa-t-elle simplement les épaules.

— Je pense au contraire que tu y crois. Tu es dans ton rôle, celui où tu feins d'apprendre une affreuse surprise, pourtant ce n'est rien d'autre que ça – de la comédie. Je pense que tu as trouvé des choses dans la maison qui prouvent que j'ai raison et que, si tu continues de la remettre sur pied, tu en trouveras d'autres. Tu vois, ta grand-mère bien-aimée n'a pas seulement tué par procuration, en écrivant des rapports et en trahissant des hommes innocents. Elle s'est approchée bien plus que ça de ses victimes. Regarde.

C'est là que l'impensable eut lieu. Nina fixa ses yeux, incapable de bouger, sur Elsa qui levait ses cheveux gris soyeux qui tombaient sur son visage pour dévoiler une cicatrice dentelée qui se dessinait comme une couture pâle sur le côté de son front.

— Je me suis fait ça en tombant, Nina, après que ta grand-mère m'a poignardée. Après que j'ai découvert le dernier de ses crimes. Celui que je vais mettre en lumière dès maintenant, tu ferais donc bien d'écouter. Magda n'a pas seulement trahi mon père, elle…

Mais Nina n'écouta pas – elle ne le put. Elle essayait encore de tirer un trait sur les mots d'Elsa maintenant qu'elle faisait les cent pas dans l'espace restreint de sa chambre dans la maison d'hôtes. Elle avait hurlé alors ; elle avait encore envie de hurler.

— Ça suffit ! Ma grand-mère est une femme bienveillante, et vous êtes un poison. Je ne sais pas ce qui se cache derrière votre petit jeu, mais je ne vous laisserai pas m'embrouiller.

Sa protestation était censée être sur le même registre de la force et de la certitude qu'Elsa, pourtant sa voix s'était emportée puis emplie de sanglots, et tout ce qu'ils entendirent tous les trois fut le doute. Nina ne comprit pas, en entendant sa propre voix défaillir, que rester une seconde de plus permettrait à Elsa de continuer de porter des accusations et qu'alors elle craquerait et avouerait ce qui se trouvait dans les rapports de Magda. Elle ne put s'y résoudre, et elle ne pouvait pas entendre un mot de plus jusqu'à ce qu'elle se confronte à Magda.

Au lieu de cela, elle fuit de cette pièce, loin des yeux inquisiteurs d'Elsa et du regard horrifié de Sascha. Ni l'un ni l'autre ne la retint. Ce ne fut que lorsqu'elle se dépatouillait à enfiler son manteau qu'enfin elle entendit au loin la voix de Sascha et le crissement de sa chaise tirée en arrière. Nina hésita alors, dans l'attente qu'il apparaisse dans l'entrée et lui dise qu'Elsa avait été induite en erreur, que cela était dû en partie à la démence causée par son vieil âge qui d'après lui n'allait pas en s'arrangeant, et qu'il était désolé, qu'il aurait dû la prévenir et lui épargner cela. Il ne vint pas. Elle n'entendit plus le son de sa voix.

Tout ce qu'elle entendit après ça depuis la salle à manger fut le ton mesuré d'Elsa, puis le silence. Sans personne vers qui se tourner, Nina prit ses jambes à son cou puis s'engouffra dans un sommeil empli de cauchemars et dans des rêves éveillés emplis d'horreur. Et au réveil, elle dut faire face à ces cauchemars éveillés.

Celui que je vais mettre en lumière dès maintenant, tu ferais donc bien d'écouter.

Nina retourna la maison de fond en comble, depuis le grenier jusqu'à la cave humide, la tête pleine de la perversité d'Elsa. Elle trouva de nombreuses autres caisses pleines de souvenirs, mais rien pour innocenter Magda.

Je devrais retourner à Oberschöneweide et la mettre face à ses contradictions. Je devrais la pousser à me dire la vérité.

C'était un plan. Le moment venu, Nina savait qu'elle devrait le mettre à exécution, mais elle ne pouvait s'y résoudre – pas encore. Il y avait encore trop d'inconnues. Ce qui était sûr, c'était qu'elle ne voulait plus voir Sascha ni chercher à en savoir davantage sur l'histoire de sa grand-mère. Ni lui balancer à la figure ses soupçons au sujet d'Elsa : bien qu'elle ait encore en sa possession la carte d'identité, elle avait le sentiment que c'était une bataille dans laquelle il serait dangereux de se lancer à moins d'être certaine de la gagner.

Les synagogues encore debout ont commencé de tenter de recoller les morceaux.

Nina s'assit sur ses talons et poussa la caisse qu'elle venait de fouiller alors qu'elle se souvint l'observation de Stefan.

Je dois peut-être ratisser plus large ; Grunewald n'est peut-être pas le seul endroit qui détient des réponses.

Nina ne pouvait accepter que tout ce que lui avait dit Elsa soit vrai – l'idée que sa grand-mère ait prémédité le meurtre de qui que ce soit était impensable. Et pourtant Magda avait vécu dans la Maison-Tour, et la Maison-Tour avait appartenu à quelqu'un d'autre.

On devrait peut-être enquêter sur moi pour que je rende des comptes.

Jannick était arrivée quelques minutes après que Magda ait prononcé ces mots étranges et le temps avait manqué pour décoder ce qu'elle avait voulu dire. Aujourd'hui, tout ce que Nina avait vu et entendu laissait penser que les mots de Magda disaient peut-être vrai.

Et si elle pouvait quand même se racheter ? Et si on pouvait trouver la famille qui vivait ici jadis, ou leurs descendants, et leur rendre la maison ?

Cette pensée ôta des épaules de Nina le poids que les rapports avaient mis. Elle ne voulait plus vivre dans la Maison-Tour. Tous les rêves qu'elle avait eus s'envolèrent. Toute l'affection qu'elle avait pour la maison s'envola. Mais si sa réappropriation pouvait servir d'une certaine façon à compenser la cruauté, quelle qu'elle soit, dont Magda avait au bas mot été témoin, cela n'aiderait-il pas à changer la donne ? Sascha pouvait attendre, sans parler d'Elsa. Nina se redressa péniblement. Sascha avait fait allusion à la Nouvelle Synagogue. Nina n'avait aucune idée de l'endroit où elle se trouvait, mais elle connaissait quelqu'un qui pourrait l'aiguiller. Et dès que Nina s'y serait rendue et aurait découvert qui était le propriétaire de la maison comme elle était persuadée que ce serait le cas, alors elle retournerait à Oberschöneweide et se confronterait à Magda avant de passer à l'étape suivante.

Tirée à quatre épingles elle se précipita dans l'allée. Lorsqu'elle arriva au département du logement, le guichetier l'accueillit comme un vieil ami.

— C'est sans aucun doute à l'Est, à Mitte, pour ce que j'en sais, et cette zone ne figure pas sur ma carte, même si j'imagine que ça changera bientôt. Je crois que ce que vous avez de mieux à faire, c'est de prendre le S-Bahn pour vous rendre Friedrichstaβe et, une fois là, demander les adresses. Je ne pense pas que ce soit très loin.

Ça ne l'était pas. C'était à dix minutes à pied, mais cela obligea Nina à retraverser le point de passage et lui donna le sentiment qu'elle ne devrait pas mesurer la distance en minutes mais en années. La Nouvelle Synagogue était une immense construction, mais elle semblait dénuée de vie. Certaines parties extérieures étaient couvertes d'échafaudages. Les fragments que Nina pouvait apercevoir étaient criblés de trous et noircis et défigurés de-ci de-là les murs. Une tour trapue qui couronnait son sommet semblait ouverte aux éléments, et la plupart des fenêtres supérieures étaient brisées. Elle ne semblait pas différente, Nina en était consciente, de la plupart des édifices qui tenaient encore debout à l'Est, des bâtiments à côté desquels elle était passée sans jamais leur prêter attention. Elle ne ressemblait néanmoins à rien de ce qu'elle avait découvert dans l'Ouest rebâti, et avec le nouveau regard qui était le sien cela ne fut pas pour la rassurer.

Personne ne répondit lorsqu'elle frappa à la porte, pas même lorsqu'elle cogna dessus. En fin de compte, c'est l'un des maçons qui la remarqua depuis les échafaudages et la guida vers une petite porte dérobée, l'ouvrant pour elle, lui indiquant de demander le docteur Aaronheim. L'intérieur de l'édifice était aussi sombre que les briques avec lesquelles il était bâti ; trois pas en dedans et Nina fut engloutie. Le bruit de la rue n'y pénétrait absolument pas, on n'y entendait que le silence. Nina s'engouffra dans le couloir que le maçon lui avait indiqué comme si elle était une voleuse ; elle ne se sentait effectivement pas à sa place. Ce fut un soulagement de tomber sur une porte ouverte dont un bain de lumière jaillissait, bien que l'homme assis derrière un bureau envahi de papiers fasse un bond lorsqu'il la vit et que ses premiers mots ne soient pas très accueillants :

— Qui vous a laissée entrer bon sang ?!

Lorsque Nina lui raconta toute l'histoire qu'elle avait révisée dans le train – empruntant le métier de Sascha et faisant croire que c'était le sien –, il se rasséréna quelque peu.

— Nous avons des archives en effet, mais – il montra de la main son bureau et les étagères archipleines derrière lui – comme vous pouvez le voir, notre système est loin d'être celui que nous aimerions avoir. Nous espérons nous améliorer. Maintenant que le Mur est tombé, nous espérons obtenir des financements pour la restauration et un musée, ce que l'on nous a toujours refusé à l'ère de la RDA.

Il se tut et regarda autour de lui, une réaction instinctive dont Nina savait qu'il faudrait à son concitoyen des années avant de s'en débarrasser.

— Quoi qu'il en soit, je ferai ce que je peux. Vous dites que vous avez une initiale ? Et une date de déportation éventuelle depuis Grunewald ?

Nina acquiesça. Elle était restée aussi évasive que possible. Elle imaginait bien que son histoire ne tiendrait pas longtemps la route s'il en apprenait trop.

— Attendez ici. Et veuillez à ne toucher à rien. Ça ressemble à un chaos sans nom, pourtant il est très organisé.

Il s'absenta pendant presque une demi-heure. Nina resta assise sans bouger, tâchant de ne pas sombrer face à l'Histoire encore pleine de vie et qui l'oppressait. Il y avait une photographie sur le mur de ce à quoi devait ressembler la synagogue à ses débuts, avec un dôme doré en lieu et place de la tour cassée. Et une autre d'un édifice en feu et le titre *Kristallnacht, 9 novembre 1938* en dessous. Nina ne savait pas ce que c'était, mais la date et l'écriteau en dessous qui disait « De peur que nous oubliions » laissaient présager qu'Elsa et sa grand-mère le sauraient.

— Je les ai trouvés !

Le docteur Aaronheim revint tout agité dans la pièce avec un papier dans la main et un sourire aux lèvres qui mit du baume au cœur de Nina.

— La famille Lieser, d'Erdener Straβe : Johannes, âgé de trente-huit ans ; Ruth, âgée de vingt-neuf ans ; Minna, âgée de six ans ; et le bébé, Isidor, qui avait deux ans.

Minna, la petite fille qui avait joué avec la maison de poupée, six ans seulement. Isidor faisait sans doute ses premiers pas. Nina essaya, mais échoua, de réprimer un sanglot et le sourire du docteur s'évanouit.

— Pardonnez-moi. J'étais si heureux de les avoir trouvés que j'en ai oublié pendant un instant pourquoi nous les cherchions.

Nina réussit à reprendre ses esprits.

— Ils ont donc été déportés ?

Il acquiesça.

— Et assassinés, tous, dans les fours d'Auschwitz.

Les flammes sur la photographie de *Kristallnacht* vacillaient dans l'obscurité comme si elles bondissaient. Nina secoua la tête, essayant de repousser les images des petits corps, d'une main tendue vers une mère déjà partie.

— Y a-t-il de la famille ? Quelqu'un que nous pourrions contacter ?

Le docteur Aaronheim parcourut le document une nouvelle fois.

— Rien n'est indiqué ici. Ce qui ne veut pas dire qu'il n'y a personne mais qui rend la tâche encore plus ardue de savoir par où commencer. Je pourrai me renseigner si vous voulez. Il y a des réseaux pour les familles qui essaient de découvrir ce qui est arrivé aux disparus. Je ne peux pas vous promettre que cela aboutira à quoi que ce soit.

En dehors de toute l'histoire qui sortira au grand jour.

Il posa le document. Nina s'aperçut qu'il la dévisageait d'une façon bien plus intense qu'elle ne le désirait.

— Excusez-moi, Fräulein…

Il marqua une pause.

— Je m'aperçois que je ne connais pas votre nom, que vous ne me l'avez pas dit. Si je peux me permettre, vous semblez excessivement bouleversée pour quelqu'un dont c'est seulement le travail. Bien que cela signifie simplement que vous n'en êtes pas encore blasée, et je devrais vous applaudir pour ça.

Elle avait pleuré, sans s'en rendre compte. Et maintenant elle ne savait pas quoi dire, en dehors de « Je suis désolée, je suis vraiment désolée » qu'elle laissa échapper, en larmes, ce qui alerta immédiatement le docteur Aaronheim.

— Est-ce qu'il y a quelque chose qui m'échappe ? Comment a-t-on découvert la maison ? Vous l'avez expliqué tellement vite. Et à qui appartient-elle à présent ? À qui l'a-t-on donnée lorsque les Lieser en sont partis ?

— Je ne peux pas vous le dire. Ça n'a pas d'importance.

Nina se releva péniblement. Elle savait qu'elle extrapolait probablement et de façon ridicule, mais quelque chose dans le sourcillement renfrogna son visage et lui donna le sentiment qu'il allait claquer la porte et l'empêcher de partir.

— Grunewald était une zone SS – vous le saviez ?

Nina se figea ; le sourcillement d'Aaronheim s'accentua.

— Vous le saviez, n'est-ce pas ? La maison des Lieser a-t-elle été offerte à un officier SS ? Savez-vous à qui ? S'il vous plaît mon Dieu, ne me dites pas que cette famille en est toujours propriétaire ? La RDA n'a jamais poursuivi en justice les criminels de guerre, mais nous ne faisons qu'un avec l'Ouest à présent, et eux l'ont fait ; ils le font encore. Si vous avez des informations, Fräulein, c'est votre devoir de…

Mais Nina était déjà au bout du couloir et filait.

Lorsqu'à bout de souffle elle atteignit Oranienburgerstraße, le premier instinct de Nina fut de se précipiter à Oberschöneweide et de balancer tout ce dont elle se doutait et ce qu'elle craignait à la figure de Magda. Cela lui aurait pris moins de temps que de retourner à Grunewald. La seule chose qui l'arrêta fut les rapports. Elle les avait laissés dans son sac à dos à la Maison-Tour et elle ne pouvait défier Magda sans eux, ou risquer que Sascha vienne la chercher et tombe dessus à la place. Elle avait le sentiment qu'ils étaient exactement ce qu'Elsa attendait. Elle y retourna donc, avec la ferme intention de redéguerpir juste après. Néanmoins, elle ne se trouvait dans la maison que depuis cinq minutes à peine lorsque Sascha frappa à la porte de derrière.

— Je t'attendais dans le jardin. Tu étais où ?

Nina le laissa entrer et ignora la question. Elle le guida du regard vers le salon, l'empêchant de voir le sac à dos qui se trouvait dans l'entrée. Il ne l'aurait peut-être pas remarqué : il avait les yeux bouffis et, comme elle, avait clairement passé une mauvaise nuit.

— Est-ce qu'elle a raison ? Tu étais sous le choc ou tu jouais la comédie ?

C'était comme si Nina venait d'atterrir au milieu d'une conversation que Sascha avait commencée depuis des heures. Elle se laissa tomber dans le canapé face à lui.

— Jouer la comédie, c'est un peu fort de café. J'étais confuse, désemparée.

Ce qu'elle ne disait pas était plus bruyant que ce qu'elle venait de dire.

Sascha râla et fit exprès de regarder ailleurs puisque Nina évitait tout contact visuel avec lui.

— Alors tu savais. Pourquoi ne m'as-tu pas dit la vérité, Nina ? Pourquoi m'as-tu laissé croire que ta famille avait un lien avec la famille juive à qui on avait volé la maison, alors que ta Magda en était la voleuse depuis tout ce temps ? Pourquoi ne m'as-tu pas dit qui était ta grand-mère ? Tu me prenais pour un imbécile ?

Il semblait démuni, prêt à tout pour qu'elle retourne la situation de ce bourbier dans lequel ils pataugeaient en leur faveur. Nina aurait aimé en être capable, et pourtant elle avait fini avec des mensonges.

— Non, pas du tout. Je ne savais pas ce que je devais croire. Je ne le sais toujours pas. Et tu as émis une hypothèse que je n'ai pas rectifiée pour gagner du temps et découvrir la vérité, voilà la vraie raison. Parce que je savais qu'une fois que tu aurais eu une meilleure idée de ce qu'elle a fait, tu en aurais eu une bien pire de moi. C'était lâche ; ce n'était pas pour être malhonnête.

Il ne la regarda pas et ne répondit rien.

Est-ce qu'il va juste rester assis là, l'air démoralisé ? Est-ce qu'il va me juger et me déclarer coupable, sans écouter, ou sans essayer de voir tout ça selon mon propre point de vue ?

Les yeux de Nina ne versèrent plus de larmes ; elle arrêta de vouloir s'excuser, ou de le faire se sentir désolé pour elle, ou mieux au sujet de ce qu'il avait choisi de croire. Elle fut soudainement consciente que le martellement de son cœur était dû à la colère, même si elle ne savait pas vraiment envers qui cette colère se dirigeait.

— Et parce que, comme je l'ai dit hier soir, je sais que, peu importe ce que laisse à penser ce qui a eu lieu, ma grand-mère est une femme bien. Et je ne sais pas si ce qu'a dit Elsa est vrai.

Sascha sortit de ses gonds :

— Es-tu en train de dire que ma grand-mère est une menteuse ?!

Nina le fixa du regard avec autant de colère qu'il en avait en la fixant du regard.

— Es-tu en train de dire la même chose sur la mienne ?!

Il sourcilla, et elle comprit que ce n'était pas lui l'ennemi, et qu'elle ne voulait pas qu'il le soit. Qu'elle ne voulait choisir la facilité et l'anéantir avec toute la douleur que la carte d'identité et ses soupçons sur Elsa provoquerait en lui avant de s'assurer une fois pour toutes qu'ils disaient vrai.

— Je m'y suis mal prise, je suis désolée. Mais on en sait tellement peu sur tout ça, tu ne crois pas ? Rien que sur la façon dont nos grands-mères se sont rencontrées ?

Sascha n'était pas prêt à la laisser s'en tirer aussi facilement.

— Je crois au contraire qu'on en sait déjà pas mal : ta grand-mère a fait tuer mon arrière-grand-père, tu te rappelles ?

Nina ne voulait pas se disputer mais elle n'était pas non plus d'humeur à supporter ses sarcasmes. Cela aurait été plus simple de lui crier de dégager, ou d'aller au diable, ou de la laisser tranquille. Cependant, Nina était allée à meilleure école que celle-ci et garder son calme était dans ses cordes, elle tint donc sa langue et laissa l'aspect d'elle qui avait réchappé à la Stasi, l'aspect prudent qu'elle avait développé lors des journées et nuits interminables en prison, prendre le dessus. Elle se devait d'explorer toutes les possibilités s'arc-boutant autour de cette histoire avant de faire face à Magda, et la seule personne avec qui elle pouvait mener cela à bien, c'était lui. Elle releva les épaules et tenta le coup.

— Et si la vérité se trouvait quelque part au milieu, Sascha ? Et si Elsa ne savait que certains aspects de ce qui est arrivé, ou avait mal interprété ? Ou était impliquée d'une certaine façon elle aussi ? C'était il y a longtemps – la mémoire peut s'emmêler les pinceaux. Les gens n'arrivent pas toujours à dissocier ce qu'ils espèrent ou choisissent de croire sur ce qui a eu lieu de qui s'est réellement passé.

Sascha sourcillait encore, mais Nina put voir que l'historien qui était en lui commençait, un peu en tout cas, à reprendre le dessus.

— Peut-être. Quand il est question des raisons et motivations, ils n'y arrivent sans doute pas en effet. Mais peu importent les facettes de l'histoire auxquelles tu ne veux pas croire, ma grand-mère était sûre d'elle concernant la personne pour qui Magda travaillait, et la raison pour laquelle on lui a donné la maison.

Il contemplait son visage de façon trop intense pour que Nina puisse continuer de le regarder. — Et tu sais que cette facette-là est vraie, n'est-ce pas ? C'est ce qu'elle a voulu dire en affirmant que tu n'avais pas l'air surprise.

Une partie d'elle-même – presque toute sa personne – voulait le nier, cependant Nina en avait assez de trimballer seule le fardeau des secrets sur le croquis et les rapports. Et elle avait besoin qu'il la croie plus qu'il ne le faisait.

On lui a appris à lire des sources, à les évaluer. Peut-être arrivera-t-il à y déceler des nuances contrairement à moi.

Son corps et son visage étaient toutefois encore voûtés et hostiles, elle décida donc de lui accorder ce dont il se doutait avant tout et d'aborder le reste avec plus de tact.

— Je sais en effet qu'on lui a donné la maison pendant la guerre, et que la personne qui est à l'origine de ça avait les initiales HH.

— C'était donc Himmler. Ma grand-mère ne *mentait* pas à ce sujet.

Sa voix durcit à nouveau. Nina continua comme si de rien n'était.

— Je ne l'ai pas toujours su. Je ne l'ai compris que récemment. J'ai trouvé un croquis de la maison quand j'étais petite, et il y avait une inscription dessus. Je ne savais pas ce que ça voulait dire, mais je sais que ma grand-mère était furieuse que je mette la main sur le dessin. Et qu'elle détestait la Maison-Tour, *vraiment*, elle la détestait. Elle ne voulait pas en parler, et elle a toujours refusé que je m'y rende. Et elle a cette lésion à la main qui est trop, je sais pas… bien soignée pour venir d'un accident comme elle l'a dit.

Sascha haussa les épaules.

— C'est exactement la façon dont elle devrait se comporter si elle était coupable de tout ce dont ma grand-mère l'accuse. Elle voudrait que le passé reste enfoui.

Nina prit une grande respiration.

— Je sais bien. Je l'ai toujours envisagé. Mais s'il y avait une façon différente de voir les choses que celle dont Elsa les a présentées ? La *vérité* n'est pas toujours ce qu'elle semble être. La RDA était une dictature – les citoyens étaient toujours obligés de faire des choses qu'ils ne voulaient pas faire, par exemple espionner pour la Stasi ou dénoncer leurs voisins…

— Ou aider à tuer six millions de Juifs ?

— Ne dis pas ça !

Ils se dévisagèrent, très remontés, campant chacun sur ses positions ; avec le sentiment que le gouffre qui les séparait devenait encore plus abyssal. Nina fut la première à prendre sur elle et à briser le silence.

— Ce que je veux dire, c'est qu'on ne sait pas toujours pourquoi les gens agissent de telle ou telle façon, et qu'on ne devrait donc pas porter de jugement avant de connaître tous les faits. Et je ne peux pas accepter que la femme que je connais et que j'aime depuis toujours soit la femme décrite par Elsa. Mets-toi à ma place rien qu'une minute, Sascha. Essaie d'imaginer ta grand-mère au service du Troisième Reich. Ou être une intime de quelqu'un d'aussi répugnant qu'Himmler. Ou être une assassine. Tu ne pourrais pas si tu essayais.

Elle fit une courte pause, se demandant si le moment était opportun pour dévoiler la carte, et réalisant comme cela serait dénué de sens vu comme il était piqué au vif.

— Et même si je pouvais te prouver quoi que ce soit, tu ne voudrais pas me croire ; tu n'essaierais même pas.

Sascha acquiesça, comme s'il était d'accord avec elle, puis il lui posa une question qui lui donna l'impression que le sol s'effondrait sous ses pieds.

— Mais si le pire de tout ça était vrai ? Et si ta grand-mère avait effectivement fait tuer mon arrière-grand-père ? Et si elle avait été la secrétaire d'Himmler et que ses doigts avaient fomenté l'Holocauste – tu penses qu'elle devrait s'en sortir sans que personne sache jamais rien, ou tu penses qu'elle devrait payer ?

Nina ne put lui donner aucune réponse. Elle observa la pièce, scruta la desquamation des murs comme si des fantômes allaient en sortir et lui dire la vérité dont ils avaient été témoins. Si elle répondait *non*, elle mentirait ; si elle répondait *oui*, et – Dieu nous en garde – qu'Elsa disait vrai, elle n'avait aucune idée de ce à quoi elle condamnait sa grand-mère. Nina s'abîma dans le silence, ne s'apercevant pas que Sascha suivait à la trace son regard errant et se demandait pourquoi il n'arrêtait pas de revenir vers l'entrée.

— Qu'est-ce que tu as trouvé, Nina ?

Sa voix était douce ; sa question était simple. Elle était exténuée, et apeurée, et confuse. Elle avait besoin du regard de quelqu'un d'autre sur ce qu'elle avait lu, d'une autre opinion pour donner du sens à tout ça. Le soulagement de dire ce qu'elle avait sur le cœur précipita sa réponse.

— Je sais pas. Des papiers, des rapports. Des notes en fait, sans indication du contexte. Tout pourrait prouver que ce qu'Elsa a dit a eu lieu comme elle l'a dit, ou bien ça pourrait être perçu d'une tout autre manière. Je vais les rapporter à Magda pour qu'elle m'en parle pour de bon et m'explique tout ça. Je vais lui raconter tout ce qu'Elsa a dit, et je vais obtenir de vraies réponses. Et ensuite je reviendrai, et je te dirai ce que j'ai appris – tout – et comme ça, on pourra voir ensemble ce qu'on fait ensuite. Pour le bien de nos deux familles.

Sascha ne bougeait pas, les yeux rivés sur son visage.

— Est-ce que je peux les voir avant que tu fasses ça ?

Nina acquiesça et se leva pour aller chercher les rapports. Elle les lui passa en lui en résumant les grandes lignes, ensuite elle se rassit en silence pendant qu'il les lisait. Lorsqu'il eut terminé et leva le regard, son visage avait pris un coup de vieux.

— Ils sont affreux, je sais.

Nina s'arrêta et déglutit, résolue à se défaire de son ton du supplice.

— Mais d'un autre côté ils ne prouvent rien. On ne sait pas quand ils ont été écrits, ni pourquoi. Elle aurait pu prendre des notes pour se tenir prête à dénoncer ce que faisait Himmler, pour s'assurer que les Allemands sachent et puissent agir pour y mettre fin. Elle préparait peut-être des documents pour les faire passer clandestinement aux Alliés. Ou retranscrivait tout pour s'assurer que la vérité éclate au grand jour après la guerre.

Le visage de Sascha montrait de la pitié, la gorge de Nina se noua. Elle ne voulait pas de sa pitié ; la pitié sous-entendait qu'il avait déjà condamné Magda.

— Elle n'a pas fait ça, Sascha. C'est tout sauf l'éloge d'un triomphe. La femme que je connais aurait été incapable de faire ça.

Il releva son regard et referma les rapports.

— Et la femme que je connais est incapable de dire des mensonges narquois et accablants.

L'estomac de Nina partit en vrille. Elle ne voulait pas qu'il la voie se décomposer ; elle voulait se mettre autour d'une table avec lui et trouver une porte de sortie à tout ça. Elle voulait lui montrer la carte d'identité afin qu'il n'y ait plus de secrets. Elle se dirigea vers la cuisine, prit un verre, laissa couler le robinet. Lorsqu'elle revint, la porte de devant était ouverte et Sascha et les papiers s'étaient envolés.

17

Nina, novembre 1989

Lorsque Sascha partit, il était trop tard pour que Nina envisage de retourner à Oberschöneweide. Elle savait que cela ne servait à rien de lui courir après et de plaider sa cause. Ce qu'elle ignorait, c'était ce qu'il avait prévu de faire après ça. Tout ce qu'elle espérait, c'était qu'il n'avait pas tout de suite remis les documents à Elsa. Nina restait persuadée que Sascha ne ferait rien qui pourrait directement l'affecter, cependant elle doutait fort qu'Elsa ait les mêmes scrupules que son petit-fils.

Elle ne ferma pas l'œil de la nuit à la maison d'hôtes, se rua et attendit devant le bureau de Sascha dès son ouverture. Il n'y était pas, ou, s'il l'était, il n'avait pas l'intention de la voir. Vu comme la réceptionniste était avenante, il était évident qu'elle n'allait pas changer d'avis.

— Il a des rendez-vous toute la journée, certains ici, d'autres à l'extérieur. Il a laissé des instructions très claires disant il ne voulait pas recevoir d'appels ni être interrompu. Je suis désolée.

Elle hocha la tête quand Nina demanda l'adresse de Sascha.

Nina laissa le conseil municipal derrière elle et se dit qu'elle allait errer pour se vider la tête. Ce qu'elle ne fit pas.

Lorsqu'elle frappa à la porte d'Elsa, la femme ne sourit pas, mais elle ne sembla pas surprise de la voir.

— Si tu cherches Sascha, il n'est pas là. Il ne répond pas non plus à mes appels. Et je ne suis pas un service de messagerie.

Il ne les lui a pas encore montrés.

Le soulagement donna l'air à Elsa d'être une vieille femme inoffensive.

— Ce n'est pas à Sascha que je veux parler, mais à vous. La nuit dernière a été plutôt houleuse, et des choses étranges ont été évoquées. Je voulais donc vous parler sans détour, de ma grand-mère, et du passé.

Là encore, le visage d'Elsa resta insondable, néanmoins elle se décala et ouvrit suffisamment la porte pour que Nina la suive à l'intérieur. Cette fois-ci, Elsa la mena dans la jolie cuisine. L'air avait un parfum de café et de cannelle, et un plateau de biscuits tout juste cuits était posé sur le plan de travail. Elsa indiqua à Nina de s'asseoir ; elle ne lui offrit rien.

— Que veux-tu que je te dise ? Que je suis souffreteuse d'une certaine façon ? Que mon cerveau est vieux et me joue des tours ? Que je suis sénile et que je m'emmêle les pinceaux sur qui a fait quoi et pourquoi ?

Elsa rit alors que Nina flanchait.

— Oh chérie, c'était ce que tu espérais. Eh bien, je suis désolée de te décevoir, ma chère, mais mon cerveau est affûté comme une lame, et tout ce que je t'ai dit est vrai.

— Pourquoi me l'avez-vous dit si brutalement ?

Nina savait que cela ne servait à rien de se quereller à nouveau au sujet de la vérité, mais elle devait savoir d'où provenait la méchanceté d'Elsa, et pourquoi elle était si vive.

— Même si la moitié de ce que vous avez dit était vraie, c'était il y a si longtemps. Et pourtant hier soir vous avez rué dans les brancards comme si cinquante ans durant vous aviez attendu une bataille. J'ai bien compris que vous haïssiez ma grand-mère à l'époque ; ça se lisait sur votre visage, mais comment pouvez-vous encore la haïr avec autant de hargne au point de la briser à travers moi ? J'aurais pu vous donner son adresse – vous pourriez avoir cette dispute, si vous le voulez encore, avec elle.

— Qui dit que je ne le ferai pas ?

La menace n'aurait pu sonner de pire façon si Elsa l'avait proférée en hurlant.

— Quant à la raison pour laquelle je la hais encore, le meurtre d'un père n'est-il pas suffisant ? Ou il vous en faut davantage ?

Nina n'en voulait pas davantage, mais Elsa regardait dans le vide et il était évident qu'elle n'était pas près de s'arrêter.

— Elle me l'a pris bien avant qu'il ne meure. Elle m'a tout pris. Ce sont des partisans comme elle qui ont tué mon Gunther. Il n'est jamais rentré chez nous, et n'a donc pas pu nous protéger, moi et notre fille, lorsque tout est allé à vau-l'eau à la fin de la guerre. Il n'a pas pu, et ta grand-mère n'a pas voulu. Et ma Liselotte en a fait les frais.

Ça n'avait pas de sens, mais Nina n'arrivait pas à mettre le doigt sur ce qui clochait.

— Qu'est-ce que vous entendez, Frau Roth, par « des partisans comme elle » ont tué votre mari ? C'était un officier SS, c'est ça ? Si ma grand-mère était la nazie que vous prétendez qu'elle était, pourquoi voudrait-elle, ou pourquoi « des partisans comme elle » voudraient-ils que l'un de ses semblables meure ?

Elsa la dévisagea ; son regard était aussi haineux que la veille, au point que Nina en eut un mouvement de recul.

— Comment sais-tu qui était mon mari ?

Nina allait dire « Sascha me l'a dit », mais elle savait qu'Elsa taillerait cet argument en pièces. Elle n'était pas prête non plus à dévoiler la carte d'identité : elle commençait à avoir des soupçons sur la prétendue véracité de l'histoire d'Elsa, et elle se devait de comprendre ce que cela signifiait pour Magda. Elle ignora la question.

— Que voulez-vous dire sur la fin de la guerre ? Je présume que Liselotte est la mère de Sascha, mais comment en a-t-elle fait les frais ?

Le visage d'Elsa se décomposa. Ce fut un tel choc de voir ses traits durs s'imprégner de douleur que Nina faillit s'approcher pour prendre la main d'Elsa.

— Les choses que les soldats russes ont faites aux femmes dans les derniers jours de la guerre…

Elsa se tut. Sa peau se para d'une teinte grise qui donna le sentiment que sa bouche dessinée de rouge était une blessure.

— J'ai supplié grand-mère de m'aider à leur échapper. Elle n'en a rien fait. Après m'être éloignée d'elle, je ne pouvais plus être moi-même. Je me suis cachée dans le cottage qui était sur la même propriété que notre maison ; j'ai fait semblant d'être la femme du jardinier, une moins-que-rien. Ils m'ont quand même attrapée. Ils ont fait des choses que Liselotte a vues – qu'elle a entendues. Ça l'a brisée, malgré son jeune âge, au point que je n'ai jamais pu m'en remettre.

Elle se tut à nouveau et sembla incapable d'en dire plus.

— Je suis tellement désolée. Je ne peux pas imaginer combien cette période a dû être terrible, ou comment vous y avez survécu.

Cette fois-ci, Nina fit le tour de la table et prit la main frêle d'Elsa.

Elsa la retira comme si elle y avait placé une allumette.

— Comment oses-tu ? Je n'ai pas demandé ta pitié. Je n'en veux pas. Tu as demandé pourquoi je hais Magda, eh bien la voilà, ta réponse. Elle a tué mon père, elle a essayé de me tuer, et elle est responsable de la mort de ma fille. Liselotte n'a jamais eu de chance : elle a sombré, et elle a fait de mauvais choix et l'un d'eux fut un ivrogne qui a engouffré leur voiture dans un camion et les a tués tous les deux. Ce sang, avec celui de mon père, est sur les mains de Magda. Et à présent tu l'as ramenée dans ma vie et il est temps de rendre des comptes.

Il y avait tellement de choses à digérer que Nina avait la tête qui tournait. Il était évident qu'Elsa souffrait terriblement, et que sa souffrance avait gâché sa vie. Pourtant cela ne voulait pas dire que Nina devait croire toute son histoire.

— Je ne comprends pas, je suis désolée. Je ne parle même pas de la mort de votre mari, mais comment Magda aurait-elle pu vous aider à échapper aux Russes si elle était une nazie ? N'aurait-elle pas été une cible pour eux, surtout si elle avait vraiment été la secrétaire d'Himmler ?

Nina s'arrêta. *Je ne pouvais plus être moi-même.* Elle dévisagea Elsa, dont le visage s'était à nouveau fardé de ses traits durs.

— Aviez-vous envisagé d'utiliser ma grand-mère comme une porte de sortie ? Aviez-vous envisagé de passer un marché avec elle d'une certaine façon ? Est-ce pour ça qu'elle vous a poignardée ?

Elsa ne réagit pas, ce qui démontra à Nina qu'elle était sur la bonne voie.

— Vous étiez vous-même une nazie – je sais que vous l'étiez. Vous deviez l'être puisque vous étiez mariée à un officier SS.

Nina plongea la main dans son sac et en sortit la carte d'identité.

— Et je sais que c'était vrai – je peux le prouver.

La carte se dressait sur la table entre elles, du côté de la photo d'Elsa. Elsa la regarda en silence, et puis elle acquiesça.

— Est-ce que tu l'as déjà montrée à Sascha ?

Nina hocha la tête.

— Non. Je voulais d'abord entendre la vérité de votre bouche. Plus je vous écoute, plus il y a de trous dans votre histoire. Je pense en effet que d'une certaine façon ma grand-mère s'est compromise auprès d'Himmler, mais je commence à me dire que les choses ne se sont pas passées comme vous l'avez décrit. Et je ne pense pas que vous étiez le moins du monde blanche comme neige dans tout ça. Donc je ne la lui ai pas montrée. J'aurais pu le faire quand il est venu me voir hier, mais j'avais bon espoir que nous puissions traverser cette épreuve tous ensemble, pour le bien de nos deux familles.

Le rire d'Elsa fut brutal.

— Pourquoi me ferais-je du mouron pour ta famille. La seule chose qui m'importe, c'est de protéger la mienne. Tout ça est ta faute, Nina. Tu es venue ici, tu t'es mêlée de ce qui ne te regarde pas, et à présent le passé va refaire surface mais ce n'est ni moi ni les miens qui vont en souffrir.

Elle se leva soudain avec l'énergie d'une fille de vingt ans. Avant que Nina puisse l'arrêter, elle alluma un brûleur et la carte d'identité partit en fumée.

— Je t'ai prévenue, Nina, que quelque chose d'autre était sur le point d'arriver. Que la maison contenait d'autres secrets. Donne aux jardiniers un jour ou deux de plus et ils révéleront tout au grand jour. Si j'étais toi, je fuirais sans attendre, dans les jupons de ta précieuse grand-mère. Elle sait autant que moi que le passé appartient à ceux qui le racontent, et je vais le raconter en premier.

Elle est folle à lier.

Nina ne s'embêta pas à le dire – elle savait qu'Elsa s'en ficherait ; qu'elle rigolerait sûrement de son horrible rire à nouveau. Elle prit son sac et partit, aussi vite qu'Elsa lui disait encore de le faire. Mais elle ne se précipita pas vers Magda ; elle retourna à la Maison-Tour.

Donne aux jardiniers un jour ou deux de plus et ils révéleront tout au grand jour.

Le jardin, et le petit abri qui se tenait au fond de celui-ci, étaient les seuls endroits que Nina n'avait pas encore explorés. Elle savait que peu importe ce qui s'y trouvait, ce serait pire que les rapports ; elle savait que ça ne pourrait pas être évité. Qu'Elsa crierait sur les toits quoique cela fut qui s'y cachait bien assez vite dès lors qu'elle le devrait.

Le jardinier avait tracé un sentier jusqu'à l'abri, mais le reste n'avait quasiment pas été débroussaillé. La cabane était en piteux état : lorsque Nina appliqua ses doigts sur la porte, elle céda dès la première poussée. Il était clair que quelqu'un y avait vécu, pourtant Nina ne pouvait déduire à quelle période. Le matelas et les couvertures posés à même le sol étaient détrempés et moisis, la pluie s'étant déversée depuis les trous dans le toit. Lorsque Nina tenta d'ouvrir l'un des placards au-dessus de l'évier dégoûtant, la poignée lui resta dans la main. Il n'y avait aucun indice dans l'abri de qu'Elsa avait insinué sur ce qui attendait à être découvert, mais il y avait une pelle en bon état et un râteau qui avait encore presque toutes ses dents. Nina les balança dehors et étudia la mer de mauvaises herbes qui recouvrait le jardin. Elle ne pouvait se le coltiner en entier. Cela prendrait des jours – certains murs de ronces étaient plus hauts qu'elle. Elle ne pouvait que suivre le sentier qui avait été déjà éclairci, sarcler de-ci de-là, dans l'espoir que quelque chose apparaisse.

Ta grand-mère bien-aimée n'a pas seulement tué par procuration.

Les mots d'Elsa la piquèrent au vif aussi vivement que les ronces. Nina savait ce qu'elle cherchait, bien qu'elle espère ne jamais mettre la main dessus. Elsa avait fait allusion à de trop nombreuses pistes pour que le trophée de cette chasse au trésor pleine de rebondissements ne soit qu'une chemise pleine de documents ou une autre valise élimée. Éclaircir ne serait-ce que trente centimètres du terrain de chaque côté était éreintant, mais elle se lança, dégageant les feuilles et les liserons et les tiges épaisses et les plantes mortes depuis belle lurette. Ce fut sans doute une bonne chose que cela n'ait pas pris beaucoup de temps, que ses bras aient eu encore assez de force lorsqu'elle le trouva. Que ses jambes puissent encore la soutenir lorsqu'elle sombra.

Ce sont des brindilles. Rien de plus. Des faisceaux lâchés par un oiseau qui bâtissait son nid.

Mais si c'était le cas, les brindilles ne seraient pas si parfaitement disposées.

Et elles ne seraient pas enchevêtrées dans une manche.

18

Magda, décembre 1989

« La maison est encore là, mais elle est en ruine. Et Elsa Roth m'a dit que tu étais la secrétaire d'Heinrich Himmler et que tu as tué son père et essayé de la tuer. Je l'ai crue, puis je ne l'ai plus crue, et ensuite j'ai trouvé un corps et je ne sais plus quoi faire. »

Nina s'était ruée à l'intérieur et ses mots s'étaient entrechoqués avant qu'elle ne finisse dans les bras de Magda et ne pleure comme une petite fille. Magda l'avait étreinte, feignant une force dont elle était dépourvue alors que le monde tombait en lambeaux autour d'elle. Qu'Elsa soit en vie, que Nina l'ait rencontrée, que le chaos du passé de Magda ait refait surface d'une façon si inattendue aurait pu lui faire perdre la raison. Nina avait néanmoins besoin d'elle, Magda prit donc tout le temps nécessaire pour recoller les morceaux de son passé avec celui d'Elsa et lui donner sa propre version des faits. Elle ne baissa pas les bras avant d'en avoir fini.

— Elle te déteste, et elle est très remontée. Et si Sascha lui montre les papiers qui donnent le sentiment que tu es un monstre – bien que je ne croie pas qu'il le ferait…

— Dans ce cas nous remédierons à ces agissements. L'important dans tout ça, c'est que nous soyons soudées et que tu me croies moi, pas elle.

La plupart du temps, Magda savait que cela était vrai, nonobstant y avait-il les autres périodes, lorsqu'elle réalisait que Nina la regardait sans mot dire et elle se demandait alors combien cette conviction était vraiment fragile.

Tant qu'elle ne perd pas la foi en moi aujourd'hui, ou lorsque nous creuserons plus en profondeur dans tout ça.

Il avait fallu deux semaines pour que le reste du monde se mette au diapason de l'histoire de Magda, ou au moins de la version qu'Elsa avait choisi d'en raconter. Magda essaya de faire usage de ce laps de temps pour combler les trous dans l'histoire de Nina, mais avec la menace réelle qui planait au-dessus d'elles, Nina n'avait pas le goût de discuter des menaces qui avaient disparu avec la Stasi. Magda employa également cette période pour tenter d'avertir Britte sur ce qui était en jeu – même si ses tentatives n'apportèrent rien de bon là non plus. Britte – qui avait déjà du mal à accepter la fin d'un pays aux règles duquel elle avait fait allégeance – fut beaucoup plus dure à convaincre que Nina quant à l'innocence de Magda. À chaque fois que Magda essayait d'expliquer la vérité sur celle qu'elle avait été et ce qu'elle avait fait, Britte éclatait en sanglots. Dès lors que le bruit, les gros titres et les regards accusateurs coururent, elle fuit.

« Je veux te croire, je le veux, mais tout ce que tu me dis me rend malade » fut tout ce à quoi Magda pouvait s'attendre au final de la part de sa fille apeurée et confuse. Il était plus bienveillant de laisser Britte retourner à Dresde et à la vie qu'elle avait hâte d'y construire.

Elsa avait survécu. Magda n'aurait jamais pu se l'imaginer. Et Elsa – dos au mur et connaissant le dernier secret que la maison cachait encore – raconta son histoire en premier.

Dès que Nina révéla l'état délabré de la maison, Magda sut que Christoph s'y trouvait encore. Que ce soit Nina qui l'ait trouvé – et laissé à nouveau, en l'état – fut déchirant. Et elle sut également qu'Elsa – peu importe combien de fois Nina répéta que « Sascha n'ébruiterait rien de plus, pas avant que je t'aie parlé, et lui aie parlé » – ferait tout ce qu'elle pouvait afin de s'assurer que Magda fasse les frais de sa mort.

Deviner ce qu'Elsa allait faire était d'une simplicité sans nom. L'élément inconnu, c'était Sascha. D'après le peu que Nina lui avait dit sur le jeune historien – d'après le peu que Nina semblait savoir dès lors que les étoiles dans ses yeux s'estompèrent – Magda sut que sa soi-disant loyauté mise en avant par Nina était outrepassée par ses liens avec sa grand-mère. Et Sascha avait les notes qu'elle avait écrites, les notes qui avaient l'air de rapports finis mais qui en étaient si loin. Ils retournèrent l'estomac de Nina avec leur vocabulaire aseptisé, pourtant Nina l'aimait. Il n'était pas dur pour Magda d'imaginer ce qu'un étranger en penserait. Sans parler du moment où Elsa mettrait la main dessus… Malgré ce qu'elle dit pour rassurer Nina, Magda était consciente qu'elle avait laissé à sa pire ennemie une arme aussi mortelle qu'un pistolet.

CORPS DÉTERRÉ SUR LE TERRAIN
D'UNE MYSTÉRIEUSE MAISON !

Ce fut la une de l'édition matinale de toute la presse de Berlin et le premier titre des journaux télévisés. Christoph était encore recroquevillé sur le bord du sentier où il était tombé, son corps caché par les liserons et les ronces depuis plus de quarante ans. Ou *La tragédie de Christoph Traube*, comme titrèrent les éditions du soir lorsque l'identité du corps fut divulguée, *un homme innocent tué par balle par sa bien-aimée aux abois à cause de secrets bien gardés.*

Magda lut les articles encore et encore alors que la douleur l'anéantissait avec la même intensité qu'elle l'avait fait le jour où il avait rendu l'âme. Nina fulminait autour de la maison, dans une rage folle.

— Elsa a dû donner son nom à la presse pour induire tout le monde en erreur. La dernière chose dont elle ait besoin, c'est de se retrouver dans le collimateur de la police, elle fait donc en sorte qu'ils regardent ailleurs. Elle savait que j'étais allée chercher d'autres secrets – elle m'a quasiment forcée à le faire – et les articles de presse ont dit que sa main était visible, alors que le jardinier a juré qu'il ne l'avait pas vu avant. Cela pourrait me rendre complice et moins crédible quand je témoignerai en ta faveur.

Il n'y avait rien que Magda puisse dire pour soulager Nina.

Elsa était encore plus maligne que jamais. Elle demeurait, comme les papiers le soulignaient, une *source anonyme*. Elle lâcha des pistes pendant encore une semaine avant d'arrêter son petit jeu et de tendre le piège. Les histoires prirent fin ; les spéculations furent remplacées par les mots *arrestation imminente*.

Magda savait que le grand déballage de l'histoire était voulu – elle ressentait la haine dont Nina lui avait fait part entre les lignes des potins dont la presse se délecte. Son unique surprise fut qu'Elsa ne fasse pas durer la torture davantage. Nina estima que chaque jour passé sans un coup de fil ou une citation à comparaître était bon signe. Elle vit en cela une preuve de l'intervention de Sascha. Elle appela même son bureau à deux reprises, même s'il n'était jamais disponible. Magda n'essaya pas de l'en dissuader. Elle avait conscience de la valeur de l'espoir.

La pression sur Nina quant à la vérité dévoilée fut terrible à voir ; le détricotage constant du passé fut source de stress et de pleurs. Mais Magda franchit enfin le pas. Elle raconta toute son histoire à Nina dans les moindres détails. Au bout du compte, se soulager de ce poids fut comme une libération. Le passé se révélant au grand jour, Magda voulut y mettre un terme, et se sentit prête à y faire face. Elle proposa de se rendre à la police lorsque Christoph fut découvert, afin que justice lui soit rendue. C'était ça, la pièce manquante, insista-t-elle sans relâche auprès de Nina ; l'absence de cela serait la dernière chose qu'elle pourrait probablement corriger. Nina l'empêcha de s'y rendre. Magda attendit donc qu'on frappe à la porte, consciente que cela arriverait. Lorsque cela arriva, ce fut Nina qui fut ensevelie de larmes et de colère. Magda emprunta le sentier enneigé jusqu'à la voiture de police, son plus beau manteau soigneusement boutonné et la tête bien droite, ce dont elle fut très fière.

— Frau Aderbach, est-ce que vous écoutez ?

Elle n'en fit rien, elle ne fit que disloquer le passé, quelque chose qu'elle avait fait trop souvent ces derniers temps ; elle savait que cela ne l'aiderait pas ici. Elle voulait que prévalent la vérité et la justice, et non que la police pense qu'elle était une vieille dame hésitante, ou évasive. Magda sourit poliment à l'inspecteur assis en face d'elle et s'excusa.

— Je vous demandais si vous comprenez ce dont vous êtes accusée.

Magda acquiesça.

— Oui, en effet. Ce dont je ne suis pas sûre en revanche, c'est si on m'arrête ?

L'inspecteur – dont elle se rappelait à présent le nom, Gerber – hocha la tête.

— Pas pour le moment, non. Mais je dois vous avertir qu'il n'y a plus de délai de prescription pour un meurtre, ni pour les crimes contre l'humanité. En ce sens les deux inculpations peuvent être retenues contre vous. Le dossier sur l'assassinat de Christoph Traube a été remis au bureau du procureur. Les renseignements sur Himmler – les notes qui ont été fournies par un citoyen et que vous avez confirmé avoir écrites – ont été remises au Bureau central d'enquêtes sur les crimes nationaux-socialistes à Ludwigsburg. Ils ont déjà requis une audience.

Crimes contre l'humanité. Magda connaissait ce terme. Elle l'avait entendu pour la première fois lors des procès de Nuremberg, où les mots utilisés pour l'étayer avaient été *intentionnel* et *systématique.* C'était un terme horrible, un terme parfaitement à la hauteur des atrocités dont il relevait. L'entendre prononcé à son encontre lui fendit le cœur. C'est ce que Magda s'apprêtait à dire quand Nina lui coupa la parole.

— Cela ne te gêne en rien ?

Ce fut la première prise de parole de Nina depuis qu'elle et Magda avaient été emmenées dans la salle d'interrogatoire. Vu le regard noir de l'inspecteur, il était clair et que son interruption n'avait pas été d'une grande aide.

— Nina, s'il te plaît, ce n'est pas le propos ici.

Nina battit en brèche et poursuivit, élevant la voix.

— Sérieusement en tout cas, interroger une vieille dame sur des crimes aussi horribles, c'est inacceptable pour que qui que ce soit qui les a vécus de devoir se les remémorer. Des crimes dont elle est totalement innocente. Agir ainsi ne vous gêne rien ?

L'inspecteur posa son stylo et remonta ses manches. Il dévisagea Nina à son tour.

— Non, Fräulein Dahlke, pas le moins du monde. Cela me *gêne* que mes enfants n'aient pas de grands-parents, ou d'oncles, ou de cousins, ou de tantes. Cela me *gêne* que ma famille n'ait pas de tombes auprès desquelles pleurer. Dois-je vous en expliquer la cause ? J'en serais enchanté.

Il y eut un blanc et cette fois-ci Nina n'essaya pas de s'y immiscer.

L'inspecteur Gerber, cependant, n'en avait pas fini avec elle.

— Et cela me gêne au plus haut point de penser que qui que ce soit – jeune ou vieux, peu importe – pourrait vouloir oublier ces crimes simplement parce qu'il n'est pas agréable de se les remémorer. Peut-être devrais-je vous dire ce qui *ne me gêne pas*, car c'est plus simple. M'assurer que les criminels soient traduits en justice et assument le malheur qu'ils ont causé, peu importe qu'ils aient réussi à se construire une petite vie agréable depuis qu'ils les ont commis. Non seulement cela ne me gêne pas, Fräulein Dahlke, mais cela me rend heureux.

Nina se tassa sur sa chaise et ne regarda pas Magda lorsque sa grand-mère prit sa main.

Gerber rangea ses dossiers et se retourna vers Magda. Il n'essaya même pas de cacher le dédain dans ses yeux.

— C'est tout pour aujourd'hui. Vous feriez bien la prochaine fois que nous vous convoquons, Frau Aderbach, ce que nous ferons et plus formellement, de venir accompagnée de votre avocat, pas d'une chaperonne. Vous aurez besoin d'une défense bien plus chevronnée que celle que peut vous offrir votre petite-fille.

Nous avons tellement bien joué notre rôle qu'ils croient que nous sommes comme eux. Et si personne ne croit plus jamais que nous ne le sommes pas ?

La crainte qui s'était immiscée en elle lors de la réception de remise de cadeaux avait fini par devenir une réalité. Le dédain de Gerber ne visait pas Nina ; il l'avait mise à l'écart. Son dédain lui était viscéralement réservé. Magda eut alors conscience que, malgré la façon dont la guerre avait pris fin, les spectres dont elle avait été apeurée en 1941 la rattrapaient. Que, jusqu'à la fin de sa vie, elle verrait le même mépris que celui que Gerber ressentait envers elle sur d'autres visages, peu importe comment cette bagarre avec Elsa prendrait fin, ou que quelqu'un d'autre en dehors de la pauvre Nina réduite au silence ne la croirait. C'était un verdict bien pire à endurer que n'importe quel juge pourrait imposer.

*

La presse à scandale s'abattit comme une tempête. Magda fut confronté deux jours après son interrogatoire de police à un cordon de caméras et à une avalanche de journalistes ameutés devant sa boîte aux lettres. Elle était prête à sortir et à leur faire face et à raconter son histoire au monde entier, toutefois son avocate nouvellement attitrée et résolument réfléchie, Karolina Beitel, ne voulut rien savoir.

— Nina m'a appelée et m'a prévenue, c'est pour cela que je vous appelle. Ne sortez surtout pas, sous aucun prétexte. Comme je vous l'ai dit lors de notre premier échange, il y a un tel appétit pour la chasse aux nazis en ce moment – cela n'est pas vraiment sur la même longueur d'onde que l'exigence de réconciliation, d'autant plus que l'Est et l'Ouest ont toujours appréhendé de manière si distincte les crimes de guerre et la question de savoir où commence et où prend fin la culpabilité. Tout cela est un terrain miné, politiquement, que la plupart des politiciens auraient voulu éviter. En revanche il est dur de fermer les yeux sur votre cas. Himmler est un des gros poissons à s'être tiré d'affaire, et maintenant vous voilà et quelqu'un est là pour répondre de ses crimes, en tout cas beaucoup le pensent – parler à la presse ne fera qu'alimenter cela. Si j'étais vous, j'irais dans un endroit tranquille pendant quelques jours, au moins jusqu'à ce que nous sachions où nous en sommes des accusations. Vous avez l'embarras du choix dans cette ville, vous n'aurez donc pas trop de mal à vous cacher.

Que ce soit elle qui soit sommée de disparaître fut une ironie du sort qui n'échappa pas à Magda. Que Karolina propose de lui trouver une planque – à l'Ouest, parce que c'est tout ce que je connais – fut une bénédiction. Magda prit place à l'arrière de la voiture que Karolina envoya – aux côtés de Nina qui refusa de laisser sa grand-mère aller où que ce soit toute seule –, son esprit errant entre le trajet qu'elle parcourait à présent et tous ceux qu'elle avait effectués il y avait si longtemps qu'elle avait le sentiment que quelqu'un d'autre avait vécu cette vie. Les noms des lieux par lesquels ils passèrent – Wilmersdorf et Halensee et Westend – étaient horriblement familiers. Les lieux en soi, cependant, ne l'étaient pas. Le paysage avait tellement changé depuis que Magda échappait à ces accusations dans ses rues de banlieue, que ça aurait pu être un autre pays. Elle ne ressentit aucune perte en cela.

Schloβtrasse à Charlottenburg, où Karolina leur avait trouvé une maison d'hôtes, était bordée d'arbres et paisible. Les maisons qui s'y nichaient étaient tranquilles et bien entretenues. En dépit de la pression qu'elle ressentait et de celle qui était à venir, le retour de Magda à l'Ouest fut bien plus plaisant qu'elle n'aurait jamais pu se l'imaginer. Dès lors qu'il fut évident qu'aucun journaliste ne les avait suivies, elle put enfin respirer à son aise. Et pendant le dîner, lors de leur première soirée apaisée, loin des stigmates de l'Est et des cancans de la presse, Magda réussit enfin à mettre cartes sur table avec Nina. Au sujet de l'université et de la possibilité de Nina de devenir journaliste. Et au sujet de Christoph, qui avait été l'amour de la vie de Magda et impossible à remplacer. Ni l'une ni l'autre n'évoqua la Maison-Tour, qui était à moins d'une demi-heure de route. Ni l'une ni l'autre n'évoqua Elsa. Cela leur fut très agréable de vivre dans ce cocon près de trois jours durant.

—Le représentant du bureau d'enquêtes sur les nazis à Ludwigsburg est là. Il a accepté que la rencontre avec vous ait lieu à la mairie de Charlottenburg au lieu du poste de police, loin des projecteurs. Je crois bien qu'ils montent un dossier contre vous, Magda. S'ils le font, le bureau du procureur leur emboîtera le pas. Je suis désolée, mais nous y voilà. Soyez prête à dix heures. Je viendrai vous prendre.

Karolina était brusque mais pas insensible. Magda ne savait pas si son avocate croyait son récit sur ce qui avait eu lieu pendant la guerre ou non – Karolina avait été claire dès leur premier engagement sur le fait que ni l'innocence ni la culpabilité ne faisaient partie de la discussion. Sa préoccupation principale continuait d'être que le suicide d'Himmler en 1945 ferait de Magda un bouc émissaire. D'après les articles de presse que Magda avait lus – alimentés, elle n'en avait aucun doute, par Elsa –, cela s'avérait une crainte justifiée. Les gros titres étaient pléthore, la presse à sensation. Magda lut des articles dans lesquels on la décrivait comme une *fervente témoin du génocide* et *la servante d'Himmler* et *la fille qui chiffra le coût de l'Holocauste.* Même si lire ce que les papiers disaient la rendait malade, elle ne put s'en empêcher. Ensuite les photographies firent leur apparition : il y en avait tant, anciennes et récentes, et certaines dont elle ne se rappelait pas qu'elles avaient été prises, qu'il était difficile de ne pas y retrouver la menace de la Stasi.

Magda s'affubla telle une femme fortunée, avec un foulard et des lunettes de soleil, et empêcha Nina d'approcher de la mairie.

— Je ne t'ai pas protégée dans le passé, Nina, lorsque j'aurais dû. Les secrets que je gardais m'en ont rendue incapable. À présent tu as une autre chance pour ton avenir, mais cela n'arrivera pas si tu ne me quittes pas d'une semelle.

Nina insista jusqu'au dernier moment, quand Karolina refusa de la laisser monter dans la voiture et y poussa Magda.

La salle d'interrogatoire dans laquelle on mena Magda était accueillante et chaleureuse. Les chaises étaient capitonnées et placées non pas en face-à-face mais de façon à éviter la confrontation autour de la table. Il y avait un verre et une petite carafe d'eau à chaque emplacement. Ça n'en était pas moins une salle d'interrogatoire.

L'homme déjà assis ne se leva pas lorsque Magda entra et ne serra pas sa main. Il avait des dossiers et des avis d'experts ; elle était celle dont le témoignage auquel on ne devait pas se fier. Il était celui qui avait le contrôle des questions, qui choisit la première, afin « d'établir les faits » selon ses mots, mais surtout pour remettre Magda à sa place :

— Pouvez-vous confirmer que vous étiez, comme il a été avancé, la secrétaire du *Reichsführer-SS* Heinrich Himmler ?

Cela prit toute la matinée à Magda pour le mettre sur la voie de Walther Tiedemann et de ce qu'avait été leur objectif, et non sur celle de qu'elle avait prétendument fait. Lorsque vint le temps de la pause déjeuner, Magda eut le sentiment que sa version de l'histoire d'Elsa commençait à en démontrer les failles. Même Karolina avait l'air fatiguée.

— Vous vous en sortez bien, Magda. Vous étiez claire et cohérente, même lorsqu'il vous a poussé dans vos retranchements et a insisté sur le fait que tous vos arguments pourraient être perçus de façon contradictoire. Ce n'était pas facile de garder votre sang-froid comme vous l'avez fait. Si ce n'était qu'une question de *vous avez dit, elle a dit*, le dossier serait plutôt vide, ou même inexistant. Mais ce sont les rapports que vous avez écrits qui posent problème. Je sais que vous les décrivez comme des notes, et non comme les documents officiels, mais je mentirais si je disais qu'ils ne sont pas accablants.

Magda savait ça mieux que Karolina. Revoir ces pages, s'apercevoir combien leur contenu semblait aseptisé et froid en dehors du contexte et sans explication, sans les émotions qu'elle avait tâché d'y ajouter, lui retourna l'estomac. Elle savait – lorsqu'elle fut confrontée au vocabulaire et au souci du détail qui en était la marque de fabrique – combien ses excuses devaient paraître creuses.

— Vous pensez qu'il va recommander que des poursuites soient engagées ?

Sa voix semblait si frêle dans le réfectoire haut de plafond que Magda en avait honte. Le sourire voulu par Karolina tomba également à plat.

— C'est probable, oui, mais nous n'y sommes pas encore. Et si c'est ce qu'il fait, il reste beaucoup de chemin à parcourir. Les accusations écrites et en privé d'Elsa sont une chose, mais qui sait si elle tiendra le coup lors d'un procès ?

Magda ne put se résoudre à dire à Karolina ce qu'elle savait, et que cette Elsa, qui ne semblait pas être différente de celle d'autrefois, en serait fort capable.

La pause déjeuner prit fin sans que Magda ait pu avaler quoi que ce soit. Elles retournèrent dans la salle d'interrogatoire, se donnant des airs de ne pas vouloir baisser les bras. La pièce était vide.

Une demi-heure plus tard, il n'y avait toujours personne.

— C'est ridicule. C'est impoli.

Très remontée, Karolina s'apprêtait à partir en claquant la porte quand elle s'ouvrit enfin sur le procureur. Son visage n'était plus austère. Il semblait – à la surprise de Magda – indécis.

— Je suis désolé pour le retard. Je m'aperçois combien cela est discourtois. Mais la situation a évolué. Nous ne sommes pas encore certains de ce que cela signifie, mais il est sûr que ça change la donne. Frau Aderbach, il y a une femme en bas qui certifie vous connaître. Qui dit que, pendant la guerre, vous lui avez sauvé la vie.

Magda le scruta du regard. Son visage s'était adouci. Il avait l'air de sourire. Elle avala sa salive et s'assura, cette fois-ci, que sa voix soit posée.

— A-t-elle dit son nom ?

Le procureur acquiesça.

— En effet. Elle a dit que vous ne pourriez que vous en rappeler. Elle s'appelle Helle Wendell aujourd'hui, mais lorsque vous l'avez connue, elle s'appelait Helle Herschell.

L'une des rares personnes de l'usine que nous avons pu sauver ; mon Dieu, elle a réussi, et si elle a survécu toutes ces années...

Pour la première fois depuis plus de quarante ans, Magda Aderbach éclata en sanglots.

19

Décembre 1989

Nina se réveilla tard avec un mal de crâne et la gorge en feu. Helle Herschell – qui avait lu les articles de presse et cherché à joindre Karolina à son bureau – s'avéra être une femme débordante d'énergie et pleine de vie, bien décidée à « profiter de la vie que ta merveilleuse grand-mère m'a permis de vivre ». Nina arriva au restaurant où Magda lui avait donné rendez-vous et trouva sa grand-mère et Helle en train de trinquer avec du champagne et se comportant plus comme des ados libres comme l'air dans la ville que comme deux retraitées respectables.

Quelques instants après que la deuxième bouteille soit engloutie, Karolina fit son entrée, tout juste après avoir tenu une conférence de presse à laquelle Magda s'était refusée à participer, et le champagne continua de couler à flots. Nina se souvint que Magda s'avoua vaincue vers vingt heures et chancela dans la nuit avec Helle. Elle se souvint avoir accepté d'aller dans un autre bar, puis dans un club, avec Karolina. Après ça, le reste de la soirée ne fut qu'un vague souvenir.

Elle sortit péniblement du lit et, dans le cirage, chercha sa montre. Dix heures trente, ce qui voulait dire que le petit déjeuner était passé et qu'elle devrait faire mine que son estomac pouvait tenir. Heureusement, Magda avait elle aussi fait la grasse matinée. Les dernières semaines n'avaient pas été de tout repos pour Nina et elle n'avait que vingt et un ans ; il était effrayant d'imaginer le ressenti d'une personne âgée de soixante-quatorze ans, quand bien même Magda s'était donné des airs de jeune la veille. Et le calvaire n'avait pas encore pris fin : le meurtre de Christoph n'était pas résolu. La vérité sur Elsa était certaine d'émerger. Magda n'avait pas fini d'être sous le feu des projecteurs.

Essaie d'imaginer ta grand-mère au service du Troisième Reich. Tu n'y arriverais pas même si tu essayais.

Eh bien, à présent Sascha devrait faire encore plus que ça : Sascha devrait tout réimaginer. Elsa était non seulement responsable de la mort de Christoph ; elle était également responsable de celle de Walther. Et elle n'était rien d'autre qu'une simple femme au foyer allemande qui s'était dépatouillée au petit bonheur la chance au travers de la guerre – elle avait épousé la cause SS au même titre que son mari.

Tout ce qu'il croyait savoir n'était que mensonge.

Nina se rassit sur le lit, les jambes flageolantes. Elle savait mieux que personne combien il en souffrirait. Elle pourrait l'aider à surmonter cela mieux que personne. Une partie d'elle le désirait désespérément. Cependant Sascha était l'instigateur de la chute de Magda – ça ne pouvait être que lui. Il avait dû remettre les rapports à Elsa. Peut-être même était-il celui qui était allé voir la police. À tout le moins n'avait-il pas arrêté sa grand-mère.

Si seulement il avait attendu. Si seulement il m'avait d'abord parlé.

Mais il n'en avait rien fait. C'en était donc fini de Sascha – Nina n'avait plus le choix. Elle se fit violence pour se relever puis versa une larme alors qu'elle s'apitoyait sur son sort. Elle avait besoin de café. Peut-être arriverait-elle à convaincre Magda d'aller à l'un des vieux cafés élégants dont Karolina avait dit qu'ils bordaient toujours Kurfürstendamm. Un bon bol d'air l'aiderait sans doute à y arriver – ce serait une façon de continuer la célébration que Magda méritait.

Elle s'habilla et alla frapper à la porte de Magda. Il n'y eut aucune réponse. Présumant que sa grand-mère attendait sûrement dans le petit salon d'hôtes, Nina descendit. Néanmoins, d'après le manager à la réception, Frau Aderbach avait déjà petit-déjeuné et pris congé.

— Il y a au moins une heure de cela, si je ne m'abuse, mais laissez-moi vérifier.

Nina patienta, l'estomac noué, alors qu'il vérifiait l'agenda.

— Nous y voilà, je me souviens à présent. Elle a reçu un appel – elle l'a pris puis a demandé un taxi. Il est arrivé peu après neuf heures.

Nina savait déjà où sa grand-mère s'était rendue, mais elle demanda quand même. Le manager sourit, clairement enchanté de démontrer combien il était efficace.

— Grunewald. Erdener Straße. Apparemment elle y avait rendez-vous avec une vieille connaissance.

— Je me fiche pas mal qu'il soit occupé, je dois le voir.

Sascha n'était pas disponible, pour changer. Cette fois-ci Nina ne tourna pas les talons. Elle passa comme une flèche devant la réceptionniste, déboula dans le bureau de Sascha et ne laissa pas son cœur s'emballer lorsqu'il leva le regard. Heureuse fut-elle, il ne sourit pas. En lieu et place il secoua la tête et dit « non ». Nina ne lui laissa aucune chance d'en dire davantage.

— Tu dois m'écouter. Magda est allée retrouver Elsa à la Maison-Tour et c'était l'idée d'Elsa. Si on n'y va pas et si on ne les arrête pas, quelque chose de grave va arriver – je le sais.

Elle attendit que Sascha se lève d'un bond, mais il demeura assis, la dévisageant comme si c'était elle qui était folle.

— Ce sont deux vieilles dames. Tu crois qu'elles vont faire quoi, bon sang, se crêper le chignon et en venir aux mains ?!

— Ne t'aventure pas à me faire sortir.

Sa voix d'une férocité sans pareille le fit se rasseoir.

— Tu ne comprends vraiment rien, Sascha ? Ta grand-mère est une menteuse et une meurtrière. D'un moment à l'autre la police l'appréhendera, et elle devra répondre de ses actes. Tu crois qu'elle le fera de son plein gré ? Tu crois qu'elle laissera quiconque dévoiler au grand jour sa double vie et révéler celle qui fait d'elle un monstre ?

Lorsque Sascha se leva enfin, Nina s'aperçut qu'il tremblait.

— Tu crois qu'elle va se faire du mal ?

— Si elle fait ça, ce ne sera que pour faire porter le chapeau à Magda. Comment peux-tu encore te préoccuper de…

Nina se tut. Bien qu'il s'en préoccupait encore – Elsa était sa grand-mère. Et il n'avait pas encore franchi le cap de la voir comme une vieille dame pleine d'amour puis comme la meurtrière qu'il devait voir en elle. Nina n'était pas certaine qu'il y parviendrait un jour. Tout ce dont elle était sûre, c'était que se disputer avec lui n'aiderait en rien Magda.

— Je ne sais pas, mais c'est une éventualité. Ou alors elle projette de faire du mal à Magda, ce qui se retournera contre elle finalement. Tu es la seule personne pour qui elle a encore de l'affection, Sascha, la seule qu'elle écoutera.

Elle marqua une pause, bien que tout ce qu'elle désirait, c'était mettre les voiles, ayant le sentiment qu'il avait besoin d'être seul pour accorder ses violons aux siens.

— Tu veux bien m'accompagner s'il te plaît ? Veux-tu bien m'aider à empêcher que l'on fasse du mal à qui que ce soit d'autre ? N'avons-nous pas tous vécu assez d'épreuves comme ça ?

Il acquiesça, prit son manteau et lui emboîta le pas, la gravité de la situation lui semblant enfin aussi importante qu'à elle. Lorsqu'ils atteignirent l'extérieur de l'édifice, ils se mirent à courir. Mais quand ils arrivèrent dans l'allée, le ciel vira à l'orange.

*

La Maison-Tour était en ruine. Magda avait pris soin de marcher sur le sentier, ne voulant pas mettre en péril ses vieux os sur les fissures et le gravier agglutiné, s'attendant à percevoir les beaux restes vantés sans relâche par Nina, malgré son déplorable état. Elle en fit le tour et n'en décela pas une once. La façade était défraîchie et s'effritait là où le lierre avait été arraché. L'horloge était si crasseuse que ses aiguilles étaient imperceptibles. L'allée et le terrain avaient été éclaircis en partie, mais ils étaient encore envahis d'orties et de mauvaises herbes, et parsemés non pas de bleuets et de roses que Magda se remémora mais d'une bande jaune de scène de crime laissée à l'abandon. Le lieu dans son ensemble parut aussi misérable que ce qu'avait ressenti Magda lorsqu'elle y avait vécu. Une partie d'elle en était heureuse. Cela ressemblait enfin à ce que ça aurait dû être.

Elle ne s'embêta pas à essayer la porte de devant. Elle présuma qu'Elsa était déjà arrivée. Elle présuma qu'elle attendait à l'arrière, dans le jardin, consciente que ce serait l'endroit le plus déplaisant où pourrait être Magda. Aucune de ses présomptions ne fut contredite. Elle allait demander à Elsa comment elle l'avait retrouvée, mais Elsa prit les devants.

— Tu t'en es sortie.

Pas de bonjour, pas de courtoisie ; comme si les quarante dernières années s'étaient écoulées en un claquement de doigts. Magda attendit qu'Elsa développe le *t'en* ; elle n'avait aucune intention de demander de quoi on l'accusait.

— Tout ce que tu as fait, toute la misère que tu as provoquée, et les mensonges ; tu t'en es sortie de tout ça.

Il y avait tant de haine dans la voix d'Elsa, Magda était contente d'avoir gardé ses distances.

Elle est encore très belle. Elle a soixante et onze ans, mais un battement de paupières et l'élégante femme de la guerre réapparaît. J'imagine que les têtes se tournent encore sur son passage.

Cela importait peu. Le for intérieur était toujours pourri. Magda savait – Karolina avait été très claire au sujet des étapes suivantes – qu'à un moment ou à un autre la police ferait son entrée. Qu'Elsa serait bientôt assise du mauvais côté de la table. Elle pouvait donc laisser à Elsa sa beauté, mais elle ne pouvait pas la laisser mentir.

— Tu es comme un disque rayé – tu l'as toujours été. Eh bien, si tu peux te répéter, moi aussi je le peux : je n'ai rien fait de mal, à part me défendre contre toi. Personne ne pourrait me déclarer coupable pour ça ; personne n'essaiera quand la vérité verra enfin le jour. Quant à toi…

Magda refréna sa phrase, se demandant soudain pourquoi elle était venue. Cela semblait si urgent ce matin de se confronter à elle. De dire à Elsa qu'elle n'avait plus peur du passé, qu'elle était prête à assumer – et, bien assez tôt, à célébrer – tout ce qu'elle et Walther avaient fait. Qu'elle se fichait pas mal de ce qu'il adviendrait d'Elsa. Dans le feu de l'action ce coup de tête semblait vain. Elsa n'avait pas changé, et Elsa était le passé. Se tenant dans le jardin meurtri d'une maison qu'elle n'avait jamais désirée, Magda comprit que la seule chose qui importait à présent, c'était ce qu'il restait du futur.

Elle comptait donc s'en aller lorsque s'abattirent un vent glacial et une averse, et elle vit qu'Elsa tremblait.

— C'est du temps perdu. Nous devrions partir. Nous n'avons plus rien à nous dire.

Elsa sourcilla.

— C'est tout ? Tu te défiles aussi facilement ? Je pensais que tu aurais envie d'être là, à l'endroit où tu as laissé Christoph. Sans doute ne devrais-je pas être surprise : tu lui as tourné le dos si facilement la dernière fois.

Elle lançait toujours des piques, toutefois ces piques ne blessaient plus. Magda hocha la tête.

— Pourquoi voudrais-je rester ? Il n'est pas là. S'il se trouve encore quelque part, il est en ma petite-fille. C'est tout ce dont j'ai besoin, Elsa. J'ai eu le meilleur de lui en moi tous les jours.

Elle tourna les talons et commença à se frayer un chemin au travers des mauvaises herbes. Contrairement à tout ce qu'elle avait vu à l'Ouest, Grunewald n'avait pas changé. Elle se repérerait facilement dans la rue principale afin de trouver un taxi ; afin de retrouver Nina et de se projeter.

— Attends.

Magda s'arrêta. Elsa – qui semblait moins se préoccuper de ses vieux os et des liserons grimpants que Magda – la rattrapa vite.

— Il y a encore des choses que je ne sais pas ; que seule toi peux m'aider à comprendre. Pouvons-nous entrer, juste un moment ? N'es-tu pas du tout curieuse de voir à quoi ça ressemble là-dedans ?

Magda n'y voyait aucun intérêt, mais elle était fatiguée et s'asseoir lui ferait du bien avant de marcher dans Grunewald. Et peut-être, si Elsa voulait vraiment parler, y avait-il quelque chose à entendre qui en valait la peine. Pour le moins, Magda était curieuse de savoir comment elle avait survécu.

Elle suivit Elsa le long du sentier et pénétra à l'intérieur par la porte de la cuisine ouverte. Mais il fut trop dur d'aller plus loin. Il était également trop dur de se confronter aux souvenirs en ce lieu. De ne pas voir Christoph penché sur le plan de travail, sourire aux lèvres. Ou de s'introduire dans l'armoire le jour où il fuit. Ou pistolet en main. Magda tira une chaise et s'assit. Elle remarqua à peine qu'Elsa avait fermé la porte à clé derrière elles.

— Est-ce que quelqu'un t'a trouvée ?

Elsa la regarda et sourcilla.

— Quand ?

Magda se demanda si Elsa perdait la mémoire.

— Quand je t'ai frappée, quand tu es tombée.

Elsa maugréa.

— Quand tu m'as poignardée, tu veux dire ? Tu ne t'y es pas très bien prise. Il y avait beaucoup de sang, mais l'entaille n'était pas assez profonde pour provoquer de vraies lésions. Tu aurais dû mieux vérifier. Je suis revenue à moi ; je n'étais pas très en forme il faut l'admettre, mais j'ai réussi à me lever et à être secourue. Tu as de la chance que j'aie été commotionnée et que le docteur ait cru que je divaguais et qu'il m'ait mise sous calmants, sinon j'aurais balancé ton nom sans attendre. Il s'est trouvé ensuite, quand j'aurais enfin pu le dire à quelqu'un, que tout le monde s'en fichait pas mal. Pourquoi cela aurait-il de l'importance aujourd'hui ?

Elle faisait les cent pas dans la petite pièce, trop sur les nerfs.

Magda se força à sortir du brouillard dans lequel elle risquait de sombrer et se mit à passer la cuisine en revue, tâchant de ne pas regarder les tiroirs de façon trop évidente et se demandant s'ils contenaient encore des couteaux.

— De quoi voulais-tu me parler ?

Elsa n'écoutait pas. Elle scrutait l'extérieur, déambulant entre la fenêtre et la porte. Magda la surveillait, essayant de se remémorer de quoi la cuisine avait l'air la dernière fois qu'elle s'y trouvait. Elle avait le sentiment que quelque chose n'était pas à sa place, mais elle n'arrivait pas à savoir quoi.

— Je suppose qu'ils vont venir me chercher maintenant. Ensuite toute la lumière sera faite sur cette histoire, suite aux bribes de la conférence de presse qui ont déjà été publiées. Tout sur Gunther et les SS. Tout sur moi et mon père. Personne ne croira que je cherchais à le sauver. Sascha me haïra. Je ne veux pas que cela arrive.

Il y avait un tas de ce qui semblait être des serviettes et des rideaux par terre, ce qui était étrange. Mais comme la cuisine tout entière était sens dessus dessous, un bazar de vétusté, sans doute cela n'était pas si étrange.

Magda se força à se focaliser sur Elsa.

— Non. J'imagine bien que ce n'est pas ce que tu veux. Peut-être que la chose la plus sage serait d'aller lui parler maintenant, de lui raconter la vérité et de lui donner du temps pour au moins digérer un peu la nouvelle avant que la police n'arrive.

Elsa l'ignora. Elle sortit de la cuisine et se faufila dans le couloir poussiéreux en direction du salon.

Ne se fiant pas à ce qu'elle manigançait, Magda la suivit. Il y avait d'autres rideaux, ou serviettes, ou des nappes, empilés devant la porte d'entrée. Magda se mit à ressentir des picotements dans la nuque. Son cerveau n'arrivait pas à faire le lien, son instinct la prévenant cependant que quelque chose était sur le point de se produire, mais Elsa continuait de jacter, et elle n'arrivait pas à saisir le sens de tout cela.

— Je ne vais donc pas leur en donner l'occasion.

— Leur donner l'occasion de quoi ?

Les nerfs à vif, Magda s'emporta. Elsa sursauta comme si elle avait oublié que Magda était là. Elle mit fin à ses allées et venues, un large rictus sur le visage. Magda eut un haut-le-cœur : le sourire d'Elsa était si doux et lumineux, il parut entaché de démence.

— Je ne vais pas les laisser m'attraper, bêtasse. La police. Je ne vais pas me faire prendre comme un criminel lambda. Je ne vais pas participer à cette ridicule mascarade.

Elle fut soudainement derrière Magda, la guidant dans le salon.

— Assieds-toi – tu seras bien plus à l'aise. Pas la peine de compliquer les choses.

Sa main était sur l'épaule de Magda, elle la pressait sur la soie verte en lambeaux. Magda se déplaça instinctivement pour agripper son poignet, mais Elsa fut plus rapide.

— Allons, allons, n'en fais pas toute une histoire. N'essaie pas de lutter.

Son ton avait durci, tout comme son visage. Le sourire et l'air amusé s'étaient envolés. Vicieuse et dangereuse, Elsa était de retour.

— Ce sera rapide, tu verras. Cet endroit partira en fumée en un clin d'œil. On ne trouvera plus rien quand j'en aurai fini, à part nos vieux os.

Les rideaux par terre, les portes verrouillées. Elle a planifié un vrai bûcher.

Le cerveau de Magda fit enfin le lien, mais il était trop tard. Elsa, qui se déplaçait telle une anguille, comme elle l'avait fait dans le jardin, avait déjà quitté la pièce.

Magda lui emboîta le pas mais la porte était coincée. Elle cogna et hurla ; il n'y eut aucune réponse. Après des bruits de pas, ce fut le silence. Pour finir, il y eut l'inimitable odeur de brûlé.

Elle essaie de me faire peur, rien de plus. Elle espère peut-être que j'aie une crise cardiaque, ainsi il n'y aura plus de témoin contre elle.

Magda voulait y croire, mais la fumée qui s'immisçait au travers du trou de la serrure et sous la porte fut comme un désaveu. La peur lui donna du courage. Elle courut vers chaque fenêtre et fit usage de tout son poids, mais il était impossible de casser les vitres trop épaisses, et elles étaient trop petites pour passer au travers, et les barreaux en fer qui les soutenaient avaient rouillé sur place. Elsa avait dégagé tous les rideaux – il n'y avait rien pour combler les espaces où la fumée se frayait un passage.

Magda entendit des crépitements et sentit de la peinture cramoisie et du bois carbonisé. Elle eut la réminiscence soudaine d'une nuit cinquante ans plus tôt, lorsque les rues avaient pris feu avec une telle intensité qu'elle avait cru qu'il s'agissait d'un incendie de forêt. De Walther qui se tenait à ses côtés et d'avoir regardé les flammes et compris que personne ne viendrait, regardé la fumée épaisse dans le ciel de la même façon qu'elle s'épaississait à présent. Ses yeux pleuraient ; sa gorge l'irritait. Elle avait besoin d'air.

Va dans la cheminée – elle est assez grande pour que tu t'y réfugies. Blottis-toi dedans.

La voix dans son oreille ressemblait à celle de Christoph. C'était plausible. Il s'était trouvé dans cette pièce. Il l'avait enlacée ici et avait séché ses larmes lorsqu'elle avait juré qu'elle ne profiterait pas de la souffrance des Lieser. Il l'avait aimée en ce lieu, et elle l'avait aimé, et elle n'en fit pas autrement depuis lors.

Magda se traîna jusqu'à la cheminée, un bras sur le visage. La cendre était partout. Elle la repoussa et enleva son pull afin d'en faire un masque. Lorsqu'elle s'engouffra à l'intérieur, elle sentit un courant d'air au travers du conduit qui embrassa sa peau et caressa ses cheveux. Elle était si fatiguée. Elle pouvait entendre les lamentations de la maison endolorie par le feu. Elle n'avait plus de force. Si elle tendait suffisamment l'oreille, peut-être entendrait-elle Christoph à nouveau ; elle ressentait sa présence. Cette chaleur qui l'étreignait ne provenait-elle pas de ses bras ? Ne serait-il pas plus aisé de s'y abîmer ?

— Magda ? Magda, où es-tu ?

Le cri était faible, cependant il confirmait sa présence, exactement comme elle avait su qu'il était là.

Magda ferma les yeux et lâcha prise.

— Magda, Magda, réveille-toi. Allez, mamie chérie, ne nous laisse pas.

Ce n'était pas Christoph – ça n'en avait pas du tout l'air. Et elle n'était plus blottie dans la cheminée mais allongée, avec de nombreuses couvertures et sangles qui la soutenaient. Alors que Magda bataillait pour se lever et retirer le masque qui la faisait suffoquer, l'homme au casque vert applaudit de joie et Nina – puisque Magda s'aperçut que c'était elle qui lui tenait la main – éclata en sanglots.

— Vas-y doucement – tu as inhalé une bonne dose de fumée.

L'homme, dont Magda comprit qu'il s'agissait d'un pompier, ôta le masque à oxygène.

Magda toussa, s'étouffa et inspira de l'air. Il empestait encore la fumée, mais il avait un goût incroyablement délicieux.

— Elsa ?

Sa voix s'enraya.

Une autre personne en uniforme lui apporta de l'eau. Elle l'ingurgita par petites gorgées comme on le lui conseillait puis réessaya.

— Où est Elsa ? Est-elle morte ?

Ébranlée, Nina se pencha sur le brancard.

— Je n'arrive pas à croire que tu t'en préoccupes après ce qu'elle a essayé de faire. Non, elle n'est pas morte, ce qui relève du miracle d'après les pompiers. Ils l'ont trouvée dans l'une des pièces à l'étage, encore en train de gratter des allumettes. Elle est mal en point – elle souffre de brûlures et a inhalé beaucoup de fumée – mais elle est en vie. Ils vont l'hospitaliser en premier puis ils s'occuperont de toi. Ce qui n'est pas le bon ordre, mais personne n'y entend rien.

Ce Traube a autant de vies qu'un chat.

Les mots d'une autre époque d'Himmler seyaient mieux à Elsa aujourd'hui.

— Elle ne voulait pas mourir. Personne ne le veut quand le moment se présente.

Magda aperçut le sourcillement de Nina et se tut. Sa petite-fille était à fleur de peau et n'avait pas la tête à analyser le comportement d'Elsa. Magda ne pouvait l'en blâmer : elle n'allait surtout pas perdre son temps à prier pour le bon rétablissement d'Elsa.

— Aide-moi à me relever. Laisse-moi voir.

— Mamie, non, tu n'es pas prête…

Nina soupira en voyant que Magda allait tout de même le faire et dégagea les couvertures fermement bordées.

— Voilà, vas-y doucement.

Une ambulance était garée en bas de l'allée. Deux hommes y rangeaient une civière. Un autre homme, le seul dont Magda pu voir qu'il ne portait pas d'uniforme, se tenait à quelques pas, aux aguets.

— Qui est-ce ?

— Sascha, le petit-fils d'Elsa.

L'émoi dans la voix de Nina aurait tôt ou tard besoin de baume, Magda le savait.

— Je suis allée le voir ce matin quand j'ai découvert où tu étais partie. Je craignais que votre rencontre tourne mal. J'aurais aimé avoir tort.

L'ambulance s'éloigna lentement, ses gyrophares scintillaient. Sascha ne bougea pas. Magda élança doucement ses jambes sur le côté du brancard et s'assit bien droite.

— Tu as dit qu'ils étaient proches, qu'elle l'a élevé, et pourtant il ne l'accompagne pas.

Nina reprit la main de Magda.

— Je doute qu'il puisse s'y résoudre. Il sait tout – je lui ai tout raconté, même s'il a encore du mal à tout croire. Il n'a aucune idée de la façon d'appréhender tout ça.

Elle se tut, haussa les épaules et eut l'air, aux yeux observateurs de Magda, d'être sur le point de courir réconforter Sascha.

Elsa a peut-être survécu, mais elle n'a pas échappé au châtiment : son petit-fils sait qui elle est. Il ne la verra plus jamais comme elle souhaitait qu'il la voie et elle devra vivre avec ce fardeau.

Magda serra la main de sa petite-fille.

— Tu veux aller le rejoindre ? Je comprendrais.

Nina hésita brièvement puis secoua la tête.

— Non, je n'en ai pas envie. Tout ce que je pensais possible entre nous s'est terminé lorsqu'il a pris les rapports et les a remis à Elsa. Ce qui est arrivé ici aujourd'hui n'y changera rien.

Elles s'assirent en silence, dans les bras l'une de l'autre, regardant Sascha qui attendait le départ de l'ambulance. Il jeta un coup d'œil dans leur direction. Comme Nina ne bougeait pas d'un cil ni ne fit signe qu'elle voulait lui parler, il descendit lentement l'allée puis la rue.

— Frau Aderbach ? Je comprends que vous êtes la propriétaire de cette maison ?

Il fallut un instant à Magda pour qu'elle revienne à elle. Lorsqu'elle leva le regard vers le pompier et acquiesça à contrecœur, son visage recouvert de suie s'assombrit.

— Je suis désolé, mais on n'a pas pu préserver grand-chose. Les dégâts sont trop importants pour…

Il se tut alors qu'un craquement se faisait entendre, suivi d'un fracas interminable.

Magda se retourna vers Nina qui cria en sursautant. Elle était tellement concentrée sur Elsa, et Sascha et Nina, qu'elle ne songea pas une seconde à la bâtisse de laquelle on venait de l'exfiltrer. Ce n'était plus un bâtiment à présent, en tout cas elle n'en reconnaissait plus rien ; c'était une coquille noire. Le toit était à moitié détruit ; telle une cascade de l'eau s'écoulait sur la façade et les sols apparents. L'horloge avait disparu ; les barreaux en fer des fenêtres étaient pliés comme du sucre d'orge. Et la tourelle s'écroulait, se déversant en une pluie de briques qui percutaient les murs comme des éclats d'obus. Les pompiers crièrent en chœur de se tenir à l'écart. La tourelle sembla narguer les éléments et se redresser dans une dernière tentative désespérée. Puis les dernières briques capitulèrent et s'effondrèrent, et seuls le silence et une ruine en fumée tenaient encore en place.

Magda prit une grande respiration qui emplit son corps tout entier alors que le fardeau qu'elle n'avait jamais voulu porter se déracinait enfin d'elle. La Maison-Tour n'était plus.

ÉPILOGUE

27 janvier 1998

Nina s'éloigna de l'objectif et laissa le cameraman se focaliser sur Magda. Elle se tenait seule, avec sa fidèle Helle pas très loin derrière, scrutant la voie envahie par la végétation et bordée d'arbres que les wagons à bestiaux avaient empruntés jadis. Son visage était stoïque ; ses mains étaient jointes devant elle. C'était l'image parfaite pour un épilogue.

Le reste du quai à présent inutilisé se vidait. Les personnes âgées, pour la plupart, emmitouflées dans leurs écharpes et manteaux épais – certaines avaient travaillé à l'usine Tiedemann – étaient prêtes à troquer le vent glacial matinal contre la chaleur d'un restaurant. Nina fit un signe de tête à ses parents, qui se tenaient à l'écart des autres, encore mal à l'aise avec certains aspects de l'histoire de Magda mais faisant de leur mieux pour s'y habituer. Son travail était terminé. Le reportage sur l'inauguration du Mémorial du quai 17 pour les personnes assassinées à la gare de Grunewald ferait la une des journaux télévisés du soir. Elle en était fière, bien qu'elle ait jeté son discours et n'ait dit, au bout du compte, presque rien de ce qu'elle avait prévu. Les cent quatre-vingt-six plaques commémoratives bordées de la date de déportation, sa destination et du nombre de morts que chaque train contenait, qui étaient déployées tout du long des abords du quai n'eurent pas besoin de mots savants pour les décrire.

Nina se tint près d'une des premières plaques, qui indiquait 1941, et près de la dernière qui indiquait 1945, et laissa le balayage de la caméra parler de lui-même. Les seuls mots qui importaient étaient ceux de Magda et des survivants. La commémoration fut un crève-cœur et pleine de dignité et, sans doute, une façon de tourner la page. Ce fut également une fin appropriée pour la série de documentaires qu'elle avait réalisés depuis que la carrière dont elle rêvait était devenue réalité, tous dédiés à l'Holocauste. Sans doute le temps était-il venu de passer à un autre sujet. Sans doute était-il temps également – comme Magda l'avait souligné plus d'une fois – de s'impliquer à fond dans sa vie personnelle comme elle le faisait pour sa vie professionnelle. Mais pour l'heure elle n'aspirait qu'à une chose : un café chaud. Et Magda – en dépit de sa désapprobation de se tenir à un bras ou une canne – était exténuée et avait déjà attendu trop longtemps dans le froid.

Nina allait dire à Karl d'arrêter de filmer et sortir sa grand-mère de sa désolation lorsqu'un mouvement soudain attira son attention. Un homme dans un manteau noir se tenait à l'autre bout du quai, déposant des roses d'hiver rouges sur les plaques. Alors que Nina regardait, ne voulant pas perturber son recueillement, il pencha la tête, frotta ses yeux et se tourna.

— Sascha ?

Elle le dit à voix basse, mais l'air était figé et il l'entendit.

Il passa les mains sur ses yeux à nouveau puis il se dirigea lentement vers elle.

— Je savais que c'était toi. Je ne savais pas si je devais m'approcher ou pas.

Il tenait encore une rose à la main.

— Elles sont pour mon arrière-grand-père. Il n'y a jamais eu de tombe, donc cela semble…

Il se tut, les huit années de silence qui les séparaient prenant le dessus sur ses mots.

— Approprié ?

Il acquiesça.

— Merci, oui, approprié. Est-ce que tu filmes ça pour *Tagesschau* ?

Ce fut au tour de Nina de se sentir à bout de mots. Elle acquiesça.

— J'ai vu le documentaire que tu as fait, sur la Maison-Tour. Je suis content qu'on ait fait un bon usage du terrain – un foyer pour enfants semble approprié. Et j'ai vu celui sur la société Tiedemann et ta grand-mère. Tu as été plus gentille avec la mienne que tu n'avais besoin de l'être.

Il avait changé. *Il a pris un coup de vieux en seulement huit ans.*

Nina voyait que Magda parlait à Karl et regardait dans sa direction. Le vent s'était intensifié. Huit ans, c'était long, assez pour oublier quelqu'un, ou pour garder quelqu'un à distance avec délicatesse. Nina savait que la chose le plus simple à faire serait de dire au revoir à Sascha, de lui souhaiter bon vent et de laisser le passé au passé. Elle n'avait jamais songé à le revoir et voilà qu'il était là et qu'elle n'était pas tout à fait prête à sauter le pas.

— Je n'étais pas sûr que je le serais, quand j'ai commencé à le faire. J'avais tellement de colère en moi. Mais en fin de compte, je n'ai pas voulu que l'histoire tourne autour du blâme. Ça avait déjà causé assez de dégâts. Et d'après ce que j'ai entendu, Elsa était encore mal en point et trop souffrante pour être accusée de… bref de quoi que ce soit – il n'y avait aucun intérêt à s'acharner sur elle.

— Elle a pensé que tu l'avais crue. C'est ce qu'elle a retenu de ton témoignage et du fait que tu ne l'aies pas attaquée en justice.

Le visage de Sascha vrilla.

— C'est ce qu'elle m'a dit ; il était impossible de l'en dissuader. Et tu avais raison, elle était malade – elle a eu une attaque après l'incendie. Elle s'en est remise plus facilement que ce à quoi les médecins s'attendaient – son corps est abîmé, mais elle a encore toute sa tête – mais pas suffisamment pour être confrontée à un procès. Les procureurs ont estimé que quelqu'un d'aussi fragile attirerait trop de sympathie.

Il respira à fond.

— Elle vit dans un foyer à présent. Elle n'est pas désolée ; elle ne porte aucune culpabilité ou responsabilité pour quoi que ce soit. Je ne la vois plus.

Nina put entendre, à la souffrance qui transparaissait dans sa voix, combien cela avait été douloureux pour lui. Elle eut le sentiment qu'il voulait en dire plus. Elle scruta la voie ferrée ensevelie sous les feuilles mortes et attendit qu'il se confie.

— Je pensais être dans le vrai. Je pensais savoir qui était la victime et qui devait être puni. Je n'ai pas pris le temps d'écouter et j'ai fait le mauvais choix. C'est une pauvre défense, particulièrement lorsqu'elle est dite en un tel lieu, mais c'est la vérité. Et, pour ce que ça vaut, je suis terriblement désolé.

Cela compta beaucoup plus qu'elle n'était prête à le lui avouer.

Elle entendit son nom et se retourna : Karl approchait, le bras lové à celui de Magda. Nina posa une main sur le coude de Sascha avant qu'il ne s'en aperçoive, ayant le sentiment qu'il s'éloignerait s'il comprenait que c'était Magda.

— Tu as fait une erreur. J'aurais fait la même si les rôles avaient été inversés ; j'ai failli la faire. Le temps n'est-il pas venu de tirer un trait sur le passé et d'aller de l'avant ?

Il la dévisagea et son visage se dérida. Son sourire n'avait pas changé, et la réaction de Nina à celui-ci non plus.

Magda attendait, les observant, sa main prête à prendre celle de Nina.

La guérison pourrait bien être le fin mot de l'histoire.

Nina recula et laissa la main tendue de Magda accueillir celle de Sascha, plus hésitante. Elle laissa leurs yeux faire connaissance. Lorsqu'elle vit que Magda l'avait reconnu, elle prit la parole dans l'espoir qu'ils entendent l'espérance dans sa voix.

— Magda Aderbach, j'aimerais vous présenter Sascha Niedrig, l'arrière-petit-fils de Walther Tiedemann.

Une lettre de Catherine

Hello,

Avant tout, et le plus important de tout, un grand merci à vous d'avoir lu *La Secrétaire*. J'ose espérer que vous avez aimé le lire autant que j'ai aimé l'écrire.

Si vous désirez être tenu au courant de mes nouvelles parutions, inscrivez-vous *via* le lien ci-dessous. Je peux vous assurer que votre adresse e-mail ne sera jamais partagée, et que vous pouvez vous désinscrire à tout moment.

www.bookouture.com/catherine-hokin

Comme le savent ceux qui ont déjà lu mes précédents romans, je passe beaucoup de temps à Berlin et j'adore marcher là où marchent mes personnages. Ce livre m'a menée à la prison d'Hohenschönhausen, où des ex-détenus ont été mes guides – une visite que je n'oublierai pas de sitôt. C'est un lieu dont on raconte encore les histoires et il est voulu dans cet esprit, un lieu en mouvement, vivant, et non un musée. Allez-y si vous en avez l'occasion, et aussi, si vous voyagez dans cette ville, prenez le temps de vous rendre au Mémorial des héros silencieux, qui est situé dans l'édifice qui donne sur la cour où les officiers allemands impliqués dans la tentative d'assassinat d'Hitler en 1944 furent exécutés. C'est un haut lieu de l'Histoire.

Si vous en avez le temps, et si vous avez aimé le livre, un article serait le bienvenu. Je serais enchantée de connaître votre sentiment, et les articles nous aident beaucoup, nous autres les écrivains, ils permettent à nos histoires d'avoir un lectorat plus important.

J'ose espérer également que vous réserverez un bon accueil à mon prochain roman dès qu'il sera prêt – j'ai de nouveaux personnages à vous présenter…

C'est toujours fabuleux de communiquer avec mes lecteurs – n'hésitez pas à me contacter directement *via* ma page Facebook, ou *via* Twitter, Goodreads ou mon site web.

Merci encore d'avoir pris du temps,
Catherine Hokin
www.catherinehokin.com

REMERCIEMENTS

Magda n'est pas un personnage réel, en revanche les événements dans lesquels je l'ai fait évoluer, dont le mécanisme du plan financier utilisé pour l'Holocauste, l'étaient clairement. Comme les lecteurs de mes livres précédents le savent, une grande partie de mon procédé implique de la recherche, dont la visite des sites clés quand cela est possible, et beaucoup de lecture.

Comme toujours, j'ai fait usage d'un nombre d'ouvrages trop important pour tous les citer ici, mais j'aimerais particulièrement évoquer ceux-ci : *Heinrich Himmler* de Peter Longerich, qui est une étude incroyable d'un homme très complexe ; pour le contexte de la résistance au Troisième Reich, *Resisting Hitler* de Shareen Blair Brysac et *Sophie Scholl and the White Rose* d'Annette Dumbach et Jud Newborn ; pour Grunewald et les déportations, *Die Gunewald-Rampe* (éditions Colloquium), *Transit, Captivity, and Witnessing the Holocaust* de Simone Gigliotti ; pour le contexte des derniers jours de Berlin, *Berlin the Downfall* d'Anthony Beevor et *Berlin at War* de Roger Moorhouse ; pour la RDA, *The Berlin Wall* de Frederick Taylor, *Stasiland* d'Anna Funder, *After the Wall* de Jana Hensel, *Red Love* de Maxim Leo et *A Generation Divides* de Thomas Davey. J'ai trouvé la blague de Nina sur le site pertinent *Iron Curtain Kid.*

Une petite note historique : Hedwig Potthast, qui était la secrétaire d'Himmler, quitta son emploi en 1940 et pas en 1941, et demeura sa maîtresse.

Je voudrais remercier de nombreuses personnes. Je le précise toujours mais c'est toujours sincère. Ces remerciements en particulier vont à Tina Betts et Emily Gowers, mes merveilleuses agent et éditrice, pour leur vision, patience et dur labeur – ce livre, une fois encore, a été une belle expérience participative. À toute l'équipe de Bookouture qui l'a soutenu, en particulier à Kim et Sarah au service marketing. À mon fils et à ma fille, Claire et Daniel, pour leur amour et soutien inconditionnels, et à la communauté littéraire au sens large dont j'ai la chance de faire partie pour ses encouragements de réussite. Et, *last but not least*, à mon époux Robert, sans qui je n'aurais pas même atteint le *début du commencement* de tout cela. Des tonnes d'amour à vous tous.

Achevé d'imprimer en juin 2022
sur les presses de la Nouvelle Imprimerie Laballery
58500 Clamecy
Numéro d'impression : 205646

Imprimé en France

La Nouvelle Imprimerie Laballery est titulaire de la marque Imprim'Vert®